Pfalzmord in Washington

Pfalzkrimi aus dem
Donnersberger Land

von

Ronald Daub

pilger
verlag

Für meinen Bruder

Siegbert „Sig“ Daub

1.

Die Austern schmeckten wirklich vorzüglich. Es war, als würde er das Meer essen, oder zumindest das Wasser des Potomac River schmecken, dort, wo die Mündung des Flusses in die Chesapeake Bay floss und das Salzwasser sich mit dem Süßen paarte. Das Old Ebbitt Bar and Grill hatte an diesem Abend etwas von Ausgelassenheit und ungezwungener Feierlaune. Alle Tische waren voll besetzt. Die Gäste machten keinen Hehl daraus, dass sie zu den Erfolgreichen und Bevorzugten gehörten. Schließlich war das Restaurant das älteste der Stadt, wenn es auch ein paarmal umgezogen war. Aber es lag immer noch nur einen Steinwurf vom Weißen Haus entfernt, und Washington D.C. war die Hauptstadt der freien westlichen Welt. Und wenn man das Glück hatte, in dieser quirligen, vor politischer Macht triefenden Stadt zu Abend zu speisen und danach in einem der sternegeschmückten Hotels zu nächtigen, dann zählte man ohne Zweifel zu den Privilegierten.

Auch Dr. Bernhard Sauer konnte diese Attribute ohne Zweifel auf sich vereinen. Als Abgeordneter des Deutschen Bundestags genoss er ein gehöriges Päckchen an Sonderrechten. Das brachte die Position einfach mit sich. Und eine gelegentliche Auslandsreise war quasi das Sahnehäubchen auf dem politischen Heißgetränk.

Sauer hatte seine Gastgeber einen Moment lang fast vergessen. Jetzt klinkte er sich wieder in das Gespräch ein. Die beiden Amerikaner hatten ihn in seinem Hotel um die Ecke abgeholt und hierher verfrachtet, und Sauer genoss es, im Zentrum der Macht zu speisen und die lebhafte Atmosphäre des bekannten Lokals zu genießen. Es gab ihm selbst ein Gefühl von Macht und herausragender Bedeutung, weit über sein deutsches Gewicht hinaus und hinein in eine internationale Wichtigkeit, die sich sehen lassen konnte.

„So etwas bekommen wir in Deutschland ganz selten", meinte er jetzt, angelte sich noch eine Auster vom Eisbett und träufelte etwas von der Mignonette auf das Meeresgetier. Die Essenz aus Essig, Schalotten und weißem Pfeffer brachte den Geschmack des glitschigen Fleisches erst so richtig zur Geltung. „Da müssen wir schon über die Grenze nach Frankreich fahren, nach Paris am besten. Die Franzosen zelebrieren so etwas ja wie keine andere Nation!" Sauer benutzte das Wort *celebrate*, das im Englischen nicht ganz die gleiche Bedeutung wie das deutsche zelebrieren hatte. Aber die Amerikaner verstanden wohl was er meinte, denn sie hielten inne, prosteten ihm mit ihren Bieren zu und hielten sich dann ebenfalls wieder an den Austern schadlos.

„So why are the Germans so hesitant when it comes to delivering Tanks to Ukraine?"

Sauer musste für einen Moment das Wort *hesitant* verdauen. Aber dann verstand er, dass sein Gesprächspartner wissen wollte, warum die Deutschen so zögerlich mit den Panzerlieferungen an die Ukraine waren. Diese Frage sollte er spielend beantworten können, dachte er dann für sich. Schließlich gehörte er dem Verteidigungsausschuss des Deutschen Bundestages an, eine Position, die ihn eben auch hier nach Washington D.C. geführt hatte.

„Das hat ganz klar historische Hintergründe", begann er zu erklären. „Wir alle kennen ja die Geschichte Deutschlands. Wir haben zwei Weltkriege verursacht. Im Namen des deutschen Volkes wurden sechs Millionen Juden auf bestialische Weise ermordet. Darüber hinaus noch Tausende von Sinti und Roma, Homosexuelle, Kommunisten und Sozialisten und eben alles, was man unter Hitler und seinen Schergen als unwertes Leben angesehen hat. Da wird man eben als Nachgeborene vorsichtig und zögerlich, zumindest dann, wenn es darum geht, nach fast 80 Jahren Frieden in Europa aktiv in einen neuen Krieg auf dem Kontinent einzugreifen, zumindest mit Waffenlieferungen!"

Bernhard Sauer nahm eine weitere Auster ins Visier, wurde aber vom zweiten Amerikaner ausgebremst.

„*Jugoslavia!*", meinte der nur und ließ seine Rede dabei. Dann rief er den Kellner an den Tisch und orderte eine weitere Runde Budweiser.

„Was ist mit Jugoslawien?", getraute Sauer zu fragen, „außer dass es den Staat nicht mehr gibt, nur noch sechs einzelne Nachfolgestaaten. Soll ich sie aufzählen? Bosnien und Herzegowina, Kroatien, Montenegro, Nord-Mazedonien, Serbien und Slowenien. Der Status des Kosovo ist völkerrechtlich ja weiterhin strittig!"

„Ja, aber da hat die Europäische Gemeinschaft schon einmal versagt, damals in den Neunziger Jahren. Da sind mitten in Europa Tausende von Menschen gemeuchelt worden und alle haben dabei zugeschaut! Das darf doch nicht noch einmal geschehen, nicht in der Ukraine und nicht anderswo!"

Das Bier kam. Die drei Männer prosteten sich zu. Das Gebräu war sehr kalt, so wie es die Amerikaner eben lieben. Weiter hinten im Lokal setzte eine Meute an *Happy Birthday* zu intonieren. Die Stimmung im Old Ebbitt schien langsam auf den Siedepunkt zu kommen. Die Kellner flitzten hin und her, einheitlich gekleidet mit ihren umgebundenen weißen Schürzen und den roten Hosenträgern. Drüben an der Theke mixte der Barkeeper mit einem Shaker einen Cocktail. Das zischende Geräusch, das dabei entstand, kam bis an den Tisch der drei Männer herüber.

„Ich bin Gast hier in diesem wunderbaren Land, Gentlemen. Ich bin den USA zugetan. Daher will ich Sie nicht daran erinnern, was Onkel Sam so alles um den Globus herum geschehen ließ und selbst veranstaltete. Wir müssen uns alle an die eigene Nase fassen, ohne uns dabei gegenseitig zu zerfleischen, das ist wohl wahr."

Die beiden Amerikaner ließen Sauers Verteidigung gelten. Sie hatten wohl auch wirklich keine Lust auf Konfrontation mit ihrem Gast aus Deutschland. Als Abgeordnete des US-Kongresses waren beide Mitglieder des Armed Services Committee, da hatten sie ein Wörtchen mitzureden, wenn es um Ausgaben und Ausstattung der US-amerikanischen Streitkräfte ging. Das brachte auch eine gewisse notwendige Diskretion mit sich, gerade gegenüber offiziellen Vertretern anderer Nationen.

Die Schale, auf der die Austern auf dem Eisbett serviert worden waren, hatte man längst abgeräumt. Jetzt kamen zwei Kellner und kredenzten die Hauptspeisen. Dabei hatten sich beide Amerikaner für das Filet Mignon entschieden. Es wurde mit einer Bordelaise-Sauce serviert, mit Baby-Karotten und gedünstetem Knoblauchspinat als Beilage. Bernhard Sauer hatte den Meatloaf gewählt, einen Hackbraten, der mit Bacon und glasiertem Meerrettich garniert war, dazu gab es weich geschlagenen Kartoffelbrei aus Yukon-Goldkartoffeln. Die Herren wünschten sich gegenseitig einen guten Appetit und begannen ihr jeweiliges Gericht zu verzehren.

Für eine Weile war es still am Tisch. Sauer merkte, dass er langsam müde wurde. Der Jetlag schien seinen Tribut zollen zu wollen. Er war ja erst vor vierundzwanzig Stunden auf dem Dulles-Flughafen von Berlin aus kommend im District of Columbia eingetroffen. Und morgen würde wieder ein anstrengender Tag auf ihn warten. Jede Menge *Meetings* mit Entscheidern aus dem Lager der Militärstrategen waren anberaumt worden, und zusätzlich auch ein Termin im Bereich humanitärer Hilfe. Bereits am frühen Morgen stand ein *Breakfast Meeting* auf der Agenda. Da galt es hellwach zu sein. Daher sehnte er sich mehr und mehr nach seinem Bett. Zum Glück lag das Willard Hotel nur wenige Gehminuten vom Old Ebbitt entfernt. Vielleicht würde er sich noch einen Absacker an der Hotelbar genehmigen. Aber dann würde er dafür sorgen, dass er schnellstmöglich in Morpheus' Armen landete.

„Ihr Bundeskanzler ist ja wohl der Oberzögerer!", hob einer der Amerikaner erneut an. Er hatte sich für das Wort *procrastinator* entschieden. „Wir dachten immer, dass Angela Merkel darin die ungekrönte Königin gewesen war, mit ihrer Politik der ruhigen Hand und der berühmten Raute, geformt aus ihren Händen. Aber dieser, wie heißt er doch noch einmal gleich..."

„Scholz, Olaf Scholz!"

„*Right!* Warum zögert er immer so, bevor er dann irgendwann einmal eine Entscheidung trifft?"

Allmählich ging Sauer das Gestänker gegenüber deutschen Gepflogenheiten auf den Geist. Was bildeten sich diese beiden Amis eigentlich ein? Gab ihnen das Privileg, US-Amerikaner zu sein, das Recht, sich über anderer Länder Führungskräfte spöttelnd zu äußern? Doch er hielt an sich. Schließlich war er Gast, und Gäste sollten sich im Griff haben und ihre Emotionen für sich behalten. So viel hatte er von den diplomatischen Gewohnheiten auf den Bühnen dieser Welt mitbekommen. Nie zeigen, was man wirklich denkt und immer Contenance bewahren. Lektion eins Absatz eins der Diplomatenausbildung.

„Scholz ist Hanseat, wenn Sie wissen, was ich meine!“

„I have no idea!“

„Er kommt aus Norddeutschland, aus Hamburg. Die sind da oben so kalt wie ein Fisch. Sie zeigen keine Gefühle, die lassen sich nicht in die Karten schauen. Und die treffen Entscheidungen so schnell wie eine Weinbergschnecke über den Gartenweg kriecht – ganz langsam und gemächlich! So sind die Hanseaten und so waren sie erfolgreich – über Jahrhunderte!“

Der Meatloaf schmeckte vorzüglich, fand Sauer. Und der Kartoffelstampf, den es dazu gab, war so fluffig wie er noch selten einen genossen hatte. Hoffentlich würde er ihm später im Bett nicht allzu schwer im Magen liegen.

„Ich war mal in Hamburg“, meinte der zweite Amerikaner. „Es war kalt dort. Nur in diesem *Red Light District*, wie heißt er doch noch einmal gleich…?“

„Sankt Pauli!“

„…da wurde es schnell wärmer. Die Ladies dort hatten ein paar Tricks drauf, da wurde es einem schnell warm ums Herz. *Isn't it so, Bill?*“

Bill feixte und schob dabei ein weiteres Filetstück zwischen die Zähne. Dann nickte er, und es sah aus, als schwelge er in zuckersüßen Erinnerungen. Die Männer lachten miteinander und waren wieder auf einer Linie. Was machte man sich auch das Leben schwer mit allzu viel Politik. Es gab doch Aktivitäten zwischen Himmel und Erde, die am Ende viel mehr Gewicht hatten als alle Debatten. Die Damen auf St. Pauli konnten das ganz sicher bezeugen!

„Aber jetzt eben doch nochmal zurück zum Thema, Mister Sauer. *What do you think?* Wird sich der Verteidigungsausschuss der Bundesrepublik Deutschland auf die Seite des amerikanischen Präsidenten stellen und dafür sorgen, dass das deutsche Parlament sich für die Panzerlieferungen ausspricht? Es wäre eminent wichtig, dass die transatlantische Koalition bestehen bleibt und eine starke Front gegen die russische Aggression bildet. Und sie können dabei ein gehöriges Wörtchen mitreden und die Dinge beeinflussen. *Your voice will be heard, over here and in Europe!*"

Dr. Bernhard Sauer konnte nicht verhehlen, dass er sich geschmeichelt fühlte. Schließlich saß er nicht mit irgendwem am Tisch, sondern mit zwei Kongressabgeordneten der USA. Und davon gab es im Repräsentantenhaus derzeit nur 435. Er hatte wohl gesehen, dass einige Gäste an den umliegenden Tischen die beiden Herren erkannt hatten und ehrerbietig tuschelten, während sie ihre Steaks verspeisten.

„Meine Stimme mag zu hören sein, Gentlemen, hüben wie drüben, aber die Entscheidungen in solch zentralen Themen, was den Krieg und unsere Unterstützung der ukrainischen Seite angeht, die laufen eben doch etwas komplexer ab. Da bin auch ich nur ein Zahnrad im Räderwerk der hohen Politik!“

Sauer hatte das Wort Zahnrad mit dem Terminus *gearwheel* übersetzt. Aber er war sich nicht sicher, ob die Amerikaner das verstanden hatten. Er wollte sich ja auch nicht als kleines Licht darstellen oder sein Abgeordnetengewicht zu sehr unter den Scheffel stellen. Jedenfalls hatte er heute Abend keine allzu große Lust mehr, sich zu unvorsichtigen Äußerungen oder gar Zugeständnissen hinreißen zu lassen. Es war schon spät, er war müde und wollte nur noch ins Hotel.

Daher fügte er hinzu: „Lassen Sie uns morgen weiter darüber sprechen, meine Herren. Wenn ich mit diesem Meatloaf fertig bin, möchte ich den Tag langsam aber sicher ausklingen lassen. *I am very tired by now.* Und wenn ich müde bin, nun, dann treffe ich keine guten Entscheidungen. Morgen dann, in aller Frische!“

Als er endlich draußen auf dem Gehsteig stand und sich die frische Nachtluft um die Ohren wehen ließ, ging es ihm gleich wieder ein wenig besser, und er fühlte seine Lebensgeister munterer werden. Die beiden Abgeordneten des Kongresses hatten sich schnell verabschiedet und waren nach links den leichten Anstieg hochgelaufen und dann um die nächste Ecke verschwunden, um ihre Wagen aus dem Parkhaus zu holen und in ihre City-Apartments zu fahren.

Sauer stand auf der 15. Straße Nordwest und blickte hinüber auf die andere Straßenseite. Von dort grüßte ihn das mächtige Gebäude der Treasury, das Pendant zum deutschen Finanzministerium. Die hohen griechisch anmutenden Säulen wirkten seiner Meinung nach etwas fehl am Platz. Aber er wusste nur zu gut, dass sie auf und ab im Land vor allen möglichen Häusern zu finden waren, von privaten Residenzen bis zu Banken, Museen und *City Halls*, Rathäusern also. Sie nannten den architektonischen Stil hier *Greek Revival*, und der resultierte aus der amerikanischen Identifikation des 19. Jahrhunderts mit dem reichen griechischen Kulturerbe und dessen demokratischer Gesinnung, die die USA eben auch für sich beanspruchte.

Er wandte sich entgegen der Kongressabgeordneten nach rechts und lief der Pennsylvania Avenue entgegen. Den Eingang des altehrwürdigen Hotel Washington ließ er links von sich fast unbeachtet liegen. Er hatte von den Amerikanern erfahren, dass oben auf dem Dach eine schicke *Rooftop Bar* im elften Stockwerk auf Gäste wartete. Doch rechts von ihm lag das weit imposantere Ziel. Die Barrieren und das Wachhäuschen weit davor konnte er fast greifen. Und dahinter, nachdem man eine gut bewachte Auffahrt hinter sich gebracht hatte, lag das Weiße Haus, das Zentrum der Macht der westlichen Welt. Dort wäre er, Sauer, der MdB aus *Good Old Germany,* gern auch einmal einer Einladung gefolgt. Aber er wusste aus den Nachrichten, dass der Präsident derzeit auf Auslandsreise war, irgendwo in Asien, um dort das Eisen der politischen und militärischen Koalition zu schmieden, die willigen Verbündeten hinter sich zu vereinen, besonders um dem Reich der Mitte und dessen nach Expansion dürstendem *Leader* zu zeigen, wo die Grenzen waren. Leider konnte Sauer nicht einmal eine Ecke des berühmten Gebäudes ausmachen. Es war ja auch dunkel. Aber vielleicht konnte jemand für ihn zumindest eine Tour durch das Anwesen organisieren, solange er in der Stadt weilte. Zumindest das sollte ja wohl möglich sein, um einen Abgeordneten des Deutschen Bundestags bei Laune zu halten, bevor er wieder zurück ins alte Europa reiste.

Er war fast schon vor dem Eingang seines Hotels angelangt. Das Willard war schon lange ein *hangout* der hohen politischen Kaste der USA und der Mächtigen im Land. Stunden vor dem berühmt berüchtigten Fast-Staatsstreich am 6. Januar 2021 vor und im Capitol hatten sich hier in einem der *Meeting Rooms* die Verschwörer um den ehemaligen Bürgermeister von New York City, Rudi Giuliani, getroffen und über das Vorgehen beraten. Und drüben, auf der anderen Seite der Pennsylvania Avenue, grüßte etwas weiter unten das ehemalige Hotel des US-Präsidenten herüber, der an jenem 6. Januar vor dem Fernseher ruhig zugeschaut hatte, wie seine Anhänger das Mobiliar des hohen Hauses zerlegten und nach den Abgeordneten und dem bei ihnen in Ungnade gefallenen Vize-Präsidenten suchten, um diese möglichst einen Kopf kürzer zu machen oder ihnen an einem flink aufgestellten Galgen den Strick um den Hals zu legen. Aber der Präsident mit dem orangefarbenen Teint und dem übergekämmten Haar wohnte schon längst in seinem Club Mar-a-Lago in Palm Beach, Florida, und das Hotel mit dem imposanten Glockenturm, das einmal die Hauptpost Washingtons gewesen war, gehörte jetzt einer finanzkräftigen Investorengruppe, die es zu einem Waldorf Astoria umgetauft hatte.

Sauer lief die wenigen Stufen zum Hoteleingang hinauf, ließ die Rezeption links liegen und ging der Round Robin Bar entgegen. Dort hielten sich nur noch wenige Gäste an ihren Gläsern fest. Wenn das Hotel als solches schon ein Treffpunkt der Mächtigen und Einflussreichen in der Stadt war, so war es diese Trinkinstitution im Besonderen, seit sie im Jahre 1847 gegründet worden war. Die kreisrunde Bar mit ihren Eiche-getäfelten Wänden war so viel Washington wie Washington D.C. nur sein konnte.

Der Barkeeper begrüßte ihn mit einem „*Hello Sir, how is it going?*"

„*It is going well!*", antwortete der MdB, „*and how are you?*" Langsam beherrschte er das Spiel der höflichen Begrüßungsfloskeln.

„*Still living the dream!*", antwortete der junge Mann und Sauer fragte sich, aus was dieser Traum wohl bestand. Sich irgendwann einmal das freistehende Haus mit dem weißen Zaun drum herum leisten zu können? Seine Kinder auf eine gute private Schule zu schicken, wo sie sicher und ohne Metalldetektoren am Eingang lernen konnten, ohne vor Idioten mit halbautomatischen Schusswaffen in der Hand Angst haben zu müssen? Einmal eine rote Corvette zu besitzen, mit der man über die Route Sixty-Six rauschen konnte?

Die Stimme des Barkeepers riss ihn wieder aus seinen eigenen Spätabendträumen.

„Mint Julep?“

„Wie bitte?“

„Das ist der Cocktail, den die meisten Gäste hier trinken wollen. Es ist ein Bourbon Getränk, das auch gern beim großen Pferderennen, dem Kentucky Derby, geschlürft wird: Bourbon eben, Zucker, frische Minze und das Ganze auf *Crushed Ice*!“

„Klingt sehr erfrischend. Genau das, was ich jetzt brauche! *Sold*“, meinte Sauer.

Der Barkeeper lachte und war offensichtlich froh, dass der Gast seiner Empfehlung folgte. Sofort ging er an die Arbeit. Nach wenigen Minuten stellte er Sauer den georderten Drink vor die Nase, in einem kupfernen Becher, aus dem oben ein paar Minze-Blätter aus dem Eisberg ragten. Sauer ließ sich nicht lange bitten und probierte.

„Mmh, wirklich super erfrischend. Ich glaube, das könnte mein Lieblings-Absacker werden.“ Natürlich hatte er nicht Absacker gesagt, sondern das Wort *nightcap* verwendet. Er wunderte sich selbst, wie er im richtigen Moment in der Lage war, die angebrachte Vokabel hervorzukramen. Der Barkeeper war zufrieden und begann auf einem Schneidebrett Limonen in Scheiben zu schneiden, die er wohl schon für den morgigen Tag präparierte.

Jetzt kam noch ein weiterer Gast ins Rund. Der setzte sich auf einen Barhocker 180 Grad gegenüber dem Mann aus Deutschland. Er sah aus, als käme er gerade aus einem Konzentrationslager, dünn mit einem kahlgeschorenen Schädel und einer dicken Schramme auf der Nase. Das sah so gar nicht nach Willard-Kundschaft aus. Sauer zwang sich, nicht nach ihm zu schauen. Der Barkeeper fragte den neuen Gast auch nicht, wie es denn gehe und wollte nur wissen, was der Mann zu trinken wünschte. Der orderte ein Bier, ließ das Glas, das ihm der Barkeeper hinstellte, unbeachtet stehen und trank einfach aus der Flasche.

Sauer schlürfte seinen Cocktail und merkte, wie er nun richtig müde wurde. Es war Zeit, an der Matratze zu horchen. Er bat den Barkeeper, die Rechnung auf sein Zimmer zu schreiben, legte eine Fünfdollarnote als Trinkgeld auf den Tresen und gab dem Mann zum Abschied die Hand.

„*My name is Joseph*“, sagte der junge Mann mit der schwarzen Hautfarbe, „Sie können mich gern Jo nennen. Wann immer sie Lust auf einen Drink haben, dann kommen Sie her. Ich hab noch ganz andere Rezepturen auf Lager!“

Damit schob er Sauer eine Visitenkarte über den Tresen. Sauer nahm die Karte und las, was darauf stand: Joseph Byrnes, Mixologist, The Round Robin Bar, Willard

Hotel, Washington D.C. Er ließ die Karte in der Innentasche seines Jacketts verschwinden.

„*Thanks Jo*, genau das werde ich tun, wenn mir danach ist – und wenn ich Zeit habe. *Have a good night!*“

„*The same to you Sir, good night!*“

Auf seinem Zimmer angekommen, liebäugelte er mit der Idee noch zu duschen. Der Schmutz einer Großstadt ließ meist den Wunsch nach Hygiene in ihm erwachen. Doch er war einfach zu geschafft. Er warf seine Kleider auf einen Stuhl und zog den Pyjama an. Im Bett liegend nahm er sein Smartphone zur Hand und schaute nach seinen E-Mails. Es war nichts Dringendes dabei. Seine Frau hatte ihm auf WhatsApp eine Nachricht geschickt. Er schaute auf die Uhr. In Deutschland war es jetzt fünf Uhr morgens. Viel zu früh, um seine Gattin aus dem Schlaf zu reißen. Sie war ja eine passionierte Langschläferin. Er schrieb ihr ein paar Worte und versprach, sie am nächsten Tag anzurufen. Dann angelte er nochmals nach seinem Jackett und holte die Visitenkarte des Barkeepers aus der Innentasche. Da stand sogar eine Telefonnummer drauf. Er fragte sich, ob es eine Mobilnummer oder der direkte Anschluss zur Round Robin Bar war. Sauer legte die Karte auf den Nachttisch und schob sie etwas unter den Sockel der kleinen Stehlampe. Dann schaltete er das Licht aus und schloss die Augen. Auf den Lippen hatte er noch einen unverkennbaren Geschmack. Bourbon, Zucker und Minze – Mint Julep.

2.

Wann immer Kommissar Frank Edel zu seinem Vorgesetzten ins Präsidium nach Mainz einbestellt wurde, wusste er, dass etwas Großes vor sich ging. So würde es wohl auch jetzt wieder sein, davon war er überzeugt. Daher machte er sich keine Illusionen, dass er zum Mittagessen Gelegenheit haben würde, im Ristorante Caruso in Kirchheim eine hausgemachte Pasta zu sich zu nehmen, wie er es vor gehabt hatte. Das Restaurant war vor Kurzem umgezogen. Man fand es nun weiter unten in der Kirchheimer Gartenstraße, da wo sie neben dem Kreishaus ein paar moderne mehrstöckige Gebäude hochgezogen hatten. Der große Vorteil dieser neuen Lage war, dass es vor dem Ristorante eine Terrasse gab, auf der man bei gutem Wetter wunderbar sitzen und sich in der Sonne aalen konnte.

Edel hatte, in einem Dienstfahrzeug sitzend, bereits die letzten Häuser des Kreisstädtchens hinter sich gelassen und fuhr gerade die Auffahrt entlang, die ihn auf die A63 in Richtung Landeshauptstadt führen würde. Und auch den Donnersbergkreis würde er nach wenigen Kilometern hinter sich lassen müssen, um dann durch Rheinhessen zu fahren, der Stadt am Rhein entgegen, die für ausgelassene Fastnacht bekannt war und seit einigen Jahren auch für Bundesliga-Fußball, obwohl dieser Club für den Kommissar aus der Mannheimer Kurpfalz auch nur ein Karnevalsverein war. Aber mit dieser Meinung musste er am Zielort unbedingt hinter dem Berg halten, sonst hatte er von Beginn an schlechte Karten bei seinem neuen Vorgesetzten, der, wie er von Gesprächen mit Kollegen wusste, ein gebürtiger Määnzer war. Na dann, Tusch und Narrhalla-Marsch!

Edel hatte den Abend zuvor mit seinen Kumpeln in der Turmschänke verbracht. Und natürlich war dabei auch musiziert worden, das war selbstredend. Als passionierter Schlagzeuger waren das seine liebsten Stunden, wenn er die kriminalistische Arbeit hinter sich lassen konnte und den Bürostuhl mit dem Hocker hinter den Drums tauschte. Dabei hatte er gestern Abend mit Schrecken bemerkt, wie er hinter den Trommeln seines Ludwig-Schlagzeugs über die letzten Monate hinweg mehr und mehr eingerostet war. Die Wirbel und die Paradiddle, die weit ausholenden Schläge auf die Cymbals und die langen Fills über die Toms hinweg, kamen bei Weitem nicht mehr so spielerisch leicht auf die Felle und die Becken, wie das einmal der Fall gewesen war. Das wirkte alles hölzern und eckig. Besonders bei dem Stück, an das sie sich erst vor Kurzem bei einer seltenen Probe herangetraut hatten, war dies augenscheinlich geworden. Es handelte sich um den Song „*Roseanna*“ von Toto. Da hatte Jeff Porcaro, der Original Drummer der berühmten Band, einst zwei Rhythmen zu einem verarbeitet und Edel hatte lange gebraucht, bis er den Groove auch nur halbwegs rund auf die Snare bringen konnte. Aber Jeff Porcaro war schon lange tot, und Steve Lukather, der Gitarrist der Band Toto, hatte den Engländer Simon Philips danach in die Band gebracht. Und dieser schmächtige Mann war hinter den Trommeln ein solcher Derwisch, dass es eh keinen Sinn machte, sich mit so jemandem messen zu wollen. Also hatte Frank Edel wie immer sein Bestes gegeben, wenn dies auch zurzeit nicht ausreichte, um sich mit den ganz großen Trommelmeistern auf eine Stufe zu stellen.

Die A63 war hinter Kirchheim noch nicht ganz so stark befahren. Das würde sich jedoch sicher ändern, je näher er an Mainz herankam. Spätestens bei Nieder-Olm würde der Verkehr dichter werden und sich die Fahrzeuge Stoßstange an Stoßstange auf den Fahrspuren hinunter in die Innenstadt der Landeshauptstadt schieben.

Während er den Wagen mit mäßiger Geschwindigkeit steuerte, sinnierte der Kommissar aus dem Landkreis rund um die höchste Erhebung der Pfalz, was wohl der neue Chef von ihm wolle. „Das wird Herr Doktor Emmerich Ihnen sagen, wenn Sie hier sind!“, hatte ihm die Assistentin zu verstehen gegeben, als er so dreist gewesen war, sich am Telefon über den Grund des Einbestellens zu erkundigen. Aber der pfälzische Donnersberg lag längst hinter ihm. Er konnte also auf die Schützenhilfe des Gottes Donar und des keltischen Berges nicht mehr zählen. Er musste voraus schauen und sich wappnen gegen das, was da vom Rhein her in seine Richtung schwappen würde. Donnersberg blieb Donnersberg, aber Mainz blieb eben auch Mainz, wobei er damit schon wieder bei der Fastnacht gelandet war.

Als er an Wörrstadt vorbeifuhr und ihn die vielen Windräder entlang der Strecke grüßten, kam ihm ein Fall in den Sinn, der ihn vor Jahren einmal in Atem gehalten hatte. Damals war ein Projektleiter einer Windkraftanlage tot vor einem seiner erneuerbaren Energielieferanten aufgefunden worden. Aber es hatte sich herausgestellt, dass der Tod des Ingenieurs nichts mit politischen Machenschaften oder gar Korruptionsgeschichten rund um das Geschäft mit der Windenergie zu tun hatte. Der tödliche Vorfall war Ausdruck einer privaten Liebesgeschichte gewesen, die dann sein Ende auf dem historischen Ludwigsturm oben auf jenem besagten Donnersberg gefunden hatte, der nun in Edels Rücken geduldig darauf zu warten schien, bis er nach seinem Besuch am Rhein wieder zurück in die Pfalz fahren würde.

Während die herbe Landschaft an ihm vorbeiflog und der Wagen bei gediegener Geschwindigkeit ruhig wie ein Kätzchen schnurrte, knipste er das Radio an. Der Sender, der eingestellt war, erschien auf dem Display: Es war SWR 3! Selbst als er noch in Mannheim lebte und die Kurpfalz meist Radio Regenbogen hörte, war er den Gepflogenheiten des Rhein-Neckar-Kreises untreu geworden und hatte sich Richtung Südwest-Rundfunk orientiert. Damals waren die Sendungen des dritten SWR-Programms nicht nur für ihn Kult gewesen. Aber das war lange her, und die Jahre waren ins Land gegangen. Seine Haare waren zwar noch immer recht lang, besonders für einen Kommissar im gehobenen polizeilichen Dienst, wenn sie auch in letzter Zeit an den Schläfen mehr und mehr ergrauten. Sein musikalischer Geschmack hatte sich jedoch nicht verändert. Er stand nach wie vor auf Classic Rock und auf all die Bands, mit deren Musik er aufgewachsen war. Und seitdem SWR 3 einen Schwenk vollzogen hatte und seine Playlist auf Titel aus den trendigen Charts umgestellt hatte, war der Sender für Edel unerträglich geworden. Seiner Meinung nach war er zu einem austauschbaren Hitdudler mutiert, bei dem man sich wegen eines verpassten Songs keine Sorgen zu machen brauchte, weil er mit dem letzten und dem nachfolgenden komplett austauschbar war und ganz sicher innerhalb der nächsten drei Stunden noch fünfmal gespielt wurde.

Daher zielte Edel jetzt auf dem Display mit der Fingerspitze auf den Pfeil nach rechts, und siehe da, das Logo des reiferen Senderbruders erschien – SWR 1! Und man glaubte es kaum, schon war die musikalische Stimmung eine ganz andere. Auf dem Laufband unterhalb des Senderlogos war der Titel zu lesen, der gerade gespielt wurde. Es war *„He ain't heavy, he's my brother“* von den Hollies. Frank Edel liebte diesen Song. Er handelte davon, wie in einem Kinderheim ein älterer Junge einen Jüngeren auf seinem Rücken trug und die beiden so zu einer brüderlichen Einheit verschmolzen, trotz alledem. Und während Edel nun langsam am Städtchen Nieder-

Olm vorbeiglitt und ihn die Werbung von Eckes Edelkirsch daran erinnerte, dass dort rechts von ihm immer noch schmackhafte Liköre hergestellt wurden, wenn die Marke auch längst zum Imperium eines namhaften Safthersteller gehörte, sang er lauthals den Song mit, den der damalige Sänger der Hollies, Allan Clarke, 1969 ins Mikrofon des Londoner Studios hauchte, das später dann zum legendären Abbey Road Studio wurde. „*The road is long, with a many a winding turn, that leads us to who knows where!*" Und wer wusste schon, wo einem seine eigene Lebensstraße hinführen würde? Edel verlor sich im Refrain des Liedes. Es gab einfach zu viele Umleitungen auf der Straße des Lebens, zu viele Schlaglöcher und Auffahrunfälle, als dass man jederzeit wissen konnte, wo man sich gerade befand, und man Mühe hatte, das Ziel im Blick zu behalten.

Und während er die A63 verließ, die hier zur Pariser Straße wurde, und Richtung Innenstadt Mainz rollte, musste er an seine Eltern denken, die in der Mannheimer Neckarstadt auch nicht gerade jünger wurden. Edel war ein Einzelkind. Die Gesellschaft eines Bruders hatte er nie gekannt. Seine Brüder waren die Musiker der Bands, mit denen er die Jahre über mit wechselnden Besetzungen gespielt hatte. Die Gemeinschaft der Künstler, der Musiker und Entertainer waren seine wirkliche Familie gewesen, viel mehr als die Mitglieder der Teams, die in seinem Brotberuf eine Art Zwangsgemeinschaft bildeten. „Rock 'n' Roll forever", ging es ihm durch den Kopf, und zum Zeichen seiner lebenslangen Mitgliedschaft in dieser Clique strich er sich eine lange Haarsträhne aus der Stirn. Er war ein Rocker, vielleicht auch ein Mucker, da gehörte er hin.

„*His welfare is my concern*", sang Allan Clarke gerade, „*no burden is he to bear, we'll get there!*" Und er würde jetzt auch gleich ankommen, aber in einer ganz anderen Welt. In der Welt des Verbrechens nämlich, der dunklen Machenschaften und der menschlichen Abgründe, dort, wo es keine Musik, keine lyrischen Texte gab, nur Tod und Verderben und Gier und Missgunst. Das war der andere Teil seiner Welt. Und Dr. Emmerich würde ihm ganz sicher mit seinem Anliegen beibringen, wie in dieser Welt der Hase lief, nämlich ohne ehrliche Passion und nur mit dunkler Begierde.

Der Innenstadtverkehr nahm ihn auf. Bald würde er am Ziel sein, am Polizeipräsidium Mainz am Valenciaplatz, ganz in der Nähe des Rheinufers, an dem Ort, an dem das Präsidium auch für den Donnersbergkreis die Fäden der Strafverfolgung und der Gefahrenabwehr zusammenhielt. Rund 1.500 Polizeibeamtinnen und -beamte und mehr als 200 Verwaltungsleute leisteten von dort aus professionelle Arbeit in der Kriminalitätsbekämpfung. Frank Edel war ein Teil dieser Maschinerie und musste für jetzt den Rocker hinten anstellen. Die Hollies waren eh mit ihrem Song durch. Der Wagen rollte auf einem der Besucherparkplätze aus. Edel stieg aus, rückte seine Krawatte gerade und lief auf den Haupteingang zu. Seinen Dienstausweis hatte er bereits in der Hand, denn er wusste aus Erfahrung, dass dies das Erste war, was man an der Rezeption von ihm sehen wollte, wenn er auch einen Termin hatte. Jetzt war Ernsthaftigkeit geboten, Musik war anderswo gefragt!

„Hauptkommissar Edel. Ich grüße Sie!“

Die Assistentin war eine adrette Mitvierzigerin im blauen Business-Kostüm. Sie thronte hinter ihrem Schreibtisch wie die Königin eines Bienenschwarms, die die Produktion des Honigs zu überwachen hatte.

„Doktor Emmerich wird gleich für Sie Zeit haben. Er telefoniert gerade!“, sie schaute auf das Display ihrer Telefonanlage, auf der das Blinken eines Lämpchens anzeigte, dass im angrenzenden Zimmer des Herrschers über die polizeilichen Heerscharen gesprochen wurde. „Darf ich Ihnen einen Kaffee anbieten?“

Edel lehnte dankend ab. Es gab nichts Unpassenderes als eine Tasse jonglieren zu müssen, wenn die Tür aufging und der Vorgesetzte auf einen zukam, um die Hand zu schütteln. Das hatte er schon einige Male erlebt, und irgendwann hatte er Abstand von der Begrüßungstasse genommen. War man dann im Zimmer, saß auf einem Stuhl und die Einladung zu einem Heißgetränk wurde wiederholt, war er der Letzte, der dann nein sagte.

Er sah jetzt, wie das rote Licht der Telefonanlage das Blinken einstellte. Die Assistentin avisierte Edel bei ihrer beider Chef, nach einer Minute öffnete sich die Tür zum Heiligtum, und der Polizeipräsident begrüßte ihn jovial.

Dr. Hubert Emmerich war ein großer, schlanker Mann mit dunklem Kopfhaar und Kurzhaarschnitt und einer Brille mit filigraner Metallfassung auf der starken Nase. Er wirkte auf Edel wie der Mensch, der er aufgrund seiner hohen Position wahrscheinlich auch war – autoritär, von seiner Bedeutung überzeugt und auf der Höhe der Themen, die er zu verantworten hatte: dem Schutz der Bevölkerung vor krimineller Energie, Gewalt und Betrug.

„Herr Edel, schön, dass Sie so schnell kommen konnten. Bitte setzen Sie sich!“ Emmerich deutete auf einen der Sessel, die in einer Ecke zusammen mit einem ovalen Tisch eine Sitzgruppe bildeten. „Kaffee oder etwas Kaltes?“

„Gegen einen Kaffee hätte ich jetzt nichts einzuwenden“, meinte Frank Edel, da er auf eine relaxtere Atmosphäre im Sitzen hoffen durfte. Der Präsident der rheinland-pfälzischen Polizei lief zu einem Beistelltischchen auf der anderen Seite des Zimmers und schenkte zwei Tassen aus der Thermoskanne ein, die dort zusammen mit einer kleinen Schüssel voller Sandgebäck stand. Dann brachte er zuerst die beiden Kaffeetassen zu Edel herüber und lief noch einmal, um das Gebäck zu holen. Edel hatte indessen Zeit gehabt, zur Fensterfront hinüber zu schauen. Er fragte sich, ob man von dort aus den Rhein sehen konnte. Schließlich befanden sie sich im siebten Stock des modernen Gebäudes, und der Fluss war ohne Zweifel nicht sehr weit von hier entfernt. Aber sein Gesprächspartner verlangte nun wieder seine ganze Aufmerksamkeit.

„Ich will nicht lange um den heißen Brei reden, Herr Edel. Wie Sie sich denken können ist meine Zeit begrenzt."

„Meine auch", dachte Edel, aber dann sagte er: „Das kann ich mir denken, Herr Präsident!"

Er nahm einen Schluck Kaffee, äugte auf das Gebäck, entschied sich dann aber dagegen. Es sollte ja nicht allzu sehr nach Kaffeekränzchen aussehen. Immerhin saß er dem mächtigsten Mann gegenüber, den das Heer der Ordnungshüter im gesamten Bundesland zu bieten hatte.

„Ich bin natürlich auch schon sehr gespannt, über welches Thema Sie mit mir sprechen wollen. Es kommt ja nicht jeden Tag vor, dass man in die Führungsetage des Polizeipräsidiums geladen wird."

Emmerich kicherte, angelte sich ein Stück Gebäck, tunkte es in seinen Kaffee und ließ es im Mund verschwinden.

„Mmh", hob er an, während er noch kaute, „wie vertraut sind Sie denn mit dem politischen Leben dieses unseres schönen Landes?"

Edel hegte fast den Verdacht, dass er sich einer Fangfrage gegenüber fand. Deshalb sortierte er seine Antwort.

„Nun, ich informiere mich über das Geschehen in Berlin, über das, was in der Welt vorgeht, und auch, was die rheinland-pfälzische Politik angeht bin ich zumindest oberflächlich à jour, wenn Sie das meinen."

„Das und vielmehr noch die Personalien innerhalb des politischen Lebens. Es gibt ja doch viele Mitspieler auf diesem Parkett, das wissen Sie auch. Die einen halten sich eher bedeckt, die anderen suchen die Öffentlichkeit und ihr tägliches Publikum wie die Motten das Licht."

Edel wusste wirklich nicht, wo es mit diesem Diskurs über Politik, Personalien und Öffentlichkeit hingehen sollte. Fast wähnte er sich wieder an der Hochschule der Polizei Baden-Württemberg, die er einst in Villingen-Schwenningen besucht hatte. Auch dort war es oft um theoretische Konstrukte gegangen, die auf einer eher abstrakten Ebene abgehandelt wurden. Aber was bezweckte sein Gegenüber damit? Er war gespannt, was am Ende dabei herumkam.

„Sagt Ihnen der Name Bernhard Sauer etwas, Dr. Bernhard Sauer?"

„Der Bundestagsabgeordnete? Der wohnt doch…"

„…im Zellertal, bei Ihnen in Kirchheim gleich um die Ecke, ja! Da fahre ich übrigens an Wochenenden gern auch einmal hin. Wir holen uns dort immer unseren Wein, müssen Sie wissen, im Weingut Bremer in Niefernheim oder neuestens auch einmal bei Boudier-Koeller in…"

„…in Stetten“, vollendete Edel den Satz. „Die beiden Weingüter kenne ich als Liebhaber des Rebensafts natürlich auch. Bei Bremer sitze ich gern in der Vinothek, bei Boudier-Koeller im Hof des toll renovierten alten Pfarrhauses. Und dann einen trockenen, mineralischen Riesling auf dem Tisch und der Tag ist gerettet!“

Dr. Hubert Emmerich war sichtlich beeindruckt. Er nickte zustimmend, und wahrscheinlich sah er sich selbst vor seinem geistigen Auge auf dem Gelände eines der beiden genannten Weingüter sitzen und ein Viertel Zellertaler Schwarzer-Herrgott-Riesling schlotzen. Oh wie einfach und unbeschwert das Leben doch sein konnte, wie leichtfüßig ein freies Wochenende daherkommen durfte, wenn man auf die Weinberge schauen und die Früchte anderer Leute harter Arbeit so richtig in sich aufzunehmen in der Lage war.

„Da gibt es doch seit einiger Zeit auch ein paar Kilometer weiter nördlich eine neue Weinlounge. Da sind wir einmal bei einer unserer Weinholtouren hängen geblieben. Das war sehr unterhaltsam dort, muss ich sagen, und landschaftlich einfach *superb*!“

„Das war sicherlich Zellers, die Weinlounge. Sie liegt genau zwischen unserem Donnersberg, der höchsten Erhebung unserer schönen Pfalz, und der Nibelungenstadt Worms. In der Tat steht oder sitzt man dort mitten in den Weinbergen. Und der Schwarze Herrgott ist natürlich die Lage dort. Ich liebe die mineralische Note so sehr, dass ich sie in diesem Augenblick schmecken kann!“

Dr. Emmerich kicherte jetzt nicht nur, sondern lachte lauthals heraus. Zwei Weinliebhaber hatten den gemeinsamen önologischen Nenner gefunden. Das konnte für den Kommissar aus dem Donnersberger Land nur von Vorteil sein.

„Leider müssen wir den Schwarzen Herrgott noch für eine Weile in der Lage reifen lassen, Herr Edel. Es ist nämlich so: Der Bundestagsabgeordnete Dr. Bernhard Sauer ist vorgestern in einem Hotelzimmer tot aufgefunden worden.“

Das war ein Donnerschlag. Edel hatte sich aber in der Gewalt. Als Kriminalbeamter stand es niemandem gut zu Gesicht, wenn er zu viele Gefühlsregungen im Angesicht eines potentiellen Verbrechens zeigte. Noch aber hatte der Polizeipräsident nicht von einem Akt der Gewalt gesprochen. Der MdB konnte auch eines natürlichen Todes gestorben sein. Aber dann würde er, Edel, sicher nicht hier sitzen. Jetzt angelte er sich doch noch ein Gebäckstück und steckte es sich in den Mund, ohne es vorher in den Kaffee zu tunken.

„Oh wow, das sind ja schöne Neuigkeiten für die Leute rund um den Donnersberg. Schließlich war Sauer ein gern gesehener Mensch bei allen möglichen Veranstaltungen rund um unseren Berg! In welchem Hotel wurde er denn gefunden, in Berlin etwa?“

„Nein, es war nicht an der Spree, sondern am Potomac!“, Emmerich hielt inne und ließ das Gesagte auf seinen Gesprächspartner wirken.

Edel überlegte, wo er den Potomac geografisch anzusiedeln hatte. Fast hätte er sein Smartphone aus der Jackentasche gefischt, um das Wort zu googeln. Aber er widerstand der Regung.

„Washington D.C.! Ich war schon einmal dort. Der Fluss kommt aus den Bergen und mündet nach mehr als 400 Meilen in die Chesapeake Bay, also in den Atlantik. Dabei fließt er eben auch an der Hauptstadt Washington vorbei, oder hindurch."

„Stimmt, jetzt kann ich das auch einordnen", meinte Edel und leerte seine Kaffeetasse. „Weiß man denn schon, wie es passiert ist? Ich meine, wie ist Sauer zu Tode gekommen?"

Emmerich zögerte jetzt nicht mehr. Die Fakten mussten auf den Tisch: „Er wurde erschossen. Fünfundvierziger Kaliber, Browning halbautomatisch!"

Edel nickte bedächtig. „Das ist eine Pistole, die gemeinhin im militärischen Bereich genutzt wird, wenn ich nicht falsch liege. Die Waffe ist akkurat und hat gewaltige Durchschlagskraft. Wissen wir, wer sie verwendet hat?"

Emmerich schaute fast belustigt. „Wenn wir das wüssten säßen wir beide jetzt nicht an diesem Tisch", meinte er dann und leerte ebenfalls seine Tasse. Er stand auf, räumte das Geschirr ab und stellte es auf den Beistelltisch neben der Thermoskanne.

„Und was hat Dr. Sauer in den USA und in Washington zu tun gehabt?" Edel dachte laut. Er wusste selbst nicht warum er so viele Fragen stellte. Emmerich hätte ihm sicher auch so alle Informationen gegeben.

„*Meetings* mit Kongressabgeordneten. Abstimmung unter Verbündeten, was den Krieg in der Ukraine angeht. Verhandlungen über das weitere Vorgehen und die Haltung des Westens Russlands gegenüber. Und schließlich militärisches Einvernehmen mit den USA als Mitglied des Verteidigungsausschusses des Deutschen Bundestags. Reicht Ihnen das als Begründung seiner Reise an die Ufer des Potomac?"

Konnte Edel das Ende eines Geduldsfadens ausmachen? Eine weitere Frage konnte er sich kaum erlauben. Trotzdem wusste er sofort, dass er sie zu stellen hatte.

„Und was habe ich mit alldem zu tun, Herr Polizeipräsident?"

Emmerich zögerte keinen Moment, „Sie müssen hin!"

„Ins Zellertal, wo er wohnte?"

„Nach D.C. Washington, USA!"

Frank Edel war ehrlich erschüttert.

„Das ist nicht Ihr Ernst, oder?"

„Ich pflege nicht zu scherzen, wenn es um Tote geht, die im Bett eines Hotelzimmers gefunden werden, mit einer Schusswunde im Kopf. Schon gar nicht, wenn es sich um einen Bürger unseres Bundeslandes handelt, ganz und gar nicht, wenn dies in der Hauptstadt der USA passiert ist und überhaupt nicht, wenn es um ein Mitglied des Deutschen Bundestags geht!“

Dr. Hubert Emmerich hatte seine ganze Autorität in seine Rede gelegt. Edel rutschte auf seinem Sessel instinktiv etwas nach unten, was ihn kleiner machte als er eigentlich war. Für den Moment war er sprachlos.

„Sie werden die Hauptstadt der USA jetzt etwas näher kennenlernen, Edel. Die Amis haben Amtshilfe aus der Heimat des Toten angefordert. Sie versprechen sich davon wohl eine schnellere Auflösung des Falls, wenn sie dadurch mehr Hintergrundwissen bekommen. Und außerdem…“

„Außerdem denken die vielleicht insgeheim, dass sie die Schuld am Tod des Bundestagsabgeordneten zumindest teilweise hier in seiner Heimat festmachen können, wenn ein Kommissar aus Deutschland anreist und vielleicht hier in Deutschland im Nachhinein etwas Staub aufwirbelt.“

„Das kann durchaus sein. Aber es steht uns nicht zu, solche Schlussfolgerungen zu ziehen, nicht mir als Polizeipräsident und nicht Ihnen als Hauptkommissar aus dem Donnersbergkreis, dort, wo Dr. Sauer wohnhaft war. Eines weiß ich jedoch ganz genau!“

„Und das wäre?“

„Dass Ihr Flieger in zwei Tagen geht!“

Frank Edels Reaktion war die eines Menschen, der es zunächst einmal ablehnte, ins kalte Wasser geworfen zu werden. Die meisten Menschen reagierten zuerst einmal so, wenn von außen etwas an sie herangetragen wurde, was überraschend und völlig unerwartet auf sie zukam. Erst im zweiten Anlauf trat dann das Intuitive zurück und machte einer eher rationalen Einschätzung Platz.

„Und meine Arbeit in Kirchheim?“, wehrte er sich noch immer ein wenig.

„Sie haben doch zwei Mitarbeiter, Robert Naumann und Petra Demmerle, wie ich lesen kann. Emmerich hatte ein Blatt Papier in der Hand, auf dem ganz offensichtlich ein paar mehr Informationen über den Kommissar und sein Umfeld zu finden waren. „Die können Ihre Arbeit während Ihrer Abwesenheit weiterführen. Das Ganze wird ja nicht ewig dauern!“

Edel ließ die Luft aus seiner Lunge entweichen, indem er wie ein Pferd ausatmete, das gerade einen wilden Galopp hingelegt hatte.

„Okay!“, meinte er dann, „ich will mich ja keinesfalls eines Dienstvergehens schuldig machen, indem ich als Beamter mein Treueverhältnis dem deutschen Staat gegenüber verletze, wenn ich mich zu gehen sträube!“

„…zu fliegen sträube“, korrigierte Emmerich die Methode der Fortbewegung. „Und nun fahren Sie nach Hause in die Pfalz an ihren Donnersberg, packen Sie einen Koffer, instruieren Sie Ihre Mitarbeiter und holen Sie bis übermorgen noch ein paar Erkundigungen über Dr. Sauer ein. Das Ticket und alle anderen Informationen gehen Ihnen morgen per Kurier auf Ihre Dienststelle zu. Und dann zeigen Sie unseren amerikanischen Kollegen in *Dee Cee*, was deutsche polizeiliche Gründlichkeit ist! Punktum!"

Edel war kaum aus dem Gebäude des Polizeipräsidiums getreten, als sich trotz der Aufregung, die er gerade durchlebte, und der zwei Seelen in seiner Brust – sich auf den Auslandsaufenthalt freuen oder die gänzlich ungewohnte bevorstehende Situation zu fürchten – eine allzu menschliche Regung einstellte: Hunger! Und da er in Mainz war, kam ihm eine kulinarische Spezialität in den Sinn, die er schon lange nicht mehr genossen hatte. Dazu passend fiel ihm eine stadtbekannte Lokalität in der City ein, die für den bevorstehenden Gaumengenuss geradezu prädestiniert war. Im Proviantamt in der Schillerstraße gab es Edels Wissens nach nicht nur den besten Handkäs mit Musigg, sondern auch einen Patron, der einen festen Händedruck und einen gezwirbelten Schnurrbart präsentieren konnte. Die Vorschusslorbeeren enttäuschten nicht. Das Määnzer Nationalgericht war gut durchgereift und schmolz auf der Zunge. Die süß-saure Musik war wohlschmeckend und kitzelte den Gaumen gerade soweit, dass die Zwiebeln und der Essig nicht zu aufdringlich waren. Dazu gab es ein Schwarzbrot, das seinesgleichen suchte. Völlig gesättigt und zufrieden verließ der Kommissar das Lokal, um noch lange vor der Rushhour aus der Stadt zu kommen.

Auf der Heimfahrt sinnierte Edel über das ihm Bevorstehende. Inzwischen hatte er sich etwas mehr mit der Idee angefreundet, Zeit in den Vereinigten Staaten von Amerika zu verbringen. Eigentlich hatte er da schon immer einmal hin wollen, allerdings unter anderen Umständen. Nun würde er in der Tat in zwei Tagen dort landen, mit einem offiziellen Auftrag in der Tasche, als Polizist und nicht als Tourist. Robert Naumann war ein ausgezeichneter junger Kollege. Der würde ganz ohne Zweifel die Stellung in Kirchheim in seiner Abwesenheit halten können, unterstützt von Petra Demmerle, die bei all ihren Recherchen unersetzlich war mit ihrer Fähigkeit, Informationen aus allen möglichen und unmöglichen Quellen zu extrahieren. Da musste er sich wirklich keine Sorgen machen.

Seine Eltern würde er noch informieren müssen. Aber seine Mutter war ja noch rüstig, wenn auch der alte Edel nach seinem Herzinfarkt nie mehr der Alte geworden war. Und seine Musikerkollegen musste er unterrichten. Je nachdem wie lange er in Amiland zu bleiben hatte, mussten die sich für die Zeit eben einen anderen Drummer suchen. Das barg natürlich die Gefahr, dass der Aushelfer nicht so rostig wie er selbst hinter dem Drum-Kit war und er sich dadurch entbehrlich machte. Aber seine Mucker beneideten ihn sicher auch ein Stück, weil er in dem Land weilen würde, aus dem die meisten Musiker kamen, die sie in ihrer Jugend angehimmelt hatten und deren Bands zu einem Großteil immer noch existierten und durch die Welt tourten.

Als er bei Freimersheim von der Brücke fahrend die Anhöhe hinaufrollte, konnte er den langgestreckten Rücken des Donnersberges wieder sehen. Den musste er wohl für eine Weile mit den Blue Ridge Mountains eintauschen, von denen Edel wusste, dass sie sich nicht weit von Washington D.C. als Teil des Appalachen-Gebirges ausbreiteten. Er schaute auf die Uhr. Ein paar Stündchen würde er wohl heute noch auf der Polizeiinspektion in der Vorstadt verbringen müssen. Vielleicht war dann am Abend noch Zeit, im Caruso bei einem Barbera eine Saltimbocca alla Romana zu genießen. Der Handkäs war ja nur ein kleiner Imbiss gewesen. Ja, vielleicht würde er sogar zur Feier des Tages über die Stränge schlagen – und einen Barolo ordern. Salute!

3.

Das Zimmer war angefüllt mit allen möglichen Beamten. Da waren zunächst die Mitarbeiter der CSI - Crime Scene Investigation in weißen Overalls. Sie nahmen Proben von allen Oberflächen, die im Raum zu finden waren. Die Kollegen der Washington Metropolitan Police standen meist herum, diskutierten die möglichen Vorgänge des Geschehens und machten sich eifrig Notizen. Und dann waren da noch die Agenten des Federal Bureau of Investigation, auch als FBI bekannt. Die drei Buchstaben prangten auf dem Rücken ihrer blauen Overalls in grellen, gelben Lettern, als wollten sie allen sagen, wir sind hier die Wichtigsten und alle anderen tanzen nach unserer Special-Agent-Pfeife. Der Tote lag noch immer auf dem Bett. Er trug einen gestreiften Pyjama in Grün mit schmalen roten Streifen. Man hätte denken können, er schlafe, wenn nicht die hässliche, rot umränderte Einschusswunde mitten auf der Stirn gewesen wäre.

Und tatsächlich hatte der ranghöchste FBI-Mann die Ermittlungen an sich gerissen, nicht zuletzt deshalb, weil das Verbrechen einen ausländischen Politiker betraf, der Mitglied eines Parlaments war, das zu einem europäischen Land gehörte, das einmal als Staatsfeind Nummer eins gegolten hatte, aber lange schon einer der wichtigsten Verbündeten geworden war, die die USA in Europa und in der Welt aufzuweisen hatte. Gerade verhörte der Mann das Zimmermädchen, das hier zuständig gewesen war. An ihrem bräunlichen Teint und ihren Gesichtszügen war zu erkennen, dass die schmächtige Frau der Latino Community angehörte.

„Wann genau sind Sie ins Zimmer gekommen, Señora?“

Der Agent wollte offensichtlich seine Spanischkenntnisse anbringen. Die Frau traute sich gar nicht, ihn direkt anzuschauen. Als Mexikanerin oder zumindest Südamerikanerin gehörte sie zu einer ethnischen Minderheit in diesem Land, und spätestens seit der vorhergehende Präsident Latinos als Vergewaltiger, Drogendealer und Kriminelle bezeichnete, hatte der Rassismus neue hohe Wellen geschlagen. Da galt es sehr vorsichtig zu sein, wenn man sich den Autoritäten und besonders Angehörigen der Polizei gegenüber sah, sonst war man schnell auf der Straße der Deportation und fand sich auf der anderen Seite der südlichen Grenze wieder, vielleicht sogar, wenn man ganz legal hier im Land war oder schon viele Jahre hier lebte und arbeitete.

„So gegen acht Uhr – a.m., meine ich, also morgens!"

„Ich weiß was a.m. bedeutet", sagte der Agent schnippisch. „Acht Uhr also. Und wie sind Sie eigentlich hier reingekommen?"

„Wir haben als Zimmermädchen natürlich alle einen Generalschlüssel für die Zimmer. Ich habe zweimal geklopft. Wir sind angehalten, *Room Service* zu rufen, wenn sich danach nichts rührt. Erst dann dürfen wir aufschließen und langsam ins Zimmer gehen, damit wir keinen Gast in – wie sagt man – *komprometterande* ... in kompromittierenden Situationen antreffen."

„Ahmm, verstehe. Dann sind Sie rein. Und dann?"

Sie schien nachzudenken, um ja nichts Falsches zu sagen. Sie schaute sich im Zimmer um, als ob sie von jemandem Hilfe oder gar Erlösung erwarte. Dabei vermied sie es, zum Bett hinüber zu schauen, denn dort lag *Muerte*, der Tod!"

„Ich bin rein, bin zuerst Richtung Bad, weil wir da immer mit unserer Arbeit beginnen. Dann habe ich doch Richtung Bett geschaut und da…da lag er eben. Ich…ich dachte zunächst, er schlafe noch und habe sich deshalb nicht gemeldet. Aber dann..., dann sah ich das…*hoyo*…das Loch mitten auf der Stirn. Da wusste ich, dass der Gast nicht mehr schlief."

Der FBI-Mann atmete tief durch und sah der Frau ins Gesicht. „Wie heißen Sie eigentlich?"

„Frida", antwortete die Frau, „Frida Maria Sanchez. Nach Frida Kahlo, der mexikanischen Malerin, wissen Sie. Meine Mutter ist auch aus Coyoacán, da wo die berühmte Frida geboren ist."

Der Polizist ignorierte den kleinen Ausflug in die Welt der Kunst und fuhr mit der Inquisition fort.

„Und dann haben sie *Nine One One* gewählt, oder ihren *Supervisor* verständigt, der für den Zimmerservice zuständig ist oder den *General Manager* des Willard, nicht wahr?"

Sie schaute wieder unter sich. Frieda Maria Sanchez saß wie das Kaninchen vor der Schlange. Warum nur musste ausgerechnet sie den Erschossenen finden? Es war ja nirgends eine Pistole oder ein Revolver zu sehen gewesen. Er hatte sich also ganz sicher nicht selbst umgebracht, sondern war einem Gewaltverbrechen zum Opfer gefallen. Warum nur sie, *Dios mio*!

„Nein, ich bin aus dem Zimmer gerannt. Auf der anderen Seite des Flurs habe ich Rosalia getroffen, eine Kollegin, die dort ein unbewohntes Zimmer für den nächsten Gast herrichtete. Die ist dann mit mir zusammen in das Zimmer gegangen, in dem ich arbeiten wollte. Als sie den Toten sah, hat sie unsere Supervisorin mit ihrem Smartphone angerufen, damit wir im Zimmer nichts anrühren, wissen Sie. Und die hat dann das Hotel-Management verständigt und erst die dann die Polizei. Ja, so wars! *Dios ten piedad*, Gott sei uns gnädig!"

Der FBI-Mann vervollständigte seine Notizen und ließ sein eigenes Handy sinken.

„*Muy bien*", sagte er und war sichtlich stolz auf seine Fremdsprachenkenntnisse. „Halten Sie sich bitte zur Verfügung, ja. Keine Trips nach Coyoacán oder so etwas! Und geben Sie mir noch Ihre Adresse bitte."

Für eine Latina war es immer schwierig, ihre Adresse preiszugeben, denn das bedeutete Verletzbarkeit. Wenn die Autoritäten wussten wo jemand wohnt, war es ein Leichtes, jemanden aufzusuchen und ihm Schwierigkeiten zu machen, ob gerechtfertigt oder nicht. Aber in diesem Fall hatte Frieda Maria Sanchez wohl keine Wahl. Sie war diejenige, die den Erschossenen gefunden hatte, da konnte man sich nicht mit fadenscheinigen Begründungen herausreden.

„Ich wohne in Columbia Heights. Wir wohnen alle in Columbia Heights – oder in Mount Pleasant, schon immer." Sie nickte, als gehöre dieses Wissen zur Allgemeinbildung. „Das ist unser *El Barrio*, unsere *Neighborhood*. Ich wohne in 526 Columbia Road Nordwest. Es ist ein Town House, wissen Sie, natürlich nur gemietet!"

Der Agent hielt auch noch diese Information mithilfe seines Smartphones fest und ließ die Frau endlich gehen. Dann ging er hinüber zum Bett, wo der Pathologe gerade seine Utensilien zusammenpackte.

„Es war ein Fünfundvierziger-Kaliber, wahrscheinlich eine halbautomatische Browning. Lange hat er nicht gelitten. Der Schuss war tödlich!" Der Arzt schaute sich im Raum um, während er sprach. Die meisten Mitarbeiter des forensischen Teams hatten ihren Job getan und waren im Begriff, den Tatort zu verlassen.

„Irgendein Anzeichen weiterer Gewaltanwendung? Hat er sich gewehrt? Wurde er zuerst geschlagen oder sonst wie misshandelt?" Der Mann vom FBI schaute dem Kollegen von der medizinischen Abteilung in die Augen, als müsse er ihn auf uneingeschränkte Wahrheit abonnieren.

„Ich konnte keine Spuren entdecken, die darauf hinweisen würden. Unter seinen Fingernägeln sind keine Spuren eines Kampfes zu finden, keine Hautpartikel oder ähnliches, meine ich. Und auch sonst gibt es keine Hämatome am Körper, obwohl ich noch nicht den ganzen Leichnam inspiziert habe. Eine gründliche Obduktion wird sicher weitere Erkenntnisse liefern. Der zuständige *Medical Examiner* hat dabei ein Wörtchen mitzureden. Ich muss natürlich dessen *Office* einbeziehen. Wir als Mediziner und Forensiker sind gehalten, das OCME zu verständigen, besonders dann, wenn jemand eines gewaltsamen Todes gestorben ist. Wie sie wissen ist deren Office ja nur einen Steinwurf von hier in der E Street.“ Er schnappte sich seine Tasche und lief langsam zur Tür, wo noch ein verbliebener Mitarbeiter nach Fingerabdrücken suchte. „Meinen ausführlichen Bericht lasse ich Ihnen so schnell als möglich zukommen. *Have a nice day!*“

„Das Gleiche für Sie“, gab der Polizist zurück und ging noch einmal ins Zimmer. Der Tote lag noch immer auf dem Bett. Seine Ausweispapiere hatte er feinsäuberlich in einer Aktentasche verstaut. Die wiesen ihn als deutschen Staatsbürger aus. Ein Mitarbeiter von FBI-Agent Mike Farnsworth war mit den Papieren losgelaufen, um sie zu überprüfen. Der kam gerade zurück und schnaufte dabei tief durch.

„Keine guten Nachrichten, Mike. Der Tote war Mitglied des Deutschen Bundestags. Das gibt etwas Größeres, kann ich dir sagen! Das Mitglied eines Parlaments eines wichtigen europäischen Landes.“

„Uh, das wird hohe Wellen schlagen. Wir sollten dafür sorgen, dass wir Amtshilfe von dort bekommen. Dann kann niemand behaupten, dass etwas verschleiert werden sollte. Wir wissen doch hier in dieser Stadt, wie spiegelglatt das politische Parkett werden kann.“

„In der Tat“, meinte der andere und benutzte das Wort *indeed*. „Ganz besonders nachdem der vorherige Präsident so sehr darauf hinwirkte, dass die Beziehungen zu unseren europäischen Freunden beinahe den Potomac hinuntergeflossen wären, oder den Rhine River oder die Seine!“ Damit ließ er das Smartphone mit den gespeicherten Notizen im Bauch seiner Jackettasche verschwinden.

Jetzt hatte Mike Farnsworth zunächst einmal Hunger. Die Arbeit außerhalb des Büros schaffte das bei ihm immer. Im Office musste er den ganzen Tag kaum etwas zu sich nehmen, außer dem obligatorischen Kaffee. Er hatte plötzlich Lust auf mexikanisch. Irgendetwas mit einer kräftigen Mole, einem komplexen, vielschichtigen Geschmack, der den Gaumen und die Lebensgeister neu erfrischte. Vielleicht Enchiladas oder auch einen Burrito. Das hatte er sicher Frieda Maria Sanchez zu verdanken. Jetzt musste er schauen, wo er ein Restaurant in der Nähe hernahm, das ihm die kulinarischen Gelüste befriedigte. Schon war das Smartphone wieder aus der Jackettasche. Google half so gut wie in jeder Situation. Da war es doch schon: Oyamel Cocina Mexicana in der siebten Straße NW im Penn Quarter. Das war fast um die Ecke. Küchenchef – José Andrés. Das war es doch. Andrés war eine Celebrity, ein VIP – Very Important Person. Wenn der nicht mexikanisch konnte, dann konnte es in dieser Stadt keiner. *Si, seguro*!

4.

Als Kommissar Frank Edel auf dem Dulles-International-Airport aus dem Flugzeug stieg, wehte ihm ein frischer Wind um die Nase. Es war April und das warme bis schwüle Wetter, das die Greater Washington Area oft im Sommer heimsuchte, war noch nicht angekommen. Langsam schritt er die Gangway hinunter und stieg in den Bus, der ihn ins Terminal eins zur Einreisekontrolle und schließlich zu seinem Gepäck bringen würde, das hoffentlich auf dem Karussell auf ihn wartete. Warten tat hoffentlich auch der Chauffeur, der ihn abholen sollte. Edel war im Ausland nie völlig hilflos. In Venedig gehörte er fast schon zu den Einheimischen, und in Paris kannte er sich im Zentrum aus wie sonst nirgends. Aber Amerika war eine Kategorie Ausland, die er bisher noch nicht kennengelernt hatte, und das machte ihn etwas unruhig.

„*What is the purpose of your visit, business or pleasure?*", fragte der Officer am Schalter des Zolls, während er auf den deutschen Reisepass schaute.

„*Business*!", antwortete Edel, „*Police Business*", und legte noch seinen Polizeidienstausweis auf den Schalter.

Der Mann änderte sofort seine Einstellung gegenüber dem Mann, der vor ihm stand. „*German Police*! Das hatte ich noch nie!"

Trotzdem musste Edel seine Finger auf einen Scanner legen, der seine Abdrücke registrierte.

„Bringen Sie irgendwelche Waren mit ins Land? Lebensmittel, Fleisch insbesondere?"

„Ja, ich habe ein halbes Schwein im Koffer, gefüllt mit Rosmarinkartoffeln und kleinen Rosenkohl-Stückchen", war Edel versucht zu sagen, da es in den USA ja bestimmt nichts zu essen gab. Aber dann sagte er einfach, „*No, nothing*!" und ließ es dabei.

Der Einreise-Officer hieß Edel noch für ein Foto posieren und justierte die Minikamera. Dann gab er ihm Pass und Ausweis zurück.

„*Good luck, whatever your business here is,* ich will es gar nicht wissen!"

Edel lachte und nahm seine Papiere zu sich.

„Ich wollte schon immer mal aufs Oktoberfest", fügte der Mann noch hinzu. Edel war schon halb an dessen Schalter vorbei. „Eine Haxe essen und eines eurer großen Biere trinken. Wie heißen die Gläser gleich noch mal?"

„Stein", antwortete der Kommissar und fragte sich, ob er mit *pig knuckles* wirklich Haxe korrekt übersetzte.

„Vielleicht klappt es ja eines Tages!", meinte er noch und tippte sich mit dem Zeigefinger zum Abschiedsgruß an die Stirn.

Und wirklich stand draußen in der Halle des Terminals ein Mann mit einem Pappschild, auf dessen Front sein Name geschrieben stand. Diesmal hob Edel nicht nur einen Finger, sondern die ganze Hand zum Gruß. Der Fahrer kam auf ihn zu und versicherte sich noch einmal, dass er den richtigen Mann am Haken hatte. Dann fuhren sie die 267 State Route Richtung Downtown D.C. Die Vorstädte flogen an ihnen vorbei, Herndon, Reston, Crowells Corner, Wolf Trap. Plötzlich war da ein Fluss. Das musste der besagte Potomac sein. Der Verkehr war höllisch. Alle drei Fahrspuren waren vollgepackt mit Fahrzeugen. Sie wurden andauernd auch rechts überholt. Einige der Autos fuhren so dicht vor ihnen wieder auf die gleiche Spur, dass es Edel auf dem Rücksitz fast schwindelig wurde. Auf deutschen Straßen ging es ja auch nicht gerade zimperlich zu. Aber hier schien es kaum Regeln für den Verkehr zu geben. Der Kommissar war froh, als sie ganz offensichtlich der Innenstadt näherkamen. Der Verkehr war hier zwar auch noch sehr dicht, aber er floss weit langsamer.

Der Mann am Steuer verhielt sich ruhig und hatte wohl keine Lust auf Smalltalk, was bei den Amerikanern eher ungewöhnlich war. Dann sah er ein Monument, das wie eine lange Nadel aussah und Edel an den Luxor Obelisk auf der Place de la Concorde in Paris erinnerte.

„Washington Monument!", sprach der Chauffeur jetzt doch, „mitten auf der National Mall!"

Edel schaute hinauf. Hier musste irgendwo auch das Weiße Haus in der Nähe sein. Er fragte den Fahrer danach.

„Das ist da drüben!", meinte der und zeigte in die andere Richtung links von ihnen. Dann konnte er das Straßenschild lesen. „Virginia Avenue NW" stand da. Und die mündete in die Constitution Avenue Nordwest. Dann steuerte der Fahrer den Wagen an der zwölften Straße nach links, und sie fuhren die breite Pennsylvania Avenue entlang. Bald stoppten sie vor einem großen Gebäude, das mehr nach einer Festung aussah, als nach einem normalen Bürohaus. „J. Edgar Hoover Building", konnte Edel darauf abgebildet lesen.

„FBI-Headquarter!", skandierte der Chauffeur, als rezitiere er ein Gedicht von T.S. Eliot. „Sie sind an Ihrem Ziel."

Frank Edel schälte sich vom Rücksitz und stieg aus. Zum Glück war es hier in der Innenstadt nicht so windig wie am Flughafen. Er ließ seinen Blick noch einmal die Fassade des grimmigen Gebäudes hinaufgleiten. Das war also sein Arbeitsplatz für die nächsten Tage. Er sehnte sich jetzt schon nach der Idylle seines Kirchheimer Büros in der Vorstadt. Wer hätte das einmal für möglich gehalten?

5.

„Kaffee? Ohne Kaffee geht bei uns gar nichts."

„Ja bitte, mit etwas Milch, wenn möglich."

„Creamer oder richtige Milch? Ich weiß gar nicht, ob wir Milch da haben." Der FBI-Agent Mike Farnsworth lief zum Kühlschrank und lugte hinein, als sei er in einer Peep-Show. „Nein, nur Creamer, leider!"

„Ist schon okay", antwortete Edel, „bei uns im Büro ist auch nur immer das drin, was zufällig noch nicht von jemand anderem verzehrt wurde."

Frank Edel fühlte sich zu seiner Überraschung im Inneren des so düsteren FBI-Hauptquartier-Monstrums wohler, als er es für möglich gehalten hätte. Und das lag ohne Zweifel an seinem Gastgeber und Kollegen Mike, der Mitglied des Federal Bureau of Investigation war.

„Ich habe gleich gemerkt, dass Du ein Mensch bist, mit dem man auskommen kann, Fränk!", gab Farnsworth zurück und stellte die Kondensmilch vor Edels Tasse ab. Er sprach den Vornamen des Pfälzers natürlich amerikanisch aus, das a wie ein ä eben! Edel nahm die Milch und fügte einen Schuss seinem Kaffee hinzu. Es war nicht der beste Kaffee, den er je genossen hatte. Aber er hatte wahre Horrorstories über amerikanischen Kaffee gelesen. Und so war er schon froh, dass Mike ihm einen *Mug* aus Porzellan hingestellt hatte und er nicht aus einem Pappbecher trinken musste.

„Dann erzähl mir doch noch einmal langsam und zum Mitschreiben, was ich über euren verblichenen Parlamentsabgeordneten wissen sollte. Ich bin schon ganz gespannt!" Farnsworth ließ sich auf dem Stuhl neben Edel nieder.

Edel konnte von seinem Sitz aus dem Fenster und hinunter auf die Pennsylvania Avenue schauen. Hätte ihm jemand vor einer Woche noch prophezeit, dass er bald in Washington D.C. im Headquarters des FBI mit offiziellem Auftrag in einem Büro sitzen würde, er hätte ihn der Lüge und der kolossalen Übertreibung bezichtigt.

„So spannend wird es gar nicht, Mike. Dr. Bernhard Sauer war allem Anschein nach ein grundsolider Mensch." Edel hatte den Terminus *respectable* gewählt, er wusste selbst nicht, von wo ihm der zugeflogen war. Aber er musste sagen, er hatte sich schnell an den Gebrauch der englischen Sprache gewöhnt, und es machte ihm sogar Spaß, nach den geeigneten Anglizismen zu suchen.

„Bundestagsabgeordneter seit 1998, Mitglied der CDU, der Christlich Demokratischen Union. Er hat einmal Chemielaborant gelernt bei der großen BASF in Ludwigshafen, einer weiteren Stadt am Rhein. Sein Wahlkreis lag im Bundesland Rheinland-Pfalz mit dem Zentrum der Stadt Kaiserslautern und der Region drum herum im Südwesten des Landes, rund eine Autostunde von Frankfurt am Main entfernt.

Mitglied des Verteidigungsausschusses, beliebt bei seinen Kollegen und Kolleginnen und in der Bevölkerung. Wie gesagt, alles solide und unauffällig. Keine Skandale, keine Bestechungsaffären, verheiratet, die Ehe mit zwei erwachsenen Kindern."

Farnsworth hatte gut zugehört und schien zu überlegen. Edel befürchtete schon, jetzt würde wieder eine Referenz ans Oktoberfest folgen. Doch es kam, Gott sei's gedankt, anders, wenn auch nicht viel besser.

„Eure Gegend dort, in Germany, in…wie heißt es noch gleich – Rhineland-P…?"

„*Palatinate*, um den englischen Ausdruck zu gebrauchen. *You know*, Südwestdeutschland, an der Grenze zu Frankreich, Belgien und Luxemburg. Mainz *is the State Capital.* Das ist da, wo Johannes Gutenberg herkam, der den Buchdruck erfand, ohne den eure *Declaration of Independence,* die Unabhängigkeitserklärung, nicht so schnell unter eure rebellierenden Leute gebracht worden wäre und ihr vielleicht heute alle noch Untertanen des neuen englischen König Charles III. wärt!"

Farnsworth hätte fast prustend seinen letzten Kaffeeschluck im Zimmer verteilt.

„Haha, Humor hat er auch noch, der Deutsche! Und ich habe mir mal sagen lassen, dass ihr euch ganz hinten angestellt habt, als der unter den Leuten verteilt wurde."

Jetzt war es Edel der lachte. „Nur weil ihr Amerikaner unseren Humor nicht versteht, heißt das noch lange nicht, dass wir keinen haben." Fast hätte er Amis gesagt, aber er wusste, dass dies bei US-Bürgern nicht gern gehört wurde. Es war eine Herabwürdigung. Nicht, dass das Wort *krauts* als Bezeichnung für deutsche Bürger besser gewesen wäre, das sich Anglo-Amerikaner so gern an die Brust hefteten, wenn sie über die *Germans* sprachen, noch eingefärbt von den Geschehnissen, die sich um den Zweiten Weltkrieg rankten.

„Ich werde meine Mitarbeiter instruieren, der Witwe Sauers einen Besuch abzustatten. Dann bekommen wir sicher noch weit mehr Informationen über den Mann, die über die offiziellen Statuten weit hinausgehen!"

„*Laboratory Chemist*, uhh! Das hat viel mit wissenschaftlichen Experimenten, mit Analysen und Research zu tun. Das kam ihm sicher bei seiner Arbeit im Verteidigungsausschuss seines Landes zugute."

„Anzunehmen", meinte Edel und schaute wieder einmal hinunter auf die Avenue, die nach dem Bundesstaat Pennsylvania benannt worden war. Dort unten rollte der Verkehr auf und ab. Sehr viele Polizeiautos waren zu sehen. Da trug man sicher der Tatsache Rechnung, dass die Stadt voller wichtiger Leute war, oder zumindest voller Leute, die sich als wichtig erachteten. Dem Bundestagsabgeordneten Bernhard Sauer hatte dieser Umstand jedoch nicht geholfen. Er war mausetot.

„Was macht ein solcher Ausschuss eigentlich? Bei uns ist das Pendant ja das Armed Services Committee! Sitzen die den ganzen Tag rum und zählen die Kampfjets und die Panzer? Addieren sie wieder und wieder, wieviel Munition die Armee noch zur Verfügung hat und ordern neue, wenn diese zur Neige geht?“

Mike Farnsworth stand auf und lehnte sich mit dem Rücken ans Fensterbrett. So konnte er die breite Straße nicht sehen, die unten im Verkehr erstickte. Aber er kannte den Blick wohl schon seit Jahren und war nicht mehr sehr neugierig darauf. Edel sah in der Vorstadt auch nicht mehr oft aus seinem Bürofenster. Außer dem Gebäude der Donnersberger Sparkasse und einem gelegentlichen Fahrzeug war da ja wirklich nicht viel zu sehen.

„Soweit ich weiß, ist das bei uns ein nach unserem Grundgesetz vorgesehener Pflichtausschuss. Er ist also von der Verfassung her vorgeschrieben, denn ansonsten kann das Parlament frei entscheiden, wie sich die Anzahl seiner Ausschüsse und deren Mitglieder in jeder einzelnen Legislaturperiode zusammensetzt. Der Verteidigungsausschuss hat dabei zwei grundsätzliche Aufgaben, wie jeder andere Ausschuss des Deutschen Bundestages auch: Er bereitet die Entscheidungen des Plenums vor, im Rahmen des gesetzgebenden Verfahrens selbstredend, und er unterstützt darüber hinaus das Parlament bei der Ausübung der Kontrollfunktion gegenüber der Regierung. Die Bundeswehr ist dabei natürlich ein zentraler Punkt als Streitkräfte unseres Landes. Deren Verwaltung und die wichtige Rolle bei der Beratung und Durchführung des Verteidigungshaushalts fallen zu einem Großteil dem Verteidigungsausschuss zu. Was euer Armed Services-Komitee aber macht, weiß ich nicht so genau, und vielleicht möchte ich es auch gar nicht wissen!“

„Das geben wir als Information auch gegenüber Angehörigen anderer Länder nicht freiwillig preis“, ulkte Farnsworth, „das sind Staatsgeheimnisse.“ Er setzte sich wieder an den Tisch. „Aber ganz egal, was die Politiker diesseits und jenseits des Atlantik auch ausbaldowern, es geht letztlich doch immer um eins – ums Geld. *Cash, Moolah, Doug, Shekels, Bucks*! Sind dir das Synonyme genug, Fränk?“

„Mehr als genug, Mike, mehr als genug. *Money makes the world go round*, so sagt ihr doch hier, nicht wahr?“

„Genau, und *time is money*! Und weil dem so ist schlage ich vor, dass wir etwas *Money* in die Hand nehmen und unsere Zeit damit verbringen, uns einen guten Lunch zu gönnen. Ich habe da vor zwei Tagen ein Restaurant zum ersten Mal frequentiert, das mir sehr gut gefallen hat. Ich hoffe, Du magst mexikanische Küche. Ich sage Dir, da habe ich die besten *Albondigas echipotladas* meines Lebens gegessen, Fleischbällchen in einer Chipotle-Soße mit Frischkäse und Koriander! Na ja, vielleicht waren sie in Cancun besser, da hab ich mal ein paar Tage Urlaub mit meiner Frau verbracht, *all inclusive* versteht sich! Was für ein Leben!“

Frank Edel begann sich schon richtig wohl zu fühlen in dieser quirligen Stadt. Vielleicht war es gar nicht so verkehrt gewesen, den Rhein für eine gewisse Zeit mit dem Potomac zu vertauschen. Er wusste gar nicht, warum er sich zunächst einmal innerlich so dagegen gesträubt hatte. Reisen erweiterte den Horizont, und mit Mike Farnsworths Hilfe war er gerade dabei, seinen Horizont um ein paar gewaltige Wölkchen zu vergrößern. Und heute Nachmittag würden sie zunächst einmal den Tatort im Willard Hotel aufsuchen, dann die sterblichen Überreste des MdB im Leichenschauhaus inspizieren und schließlich der Deutschen Botschaft im Stadtteil Georgetown einen Besuch abstatten. Das sollte genug für einen Arbeitstag sein. Und jetzt grummelte sein Magen. Es war höchste Zeit für einen Imbiss, wenn es diesmal auch nicht Määnzer Handkäs mit Musigg sein würde.

6.

Gemeinhin war Frank Edel nicht so sehr für mexikanische Küche zu haben. Aber was da im Oyamel Cocina Mexicana in der 7th Street zwischen der Capital One Arena und der U.S. Navy Memorial Plaza auf den Tellern serviert wurde, war nichts weniger als kreative, gehobene mexikanische Cuisine. Das hatte mit dem wenig zu tun, was er in Deutschland das eine oder andere Mal als Essen aus Mexiko über sich hatte ergehen lassen müssen. Und dabei war der Oberchefkoch eigentlich Spanier, der sich in den USA ein kleines Restaurantimperium aufgebaut hatte. Bisher hatte er nie von ihm gehört. Sein Name war José Andrés. Aber ab jetzt würde er ihn sich merken. Jedenfalls mundeten ihm die *Camarones al mojo de ajo negro* so gut, dass er sich das Gericht aufschrieb und übersetzte – Weiße Shrimps von der Golfküste, kurz angebraten mit Schalotten, rotem getrocknetem Chili und Poblano Pfeffer, abgeschmeckt mit Limonensaft und süßem, schwarzem Knoblauch. Na, da sollte noch einer sagen, in den USA konnte man nicht gut essen und man müsse sich mit Hamburger vertilgen durchschlagen!

„Hast Du vorab schon mit eurer Botschaft Kontakt aufgenommen, Fränk?“ meinte Farnsworth, als sie wieder draußen auf dem Gehsteig standen.

Edel war gerade einmal ein paar Stunden inklusive einer kurzen Nacht im Land, und langsam machte sich ein allmählich intensiver werdender Jetlag bemerkbar. Sechs Stunden Zeitunterschied war zwar nicht die Welt, aber er reichte wohl, um einen Mann mittleren Alters früher oder später auf dem Konto seines Energiepotentials negativ zu beeinflussen. Er verneinte daher die Frage, lieferte dem Amerikaner aber keine weitere Begründung.

„Die haben da in Georgetown ein ganz tolles Areal, musst Du wissen. Ich war schon einmal an einem ihrer *Open-House*-Tage dort. Die hatten sogar einen Biergarten mitten in einer parkähnlichen Landschaft.“ Mike schwelgte in deutscher, biergeschwängerter Romantik. „Hab mich fast wie auf dem Oktoberfest gefühlt, nur die Gläser waren nicht ganz so groß.“

Da war es wieder, das international allseits so beliebte Oktoberfest. Es war wohl nur eine Frage der Zeit gewesen. Andererseits war es aber auch schön, dass man in den USA so auf dieses bayerische Traditionsfest stand. Das gab Deutschland eine gute Reputation, was hier in diesem Land in der jüngeren Geschichte ja nicht immer so gewesen war. Doch nicht viele Amerikaner wussten wohl, dass der Ursprung des Fests bis auf die Hochzeit des bayerischen Kronprinzen und späteren König Ludwig I. mit seiner Frau Therese von Sachsen-Hildburghausen im Jahre 1810 zurückging. Das Fest war damals hauptsächlich ein Pferderennen gewesen und wurde erst später zum Volksfest, das von den bayerischen Untertanen so geliebt wurde, dass es jährlich stattfinden sollte. Und das tat es dann auch, abgesehen von Unterbrechungen wegen Kriegen und Epidemien und Pandemien, wie erst vor kurzem geschehen. In diesem Jahr sollte es wie im letzten, trotz Krieg in der Ukraine wieder stattfinden, unter den wachsamen Augen der Wächterin Bavaria, auf der Theresienwiese, benannt nach der einstigen königlichen Braut. Edel ersparte dem Mann vom FBI seinen historischen Diskurs. Den hätte dieser wahrscheinlich auch wenig interessiert. Die Hauptsache war für die Amis ganz sicher das wohl gepflegte Bayerische Image, bestehend aus großen Biergläsern, Lederhosen, Dirndl, Bergen und deftigen Speisen.

Sie liefen durch das Penn Quarter zurück Richtung Federal Bureau Building, und Farnsworth ließ die Frau an der Rezeption in der Lobby wissen, dass er mit seinem deutschen Gast zum Willard Hotel laufen würde, um dort erneut den Tatort zu besuchen, der inzwischen in vieler Munde war. Denn es hatte sich herumgesprochen, was mit dem Abgeordneten des deutschen Parlaments dort geschehen war. Um nicht entlang der stark befahrenen Pennsylvania Avenue laufen zu müssen, schlug der ortskundige Agent die Route Richtung Norden ein. Im Vorbeigehen zeigte er Edel noch Ford's Theatre, dort wo Abraham Lincoln einst von John Wilkes Booth auf der erhöhten Loge erschossen worden war. Erschießungen haben wohl Tradition in dieser Stadt, dachte Edel für sich. Eine Parallele zu ihrem aktuellen Fall war ja nicht gänzlich von der Hand zu weisen. Aber Lincoln hatte zusammen mit seiner Frau Mary gerade die Komödie *Our American Cousin* angeschaut, und soweit Edel wusste, hatte Dr. Bernhard Sauer kein Theater besucht, sondern war im Bett seines Hotelzimmers ermordet worden.

Nach wenigen Minuten standen sie vor der imposanten Fassade eben jenes Intercontinental Hotels, das als The Willard bekannt war. An dessen Rezeption angekommen sprach Farnsworth mit dem Concierge hinter dem Tresen. Der bat seinen Rezeptionskollegen um den Zimmerschlüssel, der ihn bereitwillig aushändigte, nachdem der FBI-Mann ihm seinen Dienstausweis gezeigt hatte. Edel ließ den seinen in der Jacke stecken, denn das deutsche Identitätspapier hätte wohl nur zur Irritation beigetragen. Mit dem Lift ging es einige Stockwerke nach oben. Vor der Zimmertür war ein gelbes Absperrband angebracht, auf dem in großen schwarzen Lettern „*CRIME SCENE DO NOT CROSS*“ zu lesen war. Edel war sich sicher, dass das Management des Hotels den Hinweis auf dem Band liebte. Mehr Diskretion ging ja kaum in einem Haus, das auf seinen Ruf bedacht sein musste.

Das Zimmer lag noch genauso da, wie es die Mitarbeiter der einzelnen kriminalistischen Organisationen verlassen hatten. Auf dem Bett war noch deutlich der Abdruck des menschlichen Körpers zu sehen, der zuletzt leblos dort gelegen hatte. Auch Sauers Hab und Gut, das er mit auf Reisen genommen hatte, war noch in Garderobe und Bad vor Ort. Die beiden Männer schauten sich um. Farnsworth machte Edel auf die Aktentasche aufmerksam, die auf der anderen Seite des Bettes etwas verdeckt stand.

„Die hätten wir eigentlich gleich sicherstellen und mitnehmen müssen!“, meinte der FBI-Mann, seine eigene Fahrlässigkeit und die seiner Kollegen rügend.

Edel machte sich daran, den Inhalt der Tasche zu inspizieren, während sein amerikanischer Polizeikollege sich zwischen den Sachen im Bad zu schaffen machte, um vielleicht dort noch einen Hinweis auf das Geschehen in diesem Hotelzimmer zu erhalten. Edel fand eine Menge Papiere in der Tasche, die unbedingt sichergestellt werden sollten. Auch er wunderte sich darüber, wieso die Tasche überhaupt noch hier im Hotel stand. Viele Dokumente trugen das Emblem des Deutschen Bundestags rechts oben in der Ecke, den stilisierten Bundesadler also. Edel hatte jetzt nicht die Muße alle Papiere quer zu lesen. Aber er sah an einigen Stichworten, dass es dabei um offizielle Sachfragen und Entscheidungsgrundlagen ging, Tagesordnungspunkte des Verteidigungsausschusses, aktuelle Einreichungen von Petitionen bezüglich des Umgangs mit Russland und insbesondere mit Putin. Ein Dokument schaute er sich dann doch etwas näher an. Darin wurde die Einrichtung eines Sondertribunals zur Strafverfolgung im Ukraine-Krieg gefordert.

Das war alles starker Tobak, und Edel konnte sich lebhaft vorstellen, was auf einer politischen oder diplomatischen Ebene schieflaufen konnte, wenn solche Aktennotizen und Sitzungsprotokolle in die falschen Hände gerieten. Den Mörder hatten sie jedoch anscheinend wenig interessiert. Schließlich sortierte er alles wieder in die Tasche und nahm diese an sich. Mike Farnsworth war nicht fündig geworden.

„Außer Toilettenartikel und persönliche Utensilien konnte ich nichts Interessantes mehr entdecken!“, meinte der, während er zum Bett hinschaute.

„Die Spuren auf dem Bett habt ihr ja bestimmt sichergestellt“, meinte Edel und blickte auf den Körperabdruck auf den Laken, der eine schauerliche Geschichte erzählte.

„Klar, das haben wir, aber ich schau gar nicht aufs Bett. Was lugt denn da unter der Lampe auf dem Nachtisch hervor?“ Mike Farnsworth deutete mit ausgestrecktem Arm auf das Objekt seiner Begierde. Frank Edel musste erst einmal die Begriffe *to peek out* und *night stand* verdauen. Als er es kapiert hatte, lief er dem Bett zu. Eine

Sekunde später zog er ein Stück Papier oder einen Karton unter dem Lampensockel hervor.

„Was ist das? Hat da jemand etwas untergelegt, weil die Lampe wackelt?" Farnsworth kam näher und schaute Edel über die Schulter.

„Das ist eine Visitenkarte, und wie es aussieht, von einer Person, die hier im Haus arbeitet!"

„Joseph Byrnes, Mixologist, Round Robin Bar, The Willard Hotel, Washington D.C."

In diesem Moment klingelte Farnsworths Handy. Edel erkannte den Klingelton. Es war Bruce Springsteens „*Dancing in the Dark*". Er war nie der ganz große Springsteen-Fan gewesen, aber der Boss hatte trotzdem mit seinen Songs einen Platz in seinem Rock-'n'-Roller-Herzen.

„*Hi Steven, what's up? Yes…yep…Okay, I am coming. Give me fifteen to twenty minutes, all right!*" der FBI-Agent steckte das Smartphone in die Tasche und schaute nochmals auf die Visitenkarte, die Edel noch immer in seiner Hand hielt.

„Kannst Du das mit dem Barmixer übernehmen, Fränk? Ich habe Sauers Smartphone bei uns in der Technik abgegeben, damit die Kollegen dort das Ding untersuchen, das, was da so drauf ist natürlich, E-Mails, angerufene Telefonnummern, WhatsApp-Posts oder einen Facebook-Account. Die Kollegen haben wohl etwas gefunden!"

„*I will try my best*", antwortete der Kommissar aus der Pfalz und wunderte sich einmal mehr darüber, wo er die englischen Redewendungen hernahm, vor allem postwendend.

„Dann sehe ich dich danach wieder im Büro", sagte Farnsworth noch und war schon an der Tür Richtung Flur. Dann kam er nochmals zurück und händigte Edel den Schlüssel zum Zimmer aus. Edel machte nochmals eine Runde durch den Raum. Aber er konnte nichts mehr entdecken, was von größerem Interesse gewesen wäre, um den Fall schnell zu lösen. Außerdem würden die FBI-Experten ja sicher ihren Bericht über die CSI Crime Scene Investigation liefern, wenn er sich auch fragte, wie gründlich das Zimmer von ihnen untersucht worden war, da sie die Visitenkarte dabei noch nicht einmal entdeckt hatten.

Edel fand die Bar nicht weit vom Haupteingang des Hotels entfernt. Auf dem Weg dahin sah er die goldenen Lettern oberhalb einer breiten Tür: *The Nest Room & Round Robin Bar*. Er schätzte sich glücklich, dass er mit dem Nest Room nichts zu tun haben würde. Das klang dann doch zu heimelig. Er fragte sich stattdessen, ob er sich im Dienst einen Cocktail erlauben konnte. Nicht, dass er so abhängig vom Alkohol gewesen wäre. Wein und Bier zählten ja in Deutschland wie im übrigen Europa eher zu den Nahrungsmitteln. Und in den USA gab es auch den sinnigen Spruch: *It's five o'clock somewhere* – irgendwo ist immer 17 Uhr. Danach konnte man anscheinend trinken was man wollte. Er schaute auf die Zeit, die sein Handy anzeigte. Eine Uhr trug er schon lange nicht mehr am Arm. Es war erst drei Uhr nachmittags, p.m. also. Das war noch entschieden zu früh für einen Drink, doch andererseits hatte er ja keinen Aufpasser bei sich.

Das kreisrunde Erscheinungsbild der Bar war schon etwas Außergewöhnliches. Es war nur ein Barkeeper hinter dem Tresen und auch nur ein Gast saß auf einem der lachsfarbenen Bezüge der noblen Barstühle. Der Besucher war mit seinem Handy beschäftigt. Was würden die Leute mit ihrer Zeit anfangen, wenn sie nicht ständig in diese Dinger schauen könnten? Aber Edel ging es ja bereits genauso. Was man mit dem digitalen Wunderapparat so alles anstellen konnte, hatte ja mit dem reinen Telefonieren nichts mehr zu tun. Darum hießen sie ja auch Smartphone und nicht mehr Fernsprecher! Noch einmal schaute er auf die Visitenkarte und ging dann direkt auf den Mann hinter dem Tresen zu.

„*Good afternoon Sir, what can I do for you?*"

„Einen Gin Tonic und eine Auskunft bitte!"

Edel war nichts anderes als dieser Allerweltsdrink eingefallen. Er hätte ja auch eine Getränkekarte verlangen können, aber er wollte nicht so wirken, als ginge er nur alle zehn Jahre in ein solches Establishment. Doch der Mann machte gar kein verwundertes Gesicht und begann sofort, den bestellten Drink zu präparieren. Er servierte ihn in einem Kupferbecher. Darüber wunderte sich Edel ein wenig.

„So bleibt Ihr Drink schön lange kalt."

„Ah", meinte Edel, „*I see*!"

„Ja, und so kann man auch besonders große Eiswürfel hineingeben, und der Gast kann das Trinkgefäß am Griff festhalten. So wird die Flüssigkeit nicht durch die Wärme der Hand in Mitleidenschaft gezogen." Der Barkeeper hatte den Begriff *does not affect* genutzt. Edel fragte sich, ob er ihm wohl im Affekt seine Auskunft erteilen würde. Er wollte ihn jedoch keineswegs zu einer Kurzschlusshandlung verleiten.

„Sie scheinen Ihr Handwerk zu verstehen", meinte er erst einmal noch ganz unverfänglich. Mit der Tür ins Haus zu fallen war bei den Amerikanern gar nicht gang und gäbe, das wusste er. Da wurde zuerst Smalltalk gemacht, erst danach kam dann der Hammer. Er nippte am Gin and Tonic.

„Hm, entweder Sie verwenden einen ganz außergewöhnlichen Wacholderschnaps oder ich habe bisher nie einen richtigen G&T gekostet", meinte er dann und nahm gleich noch einen großen Schluck.

„Haha", lachte der Barmann, „da haben Sie in der Tat einen guten Riecher. Wir haben hier in der Round Robin ja eine Reputation zu verlieren. Das ist ein Seventy-One Eau des Nuit Gin. Der hat einen ganz weichen Abgang. Er verbringt genau 71 Nächte in drei verschiedenen Eichenfässern. Eigentlich darf man gar kein Tonic Water dazu schütten, der ist dafür viel zu schade. Aber ich wollte Ihnen etwas Besonderes bieten!"

„Das ist Ihnen gelungen, weiß Gott!". *God knows,* hatte Edel gesagt und damit eine weitere englische Redewendung aus einem imaginären Sprachhut gezaubert.

„Aber Sie wollten ja noch etwas von mir, außer dem Cocktail meine ich."

Jetzt musste der Kommissar aus Deutschland Farbe bekennen. Nun war es auch an der Zeit, seinen Polizeidienstausweis zu zücken. Kurz erklärte er, dass er im Rahmen der Amtshilfe dem FBI zuarbeite.

„*Administrative cooperation*", sagte er. Der junge Mann nickte nur.

„Sind Sie Joseph Byrnes?" Nun zuckte der Barkeeper doch.

„Woher wissen Sie das?"

Edel legte dem Mann dessen eigene Visitenkarte vor die Nase. Der Mann zuckte noch einmal.

„Jetzt überraschen Sie mich. Helfen Sie mir auf die Sprünge."

„Die Karte habe ich hier im Hotelzimmer eines Mannes gefunden, der vor kurzer Zeit noch quicklebendig war. Und jetzt ist er tot."

Der andere Gast winkte den Barkeeper zu sich, zahlte und ging. Edel war froh, dass er mit dem jungen Mann nun allein war.

„Ich nehme an, Sie sprechen von dem Toten, den Sie oben vor drei Tagen gefunden haben. Das Zimmer soll noch immer versiegelt sein. Und jetzt weiß ich auch, dass ich den Mann hier als Kunden hatte. Ich erinnere mich an ihn. Er war nett. Und ich weiß ebenfalls jetzt, dass er wohl aus Deutschland war, denn er hatte so einen Akzent. Und Sie sind ein Polizist aus *Germany*. Da passt ja alles zusammen."

„Sie erkennen die Zusammenhänge schnell, Mister Byrnes."

„Joseph, *please*, wir hier in den USA reden uns mit dem Vornamen an. Wir sind nicht so förmlich. Besser noch, Sie sagen gleich Jo, das ist mir am allerliebsten!"

„Okay Jo, dann sagen Sie mir doch einmal, wie das an besagtem Abend war mit Dr. Bernhard Sauer, Member of the German Parliament, wohnhaft eben da, wo auch ich herkomme!" Edel hatte den Schwenk vom Unverbindlichen zum wortwörtlich Todernsten mit einem Wimpernschlag vollzogen. *With the blink of an eye*, so hatte er es ausgedrückt.

Joseph Byrnes schaute Richtung Bareingang, als erwarte er jeden Moment eine Busladung durstiger D.C.-Touristen, von denen jeder einen anderen Cocktail bestellen würde. Aber dann war er wieder in der Realität des Moments angelangt.

„Da war eigentlich nichts Ungewöhnliches an der Begegnung. Es war ein typisches Gespräch zwischen Mixologist und Gast, unverfänglich, nett und mit ein wenig *Bar Education* gemixt, wenn ich den Begriff verwenden darf."

„*Bar Education*, wie meinen Sie das? Haben Sie ihn in die Geheimnisse des Boston Shakers eingeweiht?" Frank Edel wusste, dass der Metallbecher, den die Barkeeper nutzten, aus zwei Teilen bestand, einem Zylinder aus Metall eben und einem Glas. Die beiden Teile mussten zusammengesetzt werden, bevor er benutzt werden konnte. Edel konnte sich beim besten Willen nicht entsinnen, wo er dieses Detail aufgeschnappt hatte.

„Ich habe ihm nur unseren *Signature Drink* gemixt, den Mint Julep, einen beliebten Bourbon Cocktail, den er augenscheinlich genossen hat. Ich sah, dass er etwas müde und abgespannt wirkte und wollte ihm einfach etwas Erfrischendes kredenzen. Ich denke, ich erreichte dieses Ziel auch."

Edel nahm einen weiteren Schluck von seinem eigenen Getränk, wenn es auch kein Mint Julep war.

„Mmh, und sonst. Was war noch? Waren noch andere Gäste in der Round Robin?"

Er schaute sich um und sah nur die gähnende Leere im Raum. Aber es war eben noch nicht *five o'clock right here*. Er konnte sich des Eindrucks nicht ganz erwehren, dass hier der *African American* seinem weißen Herrn zu Diensten war. Aber das war wohl ein allzu dummer Gedanke, denn er war kein arroganter Plantagenbesitzer, sie waren nicht im Jahre 1825 und Joseph Byrnes war kein Sklave, sondern ein freier Mann.

Der schien nachzudenken und sich die Szene mit dem deutschen Gast vor drei Tagen wieder vor Augen zu führen.

„Es waren einige weitere Gäste hier, die gingen aber dann, soweit ich mich erinnere. Es war ja sehr spät gewesen. Dann kam noch ein neuer Gast, der sich auf die andere Seite des Runds setzte und ein Bier bestellte. Ich erinnere mich noch, dass er etwas, wie soll ich sagen, etwas *rough* aussah…"

„Wollen Sie sagen, er hat hier nicht reingepasst, oder so?" Edel fand langsam auch im Englischen zu seinem Verhörstil zurück. Suggestivfragen waren dabei ein wichtiges Instrument.

„Ich behandele alle Gäste gleich, egal ob sie hier in Shorts und Flip Flops oder im dreiteiligen Anzug und Designerkrawatte hereinkommen. Aber der Mann hatte eine blutige Schramme auf der Nase, sein Kopfhaar war geschoren und man konnte die Kopfhaut sehen. Außerdem war er sehr dünn, ja man könnte abgemagert sagen. Und er trank aus der Flasche, wie jemand, der keinen Wert mehr auf Etikette legt."

„Hat der Mann sich mit Dr. Sauer unterhalten?"

„Nein, er saß ihm ja um 180 Grad gegenüber und damit ziemlich entfernt von Sauer. Und ich habe sofort gespürt, dass der Mann sich nicht unterhalten wollte. Ich habe ihm sein Bier serviert und ihn in Ruhe gelassen."

Jetzt war es Frank Edel, der nachdachte. Gab es einen Zusammenhang zwischen dem etwas seltsamen und ungewöhnlichen Gast hier in dieser Bar, die am laufenden Band die Präsenz bedeutender Politiker und anderer Shaker und Mover sah und dem, was dem deutschen MdB zugestoßen war? Augenscheinlich war es jedenfalls nicht!

„Hm, mit diesem etwas seltsamen Mann würde ich mich auch gern einmal unterhalten. Aber der ist sicher schon längst über alle Berge."

Jo schaute sich um, als müsse er unter allen Umständen verhindern, dass irgendjemand das aufschnappen konnte, was er jetzt von sich geben würde. Doch die Round Robin Bar hatte noch immer keinen weiteren Gast in ihrem Rund. Trotzdem beugte der junge Mann sich Edel etwas konspirativ zu.

„Genau wie bei Dr. Sauer habe ich den Drink des Mannes auf dessen Zimmerrechnung geschrieben. Er war also auf jeden Fall Hotelgast und ist nicht einfach so von der Straße hier reingelaufen, um ein Bier zu trinken." Byrnes fing an, in einer Schublade zu kramen.

„Der Mann hat die Kopie seines Belegs einfach auf dem Tresen liegen lassen. Ich glaube, ich habe den noch hier irgendwo, als ob ich gewusst hätte, dass ich ihn noch einmal gebrauchen kann. Hier ist er schon!" Er prüfte den Beleg zunächst einmal selbst, dann reichte er das Papier dem deutschen Polizisten.

Edel schaute, was darauf zu finden war und las dann laut vor: „Ein Flying Dog IPA aus Frederick in Maryland, USA. Neun Dollar plus Tax." Das war nicht wenig für ein Bier, dachte Edel und wunderte sich schon im Voraus, was sein Gin and Tonic kosten würde. „Und dann steht da noch die Zimmernummer, denke ich, *Room number* 4041!"

„Vierzig Einundvierzig. *Let's see,* das ist zwar nicht die Thomas Jefferson Presidential Suite, aber immerhin eine *One Bedroom Suite* mit einem Wohnzimmer mit Esstisch, zwei schönen Badezimmern und einem abgetrennten Schlafraum. Und diese Suite sollte einen Blick zur Pennsylvania Avenue haben und auf die Nadel des Washington Monument. Da würde ich auch gern mal ein paar Nächte verbringen. Aber ich wohne draußen in Crestwood bei meinen Leuten, das ist auch nicht gerade schäbig, wenn ich mir dort auch nur ein kleines Apartment leisten kann, das nicht viel größer ist als diese Suite hier." Damit tippte Jo mit dem Zeigefinger auf den Beleg, als könne er damit feststellen, mit wie vielen Quadratmetern oder *Square Feet* die Suite aufwarten konnte.

Edel fragte sich, was Joseph Byrnes mit „bei meinen Leuten" meinte. Doch er konnte sich denken, dass er von Menschen mit schwarzer Hautfarbe sprach. Das ganze Thema der verschiedenen Rassen war in den USA immer noch ein heikles Thema, spätestens nachdem die Black Lives Matter Protestler auch hier durch die Straßen gezogen waren und der damalige Präsident sie mit den Gewehren der Staatsgewalt konfrontieren wollte.

„Ob der Mann doch wohl immer noch Hausgast ist? Irgendwie habe ich das Gefühl, dass es da eine Verbindung zwischen seiner Person und Sauers Schicksal gibt. Es ist nur eine Intuition, aber wir Polizisten verlassen uns oft bei unseren Ermittlungen auf unser Gespür und unsere Empfindungen. Das mag nicht sehr neutral sein, aber so ist es nun einmal."

Der junge Mann hinter dem Tresen hatte sich kurz umgedreht, um etwas von der anderen Barseite zu holen. Dann legte er Edel ein Telefon neben den G&T.

„Die Zimmernummer ist auch gleichzeitig die Telefonnummer."

Edel drückte die 4041 in die Tastatur und nahm das Telefon ans Ohr. Das Klingelzeichen war deutlich zu hören. Doch es nahm niemand ab.

„Niemand da!"

Byrnes nahm das Telefon an sich und drückte eine andere Nummer in den Apparat.

„Bill, Jo von der Bar hier. Sag mir mal wer in Suite 4041 nächtigt. Der Gast hat bei mir etwas vergessen!" Es dauerte eine Weile. „*Yes, I am still here.* Dimitri Shevchenko! Danke Bill, *I owe you one*. Ich schulde Dir etwas." Joseph Byrnes drückte auf das Icon mit der roten Taste und ging, um das Telefon wieder in seinen Sockel zu stellen. Dann schrieb er den Namen zusammen mit der Zimmernummer auf ein Blatt Papier und reichte Edel den Streifen.

„*I owe you one, too*!", meinte der, trank seinen Drink zur Neige, gab dem Barkeeper die Hand und fragte nach der Rechnung.

15 Dollar kostete der Gin and Tonic. Das war ein stolzer Preis. Aber Edel hatte das Getränk mit dem superweichen Wacholderschnaps wirklich genossen, und so war alles gut. Er reichte dem Mann einen Zwanziger und hoffte, dass er auf der Spesenrechnung drei Cola Light anstelle des alkoholischen Getränks angeben konnte.

„Ich werde später nochmals versuchen, mit dem Mann Kontakt aufzunehmen", meinte er und wandte sich zum Gehen. Dann drehte er sich nochmals um.

„Was kostet eigentlich der Mint Julep?"

„*Eighteen bucks plus Tax*", sagte Jo und grinste.

„Ein Schnäppchen!" sagte Edel, „*a bargain*. Ist da eine Übernachtung mit dabei?"

Dann ging er endgültig.

7.

Auf dem Rückweg zum FBI Headquarter lief Frank Edel nicht mehr an Ford's Theatre vorbei, wo Abraham Lincoln von einer Kugel niedergestreckt worden war, sondern wählte den kürzeren Weg über die Pennsylvania Avenue. Diese breite, wichtige Straße in der Stadt der Macht und hohen Politik schien ihn nicht mehr loslassen zu wollen. Rechts grüßte ihn einmal mehr der Turm des ehemaligen Trump Hotels. Das mächtige Gebäude lag seltsam verlassen da. Nur die Fahnen flatterten aufgeregt im Wind, allen voran die Stars und Stripes, die in diesem Land allgegenwärtig ihre patriotische Botschaft verbreiteten. Sicher gab es einen Hintereingang, über den die illustren Gäste des jetzigen Waldorf Astoria ganz diskret die heiligen Hallen betreten und dann einchecken konnten.

Lust auf den Besuch in der Deutschen Botschaft im Stadtteil Georgetown hatte er nun gar nicht mehr. Doch jetzt musste er erst einmal schauen, was Mike Farnsworth an Neuigkeiten zu bieten hatte. Der Mann vom FBI hatte ja keine Minute gezögert und war schnell zu seiner Dienststelle zurückgekehrt. Es musste also schon etwas Wichtiges gewesen sein, was sein Kollege Steve avisiert hatte.

Am Eingang des Gebäudes zeigte Edel nicht nur seinen deutschen Polizeidienstausweis, sondern auch die ID-Karte, die er gleich beim ersten Eintreten in dieses hochoffizielle Gebäude erhalten hatte. Dann ging er langsam durch den Metalldetektor, nicht ohne vorher das Kleingeld aus der Hosentasche zu nehmen und in ein kleines Schälchen zu legen. Die Lampe am Detektor schaltete von rot auf grün. Der Security-Mann gab ihm die Münzen zurück und Edel fuhr mit dem Lift nach oben. Mike Farnsworth saß am Schreibtisch und hackte etwas ins Keyboard seines Laptops. Als er Edel kommen sah, speicherte er seine Arbeit ab und ließ sich im Stuhl nach hinten sacken.

„*Coffee*?", fragte er den deutschen Kollegen und war schon auf dem Weg zur Keurig-Maschine, ohne die Antwort abzuwarten.

Edel hütete sich, etwas von dem Gin und Tonic zu erwähnen und tat so, als sei er am Verdursten. Er war eigentlich gar nicht mehr der ganz große Kaffeetrinker, aber er hatte schon gemerkt, dass die Amerikaner ohne das dunkle Gebräu nicht fähig waren, den Tag in Würde hinter sich zu bringen. Und diese Angewohnheit wurde selbstredend auch von ihm erwartet.

Edel berichtete dem Kollegen von seinem Gespräch mit dem Barkeeper und besonders von dem mysteriösen Mann, der wohl noch immer im Zimmer 4041 im Willard wohnte. Er nannte auch den wahrscheinlichen Namen des Mannes. Dann ließ er sich von Farnsworth über dessen neueste Informationen unterrichten.

„Ich komme sofort zum Punkt", sagte der und nahm einen Schluck Kaffee zu sich, „wir haben auf Dr. Sauers Smartphone ein paar Sachen gefunden, die uns stutzig gemacht haben." *They make you wonder*, hatte der Agent es formuliert.

„Ah, hat er Pornos runtergeladen oder war er auf Webseiten, die verfängliche rechtsextreme Botschaften enthielten?"

„Nein und nochmals nein. Aber wir haben einige E-Mails gefunden, einige WhatsApp-Posts und die Nummern von Telefonaten, die er führte, die uns zu denken geben und zum Nachdenken anregen."

Edel bereute sofort, dass er sich zu unbedachten humoristischen Äußerungen hatte hinreißen lassen. Vielleicht war es der Jetlag, der mehr und mehr von ihm Besitz zu ergreifen schien. Die sechs Stunden Zeitunterschied zwischen Deutschland und den USA schienen ja wirklich nicht so dramatisch zu sein. Aber ganz offensichtlich war der menschliche Organismus nicht dafür geschaffen, Zeitzonen ohne Konsequenzen zu überwinden, zumindest nicht, wenn es um physische Auswirkungen ging.

„Und eure Leute waren dazu in der Lage, deutschsprachige E-Mails zu lesen und WhatsApp-Texte in der gleichen Sprache zu verstehen? Oder hat Sauer etwa in englischer Sprache kommuniziert?"

Farnsworth nahm einen weiteren Kaffeeschluck. Edels Eindruck bezüglich des Konsums des braunen Heißgetränks hier in Amerika konnte sich nur noch verstärken.

„Sowohl als auch. Das meiste davon ist in Deutsch, einiges aber auch auf Englisch. Wir haben natürlich innerhalb des FBI auch Sprachspezialisten, einige davon sprechen fließend und verstehen Deutsch. Und dann gibt es ja noch Tools wie etwa Google Translate. Die sind heute schon bis zu 95 % akkurat, *believe it or not*. Wir konnten also alles entziffern, aber wir können es noch nicht wirklich einordnen. Es ist auch noch nicht alles recherchiert!"

Frank Edel sagte jetzt gar nichts und wartete einfach ab. Schweigen war immer eine Waffe mit Power in der harschen Welt menschlicher Kommunikation. Schweigen wurde gemeinhin dabei unterschätzt, jedoch beim Sammeln von Informationen war es weit brauchbarer als alles Gerede und das ganze Geschwafel, das die Menschen immer so hoch einzustufen bereit waren.

„Zu diesem Zeitpunkt nur so viel", hob Farnsworth auch schon wieder an, „euer Mitglied des deutschen Parlaments hat wohl Kontakte in Ostpolen und der Ukraine gehabt, besonders in einer polnischen Stadt an der Grenze zur Ukraine namens Przemysl und in der Ukraine selbst, jenseits der polnischen Grenze in der Stadt Lviv, etwa 70 Kilometer und damit circa 44 Meilen von der Grenze Polens entfernt. Da hat er etliche E-Mails hingeschickt und etliche von dort wieder erhalten. Und auch Telefonate wurden dorthin geführt und er hat auch wieder welche angenommen, die meisten davon noch bevor er hierher in die USA reiste. Und jetzt kommts...!"

„Na, das war ja schon mal etwas, nur bis hierher“, konnte Edel doch wieder nicht an sich halten. Das mit dem Schweigen war eben doch eine der schwersten Übungen.

„Einige der E-Mails und der Telefonate gingen zwischen Sauer und einer humanitären Hilfsorganisation hin und her. Und rate mal, wo diese Hilfsorganisation ihren Sitz hat? Und rate einmal mehr, wo Sauer unter anderem einen Termin haben sollte, am Tag nachdem er erschossen wurde?“

„*Don't keep me guessing*!“, bat Edel. Für Ratespielchen war er eigentlich nie zu haben, besonders dann nicht, wenn es um die Aufklärung eines Mordes ging, und davon musste man hier inzwischen ausgehen.

„Hast Du schon einmal etwas von World Central Kitchen gehört?“

Das Ratespiel ging weiter. Edel musste es sofort beenden. Das tat man am besten mit einer offenen Frage, die man nicht einfach mit Ja oder Nein beantworten konnte.

„Habe ich nicht, um was geht es denn dabei?“

„Das ist eine Non-profit-Organisation. Die wurde 2010 gegründet, nach dem schweren Erdbeben in Haiti. WCK, wie sie auch genannt wird, kocht Essen für Betroffene von Erdbeben und anderen Naturkatastrophen wie Fluten, Tsunamis oder eben Erdbeben. Und als der Krieg in der Ukraine am 24. Februar 2022 losging, da waren sie innerhalb weniger Tage vor Ort und haben in der Ukraine und in Polen Flüchtlinge mit Nahrung versorgt. World Central Kitchen hat dort Millionen von Essensrationen verteilt, hauptsächlich an Frauen und Kinder und alte Männer. Junge Männer durften ja das überfallene Land nicht verlassen!“ Mike Farnsworth hatte seinen Kaffee ausgetrunken. Er schaute auf die Uhr. „Ich habe eigentlich keine Lust mehr dazu, aber ich habe uns für *Five pm* bei der Deutschen Botschaft avisiert. Da müssen wir wohl in den sauren Apfel beißen, Fränk. Nur noch schnell das: Was meinst du, wer WCK 2010 gegründet hat und der Organisation immer noch voran steht?“

Robert Lemke hatte ja mal eine Rate-Show, erinnerte sich Edel. Aber das war schon so lange her, dass sich daran kaum noch jemand erinnern würde, schon gar nicht ein Amerikaner, der vielleicht gar nicht wusste, dass die Deutschen auch Fernseher hatten. Etwas Sarkasmus war oft nicht schlecht, um nicht alles so bierernst verdauen zu müssen. Doch jetzt beherrschte er die Schweigeübung wieder.

„Es ist genau der gleiche Mann, der auch dem Oyamel Restaurant voransteht, in dem wir unseren Lunch eingenommen haben: Señor José Andrés, *Humanitarian of the Year 2018*. Im gleichen Jahr als einer der 100 einflussreichsten Personen weltweit geführt. Andrés ist ein Gigant, nicht nur in den Küchen seiner eigenen Restaurants, sondern auch im Feld der Katastrophenbekämpfung und der humanitären Hilfe.“

„Aber was wollte Sauer mit denen? Ich weiß, dass er Mitglied des Verteidigungsausschusses des Deutschen Bundestags war und wir wissen ja auch schon, dass er sich hier in D.C. mit Kongressabgeordneten traf oder treffen wollte, die im Komitee eurer Armed Services sitzen. Aber zu diesem militärischen Themenkreis gehört ja wohl kaum eine Organisation, die Essen an Flüchtlinge verteilt, oder?“ Jetzt war er es, der das Ratespiel mit Fragen vorantrieb. Edel war stolz, dass er inzwischen auch nur noch *Dee Cee* sagte wie ein Einheimischer. Schließlich gab es ja auch noch einen Bundesstaat, der Washington hieß.

„Das, *my friend*, gilt es eben alles noch herauszufinden“, sagte Farnsworth in Edels Gedanken hinein und stand auf. Frank Edel tat es ihm gleich.

„Da hast Du Recht. Ich frage mich inzwischen, wie der ominöse Mann, der in der Bar des Willard sein Bier aus der Flasche trank, in die Story hineinpassen könnte. Vielleicht passt er ja gar nicht hinein und seine Anwesenheit in der Round Robin Bar war reiner Zufall. Ist er unser Mann, wenn es um den Tatverdächtigen geht?“

Es reichte mit den gegenseitigen Fragen. Edel nahm sein Jackett von der Stuhllehne und bereute, dass er sich am Morgen keine Krawatte umgebunden hatte. Das wäre eh nicht leicht gewesen, weil er keine mitgebracht hatte. Mike Farnsworth trug hingegen einen Binder um den Hals. Der war zwar nicht der Ausbund an modischem Chic, wie Edel fand, aber zumindest war der Mann korrekt gekleidet, wenn es nun zu einer Botschaft gehen sollte. Schon liefen sie dem Ausgang des Büros und dem Lift zu. Die beiden Männer an der Security-Schleuse unten in der Lobby grüßten die beiden als seien sie FBI-Chef und Deputy.

Draußen stiegen sie in eines der bulligen Autos, die an der Seite des Gebäudes auf Agenten warteten, die eine Fahrt mit einem Wagen unternahmen. Edel konnte am Emblem auf der Heckseite lesen, dass es sich um einen Cadillac Escalade handelte. Natürlich war er in der Farbe schwarz gehalten und hatte getönte Scheiben. Während Farnsworth schon auf den Startknopf drückte, war der Mann aus Germany noch mit dem Sicherheitsgurt beschäftigt. Schon meckerte der Wagen mit einem durchdringenden Piepton wegen der Anschnallpflicht.

„Wie hieß dieser mysteriöse Mann in der Willard Bar noch einmal?“ Farnsworth ließ den Wagen auf die Pennsylvania Avenue rollen. Der Verkehr war dicht. Es war ja auch schon so gut wie Rush Hour, und die Berufstätigen, die ihren Arbeitstag sehr früh angefangen hatten, waren schon auf dem Weg nach Hause.

„Dimitri Shevchenko!“

„Dimitri, das klingt wie das griechische Demetrios. Ist doch aber wohl russisch, oder nicht?“

„Und Shevchenko? Auch etwa russisch?“

Edel schaute nach rechts und links. Er wollte endlich das Weiße Haus sehen. Aber das berühmte Anwesen gab sich ihm einfach nicht zu erkennen. Dafür sah er jetzt wieder auf der linken Seite das wie ein Phallus aufragende Washington Monument auf einer kleinen, grasbewachsenen Anhöhe stehen.

„Oder es ist ukrainisch, das könnte natürlich auch sein!“

Farnsworth ließ den Wagen von der zehnten Straße Nordwest auf die Constitution Avenue rollen. Das Monument mit der Erektion folgte ihnen.

„Kennst Du den Unterschied, Fränk. Russisch – Ukrainisch?“

Das Ratespiel wollte einfach kein Ende nehmen. Edel sah rechts auf einer weiten Grünfläche ein Schild stehen: „German-American Friendship Garden“, stand da. Das machte den Polizisten aus Deutschland froh. Er konnte sich also als Freund des Landes betrachten, in dem er sich gerade aufhielt. Er hatte auch nie etwas gegen Russland gehabt und betrachtete den Staat im Osten Europas als großen Kulturstaat. Allein die Musiker waren es Wert, so zu denken: Pjotr Iljitsch Tschaikowski, Sergej Rachmaninow, Nikolai Rimski-Korsakow, Sergej Prokofjew, Sergej Djagilew, Modest Mussorgski und schließlich Igor Strawinsky. Das waren alle, die Edel spontan einfielen. Aber es gab noch viel, viel mehr. Er fragte sich insgeheim, ob er auch in dem Land, aus dem diese berühmten Männer kamen, und die so viel für die Musik und die Komposition getan hatten, ebenfalls als Freund angesehen wurde. Nach alldem, was von deutschen Soldaten während des Zweiten Weltkriegs dort verübt wurde, und nachdem sich nun zumindest das offizielle und politische Deutschland eindeutig auf die Seite der geschundenen Ukraine stellte – Ausnahmen bestätigten die Regel – hatte er da seine Zweifel.

„Wenn ich ehrlich bin, und das muss ich ja wohl sein, wenn ich an der Seite eines FBI-Agenten in einem wuchtigen Cadillac Escalade durch Washington D.C. in Richtung Deutsche Botschaft fahre, dann habe ich keinen blassen Schimmer, was der Unterschied ist. Ich bin vieles, aber kein Osteuropa-Experte!“

Mike Farnsworth lachte und steuerte den Wagen auf den I-66 Highway, den sie aber schon bald am Whitehurst Freeway Nordwest Exit wieder verließen.

„Dann sind wir immerhin schon zu zwei!“

8.

„Bitte setzen Sie sich, meine Herren. Nehmen Sie sich etwas zu trinken, wenn Sie möchten. Unser Tag der offenen Tür, bei dem es auch immer einen bayerischen Biergarten gibt, ist erst im Mai, daher kann ich Ihnen kein Weißbier anbieten!"

Frank Edel konnte nicht glauben, dass sie der Botschafterin der Bundesrepublik Deutschland gegenüber saßen. Er hatte erwartet, mit irgendeinem Angestellten des diplomatischen Corps zu sprechen. Stattdessen nahm sich die Top-Diplomatin die Zeit. Emily Faber sah aus, wie eine Frau in den besten Jahren, die nebenan wohnt. Ihr kastanienbraunes Haar fiel ihr links und rechts in einer Welle auf die Schultern, ihr grauer Hosenanzug vermittelte gleichzeitig etwas von Seriosität und dem Versuch, kein großes Aufhebens von sich selbst zu machen. Doch Edel hatte sofort gemerkt, dass ihre Umgangsformen ausgesucht waren. Die Botschafterin schenkte sich selbst ein Glas Gerolsteiner Mineralwasser ein, schaute nochmals ihren Besuchern ins Gesicht und ließ nach deren Nicken auch ihnen das prickelnde Wasser in die Gläser laufen. Und natürlich war ihr Englisch makellos, das sie auch von Anfang an nutzte, dem amerikanischen Gast zu Ehren.

„Sie kommen also aus der schönen Pfalz, Herr Edel. Da sind wir ja geografisch gar nicht so weit auseinander, wenn es um unsere deutsche Heimat geht. Ich bin Rheinländerin, geboren in Bonn."

„Ich mag Bonn", meinte Edel umgehend, „als der Bundestag und die Regierung im Sommer 1999 von Bonn nach Berlin umzogen, da war ich gar nicht damit einverstanden. Für mich stand das rheinische Bonn für das neue, demokratische Deutschland. Berlin war für mich damals viel zu sehr mit dem Kaiserreich und dem Mann mit dem schmalen Schnurrbart unter der Nase verbunden." Edel schaute zu Farnsworth hin. Der hatte sich aber in diesen heiligen Hallen damit abgefunden, dass er hier nur den Sozius innehaben würde. Aber Beifahrer zu sein hatte sicher auch seine Vorzüge, er konnte etwas relaxter an die Sache herangehen und vielleicht einfach ein wenig die deutsche Gastfreundschaft genießen. Er sah sich jetzt gewissermaßen als Fahrer des Mannes, der eigens aus Old Germany angereist war, um hier tatkräftig mitzuarbeiten.

Sie waren von Downtown D.C. den Potomac River entlang gefahren und schließlich in Georgetown gelandet. Farnsworth war ja sicher schon des Öfteren hier im Stadtteil gewesen und wusste, was er zu erwarten hatte. Als sie durch die geschäftige Wisconsin Avenue mit all ihren Restaurants und Shops fuhren, hatte sich Edel doch noch schnell eine Krawatte gekauft, um die Botschaft seines Landes nicht *underdressed* betreten zu müssen. Dann waren sie ins Viertel Foxhall Village gekommen, wo sich die Botschaften wie Perlen auf einer Schnur aneinander reihten. Die deutsche Botschaft in der Reservoir Road entpuppte sich nicht als einzelnes, großes Verwaltungsgebäude, sondern als weitläufiges Areal mit großem Garten und der Villa des Botschafters oder eben der Botschafterin, wie jetzt gerade, als Kernstück der großzügigen Anlage. Edel war plötzlich richtig stolz, Bürger dieses Landes zu sein, das hier am Potomac so repräsentativ und mit viel Geschmack eine Residenz geschaffen hatte, die ihresgleichen suchte. Er konnte ja so gar nichts dafür, aber Stolz war wohl einfach eine Gemütsregung, die nicht nur ein überhebliches Selbstbewusstsein zur Schau stellen konnte, sondern auch ein Gefühl zum Ausdruck brachte, das etwas mit Heimat, mit sich in einem Land aufgehoben fühlen und einer gewissen emotionalen Zugehörigkeit zu tun hatte, die mit wenigen Worten gar nicht zu erklären war.

Frank Edel hatte sofort gemerkt, dass in Georgetown nicht die Leute wohnten, die zur Mitte des Monats sehr auf die Ausgaben achten mussten, um bis zum Monatsende über die Runden zu kommen. Emily Faber personifizierte dieses Lebensgefühl mit der Aura, die sie umgab und die sie ausstrahlte. Es war etwas von einem Understatement darin, das nur Leute absondern konnten, die es nicht nötig hatten, ihr Selbstbewusstsein allzu sehr zur Schau zu stellen, um sich damit auf eine Stufe zu stellen, die nur lächerlich und affektiert gewirkt hätte.

„Dieses Gefühl hatte ich damals auch", erwiderte die Botschafterin, „aber später, Jahre später, kam ich dann doch zu dem Schluss, dass es die richtige Entscheidung gewesen war. Berlin hat im Reigen der großen internationalen Regierungsstädte eben doch einen anderen Duktus als das kleine Bonn. Bonn hat ja noch Ludwig von Beethoven, seine neunte Symphonie und die Hymne an die Freude. Die stehen dem Bundesdorf im einundzwanzigsten Jahrhundert doch mehr zu Gesicht, als ein aufgeblähter Regierungsapparat!"

Die Frau wurde Frank Edel mit jedem Moment sympathischer. Er nahm einen Schluck vom Gerolsteiner, ohne sich darüber zu wundern, wie es das Mineralwasser aus der Vulkaneifel geschafft hatte, den amerikanischen Markt zu erobern. Oder ließ es sich die Botschafterin exklusiv aus der Heimat hierher schiffen? Schließlich lag Gerolstein nur unweit von Bonn entfernt. Edel schaute zum FBI- Mann, der sein Glas noch nicht angerührt hatte. Er versuchte den Amerikaner ins Gespräch einzubringen und machte daher einen abrupten Themenwechsel, ohne noch einmal auf die Rede Emily Fabers einzugehen.

„Wie auch immer, das Schicksal von MdB Dr. Bernhard Sauer wäre wohl auch nicht anders verlaufen, wenn unsere Bundesregierung, und damit er als Abgeordneter, ihren Sitz noch am Rhein und in Beethovens Geburtsstadt gehabt hätten. Oder sind Sie da anderer Meinung, Frau Botschafterin?"

„Da mögen Sie durchaus recht haben, Herr Edel. Der Tod macht nicht vor geografischen Positionen halt, schon gar nicht, wenn er so gewaltsam daher kommt, wie im Falle Dr. Sauers."

Emily Faber wollte noch etwas hinzufügen, aber da klopfte es an der Tür. Herein kam ein Mann mittleren Alters im dezenten schwarzen Anzug und einer silbernen Krawatte, die wunderbar mit dem Haupthaar des Mannes in gleicher Farbe korrespondierte. Spätestens in diesem Moment war Frank Edel froh, dass er Mike Farnsworth gebeten hatte, unten in der Stadt vor dem Fenster eines Herrenausstatters anzuhalten, was ihm die Gelegenheit gegeben hatte, rasch noch einen Binder zu erstehen.

„Ich habe Herrn Stefan Linke noch zum Gespräch gebeten. Er ist unser *Coordinator of Transatlantic Cooperation und* von der Botschaft her zuständig für die Beziehungen unserer beider Gesellschaften, der Deutschen und der Amerikanischen natürlich, und das sowohl bei unseren gemeinsamen Interessen, als auch bei unseren fundamentalen Werten und unserer demokratischen Ausrichtung, beiderseits des Atlantiks."

Linke gab allen die Hand, sagte „Hallo , guten Tag", zu Edel und „*Hello, welcome Sir*!", dem Mann vom FBI zugewandt. Dann setzte er sich auf den Sessel, der im Rund noch frei war und schenkte sich selbst ein Wasser ein, was attestierte, dass er sich hier wie zu Hause fühlte.

„Also ich mache den Job erst seit März letzten Jahres, vorher war ich als Staatssekretär jedoch schon im Auswärtigen Amt für unsere transatlantischen Beziehungen zuständig. Aber einen Mord an einem Abgeordneten des Deutschen Bundestags hier in Washington hatten wir auch noch nicht! Wie gehen wir damit um, meine Herren?"

Botschafterin Emily Faber schien kein Problem damit zu haben, dass Linke das Gespräch sofort an sich riss. Offensichtlich waren ihr die Regeln des Delegierens in Fleisch und Blut übergegangen. Sie lehnte sich zurück und ließ die Szene mit den drei Herrn vor ihr einfach auf sich wirken. Der ein oder andere Beobachter hätte denken können, die Botschafterin habe sich als Teil des oft ignorierten oder an den Rand gedrängten sogenannten schwachen Geschlechts das Heft aus der Hand nehmen lassen. Aber vielleicht war es einfach das Bewusstsein einer Frau, die langsam aber stetig die Leiter der Karriere hochgeklettert war und sich ihrer gehobenen Position durchaus bewusst war, ohne diese zu jeder Stunde ihres Berufsalltags in die Waagschale zu werfen.

„*We handle it just like every other crime*", schaltete sich Mike Farnsworth endlich in die Kommunikation ein, „wir gehen jedem Hinweis nach wie bei allen anderen Verbrechen auch, nur vielleicht mit etwas mehr Nachdruck, Wir machen unsere Arbeit und ziehen unsere Schlüsse. Und wenn es dann Personen gibt, die wir mit dem Verbrechen in Verbindung bringen, dann können Sie sicher sein, dass das FBI und unser deutscher Gast hier alles tun werden, um solch eine Person dingfest zu machen und sie ihrer gerechten Strafe zuzuführen!"

Edel meinte einen Unterton von leichter Verärgerung in der Stimme seines amerikanischen Kollegen hören zu können. Aber vielleicht wollte er auch nur klarstellen, dass auf amerikanischem Boden zunächst einmal die zuständigen US Behörden das Sagen hatten.

„Wir werden uns keinesfalls in Ihre Ermittlungen einmischen, Agent Farnsworth", warf die Botschafterin jetzt doch wieder ihr hohes diplomatisches Gewicht in den Ring. „Wir lassen Sie gewähren, denn Sie haben die Erfahrung in solchen Fällen, leider, muss man ja sagen. Was hier in den letzten Jahren in Sachen *gun violence* geschieht, ist ja kaum noch zu begreifen. Ich wünschte, der Präsident oder auch Kongress und Senat würden endlich die *background checks* umsetzen, wenn es um den Erwerb und den Besitz von Schusswaffen geht. Das ist überfällig!"

Edel befürchtete, dass das Statement der Botschafterin den FBI-Mann zu einer weiteren, scharfen Erwiderung verleiten würde. Er hatte in der kurzen Zeit, in der er hier und mit ihm zusammen war, noch nicht heraushören können, wo Farnsworth politisch stand. War er Demokrat, so würde er sicher dazu tendieren, die Waffenlobby in ihre Schranken zu weisen und den Umgang mit Schusswaffen viel stärker zu kontrollieren. War er jedoch dem republikanischen Lager zugewandt, dann würde er sicher keinen Hehl daraus machen, dass das *Second Amendment* auch ihm heilig war und niemand daran rütteln durfte, kein Kongress, kein Senat, kein Präsident und schon gar nicht ein Diplomat eines fremden Landes. Aber Edel wusste auch, dass Angehörige des FBI zumindest während ihres Arbeitstages politisch neutral zu sein und einfach ihrer Arbeit nachzugehen hatten, auch, wenn es um den zweiten Zusatzartikel zur amerikanischen Verfassung ging, der verbot, das Recht auf Besitz und Tragen von Waffen einzuschränken.

„Wir werden den Vorfall im Sinne des Subsidiaritätsprinzips behandeln", meinte Linke und ließ zwei Schluck Gerolsteiner durch seine Kehle fließen. Er hatte *subsidiarity principle* gesagt, und damit Sinn und Zweck eines Grundsatzes ins Gespräch gebracht, der besagte, dass eine höhere staatliche Institution einer im Grunde untergeordneten Behörde ein bestimmtes Maß an Unabhängigkeit zusichert und nur dann regulierend eingreift, wenn die Möglichkeiten der untergeordneten Institution nicht ausreichen, um eine bestimmte Aufgabe zu lösen.

„Das deckt sich mit unseren Vorstellungen", meinte Farnsworth, jetzt wieder viel umgänglicher. „Wir werden alles daran setzen, Dr. Sauers Tod aufzuklären und die Schuldigen ihrer gerechten Strafe zuzuführen."

Edel blieb nur übrig, dem Gesagten zuzustimmen.

„Wir möchten Sie nur bitten, uns auf dem Laufenden zu halten und uns ab und an einen kleinen Report über Ihre Ermittlungsfortschritte zukommen zu lassen, gern auch via E-Mail!" Damit legte die Botschafterin zwei ihrer Visitenkarten auf den Tisch und Stefan Linke tat das Gleiche mit den seinen.

„Oder, wenn Sie denken, dass Sie Hilfestellung von der *Embassy* gebrauchen könnten, Support eben, oder wenn es Schwierigkeiten gibt. Schließlich haben wir auch eine Informationspflicht Berlin gegenüber. Dort will man natürlich auch so schnell als möglich wissen, warum hier ein Mitglied des Deutschen Bundestages zu Tode gekommen ist. Das ist ja nun mal keine Kleinigkeit!" Der Koordinator der Transatlantischen Kooperation schaute in die Runde und sah allseits Zustimmung.

Auf dem Weg zum Cadillac waren die beiden Männer still. Jeder schien seinen Gedanken nachzuhängen. Richtung Ausgang laufend hatte Emily Faber den beiden Polizisten noch ihre Residenz gezeigt. Das Gebäude war 1994 im Bauhaus-inspirierten Stil errichtet worden. Edel hatte der Botschafterin gesagt, dass es über die Jahre noch rein gar nichts von seiner Attraktivität verloren hätte. Etwas erstaunt hatte er sich über die Bezeichnung eines Raumes gezeigt, der unten in der Lobby lag. Es war das Damenzimmer, also der Raum, in dem die Frauen zu warten hatten, während die Herren der Schöpfung ihre Besprechungen hinter sich brachten.

Emily Faber hatte darüber nur lächeln können. „Das waren eben noch andere Zeiten damals in den Neunzigern", hatte sie nur gemeint und den beiden Männern zum Abschied die Hände geschüttelt.

Vor dem Gebäude waren sie noch einen Moment vor einem Originalstück der Berliner Mauer stehengeblieben, das dort aufgestellt worden war. Edel war versucht, Farnsworth zu erzählen, was er an jenem 9. November 1989 empfunden hatte, als die Menschen auf dieses Ungeheuer aus Zement geklettert waren, das sie so viele Jahre über voneinander getrennt hatte. Aber dazu war er jetzt viel zu müde. Der Jetlag hatte voll von ihm Besitz ergriffen. Es war 18 Uhr. Farnsworth hatte auch genug für heute. Er erzählte Edel, dass er und seine Familie am Abend bei seinen Schwiegereltern zum Essen eingeladen waren. Der Geburtstag seines Schwiegervaters wollte gefeiert werden.

Frank Edel hatte plötzlich die Eingebung, trotz Müdigkeit noch etwas hier in Georgetown zu bleiben. Irgendetwas an diesem eleganten Stadtteil interessierte ihn mehr, als er es erklären konnte. Er sagte seinem Kollegen, er wolle sich hier noch etwas umschauen und sich die Beine vertreten, bevor er mit einem Taxi in seine AirBnB-Unterkunft zurückkehren wolle und wohl früh ins Bett ginge. Farnsworth wehrte sich nicht, als er ihn bat, ihn unten in der Wisconsin Avenue rauszulassen, wo das Leben war und er die Krawatte erstanden hatte.

„Wenn Du noch etwas essen willst, empfehle ich dir Martin's Tavern da drüben", meinte Farnsworth und deutete auf ein Gebäude, an dessen Hausecke goldene Lettern auf rotem Grund den Namen des Establishments bekanntgaben. „Das ist ein historischer Pub mit einer tollen Geschichte, und das Essen ist auch passabel!"

Edel bedankte sich für den Tipp. Als er ausstieg und gerade schon die Tür des Cadillac Escalade zuschlagen wollte, musste er doch noch eine Frage loswerden:

„Warum hast Du eigentlich nichts von dem Gerolsteiner angerührt, Mike?"

Mike Farnsworth lachte und hielt sich am Lenkrad fest, als müsse er so genügend Halt finden, bevor er die Frage beantworten konnte.

„Ich hasse das Zeugs!“, sagte er dann, „Für mich schmeckt es wie Medizin. Da trinke ich lieber gar nichts.“

„*Fair enough*“, erwiderte Edel, schon wie ein gestandener Amerikaner. „*See you tomorrow!*“

Damit schlug er die Tür des Wagens zu und Farnsworth brauste davon, dem Headquarter des FBI zu, wo er den dicken Cadillac wieder abgeben würde, um dann mit seiner Familie den Geburtstag des Vaters seiner Frau zu feiern, irgendwo in einem Vorort von D.C., bei kaltem Bier und einer ganzen Menge Spare Ribs in herzhafter Barbeque Soße, und ganz sicher ohne *mineral water*!

9.

Das Airbnb, das man Frank Edel für die Dauer seines Aufenthalts zur Verfügung gestellt hatte, lag in der 15. Straße Nordwest. Das war rechter Hand vom Lafayette Square, auf dem mehrere Statuen zu sehen waren. Im Zentrum saß ein Mann auf einem Pferd, der aber nicht der Marquis de Lafayette war, der den amerikanischen Rebellen so sehr geholfen hatte, als sie sich gegen ihre englischen Herren erhoben und schließlich die Unabhängigkeit ausriefen, nachdem sie den Krieg gegen die Briten gewonnen hatten. Auf dem Pferd inmitten des Platzes saß Andrew Jackson, der siebte Präsident der Vereinigten Staaten, der so grausam gegen die amerikanischen Ureinwohner gehandelt hatte. Aber das war Edel egal gewesen, als ihn das Taxi vor dem elfstöckigen Gebäude mit den beiden Flügeln abgesetzt hatte, in dem seine temporäre Bleibe lag. Das Weiße Haus war nur zwei Straßenzüge entfernt, doch er hatte es immer noch nicht zu Gesicht bekommen.

Nachdem er die Tür seines Apartments im sechsten Stock aufgeschlossen hatte, warf er die Karte, die als Schlüssel diente, auf den Tisch, und sich selbst mit Schwung aufs Bett. Für zehn Minuten schloss er die Augen und döste einfach ein wenig. Dann setzte er sich auf, angelte nach der Fernbedienung und knipste den Fernseher an. Er suchte nach einem Nachrichtensender, fand als erstes CNN und ließ den Kanal stehen. Er entledigte sich seiner Kleidung und legte sich zurück aufs Bett. Hunger hatte er keinen, den hatte er tatsächlich noch in Georgetown gestillt.

Farnsworth hatte natürlich recht gehabt, Martin's Tavern war wirklich einen Besuch wert gewesen, bei weitem nicht nur wegen des Essens. Der Manager des Restaurants, ein gut ausschauender Mann, der durchs Lokal schritt und überall ein paar

Worte mit seiner Kundschaft wechselte, hatte ihm die Geschichte des Hauses nähergebracht. 1933 war es gegründet worden und seitdem in der Hand einer Familie, über vier Generationen hinweg, was in den schnelllebigen USA kaum einmal zu hören war. Ja, und dann war da noch die berühmte *proposal booth* gewesen, die Sitzecke, in der einst John F. Kennedy um die Hand seiner Jackie angehalten haben soll. Edel hatte eine Austernsuppe probiert, die hier besonders gut sein sollte. Er hatte die samtig cremige Flüssigkeit mit Genuss gelöffelt. Die Austern, die darin herumschwammen, waren wohl nur kurz angebraten und mit Gewürzen verfeinert worden. Und dann hatte er sich noch einen Caesar-Salat gegönnt, damit er auf die Nacht seinen Magen nicht zu sehr belastete. Sollte nochmal jemand sagen, dass man in Amiland nicht gut essen konnte. Man musste eben wissen wo!

Da er die Uber-App auf dem Smartphone hatte, bestellte er sich einen Fahrer direkt vor den Eingang von Martin's Tavern. In Deutschland hatte er dafür gesorgt, dass das Telefon auch in den USA nutzbar sein würde und er hatte gleich gemerkt, dass man ohne funktionierendes Smartphone in diesem Land kein Mensch war.

Auf dem Bildschirm tauchten jetzt Bilder auf, die aus dem Krieg in der Ukraine stammen mussten. Panzer waren zu sehen, die über unebenes Gelände walzten, das aussah, als habe man dort eine Kulisse für einen Film geschaffen, der auf einem weit entfernten Planeten spielte – ohne Vegetation, nur durchfurchte Erdmasse und unwirtliche Oberfläche.

Dann wechselte die Szene, und der *Anchor* der Sendung, den Frank Edel schon einmal irgendwo gesehen hatte, erschien im Bild, im Hintergrund die schneeweiße Kuppel des Capitol hervorlugend. Sofort war Edels Aufmerksamkeit in vollem Maße angespannt. Das Konterfei Dr. Bernhard Sauers erschien, und er klickte einige Male auf das Plus der Taste, mit der man die Lautstärke regelte. Man habe erst jetzt in Erfahrung gebracht, dass ein Mitglied des Deutschen Bundestags in Washington D.C. tot im Bett liegend aufgefunden worden war, erschossen. Die Fassade des Willard Hotels tauchte auf, das nur ein paar Steinwürfe von der 15. Straße Nordwest entfernt war, in der Edel auf seinem Bett im Airbnb lag. Das FBI sei bereits bei den Ermittlungen, unterstützt von den deutschen Autoritäten. Endlich tauchte wieder der Moderator auf, diesmal mit Namen am unteren Rand des Bildes. Anderson Cooper hieß er, mit schneeweißem Haar und smartem Auftreten. Man halte die Zuschauer über den Fortgang der Ermittlungen auf dem Laufenden, sagte Cooper noch. Dann wechselte die Szenerie wieder und das nächste Thema wurde behandelt. Dabei ging es um eine Stadt im Midwesten, in der ungeheuer hohe Bleikonzentrationen im Trinkwasser gefunden worden waren und etliche Einwohner bereits erkrankt waren.

Der Kommissar aus Deutschland schaltete den Fernseher aus. Er sah seine gerade erstandene Krawatte fein säuberlich ausgebreitet auf einem Stuhl über Hose und Hemd liegen und räumte die Kleidung in den eingebauten Schrank. Er ging zum

Kühlschrank. Die umsichtigen Menschen, die das Apartment auf sein Kommen vorbereitet hatten, konnten sich seiner Meinung nach anerkennend auf die Schultern klopfen. Der Kühlschrank war gefüllt mit kleinen Snacks, mit ein paar Früchten und genügend Softdrinks für mindestens eine Woche. Er angelte sich eine Dose Cola Light, die hier *Diet Coke* hieß, und lief zum Fenster hinüber. Es war inzwischen dunkel geworden, und der Blick auf die Straße war wenig spannend. Menschen waren so gut wie keine zu sehen, die geparkten Autos standen wie Zinnsoldaten aufgereiht links und rechts der Fahrbahn und nur ein einsamer Wagen bahnte sich gerade den Weg durch diese hindurch.

Er lief zum Bett zurück. Der kurze Bericht auf CNN erinnerte ihn daran, dass er unbedingt einen ersten Rapport nach Deutschland abgeben musste. Beim Gespräch in der Botschaft war zumindest klar geworden, dass der Fall von vielen Blickwinkeln aus beobachtet wurde. Es galt, sich daher abzusichern und alle Beteiligten auf dem Laufenden zu halten. Sicher wollte auch Dr. Emmerich im Mainzer Polizeipräsidium wissen, wie die Auflösung des Falls voranschritt. Außerdem musste der sicher wieder seinen eigenen Bericht nach Berlin ins Regierungsviertel weiterleiten, wenn er nicht riskieren wollte, dass ihm ein hypersensibler Politiker Untätigkeit vorwerfe.

Und Edels eigene Dienststelle in Kirchheim musste er dringend kontaktieren. Zum einen, um zu erfahren, ob die Kollegen dort auch ohne seine Wenigkeit zurechtkamen und das Tagesgeschäft nicht unter seiner Abwesenheit litt, zum anderen auch, um Robert Naumann und vielleicht auch Petra Demmerle in die Ermittlungen beim Fall Sauer zu integrieren und damit ihre eigene transatlantische Kooperation ins Leben zu rufen. Er schaute auf die Zeit, die ihm sein Handy anbot. Es war 21 Uhr oder *nine p.m.*, wie man hier sagte, *post meridiem*, also nach Mittag. Das bedeutete, dass es in Deutschland gerade drei Uhr nachts war, viel zu früh, um in Kirchheim auf der Dienststelle anzurufen. Also machte er sich an seinen Bericht, den er direkt ins Smartphone hackte, mit den notwendigen E-Mail-Adressen versah und wegschickte. Als er damit fertig war, machte er endlich das Licht aus und kam zur Ruhe.

Als er mit einem Schreck aufwachte, das Licht anknipste und sich umsah, brauchte er einige Sekunden, um sich zu orientieren. Dann fiel ihm wieder ein, wo er sich befand. Diesmal ließ er das Smartphone auf dem Nachttisch liegen und sah einfach auf den Radiowecker, dessen fluoreszierende Ziffern ihm zeigten, dass es bei ihm selbst drei Uhr nachts war. Also war es in Deutschland neun Uhr vormittags, genau die richtige Zeit, um sich in Kirchheim zu melden. Robert Naumanns Nummer mit Durchwahl hatte er in seinem Handy gespeichert. Aber er musste ja die Vorwahl nach Deutschland voranstellen und so durfte er alle Nummern einzeln in die Tastatur drücken.

„Robert, Frank hier. Guten Morgen!“

„Hey Frank. Das ist ja eine Überraschung. Gerade habe ich deinen ersten Bericht gelesen.“

Robert Naumann schien den Anruf wie eine Art unerwartetes Weihnachtsgeschenk aufzunehmen. Edel fragte sich, ob sein junger Assistent erwartet hatte, nie mehr etwas von ihm zu hören, da er sich in die Neue Welt aufgemacht hatte, um dort ein völlig anderes Leben zu beginnen und das vorhergehende auf dem alten Kontinent einfach hinter sich zu lassen.

„Jetzt sag mal, wieviel Uhr ist es denn bei euch? Es muss doch noch sehr früh sein."

Frank Edel verkündete mit etwas Stolz in der Stimme, dass es erst *3 a.m.* in Washington war, er seinen Arbeitstag bereits begonnen oder den vorhergehenden noch nicht beendet hatte. Aber er ersparte sich und seinem Assistenten in die Details zu gehen und eine Art touristisches Tagebuch vor dem jungen Mann auszubreiten, der ganz sicher auch nichts dagegen gehabt hätte, den amerikanischen Kontinent im Rahmen eines Arbeitsbesuchs besser kennenzulernen.

Naumann berichtete Edel, dass sie in der Kirchheimer Polizeidienststelle eine Anfrage von der Bundespolizei aus Berlin erhalten hätten. Dort habe man wohl die Ermittlungen im Fall Sauer übernehmen wollen.

„Weißt du, der Deutsche Bundestag und seine Abgeordneten werden von BT-Pol beschützt. Aber diese Bundestagspolizei hat nur für die öffentliche Sicherheit und Ordnung rund um den Bundestag zu sorgen, also für die Arbeitsfähigkeit des Parlaments und seiner Gremien. Die Bundespolizei kümmert sich dagegen um das Wohl der Abgeordneten als Personen!"

„Verstehe", meinte Edel, „und die denken, wir sind nicht fähig oder nicht berechtigt, die Ermittlungen voranzutreiben!" Das Wort Subsidiaritätsprinzip lag ihm auf der Zunge. Aber er wollte die Dinge nicht noch mehr komplizieren als sie es bereits waren.

„Polizeipräsident Dr. Emmerich hat sein Gewicht in die Waagschale geworfen und uns damit den Rücken gestärkt. Er hat die Message Richtung Berlin geschickt, dass er uns und insbesondere Dich mit der Auflösung des Falls betraut hat und keine Veranlassung sieht, daran etwas zu ändern. Nur, wenn vom Kanzleramt oder von offizieller Stelle des Bundestags eine Anweisung käme, die Bearbeitung des Falles an eine andere Stelle zu delegieren, würde er reagieren. Übrigens hat auch die CDU-Zentrale im Konrad-Adenauer-Haus reagiert und darum gebeten, auf dem Laufenden gehalten zu werden."

Edel reagierte etwas belustigt: „Die hohen Herrschaften in Berlin scheinen zu vergessen, dass der Bundestagsabgeordnete Dr. Bernhard Sauer während eines Auslandsaufenthaltes in Washington D.C. erschossen wurde, also auf amerikanischem Boden. Das heißt, dass die Amerikaner zunächst einmal das direkte Sagen haben. Die lassen sich doch nicht bei so einem Fall einfach die Butter von der Verbrechensbekämpfung nehmen. Ich sitze in zwei Stunden wieder im Hauptquartier des FBI.

Das ist die zentrale Sicherheitsbehörde der Vereinigten Staaten von Amerika, Robert. Da riecht es förmlich nach offizieller polizeilicher Ermittlung an jeder Ecke. Also ich hab großen Respekt vor dem Prozedere hier und werde sicher keine Alleingänge machen, das könnte unangenehm werden!“

Robert Naumann war still geworden auf der anderen Seite der Verbindung, als habe sich der Respekt über den großen Teich hin nach Kirchheim in die Pfalz ausgebreitet.

Frank Edel wusste, dass er noch Zeit hatte, bevor er sich Richtung Arbeitsstelle bewegen musste. Trotzdem drängte er auf das Ende des Gesprächs. Er bat Naumann noch, der Witwe Sauers im Zellertal einen Besuch abzustatten. Er wusste bereits, dass die Frau vom Präsidium in Mainz über den Tod ihres Mannes und die weiteren Vorgänge unterrichtet worden war und auch vom rheinland-pfälzischen Polizeipräsidium aus weiterhin betreut wurde. Aber er fand es notwendig, mit ihr zu sprechen, um in Erfahrung zu bringen, was sie über die Kontakte ihres Mannes wusste, wenn es um den Krieg in der Ukraine ging, und alles was damit zu tun hatte. Außerdem solle Naumann mit Sauers Wahlkreisbüro in Kaiserslautern Kontakt aufnehmen, um zu recherchieren, was man dort über dessen Aktivitäten in Richtung russischer Kriegsaggression wisse, und, ob die schon einmal von einer Charity-Organisation namens World Central Kitchen gehört hatten, im Zusammenhang mit Sauers Aktivitäten. Dann erkundigte er sich noch, was so in Kirchheim in Sachen allgemeiner Polizeiarbeit los war.

Robert Naumann konnte nur von einigen Lappalien berichten. Jemand hatte Straßenschilder und Häuserwände mit rechtsradikalen Parolen beschmiert. Gut, das war aus moralischer Sicht verwerflich, aber polizeitechnisch nicht an die ganz große Glocke zu hängen. Die üblichen Autoeinbrüche und Enkeltrickbetrügereien konnten auch ohne sein Zutun bearbeitet werden, da vertraute er seinen Mitarbeitern und den uniformierten Kollegen auf der Dienststelle vollkommen. Zum Schluss erkundigte er sich noch nach dem Wetter. Er hatte zwar eine entsprechende App auf dem Smartphone, die ihm über das Klima auch in Kirchheim Auskunft geben konnte, aber er wollte die Information aus erster Hand wertschätzen.

„Wir haben seit drei Tagen keine Sonne mehr gesehen“, meinte Naumann mit offensichtlicher Sehnsucht in der Stimme, „es ist grau in grau mit Morgennebel in den frühen Stunden und Nieselregen tagsüber. Du versäumst also zumindest wettermäßig gar nichts, Frank!“

Edel verabschiedete sich von seinem Assistenten. Über die Jahre hinweg waren sie Freunde geworden, wenn auch der Altersunterschied dadurch nicht kleiner geworden war. Edel bat Naumann noch, Petra Demmerle mit ins Zellertal zu nehmen. Die adrette junge Frau aus Rockenhausen hatte zwar noch nie ein Problem damit gehabt, ihre Online-Recherchen aus dem Büro heraus zu betreiben, oder während und nach der Corona-Pandemie ab und zu auch vom Homeoffice heraus zu arbeiten.

Doch Edel wollte sie mehr und mehr an die Ermittlungsarbeit vor Ort heranführen, um so ihren polizeilichen Horizont zu erweitern und sie zu einer noch wertvolleren Mitarbeiterin zu machen, als sie dies eh schon war.

Nachdem der Hauptkommisar auf den roten Hörer gedrückt hatte, um das Gespräch zu beenden, war er hellwach. Aber es war erst vier Uhr, noch viel zu früh um aufzustehen. Er legte sich aufs Bett, schaltete den Fernseher an und zappte durch die Programme. Doch da war nichts, was ihn interessierte. Also ging er wieder zu CNN zurück. Dort hatte jetzt nicht der coole Anderson Cooper das Sagen, sondern eine junge Frau. Und hinter ihr war nicht das Capitol zu sehen, sondern das Gebäude des Parlaments mitsamt Big Ben in London. Ganz offensichtlich offerierte Cable News Network seinen nächtlichen Zuschauern wegen des Zeitunterschieds die europäische Sichtweise auf die Themen des Tages, wenigstens so lange, bis es spät oder früh genug war, wieder die Kollegen in den Vereinigten Staaten ans Nachrichtenruder zu lassen.

Irgendwann musste er nochmals eingedöst sein, denn als er erneut auf den Wecker schaute war es sechs Uhr. Er sprang auf, ging ins Bad, duschte lange und rasierte sich an den Stellen, wo sein Bart Platz für die nackte Haut ließ. Da er überhaupt noch keinen Hunger verspürte, zog er sich an, verließ das Apartment und fuhr mit dem Lift nach unten. Draußen angekommen, ließ er seine Lungen den Sauerstoff aufnehmen, den ihm die frische April-Luft freigebig anbot. Das GPS seines Smartphones gab ihm die Richtung vor, die er einschlagen wollte.

Er lief zunächst quer über den Lafayette Square. Andrew Jackson, den Indianerhasser, ließ er auf seinem hohen Ross links liegen. Von den fünf Statuen, die sonst noch den Platz zierten, grüßte er nur die des Franzosen Gilbert du Motier, den Marquis de Lafayette, der den amerikanischen Rebellen im Kampf gegen ihre englischen Kolonialherren so tatkräftig zum Sieg verholfen hatte. Es war fast noch dunkel, aber das Morgenrot zeigte sich bereits am Horizont. Bald erreichte er wieder die allgegenwärtige Pennsylvania Avenue. Und endlich stand Frank Edel, der Mann aus dem Pfälzer Donnersberger Land, vor dem Objekt seiner Begierde – dem Weißen Haus. Es schien gar nicht so groß zu sein, wie das wohl seine Ausstrahlung an Macht über das ganze Erdenrund suggerierte. Edel war sich auch gar nicht klar darüber, ob er nun vor oder hinter der Immobilie stand. Aber das war auch gleich. Er schoss ein paar Bilder und tat dann etwas, was er sonst nie machte und worüber er sich ansonsten amüsierte, wenn es andere alle fünf Minuten taten: Er machte ein Selfie, das White House im Hintergrund!

Inzwischen war es hell, und er sah, dass auf dem Dach des Anwesens Männer mit Gewehren platziert waren, Scharfschützen wahrscheinlich und Agenten des Secret Service. Edel wandte sich nach rechts und war bald auf der Constitution Avenue, die sie gestern ein Stück entlanggefahren waren, auf dem Weg zur Deutschen Botschaft.

Das erinnerte ihn daran, dass Mike Farnsworth sicher bald mit ihm in seinem Büro rechnete. Sie hatten nie eine Zeit zum Arbeitsbeginn vereinbart, aber Edel wusste, dass der FBI-Mann früh anfing, damit er zum Ende seines Arbeitstages die *Rush Hour* so gut wie möglich vermeiden konnte. Also drehte er um und lief wieder Richtung Norden.

Aber eines musste jetzt doch noch sein, bevor die polizeiliche Pflicht erneut rief. Auf der Pennsylvania Avenue, etwas weiter links vom Lafayette Square, entdeckte er Peet's Coffee. Dort ging er hinein und merkte, dass er nicht der Einzige war, dem es nach einem Becher Kaffee gelüstete. Der Barista hinter dem Tresen lächelte ihn an und fragte, was er für ihn tun könne. Edel entschied sich schließlich für einen Café Latte und nahm das Getränk *to go*, weil er sich nicht mehr die Zeit zum Hinsetzen nehmen wollte. Dazu wählte er noch einen Blueberry Muffin. Das Gebäck hatte wirklich viele Blaubeeren im Bauch, die schon während des Gehens sämtlich in Edels Verdauungstrakt landeten. Das Getränk brachte seine Lebensgeister vollends zurück. Er war bereit für den nächsten Arbeitstag im Land der unbegrenzten Möglichkeiten. Dann erinnerte er sich erneut an den Grund, der ihn hierher geführt hatte und wurde in Gedanken philosophisch. Dieses Unbegrenzte schloss eben auch die Möglichkeit ein, tot auf einem Hotelzimmerbett zu landen, mit einer Schusswunde mitten auf der Stirn!

10.

Von Kirchheim bis ins Zellertal war es nicht weit, etwa zwölf Kilometer. Sie fuhren durch die Vorstadt an Borg-Warner vorbei, wo wie so oft zwei lange LKWs ihre Rangiermanöver bis auf die Durchgangsstraße ausweiteten. Der Hersteller von Turbosystemen für die Autoindustrie mit Hauptsitz in Auburn Hills in Michigan hatte schon des Öfteren damit gedroht, seinen Standort in Kirchheim zu schließen und irgendwo im Ausland andere Werke zu etablieren. Das wäre für die kleine Residenz, wie Kirchheim auch genannt wurde, ein herber Schlag in Sachen fehlender Gewerbesteuer gewesen und viel schlimmer noch, der Verlust des Arbeitsplatzes für 1.300 Mitarbeiter vor Ort. Aber Robert Naumann und Petra Demmerle konnten dagegen wenig tun, als sie gerade am Firmengelände vorbeirollten, das über die Jahre stetig angewachsen war. Es musste hauptsächlich Aufgabe der IG Metall als Gewerkschaft und des Betriebsrates sein, in Gesprächen mit der Geschäftsleitung nach Möglichkeit dafür zu sorgen, dass der Konzern den Standort beibehielt und somit Loyalität zur ländlichen Region und ihren Menschen zeigte.

Bei Marnheim verließen sie die L401, die bei den Einheimischen immer noch die Kaiserstraße hieß, auch wenn sie vor Jahren als Bundesstraße herabgestuft worden war. Napoleon Bonaparte hätte das sicher nicht gefallen, wenn er seine Truppen aus Richtung Paris bis zum Zielort Mainz marschieren lassen hätte, ganz egal, welche Klassifikation die Straße auch hatte.

Das Pfrimm-Viadukt kam in Sicht, oder was davon noch übrig war, seit es die sich zurückziehenden Wehrmachttruppen im März 1945 in die Luft gesprengt hatten, um die Invasion der herannahenden Alliierten aufzuhalten. Eine Eisenbahn war hier nie mehr gefahren, und die stehengebliebenen Steinbögen dienten heute nur noch als Zugang zum zauberhaften Zellertal. Schon von weitem konnten Naumann und Demmerle die Hügel rechts und links des Tales erspähen, auf denen sich die Weinreben festhielten, als gälte es, jedes Mineral aus dem Boden zu saugen, um es dann in fermentierter Form den Weinliebhabern in sogenannten Dubbegläsern zu kredenzen. Weder Robert Naumann noch Petra Demmerle waren passionierte Weintrinker. Aber über die Jahre hatten sie von ihrem weinbegeisterten Vorgesetzten so viel über den Rebensaft erfahren, dass sie sich trotzdem fast schon als Önophile bezeichnen konnten, trockene Aficionados des vergärten Traubensaftes.

Sie ließen die neue Weinlounge auf der Höhe des Fleckens Albisheim links liegen und nahmen die vielen Windräder in den Blick, die hier schon für so viel Diskussionsstoff und Bürgerunmut gesorgt hatten. Dann verließen sie auch die B47, die sich Richtung Worms und den Rhein weiter durch die Ortschaften schlängelte, fuhren durch Einselthum, eine traditionsreiche Weinbaugemeinde mit ihren zwei Kirchen, die trotz unterschiedlicher Konfessionen einträchtig nebeneinander standen, und bahnten sich den Weg über die schmale Straße Richtung Zell. Zell wiederum war noch ein wenig pittoresker als der gerade durchfahrene Nachbarort. Das Dorf wirkte, als habe jemand die Häuser mit einem leicht ablösbaren Klebstoff auf die Hänge drapiert. Und in der Tat hatte der Ort schon seit Jahrhunderten mit desaströsen Hangrutschungen zu schaffen, die immer wieder einmal eine Ansiedlung gefährdete und die Anwohner manchmal nicht mehr ruhig schlafen ließ. Aber war nicht alles Schöne auf diesem Planeten immer wieder in Gefahr? Es schien ein Teil menschlicher Existenz zu sein, dass Ästhetik und Schönheit bezahlt werden mussten, sei es in geografischen Maßeinheiten, wie immer wieder an den Flüssen oder im persönlichen Dasein, wenn es um individuelle Anmut und Talent ging, im Gegensatz zu Gebrechen und Schicksalsschlägen.

„Wie lautet nochmal die genaue Adresse?", fragte Robert Naumann und Petra Demmerle schaute auf ihrem Handy nach.

„Fritz-Golsen-Straße", sagte sie, „die Hauptstraße ganz durch, vor dem Weingut Wick links rein und noch am ersten Haus vorbei. Ich hab es auf Google Earth Satellite!"

Die junge Frau starrte weiter aufs Handy, als sei es eine Art Röntgenapparat, mit dem man einfach so gut wie alles durchchecken konnte. Bald standen sie vor dem besagten Haus. Die meisten Häuser im Dorf waren Altbauten, zum Teil historisch wertvolle Immobilien, die dem Ort einen malerischen Anstrich gaben. Das Haus vor ihnen jedoch war weit neueren Datums, mit einer modernen Architektur. Das große Panoramafenster auf der linken Seite gab dem Ganzen einen offenen, luftigen Charakter. Dagegen wirkte die schwere Holztür, vor der die beiden Kirchheimer Angestellten der Polizei jetzt standen, fast etwas fehl am Platz.

Es dauerte eine Weile, bis sich auf der anderen Seite der Tür jemand näherte. Eine Frau öffnete, die nicht anders als adrett zu nennen war. Sie mochte etwa um die fünfzig sein. Das pechschwarze Kurzhaar war höchstwahrscheinlich gefärbt. Ihr Outfit war wohl nicht von der Stange, und wenn es dies war, dann fand man es sicher nicht in den Discounterregalen der Malls, die landauf landab die Bevölkerung mit billigen Textilien versorgten. Es hatte auch nichts mit dezenter Trauerkleidung zu tun, sondern wartete mit einem weinroten Chic auf, der auf jedes exklusive *Get-together* gepasst hätte. Dennoch stellte sie sich als Andrea Sauer vor, die Frau von Dr. Bernhard Sauer.

„Bitte gehen Sie durch ins Wohnzimmer!“ bat sie ihre beiden Besucher von der Kirchheimer Polizeidienststelle.

Witwe, hätte Robert Naumann die Hausherrin fast verbessert, aber natürlich tat er dies nicht und gab sich betont höflich.

„Wir möchten Ihnen zunächst unser herzlichstes Beileid aussprechen, Frau Sauer“, meinte Naumann und tat sein Möglichstes, dabei bedrückt auszuschauen.

Das war für Polizeibeamte nicht immer so einfach, denn sie hatten immer wieder mit solchen oder ähnlichen Situationen zu tun, und man konnte dabei nicht jedes Mal vor lauter Trauer vergehen. Auch Petra Demmerle hatte sich der gedrückten Stimmung angepasst und fühlte sich dabei auf ihrem Sessel sichtlich unwohl. Doch Andrea Sauer erfüllte die Erwartungen ihrer Besucher nicht völlig.

„Ich habe schnell einen Kuchen gebacken, als ich hörte, Sie würden mich besuchen kommen“, meinte sie mit fast fröhlichem Unterton. „Es ist ja auch gerade Kaffeezeit und wissen Sie, seitdem mein Mann in Berlin ist“, sie stockte, „war“, verbesserte sie sich. „Da bin ich immer sehr viel allein gewesen. Ich bin schon lange nicht mehr berufstätig, und die Leute hier im Ort, nun wie soll ich sagen, die meisten davon sind nicht wirklich mein Fall. Die sind alle so – gewöhnlich! Nur wenn ich zu unseren Kindern fahre, Günter wohnt in Düsseldorf und Simone in Frankfurt, dann lebe ich auf. Darf ich Ihnen ein Stück vom Kuchen anbieten, und der Kaffee ist auch schon fertig!“

Ohne eine Antwort abzuwarten stand sie auf, fast mit Freude in der Stimme. Sie strich sich über die Seiten ihres Kaschmirpullovers, als müsse sie sich die Hände daran reinigen, bevor sie das angekündigte Backwerk anfassen konnte. Naumann und Petra Demmerle schauten sich verdutzt an. Es war nicht üblich, sich bei polizeidienstlichen Hausbesuchen und Befragungen mit den Betroffenen, den Zeugen oder gar den Verdächtigen auf die Couch zu setzen und Kaffeekränzchen zu veranstalten. Doch weder Robert Naumann noch Petra Demmerle hatten die Kraft, dieser Frau, die gerade ihren prominenten Mann auf brutale Weise verloren hatte, eine offenbar ersehnte Ablenkung zu vermiesen und diese Gefälligkeit zu verweigern.

Da kam Andrea Sauer auch schon mit einem Tablett zurück, auf dem das Gedeck für drei Personen inklusive einer Stollenplatte mit Kuchen zu finden war.

„Es ist ein gedeckter Johannisbeerkuchen mit Mandeln in einem köstlichen Mürbeteig. Die frischen Johannisbeeren aus unserem Garten kommen ja erst im Juni, aber ich friere sie immer ein, dann kann ich das ganze Jahr über davon nehmen. Bernhard hat, ähm, er hatte eine Schwäche für guten Kuchen, wissen Sie. Und das war eine seiner Lieblingssorten. Wenn er am Wochenende von Berlin nach Hause kam, habe ich immer dafür gesorgt, dass Kuchen im Haus war. Selbstgebackenen hatte er am liebsten!" Sie goss drei Tassen Kaffee ein und stellte Milch und Zucker auf den Tisch.

„Greifen Sie zu, bitte!"

Endlich erinnerte sich Robert Naumann daran, dass er das Gespräch leiten wollte. Er nahm den Teller mit einem Kuchenstück darauf in Empfang und hob an. Dabei wirkte der adrette junge Mann, als sei er der ersten Einladung bei den Eltern seiner neuen Freundin gefolgt, etwas nervös und darauf bedacht, nichts Falsches zu sagen, eben einen guten Eindruck zu machen.

„Wir müssen Ihnen leider einige Fragen stellen, Frau Sauer. Ich kann mir vorstellen, dass Ihnen unter den Umständen nicht danach ist, aber unser Kollege, Hauptkommissar Frank Edel, weilt derzeit in Washington und versucht dort gemeinsam mit dem FBI den Tod Ihres Mannes aufzuklären."

Andrea Sauer ließ sich nicht anmerken, dass die Umstände sie davon abhalten sollten, Fragen zu beantworten oder einfach Auskünfte zu erteilen.

„Ich habe Bernhard immer darum gebeten, den Verteidigungsausschuss sein zu lassen, und lieber den Schwerpunkt seiner Politik in Berlin in anderen Bereichen zu suchen. Und spätestens seitdem dieser unselige Krieg in Osteuropa begann, lag ich ihm damit noch viel mehr in den Ohren! Er hätte doch auch andere, unverfänglichere Themenschwerpunkte setzen können. Die hat es ja durchaus gegeben!"

„Und welche hätten das sein können, Frau Sauer?", schaltete sich Petra Demmerle zum ersten Mal in die Unterhaltung ein. „Ihr Johannisbeerkuchen ist übrigens fantastisch. Er erinnert mich an die Kuchen, die meine Oma an den Wochenenden gebacken hat, die Säure der Früchte verbindet sich wunderbar mit dem Mürbeteig. Da kann man der Bäckerin nur ein Kompliment machen!"

Die Frau des Bundestagsabgeordneten nickte der jungen Frau dankbar zu. Sie schien für Komplimente sehr empfänglich zu sein. Robert Naumann schaute seine Kollegin ebenfalls voller Dankbarkeit an. Von Frau zu Frau ließ sich die Unterhaltung auf eine ganze andere Ebene hieven, die Redewendung „Vertrauen bilden“ kam ihm dabei in den Sinn.

„Er hätte sich beispielsweise im Ausschuss für Ernährung und Landwirtschaft engagieren können. Das habe ich ihm immer geraten. Schließlich wohnen wir hier im Zellertal in einer Weinanbauregion. Nebenbei hat sich Bernhard in Berlin im parlamentarischen Weinforum engagiert. Die verstehen sich als Fürsprecher des deutschen Weines. Da wäre er besser aufgehoben gewesen. Weintrinker sind fröhliche Leute. Waffenliebhaber sind alles potentielle Mörder.“

Robert Naumann konnte diese Auffassung nachvollziehen, zudem sie von einer Frau kam, die ihren Gatten gerade aufgrund eines tödlichen Kopfschusses verloren hatte.

Trotzdem sagte er: „Das ist eine ziemlich radikale Ansicht. Hatte er denn wirklich viel mit Waffen und militärischen Aspekten zu tun? Ich bin mir darüber bewusst, dass Ihr Mann einem Ausschuss angehörte, der vom Bundestag her diese Themen bearbeitet, aber ich dachte nicht, dass man da so dicht dran ist.“

Robert Naumann musste zugeben, dass der Kuchen wirklich toll schmeckte. Er war im Grunde kein Fan von Johannisbeeren, aber die Kombination mit dem mürben Teig machte wirklich den Unterschied, ganz so wie es seine Kollegin der eifrigen Konditorin bereits attestiert hatte.

„Ich kenne die Details nicht, die Bernhards Arbeit bestimmt haben. Ich weiß nur, dass er sich sehr aufgeregt hat, als Putins Panzer am 24. Februar 2022 die Grenze zur Ukraine überrollten. Er hat mir damals gesagt, er habe nie erwartet, dass dieser ehemalige KGB-Agent so etwas wirklich tun würde. Bernhard hat in seiner Jugend Zivildienst geleistet, müssen Sie wissen, und zwar beim Roten Kreuz in Kirchheim, Rettungsdienst und Krankentransport. Und er hat mir erzählt, dass er beim Kreiswehrersatzamt vorher eine Art Gerichtsverhandlung überstehen musste, um nicht zum Wehrdienst mit der Waffe herangezogen zu werden und stattdessen Zivildienst leisten konnte. Er habe sich geschworen, dass er etwas dagegen tun würde, wenn in Europa jemals wieder ein Krieg ausbräche. Und seine Art etwas dagegen zu tun war eben, durch seine parlamentarische Arbeit dahin zu wirken, dass der Aggressor nicht an sein Ziel kommt, nämlich ein anderes Land einfach zu überfallen und dafür nicht zur Rechenschaft gezogen zu werden. In Deutschland haben wir ja durchaus Erfahrung mit solchen Szenarien, nicht wahr?“

„Das ist wohl wahr“, antwortete Naumann und ließ die historische Betrachtung dabei bewenden. „Und über die Kontakte Ihres Mannes nach Kiew oder andere Orte in der Ukraine wissen Sie wirklich nichts?“

„Wenig. Ich weiß nur, dass es ihm nicht nur um Waffen, sondern um die humanitäre Seite zu tun war. Damals, als es im Kreiswehrersatzamt darum ging, lieber etwas im sozialen Bereich zu tun, als mit dem Gewehr irgendwo auf einem Truppenübungsplatz im Schlamm zu robben. Da muss er sich selbst geschworen haben, dass er etwas Humanitäres tun würde. Und ich weiß, dass er Kontakt mit einer Organisation hatte, die eine solche Art von Hilfe in verschiedenen Orten dieser Welt leistet. Die müssen auch im Osten Polens irgendwo tätig sein, oder auch jenseits der Grenze in Lviv. Er wollte da auch einmal hin, nachdem er in den USA war. Aber das ist jetzt ja alles hinfällig. Mehr weiß ich nicht, und ehrlich gesagt, mehr will ich auch nicht wissen! Es tut mir nicht gut!"

„Kann es sein, dass die humanitäre Organisation, mit der er dort in Kontakt stand, World Central Kitchen heißt, Frau Sauer?" Naumann hatte den Namen nochmals schnell in seinem Smartphone nachgeschlagen.

„Das kann sein, aber ich weiß nichts darüber. Wie gesagt, ich wollte da gar nicht so dicht dran sein, Sie verstehen. Ich wollte ihn ja auf die Agrarpolitik abonnieren. Aber da zog es ihn einfach nicht hin, höchstens abends zu einem Glas Wein, das war es dann aber auch mit Landwirtschaft für ihn!"

Sie waren alle mit dem Kuchen durch. Andrea Sauer bot noch ein zweites Stück an, doch die beiden Kirchheimer Besucher lehnten dankend ab. Petra Demmerle hatte wohl aus den Worten, die Sauers Witwe gewählt hatte, den Unterton psychischer Verletzbarkeit herausgehört.

„Haben Sie jemanden, der ein wenig auf Sie aufpasst, Frau Sauer?" Die junge Frau legte sogar ihre Hand auf den Arm der Dame.

Robert Naumann tat nichts, um die emotionale Nähe der beiden Frauen zu stören, warum sollte er auch.

„Meine Kinder kommen morgen beide zu mir. Dann wird es besser, wissen Sie? Sie konnten halt auch nicht alles stehen und liegen lassen, als wir erfuhren, dass Bernhard nicht mehr aus den USA zurückkommen würde. Wenn sie da sind, wird es leichter. Ich habe ja auch noch nicht wirklich begriffen, dass mein Mann tot ist!"

Robert Naumann wollte Andrea Sauer nicht noch mehr quälen. Sie arbeitete offensichtlich daran, den Schmerz und die Trauer irgendwo in ihrer Psyche einzumauern, damit sie nicht völlig von ihr Besitz ergriffen. Er ließ sich noch etwas den Werdegang Bernhard Sauers über die politische Karriere hinweg schildern, die Zeit als Chemielaborant bei der großen BASF in Ludwigshafen, die noch vor der Beziehung zu seiner späteren Frau lag, und die Zeiten, als er noch im Tross des vorangegangenen Bundestagsabgeordneten des gleichen Wahlkreises durch das Land reiste. Dann ließen sie es genug sein. Sie verabschiedeten sich, nicht ohne ihre Visitenkarten auf dem Tisch zurückzulassen. Die beiden Frauen umarmten sich, Robert Naumann offerierte nur seine Hand. Auf dem Tisch blieb der Rest des gedeckten Johannisbeerkuchens mit Mandeln zurück, den die Kinder Andrea Sauers trotz aller Traurigkeit sicherlich morgen genießen würden.

Als sie endlich draußen waren, hatten Naumann und Demmerle Lust noch einen Moment zusammen zu sitzen und nicht gleich nach Kirchheim auf die Dienststelle zurückzufahren. Die Fritz-Golsen-Straße hinunterfahrend stießen sie direkt auf das Hotel-Restaurant Schwarzer Herrgott. Selbst ein recht unkundiger Zeitgenosse in Sachen Wein, wie Robert Naumann es war, wusste, dass der Name für eine ganz besondere Weinlage hier am Ort stand. Schon das Äußere des Gasthauses war ein Augenschmaus und erinnerte an ein Jagdhaus mit geschnitzten Holzornamenten unterhalb des Gebälks. Sie traten ein und setzten sich an einen der Tische, die dem großen smaragdgrünen Kachelofen am nächsten standen. Drinnen erfuhren sie, dass es das Stammhaus eben jener Familie Golsen gewesen war, und dies bereits seit 1880. Der Mann, der sie bediente, ließ sie noch wissen, dass Carl Ludwig Golsen in der ersten Hälfte des 18. Jahrhunderts nicht nur Weingutsbesitzer, sondern auch Jurist und sogar Reichstagsabgeordneter gewesen war. Kein Wunder also, dass sich die Sauers direkt hinter diesem historisch so bedeutenden Anwesen ihr eigenes Refugium geschaffen hatten.

Entgegen ihrer sonstigen Gewohnheiten und trotz der Tatsache, dass sie noch einmal auf die Dienststelle mussten, tranken sie beide einen heimischen trockenen Riesling vom Weingut Schwedhelm, einem der ortsansässigen Winzer. Es war ein mineralisch klarer Wein, der beiden hervorragend mundete.

„Der würde Frank ganz sicher auch gut schmecken“, meinte Robert Naumann, der wusste, mit wie viel Passion Edel seine Weine verkostete.

„Ja, aufs Weintrinken wird Frank in Virginia wohl verzichten müssen. Da gibt es sicher nur Gerstensaft.“ Petra Demmerle wirkte sehr nachdenklich.

Dann tauschten sie sich noch etwas über das Gespräch mit der Witwe Bernhard Sauers aus und ihren Eindruck davon.

„Wir müssen Frank schnellstmöglich unseren Bericht darüber zukommen lassen, das machen wir gleich noch auf der Dienststelle.“ Robert Naumann nahm einen weiteren Rieslingschluck. „Und ich muss nochmals Franks Report studieren, der hat doch über diese World Central Kitchen geschrieben. Sagt dir der Name irgendetwas? Eine Küche?“

Petra Demmerle zuckte nur mit den Schultern. Der kleine Ausflug in die reale Welt schien ihr zu gefallen, hatte sie es sonst beruflich doch eher mit der Virtuellen am PC zu tun. Hätten sie Hunger gehabt, hätten sie sicher noch eine der hausgemachten Herrgotts-Spezialitäten probiert. Aber es war mittlerweile schon spät genug. Sie fuhren den gleichen Weg zurück, hinaus aus dem wunderschönen Tal Richtung Kirchheim. Bei Borg-Warner war diesmal wenig los, sodass sie ungestört die Vorstadt hinunterrollen konnten.

„Ich glaube, ich werde doch noch zum Weintrinker“, meinte Petra Demmerle, als sie auf der Dienststelle die Treppe hinauf ihren Büroräumen entgegen liefen. „Der Riesling aus dem Zellertal kitzelt mir noch so lustig auf der Zunge.“

Robert Naumann lachte und machte die Tür zu seinem Büro auf. „Erzähl es bloß niemandem“, meinte er, „sonst wird uns noch einer der uniformierten Kollegen in Haft nehmen!“

„Wie lautet die Anklage?“

„Schwere Trunkenheit im Amtszimmer“, konterte Naumann sofort, „in Tateinheit mit fahrlässiger Anfertigung eines offiziellen Polizeiberichts!“

11.

Am 6. Januar 2021 geschah vor und im altehrwürdigen Capitol etwas, das es so in den USA bisher nicht gegeben hatte. In der Nachfolge der Präsidentschaftswahlen im November 2020 stürmte ein Pöbel das Gebäude in Washington D.C., in dem der US-Kongress gerade in einer laufenden Sitzung war, bei der die Wählerstimmen ausgezählt oder bestätigt werden sollten, um so den Wahlsieg des neuen Präsidenten, Joe Biden von der Demokratischen Partei, auch formell zu bestätigen. Mit dieser Aktion wollten die Anhänger sicherstellen, dass der vorherige Präsident, Donald J. Trump von der Republikanischen Partei, an der Macht bleibt. Die Aktion war der Höhepunkt eines ausgeklügelten Plans, die Wahl zum neuen Präsidenten doch noch zu kippen. Und während der bisherige Präsident im Weißen Haus vor dem Fernseher saß, um sich das Drama live anzuschauen, das auf dem Capitol Hill seinen Lauf nahm, tat er über Stunden hinweg rein gar nichts dagegen.

Radikale militante Gruppen, wie die Proud Boys und die Oath Keepers, erstürmten inzwischen das Gebäude, verwüsteten die Einrichtung und skandierten *„Hang Mike Pence“*, den Vize Präsidenten und *„Where is Nancy Pelosi?“*, die damalige Sprecherin des Kongresses. In der Folge starben fünf Menschen während oder nach dieser Konfrontation mit der Capitol Police. Der Noch-Präsident, der die Wahl verloren hatte, sagte seinen Anhängern am Morgen des besagten Tages, sie müssten kämpfen *„like hell“*, oder sie würden kein Land mehr haben. In den frühen Morgenstunden des folgenden Tages, dem 7. Januar 2021, erklärte Mike Pence Joe Biden und Vizepräsidentin Kamala Harris zu Siegern der Wahl und Biden damit zum 47. Präsidenten der

Vereinigten Staaten der USA. Donald Trump wurde eine Woche nach der brutalen Erstürmung des Capitols zum zweiten Mal einem Amtsenthebungsverfahren unterzogen, diesmal wegen Anstiftung zum Aufruhr.

All dies war Frank Edel mehr oder weniger bekannt, als er zusammen mit FBI-Agent Mike Farnsworth die Stufen zum Visitor Center des Capitol hinaufstieg, das unterhalb der East Front Plaza lag, zwischen der First Street und der East Capitol Street. Die letzte Nacht war ja mit einigen Schlafunterbrechungen gespickt gewesen. Trotzdem fühlte er sich ausgeruht und fast schon enthusiastisch, den nächsten Ermittlungstag in Washington D.C. zu beginnen. Farnsworth schien es im Vergleich dazu weniger gut zu gehen. Die Geburtstagsparty beim Schwiegervater war wohl feucht fröhlicher verlaufen, als der Agent es sich hatte träumen lassen. Er wirkte, als habe er einen gewaltigen *Hangover* zu verkraften. Doch Edel hütete sich, ihn darauf anzusprechen. Es war nicht sein *Business*, wie es sich Edel, schon ganz auf Amerikanisch eingestellt, selbst übersetzte. Und solange der Kater Farnsworth nicht daran hinderte, seinen Dienst zu tun, ging es ihn wirklich nichts an, wie viel Bier oder andere alkoholische Getränke der Mann am Vorabend zu sich genommen hatte.

Wieder galt es eine Security-Schranke zu überwinden. Aber der Metalldetektor schaltete nicht auf Rot. Sie konnten also ungehindert passieren und steckten ihr Kleingeld, ihre Smartphones und Schlüssel wieder ein, die sie vor dem Passieren der Schranke in ein Kästchen gelegt hatten. Mike Farnsworths FBI-Ausweis hatte dafür gesorgt, dass sie sich ungehindert im Gebäude bewegen durften. Frank Edel konnte nicht glauben, dass er gerade durch das Gebäude lief, das Sitz des Kongresses der Vereinigten Staaten von Amerika war. Wenn man seinen Dienst als Polizist im ländlich geprägten Donnersberger Land tat, dann war es nicht gerade selbstverständlich, von einem Tag zum anderen dienstlich unterhalb der Rotunda zu stehen, die mit ihrem Dome die zentrale Stelle der weitläufigen Capitol-Struktur bildete. Da lief man höchstens ab und an durch das Gebäude der Kreisverwaltung, wo der Landrat seinen Sitz hatte.

Farnsworth schien sich auszukennen. Er steuerte geradewegs von der Rotunda aus nach rechts hinten, wo die privaten Büros der Senatoren lagen. Edel konnte neben den Türen Namen lesen, die er fast alle schon einmal gehört hatte. Schließlich blieb der Mann vom FBI vor einer Tür stehen und klopfte an. „Neil Rogers", konnte Edel lesen, „Chairman of the House Armed Services Committee". Von drinnen wurden Schritte laut. Dann stand ein Mann im schwarzen Nadelstreifenanzug vor ihnen, der sich tatsächlich als Kongressabgeordneter Neil Rogers zu erkennen gab. Er führte die beiden Polizisten in sein Büro, das schlicht eingerichtet war und eher an die bescheidene Residenz eines Universitätsprofessors erinnerte.

„So, Sie sind wegen des Todes von Bernhard Sauer hier, nicht wahr? Ein tragischer Vorfall, *my condolences to the entire German Nation.*"

Rogers bot seinen Besuchern je einen der englischen Ledersessel an, die die Schmuckstücke im Raum waren. Er selbst nahm auf seinem Schreibtischstuhl Platz und lehnte sich zurück, als wolle er zeigen, wie entspannt er war. Frank Edel amüsierte sich heimlich etwas darüber, wie der Abgeordnete den Vornamen Bernhard ausgesprochen hatte. Es klang eher nach burn als nach bern! Die Beileidsbekundung an das deutsche Volk nahm er dagegen mit dem angebrachten Ernst auf und bedankte sich artig. Mike Farnsworth wusste, dass er dieses Mal am Zug war.

„Wir sind mitten in den Ermittlungen und müssen uns ein umfangreiches Bild machen, damit wir den Fall und den potentiellen Mord so schnell als möglich aufklären, Congressman. Das schulden wir unseren deutschen Verbündeten!"

„Das ist ganz im Interesse des Kongresses, Gentlemen. Wenn ein gewählter Abgeordneter auf gewaltsame Weise zu Tode kommt, dann ist das Grund genug, eine solide Nachforschung zu betreiben, bis der oder die Schuldigen gefunden wurden. Ist es dann noch ein Vertreter des Parlaments eines anderen Landes, dann ist eine profunde Vorgehensweise noch weit bedeutsamer. Wie Sie schon bemerkten, Agent Farnsworth. Das sind wir unseren deutschen Freunden schuldig!"

Neil Rogers schnellte aus seinem Sitz, denn es hatte ein weiteres Mal an der Tür geklopft. Herein trat ein weit älterer Mann als Rogers. Auch er trug einen dunklen Anzug, geschmückt mit einer weinroten Krawatte und einem Kavalierstüchlein der gleichen Farbe, das in der äußeren Brusttasche des Sakkos steckte. Für Frank Edels Empfinden war das Outfit etwas *over the top,* wie man hier in den USA sagen würde, leicht übertrieben. Dennoch bewirkte die zur Schau getragene Eleganz des Mannes, dass der Polizist vom Donnersberg unverzüglich aufstand, um dem Hereintretenden den gebührenden Respekt zu erweisen.

„John Courtney", stellte sich der Mann vor, „Mitglied des Houses of Representatives und der Demokratischen Partei. Ich vertrete den Staat Connecticut und den zweiten District dort. Und ich bin ebenfalls Mitglied des Armed Services Committee der Vereinigten Staaten von Amerika. Setzen Sie sich doch bitte wieder, meine Herren."

Courtney gab seinem republikanischen Kollegen die Hand, zog dann einen weiteren Sessel heran und setzte sich. Edel und Farnsworth taten das Gleiche.

Frank Edel war das Zweiparteiensystem durchaus bekannt, das das politische Spektrum der USA schon seit vielen Jahrzehnten bestimmte. Er war jedoch immer davon ausgegangen, dass die republikanischen Abgeordneten die konservativen waren und die demokratischen eher die progressiven, moderneren. Hier schien es jedoch genau umgekehrt zu sein, zumindest was das äußere Auftreten anging.

„*Well*, was wollen Sie wissen, meine Herren?", nahm John Courtney das kommunikative Heft in die Hand. „Wir Demokraten haben wichtige legislative Arbeit zu leisten, zum Wohle der amerikanischen Bevölkerung. Unsere republikanischen Freunde haben eher Zeit, denn die klopfen ja nur Sprüche!“ Dabei ließ er seinen Blick Richtung Neil Rogers schweifen und hatte ein sarkastisches Schmunzeln um die Mundwinkel herum. Er hatte den Ausdruck *they only talk big* benutzt, und Rogers winkte nur ab.

Die beiden Kongressabgeordneten kannten sich sicher schon seit vielen Jahren, und das Geplänkel zwischen den beiden Parteien auf den gegenüberliegenden Seiten des Sitzungssaales gehörte zum täglichen stichelnden Brot.

Edel ließ Farnsworth den Vortritt, so wie es der FBI-Mann ihm gegenüber getan hatte, als sie in der Deutschen Botschaft weilten. Schließlich war er nur tolerierter Gast dieses großen Landes, auch wenn er einen offiziellen Auftrag seiner eigenen Herkunftsnation in der Tasche hatte.

„Wir möchten natürlich wissen, wie Ihr Verhältnis zu Dr. Bernhard Sauer war, was Sie mit ihm besprochen haben, bevor er in die USA kam, und dann während er hier war.“

„Und ob Ihnen irgendetwas aufgefallen ist“, schaltete sich Edel dann doch ein, „etwas Ungewöhnliches oder gar Verdächtiges!“

Die beiden Politiker warfen sich vielsagende Blicke zu. Sie schienen sagen zu wollen, wieviel können wir diesen Polizisten erzählen und wieviel sollten wir besser für uns behalten. Neil Rogers war der Erste, der das sekundenlange Schweigen brach.

„Wir waren ja mit den gleichen Themen beschäftigt, auch wenn unsere Regierungen dazu zu bestimmten Zeiten andere Ansichten haben und verschiedene Vorgehensweisen. Aber im Grunde genommen haben wir die gleichen Topics auf beiden Seiten des großen Teichs, und Gott sei Dank ist das so!“ Rogers schaute erneut zu John Courtney hin, der sofort wusste, dass der Ball nun bei ihm war.

„In unserem Armed Services Committee geht es um Fragen der Verteidigung unseres Landes, und im Verteidigungsausschuss Ihres Landes geht es eben auch genau darum, natürlich aus der Sicht der Bundesrepublik Deutschland, die selbstredend heutzutage in der Europäischen Union *embedded* ist, die als Zusammenschluss verschiedener Nationen ihre eigene Verteidigungspolitik macht.“

Edel fühlte sich direkt angesprochen und wagte sich mit dem kleinen Zeh auf das internationale politische Glatteis.

„Und dann ist da natürlich noch die NATO, die nach dem russischen Überfall auf die Ukraine zu neuer Stärke gelangt ist. Die reden ja wohl auch ein gehöriges Wörtchen mit, Jens Stoltenberg und Co., nicht wahr!“

„Und die UN, und die arabischen Staaten rund um Saudi Arabien, und die Länder um die Volksrepublik China und Südostasien, und der riesige indische Subkontinent mit seiner mächtigen Zentralregierung und, und, und..!“ Neil Rogers ließ sich wieder in die Lehne seines Stuhls zurücksinken, ein Zeichen dafür, dass er durchaus entspannt der Unterredung folgte und keinerlei Druck verspürte. Die Kongressabgeordneten schienen in vollem Bewusstsein ihrer Macht zu baden und die Befragung der beiden Polizisten nicht im Geringsten zu fürchten.

„Gut, jetzt haben wir das breite Feld Ihrer politischen Aktivitäten abgesteckt. Wie sah das nun im Detail aus, wenn wir auf Dr. Sauer aus Germany zu sprechen kommen. Schließlich liegt der Mann tot in einer Kühlbox des OCME, des Office of the Medical Examiner, und seine Frau, seine beiden Kinder, seine Partei, die Menschen, die in seinem Wahlkreis wohnen und letztlich das deutsche Parlament hätten sehr gern eine Antwort auf das Geschehene!"

Farnsworth hatte mit einem Mal vom unverbindlichen Geplänkel zum verbindlichen Tacheles reden gewechselt. Das spürten auch die drei anderen Männer im Raum. Das FBI wollte nicht mehr lange fackeln und die Abgeordneten mussten etwas mehr Farbe bekennen. Immunität zählte für Mitglieder des amerikanischen Kongresses für alles, was sie während der Sitzungen des Hauses oder des Senats sagten. Aber dieses Privileg machte dort halt, wo es um Verbrechen ging, die aufgeklärt werden mussten, und bei denen sie vielleicht sogar in irgendeiner Form beteiligt oder zumindest mitwissend waren.

„Bernhard Sauer war noch nicht lange im Land, wissen Sie. Wir hatten also noch gar keine Gelegenheit, inhaltlich zu sprechen. Wir haben ihn begrüßt, nachdem er vom Flughafen im Willard Hotel ankam. Er hat sich dann etwas auf seinem Zimmer ausgeruht, und dann waren wir um die Ecke im Old Ebbitt zusammen essen. Für den nächsten Tag waren dann alle möglichen Meetings anberaumt. Aber dazu kam es ja dann nicht mehr!"

John Courtney zupfte sein Kavalierstüchlein zurecht, das wie eine Zunge aus seiner Brusttasche ragte. Für einen älteren Herrn schien er noch sehr viel Verve zu haben. Er wirkte energetisch und engagiert. Frank Edel fragte sich immer, wie alle diese Volksvertreter diesen Job bis ins hohe Alter wahrnehmen konnten, egal ob hier oder zuhause in Deutschland. Sie standen so gut wie immer im Rampenlicht, wo immer sie sich auch sehen ließen, sie mussten oft herbe Kritik einstecken und kritische Entscheidungen am Band treffen. Gut, dafür wurden sie ordentlich entlohnt. Aber besonders hier in den Staaten konnten Menschen in der freien Wirtschaft deutlich mehr verdienen, denn als Diener des Staates. Aber vielleicht waren sie alle Junkies der Macht und mehr an den Connections interessiert, die ihre Positionen mitbrachten.

„Und was für eine Art Meetings wären dies gewesen, die für den nächsten Tag auf dem Programm standen?" Edel hatte die Nervosität überwunden, die er zunächst empfunden hatte, als er und Farnsworth das Capitol betreten hatten. Das hehre Gebäude flößte wohl jedem Respekt ein, der nicht tagtäglich darin seiner Tätigkeit nachging. Neil Rogers schickte sich an, die Frage zu beantworten.

„Das Fokusthema war der Krieg in der Ukraine. Sich dazu abzustimmen, das war der Grund, warum Sauer hier war. Die deutsche Regierung war ja verständlicherweise etwas zögerlich, wenn es um Waffenlieferungen ging. Wir alle sind uns der deutschen Geschichte und ihres Einflusses auf das Denken und Handeln der Nachkriegsdeutschen bewusst. Da schießt man nicht einfach so aus der Hüfte. Wir wollten zusammen schauen, was wir bewegen können, denn wir drei waren uns darüber einig, dass der Konflikt nur mit der militärischen Stärkung der Ukraine und der Regierung Wolodymyr Selenskyjs beigelegt werden kann. Putin wird niemals zurückstecken, denn das wäre sein Ende. Er hat sich verkalkuliert, hat seinen expandieren wollenden Hals zu weit rausgestreckt, und so einfach kann er nicht mehr zurück. Eher wird er sich noch weiter vorwagen, und dann steht er auf dem Gebiet der NATO!"

Edel konnte dieser Einschätzung mehr oder weniger voll zustimmen. Die Leute, die davon sprachen, den Frieden um jeden Preis zu erzielen, die waren seiner Meinung nach zu naiv. Der Pazifismus griff beim russischen Präsidenten nicht. Da würde man überrollt werden und sein rotes Wunder erleben. Aber das war seine persönliche Meinung, und es gab keine Veranlassung, diese im Zimmer eines amerikanischen Kongressabgeordneten kundzutun. Er war nicht als Politiker oder als Meinungsjournalist hier, sondern als polizeilicher Vertreter des deutschen Rechtsstaates.

„Was wissen Sie über Dr. Sauers Beziehung zu José Andrés humanitärer World Central Kitchen-Organisation?", fragte Farnsworth nun. Er hatte seinen *Hangover* völlig überwunden und war inzwischen hellwach.

„Das war ein persönliches Engagement von Börnhard", sagte Rogers, ohne sich aus seiner halb liegenden Position zu katapultieren. „Das hatte mit seiner offiziellen Rolle hier in D.C. nichts zu tun. Aber da WCK hier in Washington sein Headquarters hat, mehr oder weniger um die Ecke von hier, da lag es für ihn natürlich nahe, das Nützliche mit dem vielleicht noch Nützlicheren zu verbinden. Keiner von uns streitet ab, dass José Andrés mit seiner Organisation reine Wunder vollbringt. Er versorgt täglich Tausende von hilfsbedürftigen Menschen in den Krisengebieten dieser Welt mit Nahrung, und er hat inzwischen zumindest hier in den USA so etwas wie einen Heiligenstatus. Ich weiß nicht, wie der Mann das alles schafft. Er ist überall auf der Welt und ganz nebenbei managt er noch sein eigenes Restaurantimperium, das von hier bis nach Las Vegas reicht. Da können wir mit unserer Abgeordneten-*Workload* nur bewundernd zuschauen, und die ist auch nicht gerade von Pappe, *you know*!" Rogers hatte natürlich nicht von Pappe gesprochen, sondern, *it's definitely not lightweight* gesagt. Edel machte es inzwischen einen Heidenspaß, all die neuen Anglizismen aufzusaugen. Es war wie ein kostenloser Kurs in fortgeschrittenem Konversations-Englisch.

„Das WCK-Hauptquartier liegt in der Massachusetts Avenue Nordwest, Nummer 200 im siebten Stock des Gebäudes." Courtney hatte sein Smartphone vor sich und hatte sich die entsprechende Information auf das Display geholt. „Wenn Sie von hier aus die Constitution Avenue überqueren und dann die Second Street Nordwest entlanglaufen, am Law Center der Georgetown University vorbei, dann sind Sie schon so gut wie dort. Sie können hinlaufen.“

Oh gut, war Edel versucht zu sagen, aber Mike Farnsworth hatte andere Vorstellungen. Fast klang es so, als ob die Kongressmänner das World Central Kitchen-Thema dazu benutzen wollten, möglichst schnell wieder vom Haken der Strafverfolgungsbehörden zu entkommen. Sie hatten schon genug Interna ausgeplaudert, wenn es auch nicht wirklich profunde Informationen auf einer persönlichen Ebene gewesen waren.

„Wir laufen ganz bestimmt nicht. Wir setzen uns in den Cadillac und fahren hin. Das muss der amerikanische Steuerzahler aushalten können!“ Farnsworth lachte dabei, aber alle konnten hören, dass es ihm Ernst war. FBI-Agenten liefen nicht einfach so durch die Stadt, wenn sie mitten in einer Ermittlung waren. Kongressabgeordnete mochten sich dies leisten können, die Mitarbeiter des Federal Bureau of Investigation gingen nur in ihrer Freizeit wandern. Der FBI-Mann ließ aber noch nicht locker.

„Wie eng waren oder sind Ihre Kontakte in die Ukraine. Und wie sind die von Dr. Sauer dorthin gewesen, aus Ihrer Sicht, meine ich. Natürlich werden die deutschen Kollegen in Sauers Heimat und auch in Berlin dahingehend recherchieren.“

„Tja, da ist ja so eine Art Kriegs-Tourismus entstanden. Das können Sie auch in den einschlägigen Nachrichtensendern verfolgen. Andauernd ist da jemand von der politischen Riege in Kiew, im Donbass oder in Odessa. Die geben sich bei Präsident Selenskyj die Klinke in die Hand. Die Unterstützung mit der Präsenz vor Ort ist zwar gut, aber ich befürchte, da profilieren sich einige auf Kosten der schrecklichen Dinge, die in Butcha, in Mariupol, Bachmut oder anderswo geschehen sind. Davon haben wir bisher Abstand genommen, nicht wahr, John! Wir versuchen hier im Capitol die Eisen des Supports für die Ukraine und damit für die Demokratie im westlichen Sinn zu schmieden. Wir halten einschlägige Kontakte ins bekriegte Land via E-Mail oder mit dem einen oder anderen *Zoom Call*. Dabei belassen wir es, zumindest vorerst einmal!“

Neil Rogers hatte endlich seine entspannte Sitzposition verlassen und stellte nun mit all seiner Macht den Vorsitzenden des Armed Services Komitee seines Landes dar. Als Republikaner war er dem konservativen Lager verschrieben, und dort gab es am rechten Rand des Spektrums durchaus laute Stimmen, die Unterstützung für die Ukraine herunterzufahren und das Geld lieber für Projekte im eigenen Land zu verwenden.

„Wissen Sie, die USA hat seit Beginn der Biden-Administration etwa 25 Milliarden Dollar an Unterstützung in die Sicherheits- und Militärpolitik der Ukraine geleistet.

Und zumindest kann ich für meine Demokratische Partei attestieren, dass diese Unterstützung ungebrochen weitergehen wird." Courtney wandte sich nun direkt an den Gastpolizisten aus Deutschland. „Wissen Sie eigentlich, wie hoch das Budget für die Militärausgaben in den USA ist?"

Edel musste gestehen, dass er dies nicht wusste.

„800 Milliarden – im Jahr. Ein ganz hübsches Sümmchen, nicht wahr. Putin muss sich also mächtig anstrengen, wenn er den längeren Atem haben will. Ich befürchte für ihn, dass ihm dieser Atem irgendwann langsam ausgehen wird. Die Frage ist nur – wann?"

Als Edel und Farnsworth das Capitol wieder durch das Visitor Center verließen, war der Donnersberger Kommissar etwas ernüchtert.

„Irgendwie habe ich das Gefühl, dass wir gerade viele Worte gehört haben und doch nichts gesagt wurde", meinte er, während sie die Stufen hinunter in die Stadt und zu ihrem Fahrzeug liefen.

„*Welcome to Politics!*" meinte Farnsworth nur. „Das beherrschen die Herren in dieser Stadt meisterhaft. Sie reden den ganzen Tag, sitzen im Plenum oder in irgendwelchen Komitees, und doch hat man am Ende des Tages den Eindruck, dass niemand etwas Verbindliches gesagt hat und keiner sich aus der Deckung wagte. Und so gehen die Tage, die Monate und die Jahre dahin."

„Der Berg kreist und eine Maus wird geboren", sagen wir in Deutschland."

Edel war sich nicht sicher, ob die Übersetzung des Bonmots bei seinem amerikanischen Kollegen ankam. Aber der lachte, während er auf seinen Autoschlüssel drückte, um die Türen des Escalade zu öffnen.

„Na, da wisst ihr ja doch so einiges mehr als wie man Bier braut und Autos baut in Germany", flachste er.

Dann konnte Edel hören, wie sich der Magen des FBI-Mannes mit einem Grummeln zu Wort meldete.

„Lunch?", meinte der folgerichtig und Frank Edel war froh, dass er sich gleich auf etwas Positives freuen konnte. Essen hielt auch in diesem Land Leib und Seele zusammen!

12.

Diesmal war der Lunch nicht von exotischer Kulinarik geprägt. Shake Shack hieß das Etablissement, an dem sie auf dem Weg in die Massachusetts Avenue vorbeigefahren waren. Mike Farnsworth hatte die Filiale des Kettenrestaurants Edel gegenüber erwähnt. Das ansprechende Gebäude hatte zum Eintreten eingeladen, und so war der deutsche Kommissar dem amerikanischen FBI-Agenten ins Lokal gefolgt. Und dann war Burger-Time angesagt. Frank Edel hatte sich für den White Truffle Shroom Burger entschieden, der mit kross gebratenen Portobello-Pilzen garniert war und mit einem Münster- und Cheddar-Käsemix daherkam. Selten noch hatte Edel einen solch guten Burger gegessen. Dann hatte Farnsworth den Cadillac SUV durch Chinatown gesteuert, wo das große Eingangstor asiatische Atmosphäre verströmte. Bald waren sie auf der breiten Massachusetts Avenue und suchten nach der Nummer 200. Der Escalade verschwand in einer der Parkgaragen nebenan.

Das Bürogebäude musste noch sehr neu sein, denn noch haftete ihm der Geruch des Rohbaus an. Die Rezeptionistin hinter ihrem Schreibtisch in der Lobby beachtete sie mit keinem Blick. Daher liefen sie ohne zu zögern zum Lift, der sie hinauf in den siebten Stock brachte. Statt der üblichen Knöpfe war in der Liftkabine ein Display angebracht, das der Benutzer zu bedienen hatte. Oben angekommen mussten sie warten, bis jemand auf der anderen Seite der Glasscheibe einen Buzzer betätigte und die Tür aufsprang. Farnsworth hatte darauf gedrungen, dass sie ohne Anmeldung plötzlich auf der Matte stehen würden. Das war eine bevorzugte FBI-Methode, wie er ausführte.

„*Fidelity, Bravery, Integrity*“, deklamierte Farnsworth das Motto seiner Organisation, „das sind die treibenden Kräfte, die uns motivieren unseren Job zu machen, jeden Tag. Treue, Mut und Rechtschaffenheit. Das heißt aber nicht, dass wir uns nicht Methoden bedienen, die etwas fragwürdig sein können, die uns aber oft ans Ziel führen. Das Moment der Überraschung ist dabei nicht zu unterschätzen!“

Edel kannte das sehr wohl aus seiner eigenen polizeilichen Ermittlungstätigkeit zuhause rund um den Donnersberg. Doch er wollte sich nicht mit dem FBI vergleichen. Zwischen seinem Job in der pfälzischen Provinz und dem Credo des Federal Bureaus, die Vereinigten Staaten gegen alle Feinde zu verteidigen, inländische wie ausländische gleichermaßen, lagen sprichwörtlich Welten. Das zeigte sich auch sofort mit aller Deutlichkeit, als Farnsworth seinen FBI-Ausweis auf die Theke der Rezeption legte, die aus jungen Leuten zu bestehen schien, die gestern noch auf kleinen Stühlen im Kindergarten Hagebuttentee aus Plastiktässchen getrunken hatten. Die Kids wurden sichtlich nervös im Angesicht der beiden Ordnungshüter und vergaßen ihre sonst so unerschütterliche Arroganz der jugendlichen Business-Community.

„Wie können wir Ihnen weiterhelfen?“, stammelte der smarte asiatisch-amerikanische junge Mann, dessen weibliche Kolleginnen vor lauter Respekt keinen Ton herausbrachten.

„Indem Sie uns verraten, wer hier Auskünfte geben kann, die für unsere Ermittlungen hilfreich sind“, orakelte Farnsworth.

„Und welche Angelegenheit betrifft das?“, traute sich der Jungspund zu fragen.

„*Never mind!*“, antwortete Farnsworth, „das erzählen wir dann demjenigen, der uns gegenüber in der Lage ist, konstruktive Aussagen zu machen. Ist José Andrés zu sprechen?“

Frank Edel meinte hören zu können, wie der Rezeptionist sich innerlich gerade kaputt lachte. Auch die beiden Mädels neben ihm kicherten und schauten sich scheinbar sehr belustigt an.

„Señor Andrés ist außer Landes“, meinte eine davon. „Wenn Sie es genau wissen wollen, er ist in der Ukraine, ganz in der Nähe von Bachmut. Da, wo derzeit wieder gekämpft wird. Ich bewundere unseren Chef. Er ist einfach toll!“ Die junge Frau hatte das Wort *awesome* benutzt. Ihr Blick verklärte sich, als habe sie vom Heiland persönlich gesprochen.

Edel dachte dabei an sein eigenes Verhältnis zu seinen Chefs. Das war sehr nüchtern und kopfgesteuert. So viel Herz, wie diese junge Mitarbeiterin in ihre Rede legte, wenn es um den Gründer der Organisation ging, für die sie tätig war, war Frank Edel gänzlich unbekannt.

„Ah, in der Ukraine“, sagte er dann und versuchte ebenfalls etwas Bewunderung in seine Stimme zu legen. „Und dann noch in Bachmut. Respekt, der Mann hat *Cojones*!“

Da Andrés ursprünglich Spanier war fand es Edel angebracht, ein spanisches Slangwort zu benutzen. Doch dann kam ihm in den Sinn, dass er zwei jungen amerikanischen Frauen gegenüberstand und war sich nicht mehr sicher, ob der Hinweis auf die Zeugungsorgane eines Mannes angebracht gewesen war. Im Zeitalter der Me-too-Bewegung fand man sich da schnell im Umfeld der sexuellen Belästigung wieder.

„Er macht sich immer ein Bild vor Ort und packt auch mit an, wenn es um die Verpflegung der in Not geratenen Menschen mit Essen geht. Und in der Ukraine gibt es derzeit Millionen davon!“ Die zweite junge Frau hatte sich zu Wort gemeldet.

Farnsworth dauerte das alles viel zu lang.

„Gut, mit wem können wir an seiner Stelle reden? Es geht schließlich um einen Mord. Wer ist der zweite Mann innerhalb von WCK?“ Der FBI-Mann hatte seinen Ausweis demonstrativ auf dem Tresen liegen lassen. Das offizielle Dokument konnte augenscheinlich Wunder bewirken. Noch so ein Trick aus der großen FBI-Kiste.

„Ist Erin im Haus?“, wagte sich der junge Mann vor.

„Ich habe sie heute noch nicht gesehen“, erwiderte die erste junge Frau, „aber ich schau mal!“ Sie tippte etwas ins Keyboard des Laptops, der hinter dem Tresen auf einer Ablage stand. „Also, sie hat sich auf jeden Fall heute Morgen eingeloggt. Sie müsste also in ihrem Büro sein!“

Die zweite junge Frau hatte bereits ein Smartphone in der Hand und ein paar Nummern eingetippt.

„Erin, *hello*. Hier sind zwei Herren von der Polizei. Ein Agent Farnsworth vom FBI und ein Kollege…Was sie wollen? Das möchten sie nur mit Dir besprechen. José ist ja nicht da!…Okay, wir schicken sie rein, *thanks* Erin!“

Es stellte sich heraus, dass der zweite Mann eine Frau war. Erin Gores offizieller Titel lautete CEO, Chief Executive Officer. Danach sah sie eigentlich nicht aus. Mike Farnsworth und Frank Edel sahen sich einer Frau um die vierzig gegenüber, die mit der schwarz umrandeten Brille und den streng zurückgebundenen Haaren eher wie eine Sonderschullehrerin wirkte. Sie gab sich umgänglich, obwohl sie augenscheinlich keine Ahnung hatte, was der Besuch der Polizisten zu bedeuten hatte.

„*What can I do for you, Gentlemen?*“, meinte sie mit fester Stimme und einem fast metallischen Sprachduktus.

Spätestens dann war Edel klar, dass das äußere Erscheinungsbild der Managerin dazu angetan war, sie heillos zu unterschätzen. Farnsworth riss das Geschehen rund um den Tod Bernhard Sauers ab. Beim Namen Sauer fing die Frau an, ihren Online-Kalender zu konsultieren.

„Stimmt, Dr. Sauer hat sich hier gemeldet und sich bei mir einen Termin geben lassen. Allerdings war mir nicht ganz klar, was der Mann vom Deutschen Bundestag von mir wollte, etwa genauso wie bei Ihnen, meine Herren!“

„Aber Sie haben mitbekommen, dass Sauer nicht mehr am Leben ist, nicht wahr?“ Farnsworth gab sich betont sachlich.

„Das habe ich. Ich habe es auf CNN erfahren. Schrecklich das Ganze. Aber ich muss gestehen, es hat mich nicht sonderlich tangiert. Ich habe den Termin aus meinem Kalender entfernt, und damit war die Sache für mich erledigt.“ Wieder warf sie einen Blick in ihren Online-Kalender als wollte sie sicherstellen, dass das Meeting auch wirklich entfernt worden war.

Frank Edel war überrascht, wie kalt und scheinbar ohne Emotionen die Führungsperson über den Tod eines Menschen hinwegging, den sie treffen und sprechen sollte, wenn ihr auch nicht recht bewusst gewesen war, welcher Art die Unterredung hätte sein sollen. Schließlich war sie die oberste exekutive Kraft einer humanitären Hilfsorganisation.

„Und das haben Sie einfach so zur Kenntnis genommen und sind zur Tagesordnung übergegangen?“, meinte er dann auch folgerichtig. Erin Gore schien einen Moment lang ihre Antwort darauf zu sortieren.

„Ach, wissen Sie“, meinte sie dann, „in meiner Position sprechen sie mit so vielen Leuten unterschiedlicher Couleur, unterschiedlicher Absichten und unterschiedlicher Interessen. Vordergründig wollen alle nur helfen und Gutes tun. Aber im Hintergrund beherrschen meist ganz andere Absichten die Gründe zur Kontaktaufnahme mit uns!“

„Und die wären?“

„Politische Einflussnahme, den Anschein erwecken zu wollen, als habe man rein caritative Motivationen, die Arbeit von WCK zu unterstützen, während man doch nur Business machen will; die romantische Einschätzung seiner eigenen ethnischen Herkunft und der vermeintlich hehren Absicht, das Land seiner Vorfahren vor Unbill zu schützen oder zumindest allzu großen Schaden von ihm abwenden zu wollen. Da gibt es viele Gründe!“

Die beiden Männer wussten offensichtlich nicht so recht, wie sie die CEO Erin Gore einordnen sollten. War die Frau einfach zu abgebrüht, um ihre wahren Gefühle zu zeigen oder war es nur die jahrelange Arbeit als kühl abwägende Entscheiderin von Organisationen, die sich im Haifischbecken zwischen Hilfsorganisationen und Big Business-Korporationen tummelten und sich in diesem stürmischen Umfeld über Wasser halten mussten. Während den wenigen Minuten, die sie in der Lobby auf die Audienz bei Erin Gore warten mussten, hatte es Edel geschafft, sich den beruflichen Werdegang der Frau auf das Smartphone zu holen. In früheren Zeiten hätte so etwas umfangreiche Recherchen und Anfragen bei unterschiedlichen Auskunftsdetekteien bedurft. Heutzutage konnte jeder Hansel sich solche sensitiven Daten sekundenschnell auf den Schirm stellen lassen. Gore war erst seit Anfang des Jahres Chief Executive Officer bei World Central Kitchen. Zuvor war sie knapp drei Jahre lang außerordentliche Partnerin für Organisationsentwicklung des Malala-Funds gewesen, der Organisation jener pakistanischen Aktivistin für Frauenbildung mit Namen Malala Yousafzai, die im Jahre 2014 den Friedensnobelpreis für ihre Arbeit als Aktivistin erhielt. Ihr war Jahre zuvor zusammen mit zwei anderen Mädchen von Schützen der Taliban ins Gesicht geschossen worden, um sie wegen ihrer Aktivitäten auszuschalten. Dabei war sie schwer verletzt worden. Und davor lagen Tätigkeiten für andere Organisationen, die noch nicht ganz oben angesiedelt waren und mit Strategien zur Spendensammlung zu tun hatten. Sie war also in ihrem Feld ein Profi durch und durch.

„Ich gehe davon aus, dass Ihr deutscher Bundestagsabgeordneter Bernhard Sauer etwas mehr über WCK erfahren wollte, dass er den persönlichen Kontakt herstellen und sich dann in irgendeiner Form engagieren wollte, ob offiziell in parlamentarischer Mission und mit finanziellem Support oder auch nur in privater verbaler Form und mit moralischer Unterstützung. Dazu sind wir dann eben nicht mehr gekommen." Frank Edel nahm sich wieder zurück und überließ dem Mann vom FBI die weitere Befragung.

„Sie haben viele namhafte Geldgeber und einflussreiche Menschen, die Sie unterstützen, nicht wahr? Das schafft doch sicher Reibungspunkte, da entstehen doch auch Neidfaktoren oder mögliche Ansätze, sich durch unlautere Machenschaften selbst zu bereichern!" Bei Farnsworth war jetzt in Sachen *Hangover* rein gar nichts mehr zu spüren. Er hatte sich inzwischen wieder völlig in der Gewalt.

„Ja, unser Netzwerk ist mittlerweile weitreichend, und es gibt Leute darin, bei deren Namen man aufhorcht. Jeff Bezos, der Amazon-Mann hat José Andrés ganz zu Anfang mit einem dreistelligen Millionenbetrag beim Start von WCK unter die Arme gegriffen. Warren Buffett, der Starinvestor aus Omaha, hilft uns immer wieder aus, stellt Fahrzeuge zur Verfügung und was weiß ich noch nicht alles. Ron Howard, der Filmemacher, sorgt für mehr Publicity, genau wie Oprah Winfrey, und und und. Die Liste ist lang."

„Das sind die Geschäftsleute und die Künstler. Und die Politiker? So wie unser Bundestagsabgeordneter. Was ist mit denen?" Edel räkelte sich auf seinem Stuhl, der lange nicht so bequem war wie der Sessel im Capitol, auf dem er bei der letzten Ermittlungsetappe gesessen hatte.

„Nun, offen gestanden, wir legen keinen großen Wert auf die Kontakte aus der Welt der Politik. World Central Kitchen versteht sich als unabhängige, unpolitische Institution. Und das wollen wir auch bleiben!" Erin Gore wurde auf ihrem bequemer aussehenden Schreibtischstuhl ebenfalls unruhiger. Sie konnte oder wollte wohl nicht einordnen, was die Inquisition der beiden Polizisten bringen sollte. Ihr selbst stahl diese nur ihre Zeit.

„Und das schaffen Sie in dieser Stadt, die wohl kaum politischer sein könnte? Hier wimmelt es doch nur so von Lobbyisten, Influenzern aller Art und politischen Schachspielern, die es nur darauf anlegen, Einfluss zu nehmen und ihre Interessen nach vorne zu bringen. Wie kann man da neutral bleiben, wenn man darauf angewiesen ist, von allen möglichen Seiten finanziellen und moralischen Support zu erhalten?"

Farnsworth schaute auf die Uhr und war wohl auch der Meinung, dass dies hier verschwendete Zeit war. Vielleicht war er in Gedanken auch schon im bevorstehenden Wochenende, und fuhr in Gedanken bereits mit seiner Angetrauten im Zweisitzer die Ostküste entlang, während die Kinder ausnahmsweise einmal das *Weekend* bei *Grandma* und *Grandpa* verbrachten.

„Tja, einfach ist das in der Tat nicht, meine Herren. Aber dafür sind wir ja hier auch im Management und werden dafür bezahlt, die Dinge so voranzutreiben, wie es die

Organisation haben möchte, die uns jeden Monat unsere *paychecks* aufs Konto überweist." Gore versuchte ein Lächeln, es wurde aber nur eine Grimasse. Sie strich sich die Haare zurück, obwohl diese ja eh schon streng nach hinten gebunden waren.

„Kennen Sie eigentlich unser Motto? Eine Gesellschaft wie wir es sind braucht ja ein *Mission Statement*, damit die Ausrichtung stimmt, wissen Sie?" Sie hielt drei Sekunden inne und schaute den Männern einem nach dem anderen fragend in die Augen, als sei sie eine *High School*-Lehrerin, die einen mündlichen Test vorbereitet hatte.

„Wo auch immer es einen Kampf gibt, damit Menschen etwas zu essen bekommen, da werden wir sein – da müssen wir sein!"

„Ein sehr ehrenwertes Motto Mrs. Gore, das muss man zugeben!" Mike Farnsworth schien wirklich ehrlich überzeugt zu sein von der WCK-Mission.

„Erin, *please*", kam es von der Frau zurück, die nun aufstand. Die Audienz schien beendet zu sein. Auch die beiden Männer erhoben sich von ihren Plätzen.

„Okay, Erin. Danke für Ihre Zeit." Farnsworth drehte sich schon Richtung Tür.

„Essen sollte unserer Meinung nach als universales Recht angesehen werden", hob Erin da noch einmal an. Sie hatte den Ausdruck *a human right* gebraucht.

Auch das konnten die beiden Männer ohne zu zögern unterschreiben. Erin Gore blieb hinter ihrem Schreibtisch stehen, als müsse sie das Gesagte in einer stehenden Position unter die Leute bringen und sie damit aufwerten.

„Eines hätte ich dann doch noch gern gewusst, Erin." Edel musste sich zwingen, die Leute mit dem Vornamen anzusprechen. Es war einfach nicht das, was man in Deutschland während der Dienstzeit an allen Ecken tat.

„Nur zu. Noch habe ich nicht auf den berühmten Knopf gedrückt, der dafür sorgt, dass die Assistenz hereinkommt und darauf dringt, dass das Meeting beendet wird, weil das Nächste schon wartet." Jetzt lachte sie sogar richtig, was ihrer Erscheinung sofort einen milderen Habitus verlieh.

„Sagt Ihnen der Name Dimitri Shevchenko etwas?" Jetzt hatte Frank Edel in seinem Smartphone den Namen nachgeschaut. „Ist nur so eine Ahnung!" Edel hatte *a hunch* gesagt, wobei er einmal mehr nicht wusste, woher er den Ausdruck genommen hatte. Aber es war wohl so, dass man sein Vokabular stetig erweiterte, wenn man sich in einem fremden Land aufhielt und gezwungen war, die dortige Sprache zu nutzen.

Erin Gore streckte den rechten Arm aus, an dessen Ende der Zeigefinger nun steil nach oben zeigte, als wolle sie sagen, jetzt weiß ich aber was. Sie traktierte die Tastatur ihrer digitalen Wissensdatenbank.

„Ich wusste gleich, dass ich den Namen schon mal gehört habe. Dimitri Shevchenko, hier ist er! Er ist Ukrainer und hat in unserer Großküche in einer Stadt namens Przemysl im Osten Polens gearbeitet. Vorher aber war er in Charkiw in der Ukraine, als unser Standort dort von einer russischen Rakete getroffen wurde. Er wurde dabei nur leicht verletzt, hat aber wohl dabei so etwas wie PTSD davongetragen – *Post Traumatic Stress Disorder*."

„So wie die Soldaten im Krieg, in Vietnam und Irak und so!" Farnsworth wusste wohl einiges über diese Dinge, die sich im martialischen Umfeld entwickelten.

„Genau so, ja. Wie gesagt, er war dann für einige Zeit in Przemysl, aber es wurde immer schlimmer mit seiner psychischen Labilität und er bekam einige Male regelrechte Angstzustände, so wie es hier verzeichnet ist. Dann haben wir ihn da rausgezogen und in die Staaten verfrachtet, haben ihm ein schönes Zimmer im Willard zur Verfügung gestellt und ihn sich einfach erholen lassen. Unsere Mitarbeiter sind unser Kapital, das ist sicher auch beim FBI und auch bei der deutschen Polizei so!"

„Haben Sie viele Ukrainer in Ihren Küchen beschäftigt? Ich nahm an, die Freiwilligen kommen meist aus den USA!" Farnsworth war längst an den Schreibtisch der Managerin zurückgekehrt.

„Shevchenko war kein Freiwilliger. Der war bei WCK angestellt. Die *Volunteers* für unsere Projekte kommen tatsächlich zu neunzig Prozent aus den USA. Aber wir brauchen natürlich an allen Standorten Leute, die ständig da sind. Profis, die wissen, wie man eine Großküche leitet oder zumindest, wie man Essen für Tausende von Leuten zubereitet."

„Und Shevchenko ist so einer?" Edel benutzte das Präsens, denn der Mann lebte ja noch.

„Er ist gelernter Koch. Das ist hier auch so in unseren Unterlagen verzeichnet. Wissen Sie, WCK hat zu Beginn seiner Arbeit im Jahre 2010 hauptsächlich mit amerikanischen *Headchefs* gearbeitet. Das führte natürlich dazu, dass die die Mahlzeiten nach amerikanischem Standard zubereiteten. Aber dann hat sich das Management gewundert, warum so viele Mahlzeiten nur halb aufgegessen wieder zurückgingen. Das lag daran, dass die Bedürftigen die Zubereitungsart der Speisen nicht mochten. Wenn es Bohnen gab, dann waren die nach US-Muster gekocht. Aber die Leute auf Haiti damals meinten, so würden sie Bohnen nie zubereiten, würzen oder essen. Daraus hat WCK ganz schnell Lehren gezogen. Seit der Zeit stellen wir auch immer Profis ein, die nach den Rezepten kochen, die im jeweiligen Land Gang und Gäbe sind. Und das klappte dann auch sehr gut und tut es immer noch. Was unseren Einsatz in der Ukraine oder im angrenzenden Polen angeht, da beschäftigen wir neben den amerikanischen Köchen eben auch ukrainische Chefs. Die Freiwilligen preppen Gemüse, richten Salat an und machen Sandwiches, Tausende jeden Tag. José sagt immer, ein Sandwich ist die schnellste Art, wie man jemandes Hunger stillen kann. Und damit hat er wohl recht!"

Jetzt hatte sich der Besuch also doch noch ausgezahlt. Als Farnsworth und Edel wieder auf der Massachusetts Avenue standen mussten sie sich gegenseitig eingestehen, dass der Besuch bei CEO Erin Gore doch noch zu einem verwertbaren konkreten

Resultat geführt hatte, wenn er sich auch die längste Zeit nach kompletter Zeitverschwendung angefühlt hatte.

„Zumindest wissen wir jetzt, wie der ominöse Mann im Willard einzuordnen ist“, sagte Farnsworth, während sie der Schlund der Tiefgarage verschluckte.

„Seltsam ist nur, dass Dr. Sauer ebenfalls etwas mit WCK am Hut hatte und die beiden Männer scheinbar unabhängig voneinander im gleichen Hotel untergebracht waren. Findest Du nicht auch? Also, wir müssen unbedingt schauen, dass wir diesen Shevchenko sprechen können.“ Frank Edel tippte etwas in sein Handy, während sie zum Escalade hin liefen. „Ha, rate mal was der Name ursprünglich auf Ukrainisch bedeutet! Er leitet sich von *shvets* ab, was so viel wie Schuhmacher bedeutet. Und die Endung *-enko* ist einfach die Endung, die an einen Wortstamm angehängt wird.“

„Ein Schuhmacher also. Na, da ist er aber seinen ukrainischen Ahnen untreu geworden, wenn er stattdessen Shevkoch geworden ist!“ Mike Farnsworth war zu Scherzen aufgelegt. Doch er wurde schnell wieder ernst.

„Ich weiß, dass Du den Fall so schnell als möglich lösen willst, Fränk. Aber ich brauche jetzt erst einmal das Wochenende. Wenn Du unbedingt willst, kannst Du allein weiter wursteln. Ich bin am Montag um sieben Uhr wieder zur Stelle. Und wenn Du auch eine Pause nötig hast, dann hab ich Dir einen Vorschlag zur Güte zu machen!“

Sie fuhren aus dem Parkhaus und fädelten sich auf der Massachusetts Avenue in den Verkehr ein. Edel war gespannt, was sein Kollege vom FBI auf der Pfanne hatte.

13.

Frank Edel hätte den I-95 nehmen können, den Interstate Highway Nummer 95, der die ganze Ostküste von Maine bis hinunter nach Miami, Florida lief. Aber er hatte von Mike Farnsworth wahre Horrorgeschichten über die Route gehört, über die ständigen Staus, die verrückten, aggressiven Fahrer, die die Fahrbahn lebensgefährlich machten und die vielen Unfälle, die folgerichtig dort in unregelmäßigen Abständen zu sehen waren. Deshalb hatte er sich mit Hilfe einer Online-GPS-Landkarte eine alternative Route zu seinem Zielpunkt hin gesucht.

Es war Samstag. Vielleicht hätte er das Wochenende durcharbeiten müssen, er war ja nicht zum Vergnügen in den Staaten. Doch auch er, wie sein Kollege vom FBI, brauchte einen Verschnaufer. Der Jetlag hatte ihm keine ganz großen Probleme bereitet, doch er fühlte sich schon etwas ausgezehrt. Er war ja quasi ohne Pause von seiner Tätigkeit daheim am Donnersberg in die Washingtoner Höhle des Löwen gesprungen. Die Menschen in der heutigen schnelllebigen Zeit taten immer so, als sei das Herumreisen, das Überwinden von Zeitzonen und das ununterbrochene Beschäftigtsein *a piece of cake*, wie ein Amerikaner sagen würde, ein Klacks also. Aber der Klacks steckte sich am Ende doch nicht in die Kleider, und früher oder später wollte er bemerkt werden, und dafür wählte er dann manchmal einen Zeitpunkt, von dem man annahm, dass man längst über dem Berg war. Dieser Zeitpunkt schien auch für den Pfälzer Kommissar nach rund einer Woche gekommen zu sein.

Frank Edel hatte gerade die Großzügigkeit der Amerikaner kennengelernt. Als sie aus dem Büro der World Central Kitchen herausgekommen waren und von der Massachusetts Avenue über die Third Street Nordwest Richtung Innenstadt fuhren, um bald wieder auf der allgegenwärtigen Pennsylvania Avenue zu landen, da hatte Farnsworth Edel den Vorschlag gemacht, ihm fürs Wochenende sein Privatauto zur Verfügung zu stellen. Der Weinliebhaber Edel hatte irgendwann einmal erwähnt, dass er an einem freien Tag gern das ein oder andere Weingut in Virginia besucht hätte, um sich selbst ein Bild von der Qualität des fermentierten Traubensaftes im Bundesstaat machen zu können. Farnsworth hatte fast schuldbewusst zugegeben, dass er proletenhafter Biertrinker war und auf IPAs stand, India Pale Ale-Gebräu.

Edel war ob des Auto-Angebots überrascht und gerührt gewesen. Dass in Deutschland jemand sein eigenes Auto einem anderen Menschen auslieh, den er gerade einmal ein paar Tage kannte, konnte er sich kaum vorstellen. Die Deutschen hatten wohl auch ein anderes Verhältnis zu ihren Kraftwagen, sie waren ihre Babys und wollten gehegt und gepflegt werden. Für die Amerikaner waren sie wohl eher reine Mittel zur Fortbewegung und daher weitgehend austauschbar. Edel hatte nichts gegen ein gutes Bier, aber seine Leidenschaft galt eben nicht dem Gerstensaft, sondern gepflegten Weinen. Die waren für ihn nicht austauschbar.

Und so hatte er schließlich eingewilligt. Farnsworth ließ sich von seiner Frau abholen, die ohnehin den brandneuen Roadster mal so richtig ausfahren wollte, mit ihrem Angetrauten auf dem Beifahrersitz versteht sich. Der Wagen, der Edel das ganze Wochenende über zur Verfügung stehen würde, war ein recht neuer Buick Encore GX, ein sogenannter Sports-SUV in der Metallic-Farbe Sapphire, ausgestattet mit einem Panorama-Schiebedach. Der Kommissar hoffte nur, dass er das Auto am Montag wieder seinem rechtmäßigen Besitzer unversehrt übergeben konnte. Dass er meist auf Nebenstraßen unterwegs sein würde beruhigte ihn ein wenig.

Frank Edel hatte noch am Freitagabend ein weiteres Mal versucht, den posttraumatisch geschädigten Ukrainer Dimitri Shevchenko im vornehmen Willard Hotel zu erreichen. Er war gleich mit dem Lift hochgefahren und hatte an der Tür mit der Nummer 4041 geklopft, nur um einmal mehr keine Antwort zu erhalten, geschweige denn die Tür sich öffnen zu sehen. In der Red Robin Bar vorbeischauend hatte er hinter dem Tresen einen ihm unbekannten Barkeeper vorgefunden. Jo hatte sicher eine andere Schicht, oder er hatte für ein langes Wochenende frei bekommen. So hatte Edel es mit der Suche nach dem ehemaligen World Central Kitchen-Koch zunächst wieder einmal bewenden lassen. Wer wusste schon, ob sie das Auffinden des Mannes wirklich bei der Auflösung des Mordfalles Sauer entscheidend weiterbringen würde.

Als er im Apartment ankam und damit wieder eine WLAN-Verbindung hatte, konnte er als Anhang einer E-Mail von Robert Naumann den Bericht über den Besuch bei Sauers Witwe lesen. Aber das Gespräch mit der Frau brachte sie wohl auch nicht sehr viel weiter, außer, dass sie jetzt wussten, dass sie guten Kuchen backen konnte und sich ansonsten aus der Arbeit ihres Mannes weitgehend herausgehalten hatte.

Edel hatte gerade die Washingtoner Innenstadt hinter sich gelassen und war über Arlington dem Highway 66 aus dem Ballungsgebiet der Hauptstadt hinaus gefolgt. Bald konnte er auf der rechten Seite in einiger Entfernung eine Bergkette ausmachen. Das mussten die Blue Ridge Mountains sein. Als Musiker hatte er natürlich sofort John Denvers Hit im Ohr: „*Almost Heaven, West Virginia, Blue Ridge Mountains, Shenandoah River.*" Je weiter er fuhr, desto mehr erinnerte ihn die Landschaft an die Haardt zu Hause. Nur, dass er hier nicht die Deutsche Weinstraße entlang fuhr aus Richtung Zellertal kommend, an Kallstadt, Bad Dürkheim, Deidesheim und Neustadt vorbeifahrend Richtung Landau und der Südlichen Weinstraße, sondern Falls Church, Fairfax, Warrenton, Brandy Station und Culpeper hinter sich lassend Richtung Orange gondelte. Der Buick schnurrte wie ein Kätzchen.

Edel ließ den Wagen ohne Eile dahingleiten. Er genoss es, nach Tagen der großstädtischen Hektik wieder einmal auf dem flachen Land zu sein. Rechts und links grüßten ihn weit ausholende Farmen, umgeben mit schneeweißen Zäunen. Pferde grasten auf den Koppeln, und ab und an kreuzte ein Traktor die Straße. Das erinnerte ihn so sehr an seine Heimat rund um den Donnersberg, dass er sich fragte, ob er denn etwa schon Heimweh nach dem Pfälzer Hausberg entwickelte. Doch dann erregte eines seiner Steckenpferde seine ganze Aufmerksamkeit, wobei es dabei nicht um den herben Pfälzer Riesling ging, sondern um Chardonnay, Viognier und Petit Verdot und Co.

Am Abend zuvor hatte er sich im Internet etwas schlauer über den Weinanbau in Virginia gemacht. Wenn es in Deutschland um Wein aus den USA ging, hörte man ja immer nur von Kalifornien. Doch jetzt wusste er, dass es in Virginia mehr als 300 Weingüter gab. Und die Historie sprach davon, dass schon kurz nachdem die ersten Engländer in die Neue Welt kamen, und das war immerhin schon im Jahre 1607 gewesen, das damalige Gouverneurshaus Burgess jedem Mann auferlegte, Reben anzupflanzen. Unglücklicherweise aber gediehen die europäischen Trauben auf amerikanischem Boden nicht gut. Und so war es keinem anderen als Thomas Jefferson auf seinem virginianischen Landgut Monticello vorbehalten, fast ein Jahrhundert später einen neuen Weinanbauversuch zu starten, der ebenso kläglich scheiterte. Und erst nachdem die Nachwehen der Prohibition überwunden waren, ging es endlich mit dem Wein in Virginia aufwärts. In den 1970er Jahren gab es nur sechs Weingüter hier, hatte er lesen können. Und zu einem davon war Frank Edel nun unterwegs. Es war Barboursville Vineyards, ein Weingut, das die italienische Familie Zonin aus dem Veneto gegründet hatte, und das sie über die Jahre zum vielleicht prominentesten Anbauer gemacht hatte.

Als Edel dort auf den Hof fuhr, war er sofort begeistert. Die Weinberge breiteten sich über die Hügel hin aus. Von weitem grüßten ihn die Ruinen der Villa, die einst Thomas Jefferson für seinen Freund und Gouverneur James Barber gestaltet hatte, und die an Weihnachten des Jahres 1884 von einem Feuer zerstört worden war. Der Kommissar aus der Pfalz setzte sich auf die Veranda und ließ sich von der Sonne Virginias verwöhnen. Dabei machte er eine vertikale Weinprobe und fand die Tropfen, die die Winery produzierte, sehr akzeptabel und ansprechend. Besonders das Flaggschiff, der noble Octagon, ein Verschnitt aus Merlot, Cabernet Franc, Cabernet Sauvignon und Petit Verdot, machte ihm Spaß. Der Rotwein konnte seiner Meinung nach mit jedem Bordeaux mithalten.

Er ließ sich aus dem angrenzenden Palladio Restaurant ein Ossobuco servieren und fühlte sich mit einem Mal so wohl wie lange nicht. Bei alldem, was sein Beruf an menschlicher Niedertracht und Brutalität oft mitbrachte, brauchte er quasi als Häppchen humanitärer Freundlichkeit wenigstens ab und an ein paar Stunden Lebensfreude, die ihn davon überzeugten, dass das Leben doch lebenswert sein konnte. Und es war genau ein solcher Moment, den er in Barboursville genießen konnte. Als sich dann sogar noch als i-Tüpfelchen der Heiterkeit die Möglichkeit ergab, mit dem Weinmacher Luca Paschina ein wenig zu fachsimpeln, der einst aus Italien gekommen war, um ein paar Jahre zu bleiben und nun schon seit mehr als 30 Jahren für die Weinproduktion hier verantwortlich war, da machte das Herz Edels einen Sprung und jauchzte.

Auf der Heimfahrt ließ er den Buick die Rolling Hills auf und abgleiten, als sei das Auto auf Schienen unterwegs. Es war einfach nur eine Freude, durch diese herrliche Landschaft zu fahren, mit der Überzeugung im Gepäck, einen wundervollen Tag verlebt zu haben. So gestärkt war er bereit, den Kampf im Washingtoner Großstadtdschungel wieder aufzunehmen, der zur Aufklärung des Verbrechens führen sollte, das am Bundestagsabgeordneten Bernhard Sauer verübt worden war und das zu dessen Tod geführt hatte.

An weiteren Weingütern wie Keswick Vineyards vorbeirollend fiel ihm, in den Rückspiegel schauend, ein schwarzer Wagen auf, der immer näher kam, und dessen Fahrweise ihm gleich seltsam vorkam. Es war eines dieser *Muscle Cars,* die man hier so oft sah, jene Sport-Coupés, die sich durch mächtige Motoren auszeichneten, und rein äußerlich mit einem breiten, eckigen Chassis diese Mächtigkeit zur Schau stellten.

Der Wagen kam näher und näher und klebte bald an Edels Hinterteil wie eine Schmeißfliege am Popo eines Ackergauls.

Zuerst dachte er sich nicht viel dabei. Er hatte ja schon mitbekommen, wie aggressiv manche Fahrer hier ihre Wagen lenken konnten. Doch dann setzte das bullige Gefährt an einer engen Stelle zum Überholen an. Die Scheiben des Fahrzeugs waren getönt, sodass es unmöglich war, den Fahrer zu erkennen. Das Gefährt blieb länger als nötig direkt neben Edels Encore Buick auf gleicher Höhe. Edel verlor beinahe die Kontrolle über seinen Wagen, und die beiden Autos kamen sich gefährlich nahe.

Dann beschleunigte der schwarze Bulle und zog mühelos an ihm vorbei. Edel konnte sehen, dass es sich um einen gut erhaltenen Ford Mustang Fastback aus den sechziger Jahren handelte. Von denen gab es sicher nicht mehr allzu viele. Er erinnerte sich, dass das Modell einst berühmt geworden war, weil es im Film „Bullitt" mit Steve McQueen in der Hauptrolle zu sehen gewesen war. Frank Edel konnte sich daran erinnern, dass er den Thriller mit einem Freund zusammen im Kino gesehen hatte, Jahre nachdem der Streifen auf die Leinwände gekommen war. Er hatte sich damals in Jacqueline Bisset verliebt, weniger in das Auto.

Es dauerte nicht lange und der Mustang war vor ihm außer Sichtweite. Der Fahrer hatte wohl im Angesicht des eher biederen Buick nur beweisen wollen, was er fahrerisch drauf hatte. Edel fand zu seinem entspannten Fahrstil zurück. Beim Städtchen Orange zwangen mehrere Tempolimits die Autofahrer zum Drosseln ihrer Geschwindigkeit. Und tatsächlich stand plötzlich am Straßenrand ein Polizeiauto. Edel konnte sehen, dass der Kollege in Uniform eine *Speed Gun* aus dem Auto heraus in Richtung Fahrbahn hielt. Für ihn bedeutete dies keine Gefahr, da er längst auf die Bremse getreten hatte.

Hinter der Ortschaft konnte es wieder flotter weitergehen, und als Edel erneut in den Rückspiegel schaute, glaubte er seinen Augen nicht zu trauen. Der schwarze Mustang war wieder hinter ihm. Diesmal standen zwei Spuren in jede Fahrtrichtung zur Verfügung, da er jetzt auf der Route 15 unterwegs war, einem Highway, der durch das Piedmont Gebiet Virginias Richtung Maryland führte. Es war recht wenig Verkehr, daher konnte der Mustang erneut sein Spiel treiben. Der Wagen fuhr dicht auf, wedelte etwas nach rechts und links, setzte auf der linken Spur zum Überholen an und ließ sich dann wieder zurückfallen. Dabei heulte der Motor mehrmals kraftstrotzend auf.

Edel wurde es jetzt mulmig. Was sollte er tun? Diese Frage wurde ihm auf dem Fuß abgenommen. Das Muskelauto kam auf einer Geraden wieder ganz dicht an den Buick heran und fuhr dann rechts neben Edels Auto, um dann gleich wieder links aufzutauchen. Der trat aufs Gas, um dem Aggressor zu entkommen. Aber der ließ nicht locker, drängte Edel mehr und mehr an den rechten Fahrbahnrand. Rund um sie herum war kein weiteres Auto zu sehen, nur auf der entgegenkommenden Fahrbahn war Verkehr. Frank Edel war ein sicherer Fahrer, aber auch kein Rennpilot. Und jetzt kam etwas auf ihn zu, dem er, den Mustang dicht links neben sich wissend, nicht ausweichen konnte – ein riesiges Schlagloch!

Er begann panisch zu werden. Auf die Bremse treten war die einzige Lösung, die ihm impulsartig einfiel. Das brachte den Buick zum Schlingern. Der Mustang Fastback fiel nicht mit ihm zurück. Edel brachte es fertig, seinen Wagen ohne Schaden zum Stehen zu bringen. Der Andere hatte weiter vorne ebenfalls angehalten. Von hinten kam jetzt Verkehr auf, ein großer Truck und mehrere PKW.

Edel lenkte den Wagen auf einen schmalen Seitenstreifen, löste den Sicherheitsgurt und stieg aus, ohne den Buick auszumachen. Er lief ums Auto herum, das offensichtlich nicht zu Schaden gekommen war. Dann schaute er zum schwarzen Mustang hin und lief los.

Als er mit einem Sprint kurz hinter dem *Muscle Car* stand, heulte dessen Motor auf. Dann drehten die Räder durch. Rauch stieg unter den Reifen auf, der Wagen schlingerte und schnellte davon. Bald war er nur noch klein in der Entfernung zu erkennen. Der Truck rauschte an Edel vorbei, dann die anderen Autos. Langsam lief er zum Buick zurück. Edel merkte erst jetzt, wie seine Knie schlotterten. Er ließ sich in den Fahrersitz fallen und schloss die Augen. Das war *Hollywood Style*, dachte er, während er sich zu beruhigen versuchte. Und dabei war er doch an der Ostküste und auch nicht Steve McQueen!

14.

„Tja, dann können wir Dich von jetzt an nicht mehr allein lassen, Fränk. Du brauchst Polizeischutz. Anders mache ich es nicht mehr, hörst Du?" Mike Farnsworth wirkte ehrlich besorgt. Frank Edel hatte ihm den Schlüssel seines Fahrzeugs übergeben, der jetzt als eine Art Memento auf dem Schreibtisch lag.

„Was denkst Du, hatte diese *Road Rage*-Episode etwas mit unserem Fall zu tun? Will Dich da jemand aus dem Weg räumen?"

Frank Edel schien zu überlegen.

„Also, in Deutschland habe ich so etwas oder zumindest etwas Ähnliches noch nicht erlebt. Und da hatte ich auch schon die ein oder andere Situation, dass ich jemandem durch meine polizeilichen Ermittlungen auf die Füße getreten bin und mich deswegen verflucht hat. Aber eine Verfolgungsjagd und beinahe Karambolage, das hatte ich in der Pfalz noch nie!" Er wusste nicht, ob er lächeln oder ernst bleiben sollte und grinste daher leicht, um sich für die goldene Mitte zu entscheiden.

„Hast Du das Kennzeichen an diesem ominösen Mustang erkennen können? Das würde ja schon mal helfen.“ Mike Farnsworth holte sich den unvermeidlichen Kaffee und begann das Heißgetränk mit kleinen Schlucken zu konsumieren.

„Ich weiß, dass es ein Kennzeichen aus Virginia war, so viel habe ich in der kurzen Zeit, die ich hier bin, schon gelernt: Virginia is for Lovers!“

„Das Motto des Staates, der ja direkt hier in D.C. beginnt. Du musst von hier aus nur zweimal um die Ecke fahren, dann bist Du in Virginia, obwohl es rein gefühlsmäßig immer noch Washington ist.“

Farnsworth blies auf die Oberfläche des Kaffees, der siedend heiß sein musste.

„VEW!“ Das ist alles, was ich behalten habe.“

„Der Anfang des Kennzeichens? Tja, das wird uns wohl nicht groß weiterhelfen. Wir können beim Virginia DMV mal anfragen und die können eine *Query* starten. Aber ich gehe mal davon aus, dass es tausende von Virginia Kennzeichen gibt, die mit VEW beginnen. Das Department of Motor Vehicles von Virginia hat seinen Hauptsitz in Richmond. Ich werde dafür sorgen, dass wir dort vorstellig werden. In der Zwischenzeit, wie machen wir weiter?“

Edel wollte Farnsworth eigentlich noch fragen, wie das Wochenende im Roadster verlaufen war. Aber der FBI-Mann war schon wieder so tief in der beruflichen Materie, dass er das private Geplänkel einfach runterschluckte.

„Ich weiß ja nicht, wer mich da mit Gewalt von der Straße holen wollte. Aber ich habe irgendwie das Gefühl, dass sich unsere ungelösten Fragen bei unserem ukrainischen Mann im Willard Hotel bündeln könnten. Das kann natürlich eine völlig falsche Intuition sein.“

Edel stand auf und schaute zum Fenster hinaus. Der Verkehr rollte ruhig die Pennsylvania Avenue rauf und runter. Er schaute auf die Uhr. Es war gerade mal neun Uhr morgens. In Kirchheim war es daher drei Uhr nachmittags. Er hätte heute Morgen vom Apartment aus auf der Dienststelle in Kirchheim anrufen sollen. Er wollte mit Robert Naumann über World Central Kitchen sprechen und Dr. Bernhard Sauers lockeres Verhältnis zu dieser humanitären Hilfsorganisation hinterfragen. Naumann musste unbedingt mit Sauers Leuten in dessen Kaiserslauterer Wahlkampfbüro darüber sprechen. Vielleicht konnten die etwas mehr darüber sagen. Sauers Witwe hatte ja kaum etwas gewusst. Er konnte die Kollegen ja gleich noch anrufen.

„Okay, dann schlage ich doch vor, dass wir einfach nochmals unser Glück im Willard versuchen und dort demnächst einfach unangekündigt auftauchen!“

Frank Edel musste lachen. „Ich verstehe. Das Überraschungsmoment, nicht wahr?“

„Genau!“, erwiderte Farnsworth, „*you got it!* Aber wir werden dort bestimmt niemanden allein überraschen, Du und ich, meine ich! Nach deinem samstäglichen Ausflug nach … wie hieß die Winery nochmals?“

„Barboursville, nach dem ehemaligen Gouverneur James Barbour!“

„Okay, ich hätte Dir auch ein paar um die Ecke nennen können, aber was soll's! *But so be it.*“, hatte Farnsworth seinen Frust über Frank Edels Erlebnis auf den Straßen Virginias zum Ausdruck gebracht. Edel war nur froh, dass der Buick keinen Schaden genommen hatte. Alles andere hatte er inzwischen schon verdaut.

„Okay Mike, vielleicht hätte ich den Trip von 100 Meilen einfache Fahrt zu einem Weingut sein lassen sollen. Aber wenn mich wirklich jemand aus dem Weg schaffen will, weil ich mit dem FBI zusammen an der Aufklärung des Mordes an einem deutschen Bundestagsabgeordneten arbeite, dann können die auch einfach versuchen, mich da unten auf der Pennsylvania Avenue über den Haufen zu fahren!“

„Oder aus dem Weg zu schießen!“ Mike Farnsworth kratzte sich am Hinterkopf und ließ die Luft aus seinem Mund geräuschvoll entweichen. „Du hast recht, bitte entschuldige. Es ist nur so, dass ich für Dein Wohlergehen verantwortlich bin, solange Du hier in diesem Land bist. Ich habe mich persönlich dafür verbürgt. Da wird man dann schon nachdenklich, wenn jemand versucht, den Besucher unschädlich zu machen oder zumindest zu verängstigen. Und während Du mit dem Mustang zu tun hattest, bin ich mit meiner Frau im Roadster auf der anderen Seite Washingtons durch Maryland gedüst und am Strand in Ocean City gelandet. Das hätte schief gehen können, und ich hätte mir das nie verziehen!“

Edel nickte und wäre Farnsworth fast um den Hals gefallen, um Verzeihung bittend und gleichzeitig schwörend, dass so etwas nie mehr vorkommen und er von nun an bei Fuß bleiben würde. Aber Farnsworth war schon einen Schritt weiter. Edel hatte längst gemerkt, dass die Amerikaner gemeinhin nicht nachtragend waren. Die Dinge wurden angesprochen und dann war die Sache erledigt. *To move on*, hieß das hier, und Edel bemühte sich, die gleiche Handlungsweise an den Tag zu legen.

Farnsworth ging zur Tür und rief jemandem etwas zu, der auf der anderen Seite anscheinend geduldig gewartet hatte. Dann traten zwei Männer ein, die aussahen, als wären sie gerade vom Set des letzten Films mit Vin Diesel eingetroffen. Beide trugen kugelsichere Westen und blaue Overalls mit dem FBI-Logo auf der Brust und hatten Maschinengewehre in der Hand, als müssten sie mit geschwellter Brust zeigen, welche Waffen das FBI benutzte. Soweit Edel erkennen konnte, handelte es sich um Remington 870-Modelle. Er war kein dezidierter Waffenexperte, aber einiges hatte er während seiner polizeilichen Dienstzeit in Sachen Waffenkunde schon mitbekommen.

Farnsworth stellte die Männer als Agent William Turner und Agent Doug Martinelli vor. Sie waren beide Hünen, sicher einen Kopf größer als Edel und Farnsworth, breitschultrig und kantig wie Wohnzimmerschränke.

„Ab jetzt sind die zwei unsere Schatten, wo auch immer wir hingehen!“ Farnsworth klang jetzt so ernst wie nie zuvor. Bei Verfolgungsjagden mit schwarzen Mustangs hörte der Spaß für ihn wohl auf.

Es wurde nicht lange gefackelt und auch nicht viele Worte verloren. Im nächsten Moment waren alle Vier unterwegs, diesmal nicht im Cadillac Escalade, sondern in einem Gefährt, das die SWAT-Teams nutzten, die Abteilung Special Weapons and Tactics. Das Fahrzeug sah fast aus wie einer dieser Geldtransporter, die das Bargeld von Geschäften abholen, um es gesichert zur Bank zu bringen. Nur dass es mit seiner olivgrünen Lackierung viel grimmiger aussah. Es war ganz offensichtlich gepanzert, und Edel dachte für sich, dass Farnsworth damit etwas über das Ziel hinausgeschossen war, Leib und Leben seines deutschen Kollegen zu sichern. Doch er wollte sich auch nicht darüber mokieren. Wenn wirklich etwas geschehen sollte, und er sich gegen den Extraschutz wehrte, dann hatte er das Problem und nicht die Amerikaner.

Die wenigen hundert Meter bis zum Willard hätten sie gut und gern zu Fuß zurücklegen können. Aber das hätte sicher auch in der Stadt, die einiges an Security und Personenschutz gewohnt war, zu viel Aufmerksamkeit erregt, ganz besonders mit den beiden Hünen und ihren halbautomatischen Knarren im Schlepptau.

Auf dem kleinen Parkplatz vor dem Willard, der durch Metallgitter abgesperrt war und auf dem die Hotelgäste ihre Wagen abstellen konnten, parkte gerade ein schnittiger Jaguar ein. Ein paar Touristen liefen in Richtung des hoteleigenen Café Du Parc, das fußmüde Besucher auf seine Außenterrasse einlud, um dort ein wenig zu verweilen, bevor es wieder in Richtung der nächsten Sehenswürdigkeit ging. Sie staunten nicht schlecht, als das gepanzerte FBI-Vehikel sich seinen Weg durch die geparkten Autos bahnte und Agenten in voller Montur ausstiegen. Einer davon wollte schon ein Selfie mit den Polizisten im Hintergrund schießen. Aber einer der Hünen bedeutete ihm mit Fingerzeig, dies schnell zu unterlassen.

In der Lobby des schicken Hotels war zu dieser morgendlichen Tageszeit wenig los. Entweder waren die Gäste beim Frühstück oder hatten bereits ausgecheckt. Die vier Polizisten eilten der Rezeption entgegen, wo Mike Farnsworth, ohne auf einen Gruß zu warten, ein Papier auf die Ablage legte.

„Ich war schon fleißig heute Morgen und habe den Richter fast noch aus dem Bett geworfen", meinte er dem Mann gegenüber, der mit offenem Mund vor ihm stand.

Seine junge Kollegin neben ihm schien im Angesicht der bewaffneten Agenten noch etwas verdutzter zu sein.

„Falls Sie es nicht lesen können, das ist ein Durchsuchungsbefehl für Zimmer Nummer 4041 hier im Haus, in dem ein gewisser Dimitri Shevchenko wohnt. Es besteht der Verdacht auf eine kriminelle Handlung!"

Frank Edel wusste nicht, woher Mike Farnsworth den Verdacht auf eine kriminelle Handlung hergezaubert und wie er den zuständigen Richter ebenfalls davon überzeugt hatte. Bislang war ihnen nur bekannt geworden, dass der Ukrainer Shevchenko zuletzt in Polen für die World Central Kitchen-Organisation gearbeitet hatte.

Eines Verbrechens konnten sie ihn dabei ganz sicher noch nicht bezichtigen. Aber Edel hielt sich zurück. Das hier war nicht seine Show, zumindest war er nicht unter den Hauptdarstellern zu finden. Er hatte für den Moment nur eine Statistenrolle inne. Zurückhaltung war angebracht. So ließ er das FBI machen und folgte dem Geschehen wie ein gut dressierter Hund seinem Herrchen folgt. Der Mann von der Rezeption meinte nur, er müsse das Hotelmanagement verständigen. Farnsworth war jedoch nicht gewillt, seinen Moment der Überraschung länger aufs Spiel zu setzen, und bedeutete seinen Leuten, ihren Weg Richtung Lift fortzusetzen.

Edel fiel erneut das Stichwort „Verhältnismäßigkeit der Mittel" ein. Das war ihnen schon auf der Fachhochschule eingebläut worden. Das rechtsstaatliche Prinzip besagte, Verhältnismäßigkeit verlangt, dass jede Maßnahme, die in Grundrechte eingreift, einen legitimen öffentlichen Zweck verfolgt und überdies geeignet, erforderlich und verhältnismäßig ist. Eine Maßnahme, die diesen Anforderungen nicht entspricht, ist rechtswidrig. Soweit war die Auslegung auf deutschem Boden zu verstehen. Aber der Pfälzer Kommissar befand sich auf amerikanischem Boden und zudem in der Hauptstadt des Landes. Und was hier geeignet, erforderlich und verhältnismäßig war, das hatte nicht er zu entscheiden. Also trottete er hinterher und machte sich im Lift hinten links so dünn wie möglich, während Agent Farnsworth auf den Knopf mit der Nummer vier drückte.

Oben im Flur angekommen, ging die Tür mit der Zimmernummer 4039 auf. Ein älterer Mann war im Begriff herauszutreten. Als dieser der martialischen Truppe ansichtig wurde, drehte er sich auf dem Absatz herum und verschwand wieder in seiner Räumlichkeit.

Die Hünen platzierten sich rechts und links von 4041, während Farnsworth an die Tür klopfte. Ein Guckloch verriet, dass jeder im Zimmer die Möglichkeit hatte, zu sehen, wer gerade draußen stand. Frank Edel war der Einzige ohne eine Waffe in der Hand. Er war sich gar nicht sicher, ob das rechtlich überhaupt möglich gewesen wäre. Doch er musste sich eingestehen, dass er sich so ganz unbewaffnet plötzlich nackt fühlte.

Aus Deutschland kannte er solch ein Gefühl gar nicht. Aber hier sehnte er sich inzwischen fast schon danach, auch ein Schießeisen offen zu tragen. War das etwa der Stallgeruch des zweiten Zusatzes zur Verfassung der USA, der jedem Bürger, und nicht nur den Angehörigen der Polizeigewalt, das Recht auf das Tragen von Waffen in der Öffentlichkeit zur Selbstverteidigung einräumte?

Es war keine Zeit mehr, darüber zu philosophieren. Schritte wurden von der anderen Seite der Tür her laut und es war ihm, als würde sie jemand durch das Guckloch beobachten.

15.

Kaiserslautern war sicher nicht die schönste Stadt der Welt, aber für die meisten West- und Nordpfälzer doch ein wichtiges Stück Heimat. Das hatte in erster Linie etwas mit dem 1. FCK zu tun, dem Fußballclub, der im ganzen Land als Spielort der Roten Teufel bekannt war. Das war aber nicht das Thema, das Robert Naumann und Petra Demmerle auf ihrer Fahrt nach K-Town berührte, wie die Amerikaner auf der nahen Ramstein Airbase die Barbarossastadt nannten.

Statt auf die A63 zu fahren, wie es die meisten Autofahrer getan hätten, lenkten sie ihr Dienstfahrzeug über die ehemalige B40, die einst von Saarbrücken bis nach Fulda führte und vor fast zehn Jahren zur Landesstraße 401 herabgestuft und durch eben jene Autobahn ersetzt wurde. Das bot ihnen Gelegenheit, die herbe nordpfälzische Landschaft noch etwas intensiver aufzunehmen, als das auf der schnellen Autobahn möglich gewesen wäre. Bald verabschiedete sich der rechts liegende Donnersberg im Rückspiegel. Die Mehlinger Heide, in der man sich beim Durchwandern fast wie in Lüneburg fühlen musste, konnten sie beim Vorbeifahren nur erahnen. Dann fuhren sie auch bald schon stadteinwärts am Pre-Park vorbei, wo einst die Franzosen in ihrer Kaserne sehnsüchtig darauf warteten, dass ihr Militärdienst im feindlichen Ausland endlich sein Ende finden würde. Aber die Franzmänner und -frauen waren längst in ihre eigene Heimat zurückgekehrt und zu Freunden geworden. Und „Lautre", wie die Einheimischen sagten, war schon lange nicht mehr ganz die Militärstadt, die sie einst einmal gewesen war, da auch die Amerikaner sich soldatisch stark reduziert hatten.

„Das ist im Angesicht von Putins Aggression ganz sicher ein Fehler gewesen", meinte Petra Demmerle zu ihrem Kollegen, als sie das Thema diskutierend langsam die Mainzer Straße entlang rollten.

Das Wahlkreisbüro des CDU-Abgeordneten lag in der Schulstraße, die sich in der Innenstadt zwischen der lebhaften Eisenbahnstraße und dem Adolph-Kolping-Platz auf den Stadtplan zwängte. Naumann lenkte das Auto Richtung Parkhaus Lutrinastraße, weil er gar nicht erst versuchen wollte, in irgendeiner Gasse einen legalen, parallelen Abstellplatz zu finden. Dann liefen sie die wenigen Meter bis zur Schulstraße und klingelten bei Nummer fünf, wo noch das Messingschild mit dem Namen jenes Mannes prangte, der in Washington in den USA als lebloser Körper in einem Kühlhaus lag, das dem dortigen Gerichtsmediziner unterstellt war.

Es waren nur zwei Leute im Büro, die etwas verloren wirkten an einem Arbeitsplatz, dessen Chef vor wenigen Tagen in einem fremden Land eines gewaltsamen Todes starb.

„Die Kollegen in unserem Berliner Abgeordnetenbüro am Platz der Republik hatten auch schon Besuch von der Polizei, nicht wahr Norbert?", meinte die junge Frau, die den beiden Kirchheimer Kripobeamten einen Platz im Besprechungszimmer anbot.

Das ganze Büro war schlicht und doch geschmackvoll eingerichtet, wie Robert Naumann fand. Der ließ zunächst einmal die beiden Büromitarbeiter kommen. Das hatte er von Frank Edel gelernt, der diese Taktik „Die Macht des Schweigens" nannte. Warum sollte man sich immer den Mund fusselig reden, wenn man mit Schweigen bei seinen Ermittlungen oft sehr viel weiter kam, weil die gegenübersitzende Person sich durch die Stille genötigt fühlte, ihre Eingeweide verbal auszuspeien! Und wirklich fing der ebenfalls noch sehr junge Mann wie ein Wasserfall zu reden an.

„Wir wissen gar nicht, wo uns der Kopf steht. Wir fühlen uns so schlecht und so verloren. Beate und ich sitzen hier den ganzen Tag allein und wissen, dass unser Chef nie mehr zur Tür hereinkommen wird. Es ist einfach alles nur – traurig!"

Naumann und Demmerle wussten nicht so recht, was sie darauf erwidern sollten. Sie sprachen ihr Beileid aus, wussten aber im selben Moment, dass dies nicht ausreichte, um den Schmerz und das sich verloren fühlen zu lindern. Robert Naumann hatte sofort das Gefühl, dass in diesen Räumen mehr um den Bundestagsabgeordneten getrauert wurde als in Zell um den Ehemann, was wiederum bewies, dass sich Kollegen und Mitarbeiter am Arbeitsplatz näher stehen konnten als die nahe Verwandtschaft zu Hause!

„Habt ihr denn wenigstens persönlichen Kontakt mit den Berliner Kollegen im Abgeordnetenbüro?"

Petra Demmerle war versucht, der um einige Jahre jüngeren Beate eine dicke Umarmung zukommen zu lassen, unterließ es aber. Zu viel Nähe war bei Ermittlungen immer schädlich, das wusste die Kripomitarbeiterin auch ohne die ganz große Erfahrung beim Umgang mit Betroffenen in der Verbrechensbekämpfung.

„Ja, wir haben natürlich den Kontakt zu unseren Berliner Kollegen. Aber trotzdem fühlen wir uns hier isoliert, allein gelassen und fast schon verzweifelt. Das ist wohl einfach so in einer solchen Situation, auf die niemand vorbereitet ist!" Der junge Mann stockte, und ein Schluchzen zeigte, dass seine Erschütterung nicht gespielt war.

„Das verstehen wir sehr gut", erwiderte Petra Demmerle, die sich mehr und mehr in die Rolle der Außendienstmitarbeiterin fand. „Wir haben im Gegensatz zu euch ja ständig mit solchen Ausnahmesituationen zu tun, und die Angehörigen, die Mitarbeiter von Opfern oder grundsätzlich nahestehende Personen zu den Menschen, die durch ein Verbrechen geschädigt wurden oder sogar in der Folge zu Tode kamen, haben so gut wie immer diese Gefühle – allein gelassen werden, nicht verstehen warum etwas geschah, tiefe Traurigkeit bis hin zu klinischen Depressionen. Wir können das nachvollziehen, glaubt mir!"

Ob bewusst oder unbewusst hatte die Kripomitarbeiterin die verbindende Euch-Ebene gewählt, und es schien so, als ob die jugendlichen Mitarbeiter des verblichenen Parlamentariers gewillt waren, sich auf die emotionale Nähe einzulassen.

„Wisst ihr, Norbert und ich, wir arbeiten noch nicht lange hier. Wir kommen beide aus der Jungen Union und haben sozusagen unsere christliche politische Überzeugung zu unserem Büroalltag gemacht."

„Beate hat das genau richtig formuliert. Wir waren beide so stolz, als wir hier vor einem Jahr die Arbeit aufnahmen. Es ist eine Sache, wenn man neben dem Studium für eine Partei tätig ist, an deren sachpolitische und personelle Aufstellung man glaubt. Wir wollten an der Erneuerung der Partei persönlich Anteil haben mit unserer Arbeit für Dr. Sauer..."

„... und die Kernthemen mit vorantreiben – Umweltschutz, Menschenrechte, Bildung, Soziales, Frieden in Europa! Das ist dann doch etwas anderes."

Naumann und Demmerle wurden fast von dieser leidenschaftlichen Rede überwältigt. Doch sie wollten sich auch nicht auf das politische Glatteis begeben, das war nicht ihr Job. Das mochte derjenige der beiden jungen Abgeordnetenmitarbeiter hier im Wahlkreisbüro sein. Robert Naumann versuchte den Themenwechsel, oder zumindest eine leichte Korrektur zurück zum eigentlichen Grund ihres Besuchs.

„Wie ihr sicher wisst, ist unser Kollege und direkter Vorgesetzter, Hauptkommissar Frank Edel, derzeit in den USA, um das FBI in Washington bei der Aufklärung des Falles zu unterstützen." Naumann hatte Fall gesagt, was er sofort bereute. Für die beiden Mitarbeiter des MdB handelte es sich sicher nicht um einen Fall, sondern um eine menschliche Tragödie. Doch er ließ sich nicht weiter von seinem eigenen sprachlichen Lapsus beirren. „Dabei ist er auf einen Kontakt gestoßen, den Dr. Sauer in D.C. wohl vertiefen wollte. Sagt euch die humanitäre Organisation World Central Kitchen etwas?"

Beate und Norbert schauten sich an, konnten jedoch keinen gemeinsamen Wissensnenner finden.

„Nie etwas davon gehört", meinte die junge Frau und begann einen Stapel Papiere zu durchsuchen, der fein säuberlich auf dem Tisch saß, als ob sie dabei umgehend auf das hinterfragte Thema stoßen würde.

„Vielleicht können unsere Kollegen in Berlin dazu etwas sagen. Es kommt schon einmal vor, dass das Wahlkreisbüro von nichts weiß und das Abgeordnetenbüro die Infos hat, oder umgekehrt."

Norbert hatte es gesagt und ließ auch schon die Tat folgen. Der Laptop war sowieso schon an und die Internetverbindung stand. Mit zwei Klicks war die Oberfläche der Zoom-Applikation zu sehen. Der junge Mann gab seine E-Mail-Adresse und das Passwort ein und drückte den blauen Sign-In-Button. Dann wählte er den gewünschten Gesprächspartner aus. Auf dem Schirm öffnete sich ein Fenster, auf dem zwei weitere junge Menschen auftauchten, die Beate und Norbert zu spiegeln schienen.

Vielleicht waren die Mitarbeiter eineiige Polit-Vierlinge. Die Kaiserslauterer Kollegen stellten die beiden Kripobeamten vor.

Die Berliner Mitarbeiter Dr. Sauers schienen sich nicht über die Kontaktaufnahme der Pfälzer Polizei zu wundern. Bereitwillig gaben sie Auskunft. Sie schienen bei weitem nicht so niedergeschlagen zu sein wie ihre beiden Kollegen in der Barbarossastadt. Vielleicht lag dies am großstädtischen Ambiente, das sicher schnelllebiger war und im Alltag nicht so viel Zeit zum Sinnieren einräumte. Auch die Berliner konnten mit dem WCK-Begriff nichts anfangen. Sie wussten nichts von Bernhards Sauers Engagement für oder mit einer humanitären Hilfsorganisation, die ihren Hauptsitz in der Hauptstadt der USA hatte und sich darum kümmerte, dass bedürftige Menschen in Krisensituationen etwas zu essen bekamen.

„Wir gingen davon aus, dass unser Chef nach Washington reiste, um mit den amerikanischen Kollegen darüber zu sprechen, wie der Ukraine in ihrem Kampf um Unabhängigkeit und der demokratischen Ausrichtung ihres Landes nach westlichem Muster militärisch am besten zu helfen sei. Aber wir sind in Bernhards Schreibtisch auf etwas anderes gestoßen, das uns ein wenig stutzig gemacht hat.“, sagte der junge Mann auf der Berliner Seite, dessen Namen Naumann schon wieder vergessen hatte.

Damit hielt er ein Foto in die Kamera, auf dem ein Mann mittleren Alters zu sehen war. Er hatte nur noch wenig Haupthaar und wirkte trotz eines Grinsens verbissen und irgendwie verschlagen.

„Das ist Jewgeni Prigoschin, der Gründer der berüchtigten Wagner Group, einer paramilitärischen, privaten Kampftruppe, und quasi die private Armee des russischen Präsidenten Wladimir Putin. Prigoschin hat erst kürzlich zugegeben, dass er die Wagner-Gruppe gegründet hat, nachdem er es lange Zeit stets leugnete. Wir haben sein Konterfei und einiges an Infos über die Truppe erst vorgestern in Bernhards Schreibtisch unter einer Menge anderer Papiere gefunden. Bernhard hat einige handschriftliche Bemerkungen dazu auf einigen Seiten hinterlassen. Das war, nachdem ihre Berliner Polizeikollegen uns ebenfalls einen Besuch abstatteten.“

„Und ihr denkt, dass Dr. Sauer mit dieser Wagner Armee irgendetwas zu tun hatte?“ Petra Demmerle blieb beim vertrauten ihr und euch, und die beiden Berliner Mitarbeiter des Abgeordneten schienen sich ebenfalls nicht dagegen wehren zu wollen.

„Wir wissen es nicht“, sagte die junge Frau im Berliner Büro. „Wir haben mit Bernhard dieses Thema nie auf dem Tapet gehabt. Die Wagner-Truppe soll mit tausenden von Mitgliedern in der Ukraine auf der russischen Seite kämpfen und immer sehr brutal vorgehen. Sie sollen auch für das Massaker in Butscha verantwortlich sein, bei dem alte Männer vom Fahrrad geschossen, oder vor den Augen ihrer Frauen ermordet wurden. Wir wissen nicht, was Bernhard damit zu tun hatte oder was er von denen wollte. Aber es gibt uns zu denken!“ Die junge Frau verstummte.

„Uns gibt es das auch", erwiderte Naumann, „und wir werden uns damit befassen, glaubt mir. Was mich persönlich noch interessiert: Wie geht es nun mit euch vieren weiter. Euer Chef ist nicht mehr am Leben. Habt ihr überhaupt noch einen Job?"

Für einige Sekunden war es still auf beiden Seiten der Zoom-Verbindung. Dann übernahm Norbert das prekäre Thema.

„Wenn ein Abgeordneter stirbt oder gar ermordet wird, dann wird an seiner Stelle ein Nachrücker in den Bundestag einziehen. Der Nachrücker ist ein Kandidat, der über die Landesliste der Partei kommt. Das ist die Regel. Und wir müssen eben sehen, ob dieser Nachrücker uns vier sozusagen übernimmt oder seine eigenen, neuen Leute mitbringt. So ist das eben!" Wieder kehrte die Stille ein.

„Egal, wie es eben auch ist oder sein wird, wir sind alle vier noch jung. Wir werden auch etwas anderes finden, wenn der Nachrücker uns nicht haben will!" Die junge Frau auf der Berliner Seite sah die Sache sehr nüchtern.

Die beiden Kripobeamten ließen sich die Personalien von allen Beteiligten übermitteln, stellten noch ein paar Fragen und verabschiedeten sich bald, nicht ohne ihre Visitenkarten zu hinterlassen.

Als Naumann und Demmerle wieder im Wagen saßen, ließ sich der Kriminalassistent noch einen Augenblick Zeit mit dem Anlassen des Fahrzeugs.

„Es scheint mir fast so, als habe unser lieber Dr. Sauer zwei Agenden für Washington gehabt, eine offizielle mit den Kongressabgeordneten und anderen Gesprächspartnern des politischen Spektrums, und eine private, persönliche mit Leuten, die sich im Fadenkreuz des Krieges in der Ukraine tummeln, aber ganz andere Ziele oder Ausrichtungen haben. Oder täusche ich mich da?" Petra Demmerle legte den Sicherheitsgurt an.

„Mir geht es ähnlich", meinte sie dann, „ich frage mich langsam auch, was Sauer wirklich in Washington wollte. Da sind noch einige Handlungsstränge zu verknüpfen. Wir sollten sehen, dass wir mit Frank darüber sprechen." Sie schaute auf das Display ihres Smartphones, von dem sie die Uhrzeit ablesen konnte. „Zeit werden wir dafür auf jeden Fall noch haben, in den Staaten ist es ja noch Nacht!"

Robert Naumann ließ endlich den Wagen an.

„Haben wir auch noch Zeit, uns schnell noch um unser leibliches Wohl zu kümmern, Frau Kollegin? Mir knurrt der Magen! Und wenn die Antwort ja lautet, dann weiß ich auch schon, nach was mir der Sinn steht!" Damit hatte er auch schon das Handy in der Hand und gab die Bestellung auf. Dann lenkte er den Wagen Richtung Adolph-Kolping-Platz und nahm die Friedrichstraße aus dem Kreisverkehr wieder hinaus, um dann die viel breitere Fischerstraße Richtung Innenstadt zu nehmen. In Höhe des St. Martins-Platzes stellte er den Wagen auf der äußersten Spitze einer Bushaltespur ab und legte ein Schild mit dem Aufdruck „Polizeieinsatz" auf das Armaturenbrett.

Das war zwar nicht der allerfeinste Zug der bürgerlichen Gleichheitsbewegung, weil der Einsatz einzig und allein darin bestand, sich bei Boll Burger in der Steinstraße zwei der stadtbekannten Fleisch-Sandwiches zu besorgen.

„Die haben montags eigentlich zu, aber ich kenne den Besitzer, und der hat mir versprochen, uns nicht zu enttäuschen."

Und wirklich saßen sie wenig später wieder im Auto mit zwei Burgern auf der Hand, die mit ihren Brüdern aus dem Hause McDonalds nicht viel zu tun hatten: Zwei Scheiben Rindfleisch, Bacon, Käse, ein frisches Spiegelei, Salat, Zwiebeln, Gewürzgurken, Tomaten und als Krönung eine hausgemachte Soße, die sich gewaschen hatte. Das Ganze für einen Preis, der mehr als akzeptabel war in einer Zeit, in der alles inflationär hochschnellte.

Der Donnersberg grüßte sie diesmal von der linken Seite, als sie auf dem Heimweg nach Kirchheim nun doch die schnellere A63 nahmen. Der schlafende Bär schien ihnen zuraunen zu wollen: „Gut gemacht, meine Lieben. Und dann lag dem sprechenden Berg das Motto des Saarlandes auf der Zunge: Hauptsach gudd gess!

16.

Die Tür wurde nur einen Spalt breit geöffnet. Und die Kette am oberen Ende an der Innenseite war noch eingehängt. Aber das war genug, um Doug Martinelli auf den Plan zu rufen, einen der Hünen mit der Remington im Anschlag. Der Special Agent fackelte nicht lange und trat mit Macht an die Tür, die mit einem Knall aufsprang. Mike Farnsworth hätte nicht einmal die Zeit gehabt, als Leiter der Aktion dagegen etwas zu tun, selbst wenn er dies gewesen wäre und es so gewollt hätte. Aber Farnsworth ließ es geschehen und Edel musste sich selbst gegenüber eingestehen, dass er endgültig im Wilden Westen angekommen war. Die Verhältnismäßigkeit der Mittel war unumkehrbar ad acta gelegt, auch wenn Akten im Old West noch kein Thema gewesen waren.

Der Mann, der von innen die Tür geöffnet hatte, war durch die Wucht des Trittes zurück ins Zimmer geschleudert worden. Er lag mit dem Bauch nach unten auf dem Boden und wollte noch ein Stück weiter zurückrobben. Aber William Turner, der zweite Hüne, war schon über ihm und drückte ihm den Lauf seines Maschinengewehrs ins Kreuz.

„*Get up, slowly!*", raunte er dem Mann auf dem Boden mit unglaublich ruhiger Stimme zu. Die anderen drei Polizisten zwängten sich in den Raum, sich gegenseitig im Weg stehend. Edel war der Letzte in der Reihe. Er hatte erwartet, dass die Agenten mit lautem Geschrei vorgehen würden, um dem Menschen, der im Zimmer weilte, sofort jeden Schneid zu nehmen. Aber zu seiner Überraschung lief alles sehr ruhig und kontrolliert ab. Die beiden Hünen nahmen den aufstehenden Mann in Empfang, packten ihn links und rechts und setzten ihn auf einen Sessel. Erst jetzt sahen sie alle, dass er an der Schläfe blutete, dort wo ihn die Tür beim Aufspringen getroffen hatte.

„Können Sie sich ausweisen?", übernahm Farnsworth nun wieder ganz die Kontrolle, und die beiden Special Agents ließen sich in den Hintergrund fallen.

Martinelli schloss die Zimmertür, die scheinbar wenig Schaden genommen hatte. Der Mann stand kurz auf, nahm etwas vom Nachttisch und kehrte zum Sessel zurück. Er reichte Farnsworth ein Dokument, das in Blau gehalten war und auf dem etwas in kyrillischer Schrift aufgedruckt war, jedoch auch die Worte *Passport Ukraine* in Englisch zu lesen waren. Das ebenfalls aufgedruckte Wappen zeigte einen gelben stilisierten Dreizack auf blauem Grund. Farnsworth nahm den Pass in Empfang und öffnete ihn auf der Seite, auf der das Passbild und die Basisinformationen zu finden waren.

„Was hat das Wappen zu bedeuten?", fragte er den Mann, während er die Informationen auf der Seite studierte.

„Das ist das königliche Emblem von Volodymyr des Großen, des ersten großen Prinzen von Kiew", antwortete der Mann unter Stöhnen und fasste sich dabei an die Wunde, die nicht wirklich blutete, sondern sich eher zu einem Hämatom verwandelte.

„Hätten Sie nicht ganz einfach nur klopfen können?"

„Hätten Sie nicht ganz einfach nur die Tür weit öffnen können?", Farnsworth kannte kein Pardon. „Sie sind also Dimitri Shevchenko, ukrainischer Staatsbürger, geboren in Lviv im Westen ihres Landes, am 18. Oktober 1984 und sind daher derzeit 38 Jahre alt."

„Das ist alles richtig", sagte Shevchenko mit recht wenig Akzent. Offensichtlich hatte er eine Menge Übung im Englisch sprechen. „Aber was soll das Ganze? Ich bin ein freier Bürger. Ich bin im Besitz eines Touristen-Visum für die USA und habe mir seit ich hier bin nichts zu Schulden kommen lassen. Was auch immer Sie von mir wollen, berechtigt sie nicht zu dieser brutalen Vorgehensweise!"

Jetzt fühlte sich Frank Edel jedoch berechtigt, seinen Teil zur Aktion beizutragen.

„Wir versuchen Sie schon seit einer Woche zu erreichen, ohne Erfolg, Mr. Shevchenko. Wir untersuchen den Mord an einem deutschen Bundestagsabgeordneten, Dr. Bernhard Sauer, der hier in diesem Hotel in seinem Zimmer erschossen aufgefunden wurde. Es gibt Hinweise, dass Sie etwas damit zu tun haben könnten!" Edel war versucht, etwas von Deutscher Polizei zu erzählen, aber das hätte die Situation unnötig kompliziert.

„Ich kenne keinen deutschen Bundestagsabgeordneten und von dem Mord hier im Haus habe ich nichts mitbekommen. Ich bin froh, wenn ich nichts mitbekomme. Darum bin ich hier, das können Sie mir gern glauben."

Farnsworth drehte sich zu Edel hin und raunte ihm zu: „Schau mal, ob Du den Barkeeper hier hoch bekommst, diesen…!"

„Jo", antwortete der Kommissar und ging schon Richtung Zimmertelefon, um zu sehen, wie er die Red Robin Bar von hier aus erreichen konnte.

„Aber Sie haben für World Central Kitchen in Polen gearbeitet, nicht wahr?"

Farnsworth trat dicht an Shevchenko heran, als wolle er ihn dadurch noch mehr unter Druck setzen.

„Was hat WCK mit Ihrem Überfall auf mich hier zu tun? Ja, ich habe da gearbeitet, aber zuerst in der Ukraine, erst danach in Polen, in einer Stadt namens Przemysl, ganz nahe an meiner Geburtsstadt Lviv, nur ein paar Kilometer auf der anderen Seite der Grenze."

Frank Edel hatte seine Telefonmission beendet und nickte seinem FBI-Kollegen kurz zu. Die Hünen standen wie Statuen vor der Zimmertür, die Remingtons vor der Brust ruhend. Edel klinkte sich erneut ein.

„Dr. Sauer, der Mann, der hier im Haus den Tod gefunden hat, war auch in irgendeiner Form mit World Central Kitchen in Kontakt. Wir wissen noch nicht genau, in welcher Form. Er hatte wohl zu dem Standort Przemysl eine Verbindung und hatte vielleicht sogar vor, dort hinzureisen. Und er hatte einen Termin beim WCK Headquarter, mit CEO Erin Gore, wenn der Name Ihnen etwas sagt!"

Edel hatte das Gefühl, zu viel an Information herausgegeben zu haben. Farnsworths ermahnender Blick bestätigte diese Empfindung.

Dimitri Shevchenko schien seine nächsten Worte abzuwägen. Wieder fasste er sich an die Stirn. Die Wunde schien ihn zunehmend zu piesacken. Aber niemand kam auf die Idee, ihn in irgendeiner Form zu behandeln oder zumindest zu versuchen, seine Pein abzumildern.

„Ich habe Erin Gore nicht persönlich kennengelernt, obwohl ich im Headquarter war. Aber dort haben sich Andere um mich gekümmert. Gore ist eine Managerin, die eher vom Schreibtisch aus agiert und persönliche Kontakte mit Mitarbeitern oder gar Freiwilligen meidet. Przemysl war für mich nur ein kurzes Gastspiel, dann konnte ich nicht mehr. Was in der Ukraine passierte, hat mich total aus dem Konzept gebracht."

Mike Farnsworth hakte ein: „Was genau passierte da?"

Shevchenko stöhnte, als könne er den Schmerz noch immer fühlen: „Es war in Charkiw, am 18. April 2022, um genau zu sein. Das Datum wird mir ewig in Erinnerung bleiben. Wir als WCK-Angestellte haben dort im Restaurant Yaposhka gekocht. Das ist eine ukrainische Restaurantkette, mit der WCK zusammen gearbeitet hat. Nate Mook war vor Ort, der damalige CEO der Organisation. Russische Streitkräfte attackierten ein Gebiet, in dem Zivilisten lebten und in dem auch unsere Küche lag, um von dieser sogenannten Ghost Kitchen aus die ukrainische Bevölkerung mit Essen zu versorgen. Wir wurden von einer Rakete getroffen. Das Gebäude fing Feuer und viele von uns trugen schwere Verbrennungen davon. Ich hatte dabei noch Glück und war nur ein paar Tage im Krankenhaus. Andere von uns waren nicht so glücklich und wurden viel schwerer verletzt, einige der Frauen auf jeden Fall."

Während er sprach, zog Shevchenko das T-Shirt aus. Auf seiner Brust zeigten sich Narben, die von Verbrennungen stammen mussten. Die Haut war an den Rändern der Verletzungen noch immer gerötet. Im Kern der Verbrennungen war die Haut jedoch schwarz verfärbt und hatte etwas von vernarbter Reptilienoberfläche an sich. Beim Anblick des geschundenen Körpers fragte sich Edel einmal mehr, ob sie gerade mit ihrer Aktion hier im Willard Hotel nicht gewaltig über die Stränge schlugen. Doch diese Überlegungen kamen eh zu spät.

„Viel schlimmer waren für mich die psychischen Folgen. Haben Sie schon einmal von PTSD gehört?"

„Post Traumatic Stress Disorder. Das kenne ich von unseren Veteranen aus dem Vietnamkrieg, oder von unseren anderen unseligen Militäreinsätzen in Afghanistan oder dem Irak!" Mike Farnsworths Stimme war ebenfalls weit milder geworden. Vielleicht empfand er genau das, was Edel spürte und bereute den recht brutalen Einsatz. Martinelli und Turner standen weiter ohne eine Rührung da.

„Und was ist danach mit Ihnen passiert, nach der Raketenattacke in Charkiw?"

„30 bis 35 Leute haben in der Küche gearbeitet, bevor die Rakete einschlug. Wir haben 3 bis 4.000 Mahlzeiten am Tag zubereitet. Es grenzt an ein Wunder, dass niemand dabei umgekommen ist. Die Küche wurde dabei jedoch zerstört und es wurde eine neue Location gesucht und gefunden. Aber ich konnte dort nicht mehr arbeiten. Als ich aus dem Krankenhaus kam, hat mich WCK nach Polen geschickt. In Przemysl habe ich dann wieder mit dem Kochen begonnen. Aber das PTSD hatte mich dabei fest im Griff und ich musste ganz raus. WCK hat es geschafft, mich in die USA zu bringen und hat mir ein Zimmer in diesem luxuriösen Hotel gemietet. Die kümmern sich um ihre Leute, wissen Sie. Und hier bin ich jetzt. Wie es mit mir weitergeht, das weiß ich derzeit nicht. Alles was ich will, ist in Ruhe gelassen werden. Aber die kurze Phase der Ruhe haben Sie ja jetzt leider beendet."

Keiner der vier Polizisten erwiderte etwas darauf. Was sollten sie auch sagen, schuldbewusst oder nicht. Es klopfte an der Tür. Einer der Hünen spähte durch das Guckloch und öffnete. Herein kam Joseph Byrnes, der Mixologist aus der Red Robin Bar. Er wirkte nervös, schaute sich im Raum um und wurde angesichts der massiven Polizeipräsenz noch etwas unsicherer, nicht wissend, was man von ihm wollte.

„Jo, *I believe*? Kennen Sie diesen Mann?“

Mike Farnsworth deutete auf den Ukrainer, der sich inzwischen aufs Bett gesetzt hatte. Das Hämatom auf seiner Stirn hatte jetzt richtig Farbe angenommen.

„Kennen ist vielleicht zu viel gesagt“, antwortete Joseph Byrnes, „er kommt ab und an in die Bar, trinkt ein Bier, sagt nicht viel und geht dann wieder. Ich schreibe die Rechnung immer aufs Zimmer und er fügt auch immer ein *Tip,* ein Trinkgeld hinzu. Das ist auch schon alles. Viel mehr als nötig sagen wir nicht zueinander. Die Gäste sind sehr unterschiedlich, wissen Sie. Manche wollen reden, andere nicht. Ich lasse sie sein, wie sie eben sind. Die Stillen lasse ich in Ruhe, und mit den lebhaften unterhalte ich mich angeregt. Das lernt man als Barkeeper schnell!“

Jo Byrnes hielt inne und hatte wohl das Gefühl zu plappern. Daher verstummte er und wartete, was noch von ihm erwartet wurde.

„Und war dieser Mann hier in der Bar als Ihr deutscher Kunde, das Mitglied des Deutschen Parlaments, an der Theke saß, am Abend bevor dieser in seinem Zimmer erschossen wurde?“

Frank Edel tat der Barkeeper etwas leid. Soweit er dies beurteilen konnte war der Mann eine gute Seele, der seine Gäste so gut wie möglich bediente und dann nach Hause gehen wollte, ohne weiter belästigt zu werden. Soweit hatte dieser mit dem Mann auf dem Bett einiges gemeinsam. Sie wollten in Ruhe gelassen werden, aber so wie die Umstände sich darstellten, hatten beide dazu den falschen Zeitpunkt und den falschen Ort gewählt.

„Ja, das war er“, meinte Byrnes jetzt zögerlich und auf Shevchenko starrend, „daran kann ich mich noch gut erinnern, so lange ist es ja auch noch nicht her. Und wenn ich eines während meiner Arbeitszeit kann, dann ist es die Fähigkeit zu nutzen, meine Gäste individuell zu behandeln. Und dazu gehört eben auch, dass ich ein Gespür für ihre Persönlichkeiten entwickele und ich mich auf ihre Person einlasse. Und so erinnere ich mich eigentlich immer an die Leute, die vor mir auf den Barstühlen saßen.“

Byrnes ließ seinen Blick im Raum umher schweifen und schaute die Männer der Reihe nach an, als müsse er seine Worte mit seinem Talent unterstreichen, sein Gegenüber mit allen Sinnen zu erfassen.

„Dieser Mann hier war in der Bar als Mr. Sauer auch da war. Sie waren die einzigen Kunden zu der Zeit. Aber die beiden Männer saßen weit auseinander und hatten keinen Kontakt. Sauer nippte an seinem Mint Julep, den ich ihm empfohlen hatte, und dieser Mann trank ein Bier direkt aus der Flasche. Mit Sauer unterhielt ich mich ein wenig, doch ich hatte sofort gemerkt, dass dieser Mann hier kein Gespräch wollte und für sich sein wollte. Also habe ich ihn auch in Ruhe gelassen. Wie gesagt…!“

„Ich weiß schon. Sie wollen Ihre Gäste individuell behandeln und haben das Gespür für ihre Persönlichkeiten!"

Farnsworth schien von den Antworten des Barkeepers etwas enttäuscht zu sein. Vielleicht hatte er eine Offenbarung erwartet, etwas, das den Fall auf einen Schlag hätte aufklären können. Aber das, was Joseph Byrnes hier von sich gab, brachte sie auch nicht viel weiter. Jetzt war es der FBI- Agent, der die anderen drei Polizisten der Reihe nach anschaute. Martinelli und Turner aber spielten weiterhin Statue, und so blieb nur noch der Kollege aus Deutschland als Adressat übrig.

„Haben wir noch weitere Fragen an Mr. Byrnes?"

Edel schien einen Moment zu überlegen.

„Nicht für den Augenblick", meinte er dann, „aber wir wissen ja auch sehr gut, wo wir Jo finden, wenn wir noch etwas von ihm wissen wollen, nicht wahr, Jo?" Edel hatte die Phrase *Am I right?* benutzt. Er mochte den Mann und wollte seine Zustimmung einholen. Warum sollte man die Menschen wie Objekte behandeln, das brachte niemanden weiter.

„*You are right, my man*", antwortete Byrnes dann auch sehr jovial und Edel freute sich über den vertrauten Ton, den er mit dem dunkelhäutigen Mann anschlagen konnte. Deutschland hatte genug Schaden in Sachen Rassismus angerichtet, da war es angebracht, Respekt walten zu lassen.

„*Well*, dann können Sie wieder in die Red Robin hinunter, Mr. Byrnes. Aber halten Sie sich zur Verfügung, sollten wir doch noch weitere Fragen haben!"

Byrnes war die Erleichterung sofort anzumerken. Seine Gesichtszüge entspannten sich, und die Falte auf seiner Stirn, die sich während der Befragung gebildet hatte, verschwand langsam wieder. Eine glatte Haut blieb dort zurück.

Er nickte Farnsworth zu, murmelte ein „*Thank you, Sir*", schaute Edel etwas länger an und brachte sogar ein Lächeln zustande, wenn es auch gequält wirkte. Dann nahm er die Beine in die Hand, ließ die beiden Hünenstatuen außer Acht und stürmte aus dem Zimmer.

„Eines will ich noch von Ihnen wissen, Mister Shevchenko. Ich weiß nicht, welches Auto sie in der Ukraine gefahren haben. Welches fahren Sie denn hier?"

Shevchenko schien die Frage zu überraschen. Er musste lange suchen, bis er eine Antwort darauf fand, als müsse er tatsächlich überlegen, ob sein Wagen von General Motors oder von Ford angefertigt worden war.

„Auto? Ich habe hier kein Auto!", meinte er dann und schien über sein Eingeständnis sich selbst und den anderen Anwesenden gegenüber erstaunt zu sein.

Farnsworth schien es ebenfalls nicht glauben zu können. Für einen Amerikaner war es sicher kaum vorstellbar, dass jemand ohne einen fahrbaren Untersatz leben konnte. Da war man doch kein vollwertiger Mensch! Edel hatte schon festgestellt, dass vor den meisten Einfamilienhäusern so viele Autos standen, wie nur immer auf die Hofeinfahrt passten. Eine erwachsene Person ohne Fahrzeug war dabei undenkbar, vielleicht sogar lächerlich, sie konnte aber ganz bestimmt nicht ernst genommen werden.

„In der Ukraine habe ich einen alten Volvo gefahren, einen aus der 740er Serie. Das ist das einzige Modell in ganz Europa, in dem man eine Holzpalette liegend transportieren konnte. Das ist in einem Land wie der Ukraine sehr hilfreich, wissen Sie, weil wir da viel selbst machen und daher viel organisieren und transportieren müssen. Aber hier brauche ich kein Auto. Ich verlasse das Hotel fast nie, und wenn ich es tue, dann laufe ich nur die Straße hinauf und hinunter, das war es dann auch schon mit Fortbewegung für mich. Wie schon gesagt, ich will meine Ruhe, will entspannen und wieder zu mir selbst finden!"

Es war Zeit, den geschundenen Mann allein zu lassen. Frank Edel empfand dem Verletzten gegenüber mehr und mehr eine Art Schamgefühl. Er war von ihnen nicht gerade mit Samthandschuhen angefasst worden. Ukrainer gehörten ja, so viel er wusste, zur kaukasischen Rasse. Dieser Begriff wurde auch hier in den USA ganz offiziell benutzt, wenn ein Mensch mit heller Haut beschrieben wurde, obwohl ein deutscher Anthropologe den Terminus vor langer Zeit geprägt hatte. Aber Ukrainer gehörten ebenfalls zur Völkergruppe der Slawen, ja, hatten dort wohl sogar als Stamm ihren Ursprung. Und die Slawen waren von den Deutschen während des tausendjährigen Reichs, das Gott sei's gedankt, nach 12 Jahren wieder von der globalen Bildfläche verschwunden war, nicht gerade mit Achtung behandelt worden. Edel war es daher mittlerweile sehr unwohl in diesem Hotelzimmer des feinen Willard mit der Nummer 4041 geworden. Er wollte nicht zu einer Art neumodischer Gestapo gehören, die die Leute drangsalierte und die Idee von unwertem Leben neu propagierte. Lieber würde er sogar in Kauf nehmen, einen Fall nicht zu lösen und alle Fragen offen zu lassen, ob der Vorhang zu war oder nicht!

„Wie geht es mit Ihnen weiter?", richtete er noch eine letzte Frage an Shevchenko.

Er hätte dem Mann eh nicht zugetraut, ihn mit einem schwarzen Mustang Fastback über Land zu jagen. Dazu schien er viel zu erschöpft zu sein. Farnsworth hatte sich gedanklich schon verabschiedet und unterhielt sich mit den beiden FBI-Hünen.

„Ich weiß nicht. Fürs Erste bleibe ich noch ein wenig hier. Dann wird sich zeigen, ob ich wieder fit genug bin, um bei World Central Kitchen hinter den Töpfen zu stehen. Die sind ja nicht nur in der Ukraine, wissen Sie. José Andrés tritt überall auf den Plan, wo sich eine humanitäre Katastrophe entwickelt. Wenn es hier in den USA die nächste Flutkatastrophe gibt, den nächsten Hurricane, das nächste verheerende Feuer oder auch ein Erdbeben, dann finden Sie mich vielleicht in Kalifornien wieder, oder im Staat Mississippi oder auch in Florida. Ich mag es im Grunde, Menschen zu helfen und dort zu arbeiten, wo ich das Gefühl habe, einen Unterschied machen zu können!"

Edel konnte das auf der ganzen Linie nachvollziehen. Er gab dem Ukrainer die Hand und dann verließen die vier Polizisten das Zimmer. Farnsworth verabschiedete sich nicht mehr von Shevchenko. Der blieb auf dem Bett sitzen und fasste sich erneut an die Stirn. Das Hämatom glänzte inzwischen wie eine Speckschwarte.

17.

Auf dem Weg zurück ins Hauptquartier des FBI hatten sowohl Frank Edel als auch Mike Farnsworth das Bedürfnis, ein wenig an der Luft zu laufen. Und so ließen sie Martinelli und Turner den dicken gepanzerten Brummer allein zurückfahren. Niemand verschwendete in diesem Augenblick einen Gedanken daran, dass der deutsche Kommissar auf der breiten Pennsylvania Avenue in Gefahr schweben könnte. Beide Männer hingen ihren Gedanken nach, als sie über die Avenue liefen, auf deren Trottoir nur wenige Fußgänger unterwegs waren. Edel war wirklich nicht wohl bei der Aktion gewesen. Er hatte ihr Vorgehen als übers Ziel hinausschießend bis brutal empfunden. Aber vielleicht war das einfach die Art, wie man in diesem Land der Verbrechensbekämpfung nachging, nicht lange fackelnd, egal, ob man es mit Kriminellen, mit Zeugen oder den potentiellen Tätern zu tun hatte. Er hatte plötzlich das dringende Bedürfnis, mit seinem Team in Deutschland zu sprechen. Vielleicht waren das die ersten Anzeichen von Heimweh oder auch einfach nur das berufliche Gespür, den aktuellen Fall aus einer anderen Sichtweise zu betrachten.

Als sie am Warner Theatre auf der Höhe der dreizehnten Straße vorbeiliefen, verlangte die Leuchtreklame des Auditoriums, oder besser gesagt das, was darauf zu lesen war, seine ganze Aufmerksamkeit. „Steve Hackett and Band in Concert tonight!".

„Oh man", kam es fast euphorisch aus ihm heraus, „weißt Du, wer das ist, der da heute Abend performt, Mike?" Farnsworth hatte keinen blassen Schimmer. „Steve Hackett, der ehemalige Gitarrist der Kultband Genesis. Das war er zumindest, als Peter Gabriel noch der Sänger und Phil Collins nur der Drummer war. Ich war und bin ein großer Fan von denen, besonders von den alten Songs, der progressiven Rockzeit dieser fantastischen Musiker."

Für einen Moment vergaß der deutsche Kommissar, dass er beruflich und mit offiziellem Auftrag in der Stadt war und nicht als Tourist oder Konzertbesucher. Farnsworth zückte sein Smartphone und trat auf dem Bürgersteig ein wenig zur Seite. Edel schaute ihm über die Schulter. Der FBI-Mann war schon auf der Website des Warner.

„Es gibt noch Tickets und der Preis ist verträglich“, sagte der Amerikaner. „Ich habe heute Abend nichts vor, und ein wenig Spaß kann uns auch niemand verwehren. Meiner Frau kann ich das auch beibringen, schließlich muss ich meinem deutschen Besucher nebenbei auch etwas bieten, oder nicht? Wenn Du also willst…?“

Edel wollte, wollte sogar ganz besonders. Und so standen sie noch eine Weile an der Straßenecke, bis Farnsworth die Ticketorder online abgeschlossen hatte und die Daten seiner Kreditkarte ins Handy gedrückt hatte. Die Aussicht auf ein Konzert mit den alten Genesis-Songs ließ Frank Edels Lebensgeister von einem Moment auf den anderen wieder aufblühen.

Plötzlich war das Schicksal Dimitri Shevchenkos nicht mehr im Vordergrund, und die Schuldgefühle hinsichtlich dessen ruppiger Behandlung milderten sich deutlich ab. Das hatte der Pfälzer aber auch dringend nötig gehabt. Trotzdem wollte er gleich versuchen, seine Leute in Kirchheim an die Strippe zu bekommen. Das musste jetzt auch sein. Zeitlich sollte das gerade noch hinhauen, bevor es in Deutschland schon später Abend und nach Dienstschluss war.

Sie hätten zoomen können, aber Edel, Naumann und Demmerle wussten wie sie aussahen, und so begnügten sie sich mit dem altmodischen telefonieren. Sie tauschten sich über die beiderseitigen Ermittlungen aus. Auf beiden Seiten des Atlantik rätselten sie, was wohl der wirkliche Grund für Sauers Besuch in D.C. gewesen sein mochte und einigten sich schließlich auf die sich bereits herausgebildete Theorie, dass es einen offiziellen und einen eher privaten Grund gegeben haben musste. Welcher Teil für seinen Tod verantwortlich gewesen sein mochte, wussten sie sich noch nicht zu erklären.

Edel berichtete von ihrem Besuch in Shevchenkos Hotelzimmer. Die Verfolgungsjagd mit dem schwarzen Mustang ließ er jedoch unerwähnt, da er die Kollegen zu Hause nicht unnötig beunruhigen wollte. Naumann und Demmerle ließen noch einmal den Besuch bei Sauers Witwe im Weindorf Zell aufleben und erzählten ein wenig von der Sauerschen Viererbande in den beiden Büros in K-Town und Berlin.

Beim Stichwort Weinort musste Frank Edel dann doch ein wenig von seinem Samstag im Barboursville Vineyard erzählen. Petra Demmerle staunte nicht schlecht, als ihr Vorgesetzter von mehr als 300 virginianischen Weingütern sprach, vom roten Octagon schwärmte und von der Historie der im italienischen Veneto geborenen Idee der Familie Zonin, am Rande der Blue Ridge Mountains ein Winzerparadies entstehen zu lassen. Schließlich gelangten sie thematisch zur World Central Kitchen und letzten Endes zur Wagner Group. Sie waren sich schnell einig, dass sie, zumindest was die letztere Gruppe anbelangte, noch lange nicht genug wussten, um ihre Bedeutung für den zu lösenden Mordfall richtig einordnen zu können. Als sie die Telko beendeten, hatten sie auf beiden Seiten das Gefühl, wieder à jour zu sein und am gleichen Ermittlungsstrang zu ziehen.

In der Pfalz war es inzwischen spät geworden, und nach einem langen Tag hatten Robert Naumann und Petra Demmerle das Recht auf einen erholsamen Feierabend erwirkt.

Frank Edel hatte sich über Mike Farnsworth ein Infopaket über die Wagner Group zusammenstellen lassen. Er wollte sich dabei lieber auf die Recherchen des Federal Bureau of Investigation verlassen, als auf eine schnelle und damit oberflächliche Google-Suche. Rasch war er davon überzeugt, dass er damit ein ganz heißes Eisen anfasste. Da war absolute Vorsicht geboten, auch für einen Polizisten aus Deutschland.

Die Gruppe hatte sich bereits 2014 einen Namen während des entstehenden Ukraine-Konflikts gemacht, auch damals schon in der Donezk- und Luhansk-Region. Aber auch in anderen Krisengebieten war die Wagner PMC, Wagner Private Military Company aktiv gewesen, wie etwa in Syrien, Libyen, in Mali und der Republik Zentralafrika. Man hatte sie Kriegsverbrechen beschuldigt, wo immer sie aktiv gewesen waren: Vergewaltigung, Ausraubung der Zivilbevölkerung und Folter von Deserteuren. Sie operierten als Unterstützer russischer Interessen und bekamen angeblich ihre militärische Ausrüstung vom MoD, dem russischen Ministerium für Verteidigung. Edel konnte lesen, dass das Pentagon angab, dass die Wagner Group etwa 50.000 Kämpfer in der Ukraine im Einsatz hatte, davon 10.000 private Auftragnehmer und etwa 40.000 ehemalige Gefängnisinsassen. Angeblich hatte ein Anführer im Tschetschenienkrieg mit Namen Dmitry Valeryevich Utkin die Organisation einst gegründet. Dabei war die Entstehung des Namens der Gruppe unbekannt. Angeblich soll er dem deutschen Komponisten Richard Wagner zu Ehren gewählt worden sein, da Utkin als Rechtsradikaler eine große Leidenschaft für das Dritte Reich hatte und Wagner Hitlers Lieblingskomponist gewesen war. Der Geschäftsmann Jewgeni Prigoschin soll erst später ins Spiel gekommen sein. Er soll als finanzieller Förderer und als *Owner* die Gruppe übernommen haben. Prigoschin soll im September 2022 erstmals offiziell zugegeben haben, die Wagner Group zu managen. Wagner sollte direkt dem GRU unterstellt sein, dem leitenden Zentralorgan des russischen Militärnachrichtendienstes. GRU – Glawnoje Raswedywatelnoje Uprawlenije soll zahlreiche staatliche Auftragsmorde im Ausland verübt haben. Letztendlich aber führten dabei alle Wege zu Präsident Wladimir Putin, wer auch immer dazwischen die Führung bestimmter Bereiche innehatte!

Frank Edel hatte es sich während des Lesens in einer Ecke in Mike Farnsworths Büro bequem gemacht, während der Amerikaner irgendwo im Haus unterwegs war. Als der FBI-Mann wieder zurückkehrte, hatte Edel längst genug von seiner Lektüre. Was er da gelesen hatte, ließ ihm allein beim Studieren der Materie die Haare zu Berge stehen. Hatte sich Bernhard Sauer in dieses Haifischbecken in irgendeiner Weise vorgewagt? Und wenn dem so gewesen war, was hatte er damit bezweckt? Was hatte das mit seiner Arbeit und seiner Aufgabe als Mitglied des Verteidigungsausschusses des Deutschen Bundestags zu tun? Edel hatte genug für heute. Er legte die Unterlagen zur Seite und holte sich einen Kaffee. Farnsworth sah auch geschafft aus, was auch immer er die letzten Stunden über getan hatte. Der schaute jetzt auf die Uhr.

„Lassen wir es gut sein für heute, holen wir uns irgendwo noch schnell etwas zu essen, dann gehen wir ins Warner und suchen uns unsere Plätze fürs Konzert."

Der FBI-Agent zog sich eine Jacke über. Frank Edel folgte ihm stante pede. Die Aussicht auf Steve Hacketts virtuoses Gitarrenspiel erreichte noch einmal das, was schon ein paar Stunden vorher der Fall gewesen war. Seine Lebensgeister erwachten einmal mehr!

18.

Am nächsten Morgen wachten sie fast zur gleichen Zeit auf. Farnsworth hatte die paar Stunden, die ihnen zwischen dem Konzertbesuch und dem frühen Arbeitsbeginn geblieben waren, in Edels Apartment in der 15. Straße Nordwest verbracht. Wieder wollten sie zu Fuß ins Büro laufen, holten sich aber im Coffee Shop um die Ecke noch einen Latte Macchiato und einen glasierten Donut. Sie hielten sich nicht damit auf, irgendwo zu sitzen, sondern aßen und tranken während sie liefen.

Steve Hacketts Konzert steckte Frank Edel noch in den Knochen. Als Drummer war er wohl emotional näher an solchen Events als der durchschnittliche Konzertbesucher, zu denen er auch Mike Farnsworth zählte. Die erlebten so etwas wie ein Fußballspiel oder ein anderes Ereignis, das Zuschauer oder Zuhörer anzog. Edel hatte schon lange nicht mehr so etwas Brillantes bezeugen können, wie das, was da am Abend zuvor vor seinen Augen und Ohren auf der Bühne abgelaufen war wie ein Uhrwerk. Und es war nicht nur Hackett selbst gewesen, der Genesis-Mann aus alten Zeiten, sondern die ganze Band. Natürlich hatte es ihm der Drummer am meisten angetan. Der spielte mit einer solchen Präzision und meisterte die vertracktesten Rhythmuswechsel, sodass Edel, was sein eigenes Spiel anging, sich entscheiden musste, ob er die Sticks nie mehr anfassen wollte oder ab jetzt jeden Tag fünf Stunden üben würde, um auch nur annähernd so gut zu werden, wie Steve Hacketts Mann Craig Blundell an den Trommeln.

Edel wollte Farnsworth das Geld für das Ticket geben, doch der Amerikaner wehrte ab.

„Das ist das Wenigste was ich tun kann, nachdem Du dich hier in Amerika in Gefahr begibst. Schließlich hilfst Du uns bei unserem Job und nicht umgekehrt!“

Dann wurde der FBI-Mann wieder offiziell: „Ich habe mich auch schon um die nächste Attraktion für dich gekümmert, *my friend*. Wir gehen in den Zoo!“

Edel verstand nicht. Warum sollte er sich an einem Dienstag in den USA eingesperrte Tiere anschauen? Doch bald schon waren sie unterwegs zum Wagen, wieder mit den Hünen, die an ihren Fersen klebten. Jetzt sollte Frank Edel einen anderen Stadtteil Washingtons kennenlernen. Als sie Downtown hinter sich gelassen hatten, am Kennedy-Center und am Watergate-Hotel vorbei waren, da wurde es erstaunlich schnell ländlich. Der Potomac war hier nicht ganz so breit und schlängelte sich zwischen den Hügeln Richtung National Harbor hindurch, um dann endlich dem Atlantik zuzueilen.

„Wir hätten auch direkter fahren können, aber ich wollte dich noch briefen, bevor wir am Zoo ankommen!“, orakelte Farnsworth.

Er lenkte den Escalade auf den Rock Creek and Potomac Parkway, und Edel fühlte sich ein wenig wie auf einem Schulausflug, den der Klassenlehrer spontan in den Lehrplan aufgenommen hatte. Martinelli und Turner auf den Rücksitzen sahen aus dem Fenster, die Remingtons 870 auf den Sitzen gesichert neben ihnen liegend.

„Ich habe gestern noch Kontakt mit den Kollegen der Counter-Intelligence-Abteilung ein Stockwerk höher aufgenommen. Das FBI ist die größte Mutterorganisation unseres Geheimdienstes, musst Du wissen. Da geht es heutzutage ja hauptsächlich um Datenklau, um das Überwachen von Computer-Netzwerken, und so gut wie alles ist *cyber-based*. Aber es geht auch immer noch um die Überwachung terroristischer Organisationen, im Inland wie auch im Ausland.“

Sie hatten den Fluss hinter sich gelassen und fuhren bergauf. Langsam wich das frische Grün der Büsche und Bäume wieder einer eher städtischen Umgebung. Sie verließen den Parkway und fuhren auf die Connecticut Avenue, immer noch den Berg hinauf. Rechts und links waren jetzt viele kleine Geschäfte und Restaurants auszumachen, und auf den Gehwegen tummelte sich ein buntes Völkchen. Edel konnte auf einem Hinweisschild erkennen, dass sie sich im Stadtteil Woodley Park befanden.

„Eine der Gruppen, die die Counter-Intelligence-Kollegen ständig überwachen, und nicht erst seit Putin die Ukraine überfallen hat, ist die rechtsextreme, militärisch organisierte Wagner Group. Ganz oben auf der Liste steht natürlich Jewgeni Prigoschin, den die Kollegen quasi rund um die Uhr zu beobachten scheinen, soweit dies möglich ist, denn er hält sich nicht lange am selben Platz auf.“

„Glaubst Du wirklich, unser deutscher Dr. Sauer hat mit denen etwas zu tun gehabt, Mike?“ Edel sah, dass sie gerade an einer libanesischen Taverna vorbeirollten. Er hatte einmal frittierte Kibbeh in einem ähnlichen Restaurant in seiner alten Mannheimer Heimat genossen, eine Spezialität aus dem Nahen Osten, die aus frittierten Fleischbällchen bestand, angereichert mit getoasteten Pinienkernen, verschiedenen Gewürzen und Bulgur-Weizen. Er realisierte plötzlich, wie leicht er sich ablenken ließ. Das hatte ganz sicher mit all den neuen Eindrücken zu tun, die er hier tagtäglich zu verarbeiten hatte.

„Die vom Geheimdienst waren so nett und haben uns einen Kontakt zu einem ihrer Informanten hergestellt, der sich hier in den USA in das Umfeld der Wagner-Gruppe eingeschleust hat, denn die sind auch hier zugange. Er kann uns noch mehr Informationen liefern, vielleicht sogar über Sauers Kontakte zu dieser Szene. Und dabei müssen sowohl der Informant als auch wir sehr vorsichtig sein, denn diese Leute fackeln nicht lange. Gewalt ist für die bestimmt kein Tabu!“

Das Wort *Violence* ließ Frank Edel fast einen Schauer über den Rücken laufen. Wozu hatte er sich hier überreden lassen? Vielleicht hätte er Polizeipräsident Hubert Emmerich doch einen Korb geben sollen, was auch immer die Konsequenzen gewesen wären. Aber dazu war es natürlich längst zu spät. Er war mittendrin im Netz der internationalen Politik, der weltweit agierenden Organisationen der humanitären Hilfe und der paramilitärischen Gruppen, die überall dort zu finden waren, wo es Menschen zu töten oder zu quälen gab und man dafür noch Geld bekam, viel Geld.

Mike Farnsworth schaute sich um. Der Escalade wurde langsamer und langsamer, und auch Martinelli und Turner wurden auf den Rücksitzen unruhig und griffen nach ihren Remingtons. Das hier war einfach ein ganz anderes Level der Verbrechensbekämpfung, als er es aus Kirchheim in der gemütlichen Pfalz gewohnt war. In einer Krimiserie konnte es nicht viel anders ablaufen.

Rechts tauchte jetzt der Haupteingang des Zoos auf. Zwei Löwen saßen rechts und links artig auf ihren Sockeln. Sie waren aus Stein. Die Raubtiere aus Fleisch und Blut waren noch ein Stück von ihnen entfernt.

Farnsworth machte sich keine Mühe, einen geeigneten Parkplatz zu finden. Er stellte das bullige Fahrzeug einfach auf eine Einbuchtung, die für Taxen vorgesehen war, und legte ein Schild mit der Aufschrift „FBI“ auf das Armaturenbrett.

Alle stiegen aus. Da es ein Dienstag und gleichzeitig auch ein Schultag war, hielt sich die Menge der Zoobesucher in Grenzen. Am hinteren Ende des Eingangsbereiches waren Metalldetektoren aufgebaut. Das war in der gesamten D.C.-Area gang und gäbe, wie es Edel mittlerweile wusste. Sie sprachen kurz mit den beiden Security-Mitarbeitern und liefen dann weiter Richtung Giant Panda House. Auf dem Weg dorthin kamen sie am Gehege eines roten Panda vorbei. Der sah so gar nicht nach dieser Spezies aus, eher wie eine Mischung aus einem Fuchs und einem Pomeranian, einem Zwergspitz also. Dann waren sie am Gehege der Großen Pandas angelangt.

Die Hünen positionierten sich am Eingang und am Ausgang des Geheges, die halbautomatischen Waffen im Anschlag. Einige Zoobesucher, die gerade vorbeiliefen und der Polizisten ansichtig wurden, machten, dass sie weiterkamen. Farnsworth und Edel betraten das Gebäude. Drinnen gab es mehrere abgetrennte Gehege, in denen jeweils einer der schwarz-weißen Bären saß und sich die Zeit mit Bambusessen vertrieb. Edel konnte lesen, dass Pandas sich zu 99 Prozent von Bambussprossen ernährten. Sie aßen bis zu 16 Stunden am Tag, den Rest des Tages schliefen sie. Und sie waren Einzelgänger mit einem klar abgesteckten Territorium. Deshalb saßen sie hier wohl getrennt voneinander in ihren Stübchen.

Farnsworth schaute auf die Zeit, die sein Handy ihm anzeigte. Dann sprach er über eine digitale Radioverbindung mit den beiden Special Agents draußen. Von ihrem Kontaktmann war noch nichts zu sehen. Die Pandas ließen sich hinter dem Plexiglas bei ihrer Mahlzeit nicht stören. Sie waren es gewohnt, ständig beobachtet zu werden, teilten diesen Zeitvertrieb aber mit ihren zweibeinigen Besuchern nicht.

Und dann kam die Nachricht über die Radioverbindung, dass der Informant da sei und Martinelli ihn jetzt reinschicken würde. Herein kam ein Mann, der so gar nicht danach aussah, als habe er etwas mit Waffen, kämpfenden Rechtsradikalen und brutalen Kriegen zu tun. Es war ein junger Mann mit recht langem Haar, einem Dreitagebart und einer Jeanskluft am schlanken Körper. Er hätte in Steve Hacketts Band spielen können, und Frank Edel hätte ihm den Part ohne weiteres abgenommen.

Doch der Mann ließ sich nicht lange bitten und kam sofort zur Sache. Der Panda, der sein Domizil direkt vor ihnen hatte, holte sich gerade einen neuen Bambusstiel, setzte sich wie ein Zuschauer an die Wand und begann seine Mahlzeit mit sichtlichem Genuss zu verzehren.

„Was wisst ihr über Wagner?", meinte der Informant, ohne Farnsworth und Edel direkt anzuschauen.

„Die Basics!", meinte Farnsworth knapp und schaute zu dem Panda hin. Der schälte gerade einen Streifen des Bambus ab und lehnte sich zurück.

„Jewgeni Prigoschin ist der Anführer", antwortete der FBI-Mann im Telegrammstil, „transnationale kriminelle Organisation und Söldnertruppe, Einsätze überall dort, wo es gilt, russische Interessen zu verteidigen, derzeit eben im Krieg gegen die Ukraine!"

„Ist alles richtig", sagte der Mann mit dem Rockmusikeraussehen, „ist aber eben noch nicht alles." Er passte sich dem Telegrammstil an: „Weltweites Supportnetzwerk über den Planeten verstreut, 50.000 Kämpfer, die so gut wie zu allem bereit sind, die meisten davon mit Erfahrung in den schlimmsten Gefängnissen dieser Welt. Und man ist sich einig, dass sie effektiver sind als die regulären russischen Truppen, obwohl sie innerhalb der letzten Monate in der Ukraine tausende von Kämpfern verloren haben sollen."

„Es macht wohl doch einen Unterschied, ob man sein Land und seine Angehörigen verteidigt oder nur für Geld kämpft!"

Frank Edel tat es den beiden anderen Männern gleich und schaute diese ebenfalls nicht direkt an. Sicher wirkten sie alle drei wie in einem der Spionagefilme, in dem sich die Vertreter zweier Seiten trafen und dabei so verschwörerisch taten, als würden sie beim ersten Blickkontakt einfach tot umfallen. Der Panda rieb seinen Rücken an der Wand und setzte dann seine Mahlzeit unbeirrt fort.

„Schon möglich", meinte der Rocker, „aber es gibt noch einen anderen Aspekt, den ich euch näherbringen wollte. Und der kann mit dem Besuch eures deutschen Abgeordneten unmittelbar zu tun haben, auch wenn dies niemand zugeben würde, schon gar nicht er – wenn er es noch könnte!"

„Raus damit", sagte Farnsworth, was im Englischen als *spit it out* herauskam. „Deswegen sind wir hier!"

Der Informant ließ die Spannung mit einer Sprechpause noch ein wenig intensiver werden.

„Prigoschin hat letzten Donnerstag verlauten lassen, dass die Wagner Group komplett gestoppt hat, Strafgefangene als Kämpfer für die Ukraine zu rekrutieren. Das hat er über den Presseservice seiner Firma Concord Management and Consulting verbreiten lassen. Und wisst ihr, woher sie jetzt ihre Leute rekrutieren, jedenfalls laut Prigoschins Aussage!"

"Über wen?", meinte Farnsworth knapp.

„Mittels einer CNN-Recherche, natürlich letzten Endes auf das amerikanische Publikum hin gemünzt. Wurde aber letztendlich nicht veröffentlicht."

„Woher also?", sagte Edel noch etwas knapper, und fast hätte er *spit it out* angehängt.

„Hier, von den USA aus!" Der Informant wusste, wie man Spannung erzeugen konnte. Auch ihm war wohl die Macht des Schweigens als rhetorisches Konzept vertraut. Aber er ließ Milde walten und fuhr fort: „Prigoschin gibt vor, dass eine kürzlich erfolgte Werbekampagne, die sich speziell an das amerikanische Publikum richtete, ein riesiger Erfolg gewesen war. Er sagte, Millionen von US-Bürgern seien inspiriert worden, gegen die NATO zu kämpfen. Angeblich hätten sie 10 Millionen Bewerbungen von Amerikanern erhalten. Gegenwärtig seien sie dabei, circa eine Million von ihnen anzuheuern. Und deswegen hätten sie zumindest zeitweilig das Rekrutieren von Freiwilligen aus russischen Gefängnissen eingestellt. So, jetzt wisst ihr noch ein wenig mehr. Eure Kollegen von der Counter-Intelligence sind da näher dran!"

Im Gehege des Panda vor ihnen tauchte jetzt ein Tierpfleger auf. Er brachte neuen Bambusnachschub. Das Tier ließ sich gar nicht beirren und kaute bedächtig weiter.

„Und die Behauptungen von Prigoschin wurden von unseren Leuten überprüft oder zumindest wurde ihnen nachgegangen?"

Mike Farnsworth drehte sich jetzt zum ersten Mal dem Informanten direkt zu. Auf seiner Stirn hatte sich eine tiefe Falte gebildet.

„Nun, man nimmt die Statements dieses Mannes ernst. Vielleicht sind es nicht Millionen. Aber es ist dem Geheimdienst bekannt, dass US-Bürger auf der Seite Russlands gekämpft haben, jedoch eine weit kleinere Anzahl. Die heutige politische Lage auch in unserem Land ist ja so unübersichtlich geworden. Das Land ist gespalten wie lange nicht. Und wenn Du siehst, wer da so alles am 6. Januar 2021 das Capitol gestürmt hat, von den rechtsradikalen Proud Boys bis zu den Oath Keepers und alles zwischendrin – dann kann man sich vorstellen, dass da auch Idioten dabei sind, die für Geld und Nervenkitzel für Putins Ziele ins Feld ziehen, auch wenn sie dabei ihr Leben lassen könnten."

Edel hatte mehr als genug gehört. Langsam sehnte er sich nach seinem Büro in der Dienststelle der Kirchheimer Vorstadt zurück, wo es meist um Diebstähle ging, um Vergehen im Verkehr oder irgendwelche Betrügereien. Und selbst wenn es ab und an auch einen Mord und Totschlag gab, dann fanden diese nicht im Umfeld von paramilitärischen Organisationen statt und wurden nicht von brutalen russischen Schergen koordiniert oder von US-Amerikanern, die sich zu Hause langweilten und gewillt waren dagegen etwas zu tun, indem sie gegen westliche Verteidigungsbündnisse kämpften und demokratisch gesinnte Nationen bekämpften. Doch er war ja längst mittendrin und musste jetzt wohl oder übel durch.

„Und was kann Dr. Bernhard Sauer damit zu tun gehabt haben, ein Mitglied des deutschen Bundestages, unbescholten und zumindest in seiner Heimat gut angesehen?" Auch Edel schaute jetzt dem jungen Mann direkt in die Augen.

„Das wissen wir nicht genau. Es gibt Informationen, dass auch Politiker aus dem Westen inmitten all diesem Durcheinander Einfluss nehmen wollen, was auch immer das heißen mag." Der Informant hatte den Ausdruck *within all that mess* gewählt und wurde zusehends unruhiger. Sich zu lange an einem Platz aufzuhalten war in seinem Metier nicht sehr gesund. „Ich persönlich glaube schon, dass euer deutscher Politiker dabei war, irgendwo kräftig dazwischen zu funken! Vielleicht hat er dabei jemandem auf die Füße getreten, der sich nicht so einfach auf die Füße treten lässt. Davon haben euch wohl eure beiden Kongressabgeordneten nichts gesagt, oder?"

An Edels innerem Auge flog das Treffen im ehrwürdigen Capitol vorbei. Der Republikaner Neil Rogers und der Demokrat John Courtney hatten ihre Informationen sehr allgemein gehalten, das stimmte jedenfalls. Sie waren Bernhard Sauers direkte Ansprechpartner hier in Washington gewesen, jedenfalls von offizieller Seite her. Weiß Gott, mit wem sich der deutsche Politiker noch hier treffen wollte oder dies vor seinem Tod schon getan hatte. Und vielleicht wussten die Kongressmänner wirklich nichts von Sauers privaten Verbindungen. Vielleicht war die Theorie der zwei Agenden Sauers nicht so weit hergeholt.

„Stichwort World Central Kitchen!“, fiel Farnsworth in Edels Gedanken hinein. „Was ist mit denen?“

Der junge Informant schaute ihn ungläubig an.

„Kitchen? Also ich esse ja auch ganz gern und kriege jetzt um die Mittagszeit langsam Hunger. Aber darüber weiß ich nichts. Was hat es auf sich mit dieser Kitchen?“

Farnsworth musste den Spieß notgedrungen umdrehen und informierte den Informanten. Der konnte jedoch nur mit den Schultern zucken. „Dazu kann ich nichts sagen. Humanitäre Organisationen sind nicht mein Fachgebiet. Ich kümmere mich eher um die, die mit Humanität nicht so viel im Sinn haben. Die Wagner Group fällt jedenfalls in die zweite Kategorie, und Prigoschin selbst schert sich einen Dreck um Humanität.“ Er hatte *he does not give a shit* gesagt, aber Edel brauchte keine Übersetzung. „Wagner hat auch viel Einfluss, in Europa, im Umfeld Russlands, aber auch hier in den USA. Mit Flüchtlingen füttern hat das aber weniger zu tun. Da geht es um bedingungslosen Kampf und immer auch um viel Geld, das hierhin und dahin fließen kann. Jeder will sich vom großen Kuchen ein möglichst großes Stück abschneiden!“

Der junge Mann schaute wieder auf die Zeit. „*Look*, ich muss gehen. Bin schon viel zu lange hier. Es ist ja bekannt, wie ich zu erreichen bin, wenn noch etwas ist. Viel Erfolg beim Lösen des Falls. *Good day, Gentlemen*!“, damit ging er, ohne die beiden Polizisten anzusehen, Richtung Ausgang.

Der Panda lehnte noch immer an der Wand seines Geheges. Der Bambusstiel, an dem er so genüsslich kaute, war schon ein ziemliches Stück kürzer geworden. Ein einziges Mal schaute er kurz zu den beiden verbliebenen Männern hinüber, die sich anschickten, das Haus der Großen Pandabären ebenfalls zu verlassen. Doch die Aktivitäten der Zweibeiner schienen ihn nur zu langweilen, und seine volle Aufmerksamkeit kehrte augenblicklich zu seiner Mahlzeit zurück.

„Mir scheint, wir müssen nur die einzelnen Punkte miteinander verbinden, dann ist der Fall gelöst“, ulkte Farnsworth, als sie dem Ausgang des Zoos zuliefen.

Martinelli ging mit seiner Remington im Anschlag vorne weg, Turner sicherte von hinten. *To connect the dots,* wiederholte Edel das geflügelte Wort für sich, und dann noch das Wörtchen „nur“! Aber das war ja immer so bei der polizeilichen Ermittlungsarbeit, das war hier in D.C. genauso wie im pfälzischen Kirchheim. Man betätigte sich quasi als Jäger und Sammler und trug alles zusammen. Und wenn man Glück hatte oder seine Arbeit besonders gut erledigt hatte, dann fügten sich all diese Dots zu einem Puzzle zusammen und die Arbeit war getan. Doch so einfach wie das klang, war es leider so gut wie nie. Da musste einiges an *Blood, Sweat and Tears* den Potomac oder auch den Rhein hinunterfließen.

Sie waren schnell wieder auf der Connecticut Avenue. Es war Mittagszeit und sowohl auf der Fahrbahn als auch auf dem Trottoir war reger Verkehr. Fränk Edel machte den Vorschlag, den Lunch in dem libanesischen Restaurant einzunehmen, das er auf der Hinfahrt ein paar Meter weiter unten auf der Connecticut gesehen hatte. Farnsworth hatte nichts dagegen. Den Wagen würden sie einfach stehen lassen, meinte der FBI-Mann noch, inklusive des Schildes „FBI-Einsatz" auf dem Armaturenbrett, auch wenn das jetzt etwas hochgestapelt war. Martinelli und Turner waren direkt hinter ihnen, die Läufe der Remingtons auf den Boden zeigend. Sie waren noch keine fünf Schritte gegangen, als sie plötzlich den aufheulenden Motor eines Fahrzeugs hörten, das auf der gegenüberliegenden Straßenseite stehen musste. Edel schaute hinüber und erstarrte augenblicklich. Da stand der schwarze Mustang Fastback. Die getönten Scheiben ließen es nicht zu, dass der Fahrer zu sehen gewesen wäre. Edel stieß Farnsworth den Ellenbogen in die Seite.

„*Mike, that's him, look!*" Farnsworth hatte längst schon hinüber geschaut. Auch er schien paralysiert zu sein.

„Das ist der, der dich verfolgt hat, richtig?" Die beiden Hünen wurden gewahr, dass sich da etwas anbahnte und nahmen die Remingtons in Anschlag.

Farnsworth hatte es kaum gesagt, als das Muscle Car sich mit quietschenden Reifen aus der Parkbucht wuchtete. Ein vorbeifahrendes Auto konnte gerade noch bremsen. Der Mustang hatte sich jedoch Platz verschafft. Er hielt auf die Gruppe der Polizisten zu, als sei es ein gepanzertes Fahrzeug, das keine Kugeln zu fürchten hatte.

Edel hatte das Gefühl wegspringen zu müssen, doch aus irgendeinem Grund blieb er stocksteif stehen. Dann ging alles schnell. Der schwarze Wagen war nur noch eine kurze Distanz von ihnen entfernt. Der Verkehr hatte auf beiden Seiten gestoppt. Nur auf den Gehsteigen gingen die Menschen ihrer Mittagspausentätigkeiten entgegen. Plötzlich rissen Schüsse wie getaktete Explosionen die Luft des Stadtteils Woodley Park in Stücke. Martinelli und Turner hatten mit ihren halbautomatischen Waffen in die Luft geschossen.

Das Stakkato sorgte dafür, dass die Menschen auf den Trottoirs rundum auseinander stoben. Viele von ihnen schrien sich dabei die Seele aus dem Leib. Sie versuchten, sich irgendwo in Sicherheit zu bringen. Das Land war es ja leider wegen der unzähligen Massenschießereien in Schulen, Kirchen und Supermärkten gewohnt, solche Szenen im Fernsehen mitzuerleben. Das bedeutete jedoch nicht, dass die Leute dagegen immun waren, wenn es direkt und persönlich erlebt wurde.

Der Mustang hatte gestoppt. Farnsworth bedeutete den beiden Hünen, das Schießen einzustellen. Dann ging bei dem Fastback die Scheibe der Fahrertür einen Spaltbreit auf. Eine Art Tuch wurde herausgeworfen, das auf der Fahrbahn landete. Von fern waren jetzt Sirenen zu hören. Wahrscheinlich hatten Kollegen der Metropolitan Police die Schüsse mitbekommen oder es hatte sie schon jemand verständigt. Der

Mustang setzte ein Stück zurück. Durch die heruntergelassene Scheibe war nur ein Schemen zu sehen. Der Motor des Fahrzeugs heulte erneut auf, die Hinterreifen drehten durch. Dann schoss der Fastback davon, die Connecticut Avenue hinunter. An der nächsten Ampel konnten sie noch sehen, dass er rechts in die Cathedral Avenue einbog. Dann war er verschwunden.

Ein paar Sekunden später kamen zwei Streifenwagen der Metropolitan Police aus der anderen Richtung herangebraust. Farnsworth und die beiden Special Agents gaben sich sofort zu erkennen. Die Menschen auf den Gehsteigen kamen aus den Ecken, in denen sie sich vor Schüssen zu schützen versucht hatten. Bald wurde es aber klar, dass es sich nur um Warnschüsse gehandelt hatte, die vom FBI abgefeuert worden waren. Schnell verlief sich der Auflauf. Einer der Metro-Polizisten ging und hob das schwarze Tuch auf, dass noch am Straßenrand lag. Er schaute es kurz an und gab es dann an Farnsworth als den ranghöchsten Polizisten vor Ort weiter. Der faltete die Textilie auseinander. Edel schaute sie sich an. Es war eine Flagge mit einem Totenkopf in der Mitte, darum herum war ein Kreis gezogen, in dem der Name der Organisation stand, einmal auf Englisch und einmal auf kyrillisch. Das Ganze ruhte auf schwarzem Grund!

19.

„Also, ich habe da so einen Verdacht“, meinte Mike Farnsworth, als sie am nächsten Morgen wieder im Büro des FBI-Mannes saßen. Draußen regnete es, aber die Temperatur war mit über 20 Grad recht hoch für April, und die Schwüle hatte eine hohe Luftfeuchtigkeit im Gepäck. Frank Edel dagegen hatte ein Tief. Die gestrigen Erlebnisse hatten ihm einmal mehr gezeigt, dass in der Hauptstadt der USA ein anderer Duktus regierte als im beschaulichen pfälzischen Kirchheim. Die Szenen am gestrigen Dienstag, die sich in und um den renommierten Smithsonian Zoo herum abgespielt hatten, hätten in jeden amerikanischen Thriller gepasst, angefangen mit dem Treffen im Pandahaus mit dem Informanten was das Thema Russland und die Wagner Group anbelangte, bis hin zum erneuten Auftreten des schwarzen Mustang Fastback und der darauffolgenden Schießerei auf offener Straße. Langsam aber sicher machte ihm die Geschwindigkeit der Ereignisse zu schaffen. Für Farnsworth dagegen schien dies ein fast normales Programm zu sein, nur dass nicht immer ein toter deutscher Politiker und ein Schlagzeug spielender germanischer Weinkenner als Kompagnon mit von der Partie waren.

„Aha, ein Verdacht. Und der wäre?“, erwiderte Edel daher ein wenig lustlos und spielte mit einer Büroklammer, die jemand auf dem Schreibtisch liegengelassen hatte, hinter dem er sich fast ein wenig amtsmüde verschanzt hatte.

„Ich vermute, dass es irgendeinen Zusammenhang gibt zwischen unserer humanitären World Central Kitchen und der nicht ganz so humanitären Wagner Group. Wir verstehen diesen Zusammenhang nur noch nicht. Und genau das gilt es herauszufinden!“

Farnsworth Elan konnte Edel noch nicht wieder mitreißen. Der Pfälzer sehnte sich nach seiner Couch in seinem beschaulichen Kleinstädtchen, lechzte nach einer Rieslingschorle im Dubbeglas und einem herzhaften Spuntekäs auf kräftigem Schwarzbrot. Mehr ließ das Leben derzeit nicht zu wünschen übrig.

Natürlich wusste er im gleichen Moment, in dem er diese Gedanken hatte, dass dies ein Ding der Unmöglichkeit war. Also versuchte er sich selbst am Schopf zu fassen und aus dem Sumpf der Lethargie zu ziehen.

„Wir sollten uns nochmals diese Erin Gore von WCK vorknöpfen. Denn bei ihr bin ich es, der so einen Verdacht hat, nämlich den, dass uns die etwas zu business-like Managerin nicht alles erzählt hat, was sie weiß. Da müssen wir nochmals etwas nachjustieren.“

„Ich denke eher, wir sollten uns den Ukrainer Dimitri Shevchenko sichern. Das ist der zweite Teil meines Verdachts. Der Mann, der beim Raketenanschlag in Charkiw verletzt wurde und sich nun mit Post Traumatic Stress herumschlägt, hat auch einiges verschwiegen, denke ich. Er will seine Ruhe haben, die lassen wir ihm gern. Aber erst nachdem er uns alles, was er weiß, gebeichtet hat. So kommen wir meiner Meinung nach näher an Bernhard Sauers bedauerliches Schicksal heran!“

Frank Edel hatte mittlerweile die Büroklammer in ihre Einzelteile zerlegt und warf die Stücke auf die Oberfläche des Schreibtischs.

„Was heißt für Dich sichern, Mike? Handschellen und Fußfesseln anlegen und dann im Keller des Willard neben der Zentralheizung anketten?“

Edel war sich selbst nicht sicher, ob es sarkastischer deutscher Humor war oder allein das Ergebnis der harschen Behandlung des Ukrainers durch Farnsworth Special Agents. Doch er bereute seinen Galgenhumor sofort. Farnsworth betreute ihn gut, als sei er schon seit Jahren ein zuverlässiger Kollege, der ihm immer und überall den Rücken freihielt. Es gab keinen Grund, dem FBI-Mann unlauteres Verhalten oder gar polizeiliche Übergriffe anzukreiden. Das hatte Mike nicht verdient.

„Die Frage ist, was wir mit dir machen, Fränk! Der Boden wird immer heißer für dich. Ganz offensichtlich hat jemand großes Interesse daran, dich von weiteren Ermittlungen abzuhalten oder uns zumindest dabei mit gewaltbereiten Aktionen Warnungen zu geben. Ich bin letztlich persönlich für deine Sicherheit verantwortlich. Martinelli und Turner werden das ihre tun. Aber ob dies genug ist, weiß ich nicht. Vielleicht wäre es besser, wenn Du wieder nach Germany zurückkehrtest. Ich verspreche dir auch, dass wir hier beim FBI unser Bestes geben, um den Fall Sauer aufzuklären!“

Mike Farnsworth holte sich den unvermeidlichen Kaffee und ließ seinem deutschen Kollegen Zeit, über das Gesagte nachzudenken. Frank Edel wollte keinen Kaffee. Am liebsten hätte er jetzt zur Abwechslung einmal ein schönes Pils getrunken. Aber nicht so ein Gebräu, wie sie es hier unter die Leute brachten, ohne Schaumkrone und mit viel zu viel Kohlensäure versehen. Und die libanesischen Kibbys wollten ihm nicht aus dem Sinn, zu denen sie gestern am Zoo nicht mehr gekommen waren. So ein goldbraun frittiertes Fleischbällchen, gut gewürzt und immer noch ein wenig feucht in der Mitte, hätte sicher zu einem ebenso frischen deutschen Pils gut gepasst. Dafür hätte er jetzt sogar einen Spuntekäs stehen lassen.

„Mike, ich könnte mir selbst im Spiegel nicht mehr in die Augen sehen, wenn ich jetzt abreiste. Dafür ist es viel zu spät. Und was meine Sicherheit angeht, ich denke, das was da gestern vor dem Zoo mit dem Mustang ablief oder auch auf dem Weg zurück von der Barboursville Winery, das sind alles wirklich nur Warnschüsse. Oder glaubst Du wirklich, dass ein Sympathisant, oder von mir aus auch ein Mitglied der Wagner Group, der hier in den USA die Interessen seiner Organisation vertritt, einen deutschen Kriminalkommissar abmurksen würde? Also ich kann mir das nicht vorstellen."

„Ich dagegen kann mir in diesem Szenario so einiges vorstellen, Fränk. Diese Leute verstehen keinen Spaß, und sind zu allem fähig. Die Söldner dieser Wagner Group haben offensichtlich Dreck am Stecken. Wer weiß, welche Machenschaften hier im Umfeld von humanitärer Hilfe und der militärischen Unterstützung Russlands schon gelaufen sind. Die werden alles tun, um ihre Interessen durchzusetzen, wenn es sein muss, auch mit Gewalt." Farnsworth nahm einen Schluck Kaffee und trat ans Fenster. Auf der Pennsylvania Avenue floss der Verkehr ruhig und geordnet dahin. Es gab keine Anzeichen von Bedrohung. Das FBI-Hauptquartier hatte seine Ruhe.

„Ich bleibe!", sagte Edel bestimmt. „Ein Teil von mir würde am liebsten abreisen, aber ich kann diesem Teil den Gefallen nicht tun." *I can not do them this favor,* hatte Edel als englischen Ausdruck gewählt. „Es ist ja nicht so, als würden Frau und Kinder zu Hause auf mich warten. Und meine Eltern in Mannheim sind alt und haben genug mit sich selbst und ihrer schwächer werdenden Gesundheit zu tun. Zudem bin ich es unserer Polizeiorganisation schuldig, hierzubleiben. Schließlich hat mich der Polizeipräsident in Mainz persönlich auf die Aufgabe eingeschworen. Wie gesagt, ich könnte mir nicht mehr in die Augen schauen, wenn ich jetzt ginge. So gern ein Teil von mir dies vielleicht auch täte!"

Edel schaute Farnsworth in die Augen, als müsse er durch einen intensiven Blickkontakt seine Worte visuell unterstützen. Aber Mike Farnsworth brauchte keine weiteren Argumente.

„Die Verteidigung hat gut argumentiert. Die Staatsanwaltschaft akzeptiert das Plädoyer und der Angeklagte kann im Land bleiben!" Der FBI-Mann lachte und kam vom Fenster zurück in den Raum. „Dann nimm zumindest aber das hier", meinte er und holte aus der Schublade eines Sideboards etwas heraus und legte es vor Edel auf den Schreibtisch. Er nahm die zerlegten Teile der Büroklammer und warf sie in den Papierkorb. „Ich will dich ab jetzt nicht mehr ohne sehen, *you hear*!"

Edel griff nach der Waffe. Es war eine Sig Sauer P226. Das war ein deutsches Fabrikat. Edel wusste, dass die Firma ihren Hauptsitz in Eckernförde in Schleswig-Holstein hatte, aber auch in New Hampshire in den USA produzierte. Eine Schulterhalterung lag ebenfalls neben der Waffe. Edel hatte nichts gegen seine Bewaffnung. Vielleicht würde dies seinem Ego sogar ein wenig mehr Halt geben.

„Danke, Mike, dass Du mir so vertraust. Ich weiß es zu schätzen." *I appreciate it*, hatte er gesagt und wieder einmal wunderte sich der Pfälzer über seine rapide besser werdenden Sprachkenntnisse.

„*No problem*", meinte Farnsworth. „Wenn Du eines hast in diesem Land, dann ist es das Recht auf Selbstverteidigung mit der Waffe in der Hand! Die Rede ist vom berühmt berüchtigten zweiten Zusatz zur Verfassung, dem *Second Amendment*. Das ist uns heilig, egal, was andere davon halten!" Frank Edel hütete sich, dazu einen Kommentar abzugeben. Schließlich war er Gast in diesem Land und hatte sich den Gepflogenheiten der Nation anzupassen. Aber so ein libanesisches Kibby hätte er jetzt trotzdem gern verspeist, auch wenn es für das Pils dazu noch viel zu früh gewesen wäre!

Am Abend im Apartment in der fünfzehnten Straße schaltete Edel wieder einmal den Nachrichtensender CNN ein. Es gab einiges an Neuigkeiten, was den Ukraine-Russland-Krieg betraf. In New York City hatte Russland den Vorsitz im UN-Sicherheitsrat übernommen. Der Journalist, der darüber berichtete, fragte sich, wie es sein könne, dass ein Land, welches von einem Kriegsverbrecher angeführt wurde, eine internationale Organisation leiten durfte, die eigens für den globalen Erhalt von Sicherheit und Frieden geschaffen worden war.

In Kiew hatten sie das Oberhaupt der ukrainischen orthodoxen Kirche unter Hausarrest gestellt. Die Bilder auf dem Schirm zeigten, wie sie dem bärtigen Mann eine Fußfessel anlegten. Der Mann wurde beschuldigt, dass er noch immer die russische Aggression verteidigte, und das war nach ukrainischem Recht eine strafbare Handlung. Noch eine Woche zuvor hatte er Präsident Selenskyi verflucht und ihn mit ewiger Verdammnis belegt. Hausarrest war demnach also wohl eine legitime Sicherheitsvorkehrung, wenn es galt, Schaden von einem Land oder einer Person abzuwehren. Edel fragte sich, ob sie dem Mann im Willard wirklich ebenfalls eine Fußfessel anlegen würden, als Vorsichtsmaßnahme und trotz fehlender Beweismittel irgendeiner Schuld.

Und dann brachten sie bei CNN einen neuen Bericht über die Aktionen der Wagner Gruppe. In der heftig umkämpften ukrainischen Stadt Bachmut hatte die Söldnertruppe ihre eigene Flagge im Zentrum der Ansiedlung im Osten der Ukraine auf einer Gebäudekuppel gehisst. Auf dem Bildschirm waren noch immer tief verschneite Häuser zu sehen. Die Flagge zeigte auf schwarzem Grund einen Totenkopf mitten in einem schwarzen Kreis, an dessen Rand PMC Wagner Group zu lesen war, wobei PMC ja für *Private Military Company* stand. Edel hatte kein Problem, die Flagge wiederzuerkennen. Es war die gleiche, die ihnen der Fahrer des Mustang vor die Füße geworfen hatte. Der berichtende Journalist des Beitrags gab in diesem Zusammenhang noch zu Protokoll, dass das durchschnittliche Einkommen eines Wagner Kämpfers 75.000 Dollar im Jahr betrug. Söldner mit viel Erfahrung brachten es auch schon einmal auf die 100.000! Nicht schlecht für einen Menschen, dessen oberstes Ziel es war, andere Menschen zu töten, dachte Frank Edel, während er den Fernseher ausknipste. Aber es war seiner Meinung nach auch nicht genug, um sich in irgendeinem Krisenherd dieser Welt selbst töten zu lassen. Er schaute auf die Zeit auf seinem Smartphone. Es war genau 22 Uhr, also viel zu spät um noch in Deutschland anzurufen. Da musste er jetzt noch ein paar Stunden warten. Er legte sich aufs Bett und schaltete das Licht aus.

Gegen vier Uhr morgens wachte er wieder auf und wählte Robert Naumanns Nummer auf der Dienststelle in Kirchheim. Nach wenigen Sekunden nahm sein Assistent ab. Naumann holte noch Petra Demmerle aus dem Zimmer nebenan dazu. Diesmal entschieden sie sich kurz entschlossen auf ihre Smartphones zu wechseln und über WhatsApp die Videoschaltung zu wählen. Es war seltsam, sich über die Displays der Handys zu sehen, wenn man sonst Zimmer an Zimmer saß. Naumann und Demmerle sahen ausgeschlafen und adrett aus. Edels Äußeres ließ zu nachtschlafender Zeit noch zu wünschen übrig. Die halblangen Haare sehnten sich nach einer Kopfwäsche und die Gesichtshaare nach einer Rasur. Doch sie hatten sich nicht zusammen telefoniert, um sich auf eine Schönheitswahl vorzubereiten. Sie tauschten sich über ihre letzten Schritte im Fall Bernhard Sauer aus.

Robert Naumann sprach über den Besuch im Wahlkreisbüro des Politikers in Kaiserslautern. Und Edel hielt diesmal nicht hinter dem Berg, was die Vorfälle mit dem schwarzen Mustang Fastback anging. Seine beiden Mitarbeiter staunten nicht schlecht über die hollywoodreifen Szenen, die sich da in Virginia abgespielt hatten. Und so redeten auch sie auf Edel ein, doch einfach zurückzukommen und sein Leben nicht für die Lösung des Falles aufs Spiel zu setzen. Doch Edel ließ sich auch ihnen gegenüber nicht überzeugen, den Heimweg überstürzt und vorzeitig anzutreten. Das war einfach nicht sein Stil, mittendrin aufzugeben und den Schwanz einzuziehen wie ein Hund, den man schlecht behandelt hatte. Schließlich war die Wagner Group noch Thema.

„Hier bei uns in Deutschland hört man gar nicht so viel von denen“, sagte Robert Naumann. „Da ist viel mehr von den regulären russischen Truppen die Rede, wie sie immer wieder von den tapfer kämpfenden ukrainischen Soldaten aufgerieben werden. Inzwischen redet man davon, dass bereits 200.000 russische Soldaten den Tod gefunden haben sollen."

„Und etwa 10.000 ukrainische. Wisst ihr, was das für ein Land bedeutet?" Edel merkte plötzlich, wie er wieder sehr müde wurde. Er würde sich definitiv nochmal aufs Ohr legen, wenn dieser WhatsApp-Call der Vergangenheit angehörte.

„Und Wagner? Die erinnern mich an Blackwater, muss ich sagen. Euch auch?"

Es blieb still auf der anderen Seite. Naumann und Demmerle schauten sich an und zuckten dann mit den Schultern. Frank Edel erinnerte sich, dass hier, was das Lebensalter anging, fast eine Generation zwischen ihnen lag.

„Mike Farnsworth hat mit dem Vergleich angefangen. Blackwater war eine private US-Militärorganisation, die im Irak und in Afghanistan im Einsatz war. Ein ehemaliger Navy SEAL hatte sie gegründet. Die haben aber weitgehend nur als Bodyguards für hochrangige Militärs und Regierungsangestellte fungiert und waren eher eine Security-Truppe gewesen. Nichtsdestotrotz wurden sie aber ebenfalls auch beschuldigt, Zivilisten ermordet zu haben. Die PMC Wagner Group war von Anfang an als kämpfende Truppe konzipiert. Und weil Russland offiziell die Existenz von privaten Militärtruppen erlaubt, hat Prigoschin sie als Business im Ausland registriert, in Hongkong glaube ich!"

„Am besten wäre es natürlich, wenn es weder diese Blackwaters noch die Wagners je gegeben hätte", meinte Petra Demmerle. Die junge Frau war im Kollegium der Dienststelle nicht gerade als Anhängerin martialischer Einstellungen bekannt. „Aber in was für ein Wespennest stechen wir da mit unseren Stöckchen gerade hinein, Frank. Ich frage mich, ob es das wert ist, die Aufklärung des Todes von MdB Sauer, meine ich. Vielleicht ist es Zeit für uns, die Aufklärung dem Bundesnachrichtendienst, Interpol oder sonst einer Stelle zu überlassen, die sich auf dem internationalen Parkett der Verbrechenbekämpfung tummelt. Und vielleicht ist es inzwischen wirklich Zeit für dich Frank, den Heimweg anzutreten und dich wieder auf triviale Fälle im Kirchheimer Umfeld zu kümmern. Wagner Group, World Central Kitchen, Bundestag und Abgeordnetenbüros, FBI und schwarze Mustangs, die dir nach dem Leben trachten. Puh, mir wird ganz schwindelig, so nahe an diesem Netzwerk zu agieren, bestehend aus Militär, politischer Macht, höchster polizeilicher Instanz und humanitärer Hilfe für ein Land, das sich im Krieg befindet. Und wo laufen die Fäden zusammen? Was ist letztlich das Bindeglied?" Petra Demmerle schien den Druck körperlich zu spüren, den ihr die einzelnen Bestandteile des kriegerischen Szenarios zu verschaffen schienen.

„Das kann ich dir sagen, Petra. Da gibt es letzten Endes nur ein Bindeglied!"

„Und das heißt?"

„Geld!" fuhr Robert Naumann fort, „Zaster, Money, Knete, Kies…!"

„… Flocken, Mäuse, Schotter, Kröten“ setzte Edel den monetären Sermon fort und hatte trotz Müdigkeit fast seinen Spaß dabei.

„Da hast Du völlig Recht, Robert, darum geht es letztlich bei allem, aus verschiedenen Richtungen betrachtet eben.“

Edel übernahm wieder die Leitung des Informationsaustauschs, der das oberste Ziel hatte, wieder auf einer gemeinsamen Informationsebene handeln zu können.

„Das Militär auf beiden Seiten braucht ungeheure Mengen an Geld, um sich ausrüsten zu können. Die müssen ja auch mal die Waffen ausprobieren, die ohne einen Krieg irgendwo verstaut dahinrosten. Die Wagner Group will dies auch, und braucht natürlich auch die Kohle für ihre Söldner, sonst setzen die sich in eine Ecke und machen gar nix mehr. Die Politiker müssen sehen, dass sie vom Staatshaushalt so viel wie möglich abbekommen und die Mäuse dorthin schicken, wo sie sie haben wollen. Dann muss man natürlich noch ins Krisengebiet reisen und ein paar Fotos vor Ort machen, am besten gleich mit Selenskyi oder mindestens mit ein paar ukrainischen Generälen zusammen. Und die humanitären Organisationen klauben die Kröten als Spenden überall zusammen, wo es nur möglich ist, Fernsehen, Soziale Medien et cetera. Und natürlich agieren im Hintergrund die ganz großen Fische, die ihre Millionen zuschießen, die sie sonst vielleicht den Steuereintreibern vermachen müssten. So läuft das Spiel, und ich denke, dass sich unser Bundestagsabgeordneter Dr. Bernhard Sauer in diesem Netz irgendwo verfangen hat. Ich hoffe, das ist unbeabsichtigt passiert und nicht vorsätzlich. Und das gilt es herauszufinden. Wenn wir das schaffen, dann wissen wir auch, warum er im noblen Willard Hotel tot auf dem Bett gelegen hat, mit einer Schusswunde im Kopf!“

Demmerle und Naumann stimmten unumwunden zu. Sie sprachen noch etwas über aktuelle Fälle, die in Kirchheim zu bearbeiten waren. Die beiden versicherten ihrem Vorgesetzten, dass nichts unbearbeitet liegenbleiben würde. Sie gelobten auch, den Polizeipräsidenten in Mainz immer auf dem Laufenden zu halten und auch die Berliner Politik mit den Fortschritten der Ermittlungen zu versorgen. So konnte sich der Hauptkommissar auf seine Arbeit in den USA konzentrieren. Edel wiederum wiederholte, was er Mike Farnsworth gegenüber bereits gelobt hatte, nämlich vor Ort zu bleiben, bis der Fall gelöst war und nicht Hals über Kopf das fremde Land zu verlassen, weil er wegen Wagner, den schwarzen Mustangs und den Flaggen mit den Totenköpfen in der Mitte die Hosen voll hatte.

Und dann hatte Edel Gott sei Dank noch Zeit, bis er endgültig aufstehen und den neuen Tag angehen musste. Er ließ sich rücklings in die Kissen fallen und war in wenigen Sekunden dort, wo die Träume uns vor allzu viel Realität bewahrten.

20.

Frank Edel bewunderte Mike Farnsworth dafür, wie er die Fäden im Hintergrund schon wieder gezogen hatte, bevor er überhaupt im Büro auftauchte. Und es war bestimmt nicht so, dass er selbst zu einer späten Morgenstunde erschien. Keiner konnte behaupten, dass die Amerikaner zu wenig oder nicht effizient genug arbeiteten.

Er hatte sich ein Frühstück im Apartment oder auf dem Weg ins Büro verkniffen. Als Farnsworth vorschlug, noch einen kleinen Imbiss einzunehmen, bevor sie zum anberaumten Termin gingen, war er dankbar dafür. Er brauchte morgens nicht viel an Nahrung, aber ein ganz nüchterner Magen wirkte sich auf seine Kondition negativ aus. So bahnten sie sich den Weg zu Lincolns Waffle Shop in der zehnten Straße und setzten sich dort an die Bar. Edel schaute, was die Esser rechts und links von ihnen auf den Tellern hatten. Dann entschied er sich anhand der Karte für das, was das Etablissement bereits in seinem Namen trug – eine Waffel mit zwei Rühreiern und einer Frühstückswurst. Dazu bestellte er noch einen Orangensaft. Farnsworth blieb bei seinem Kaffeedurst, der sich über den ganzen Tag hin erstreckte und wählte ein Omelette mit Schinken.

Während sie im Lokal waren, hielten sie sich mit beruflichen Themen zurück. Man wusste ja nie, wer da so zuhörte und Dinge aufschnappte, die nicht in fremde Ohren gehörten. Farnsworth hatte wieder Martinelli und Turner mitnehmen wollen. Aber die beiden hatten ein schon lange anberaumtes Training im Bereich *Defensive Tactics* zu besuchen – defensive Taktik also. Und der FBI-Mann wollte keine anderen Special Agents mitnehmen, die er zuerst wieder hätte briefen müssen. So liefen sie alleine durch die Straßen der Innenstadt. Edel trug seine Sig Sauer unter dem Jackett im Halfter, sein FBI-Kollege hatte seine Waffe sowieso ständig dabei. Als sie ihr *Breakfast* verzehrt hatten, liefen sie weiter. Ihr Ziel war der Judiciary Square, ein Platz zwischen Chinatown und dem Penn Quarter. Natürlich hätten sie mit dem Escalade hinfahren können, aber Farnsworth wollte etwas an der Luft gehen, weil er den Anflug von Kopfschmerzen verspürte.

Der Judiciary Square war Heimat für mehrere föderale sowie städtische Gerichtsgebäude. Dort angekommen hielten Edel und Farnsworth auf das H. Carl Moultrie Courthouse zu, das Gerichtsgebäude, das dem Superior Court of the District of Columbia eine Bleibe gab.

„Die kümmern sich um die Gerichtsbarkeit hier in D.C., Fränk“, erklärte Farnsworth, „strafrechtliche und zivilrechtliche Fälle, aber auch Familienangelegenheiten, steuerrechtliche Dinge, Vergehen im Straßenverkehr und und und. Wir haben einen Termin bei Richter Neal E. Kravitz. Der ehrenwerte Rechtsgelehrte ist bereits seit 1998 am Obersten Gericht. Ich hatte schon oft mit ihm zu tun!“

Edel erinnerte das Gebäude von außen an Architekturen, die im Bauhausstil gehalten waren, modern und industriell zugleich, mit geraden Linien, ein Spiel zwischen Form und Funktion. Drinnen gab es die üblichen Metalldetektoren, die in dieser Stadt in vielen öffentlichen und offiziellen Einrichtungen wie Sand am Meer zu finden waren. Richter Kravitzes Büro war im hinteren Trakt gelegen. Edel hatte beim Vorbeigehen auf einer Tafel sehen können, dass allein in diesem Gericht 62 Richter ihre Arbeit taten. Wenn er da an seine Heimat am Donnersberg dachte, bekam er fast schon Minderwertigkeitskomplexe.

„Nun, was kann ich heute für Sie tun, Gentlemen?", eröffnete der Ehrenwerte das Wortspiel. Mike Farnsworth hatte ihn mit *Your Honor* angesprochen. Kravitz musste um die Sechzig sein. Er hatte schütteres Haar und trug einige Pfunde zu viel mit sich herum. Aber auf Edel machte er gleich einen verständigen, gutmütigen Eindruck, was bei einem Menschen, der Urteile über andere Personen zu fällen hatte, nach seiner Erfahrung nicht zwingend so sein musste. Er wusste auch aufgrund seines eigenen Erlebens mit der Gerichtsbarkeit, dass nun eine Art Schachspiel folgen würde, bei dem die beiden Parteien ihre Strategien verfolgten, um an ihr Ziel zu kommen, ohne Informationen zurückzuhalten. Nur dass es keine Könige gab und die schwarzen und weißen Armeen aus Wortkonstrukten bestanden, die am Ende dazu führen mussten, auf einen gemeinsamen Nenner zu kommen.

Farnsworth machte den ersten verbalen Schachzug: „Was müssen wir tun, um eine Person unter Hausarrest stellen zu können, Euer Ehren?"

Der Richter lehnte sich zurück und faltete seine Hände vor seinem Gesicht wie zum Gebet. „Das kommt darauf an, um welche Person es sich handelt und was diese Person getan hat oder vielleicht noch tun würde!"

Farnsworth schaute Edel an, aber der zog es vor, im Angesicht der amerikanischen Gerichtsbarkeit still zu sein.

„*Danger of suppression of evidence*", fuhr der FBI-Mann daher auf eigene Kappe fort, „Verdunklungsgefahr!" Dann brachte Farnsworth den Richter mit wenigen Sätzen über den Fall Sauer in Kenntnis.

„Ich habe davon gehört", meinte der Ehrenwerte, „es ist immer schlecht, wenn das Parlamentsmitglied eines anderen Landes hier in unserer Hauptstadt zu Schaden kommt oder sogar zu Tode." Er dachte nochmals über seine Worte nach. „Es wäre auch anderswo schlimm, aber so meinte ich das gar nicht. Doch hier in Washington D.C. geben sich die *Mover* und *Shaker* aller Herren Länder die Klinken in die Hände. Wir können es uns einfach nicht leisten, dass solche Vorkommnisse am Potomac Mode werden. Das ist schlecht für das Image unseres Landes und das Standing des Anführers der freien Welt, der da drüben in diesem alten Weißen Haus wohnt und seine Regierungsgeschäfte vorantreibt." Damit deutete er in Richtung White House und kam mit dem Oberkörper nach vorn, als müsse er die Integrität des Präsidenten mit seinem ganzen Gewicht verteidigen.

„Dieser Ukrainer Dimitri Shevchenko, der in seinem Land verletzt wurde, dann von der Organisation, die ihn anstellte, hier nach D.C. geholt und im Willard untergebracht wurde und sich jetzt wohl mit PTSD herumschlägt, der weiß unserer Meinung nach mehr, als er uns bisher verraten hat."

Edel hatte sich endlich aus seiner ruhenden Position auf der letzten Reihe des Schachbretts nach vorne bewegt und in die Konversation eingeschaltet.

„Wir müssen verhindern, dass er sich absetzt, wenn wir herausfinden wollen, was er über Sauers Rolle zwischen den Variablen World Central Kitchen und PMC Wagner weiß. Und natürlich auch, welche Rolle Sauer gespielt hat und ob ein eventuelles Rochieren zwischen diesen so unterschiedlichen Polen etwas mit seinem gewaltsamen Tod zu tun hat."

Jetzt waren sie endgültig beim Schachspiel angelangt. Bei der Rochade handelte es sich um den einzigen nach den Regeln erlaubten Doppelzug, bei dem zwei Figuren zugleich bewegt werden durften. Es musste sich noch herausstellen, ob Bernhard Sauer seine Figuren nach den Regeln bewegt hatte oder unerlaubte Züge unternahm, wobei ihm diese dann zum Verhängnis wurden.

Richter Neal E. Kravitz ließ die beiden Polizisten lange auf eine Antwort warten. Doch die ließen ihm die Zeit und hofften auf sein Wohlwollen.

„Wir könnten mit dem Begriff *person of interest* arbeiten!", meinte er dann und erzeugte damit Hoffnung, „Die Rede ist von einer Person von besonderem polizeilichen Interesse! Wie Sie sicher wissen, ist das ein häufig verwendeter Begriff in der Welt der Strafverfolgung. Wenn ein Individuum bei der Untersuchung von Straffällen als potentiell beteiligt identifiziert wurde, kann dieses als *person of interest* bezeichnet werden, solange es noch nicht festgenommen oder ganz offiziell einer Straftat bezichtigt wurde."

„Und eine solche Person von besonderem Interesse kann unter Hausarrest gestellt werden, richtig?" Frank Edel hatte sich längst aus der Reserve gewagt. Mehr und mehr schien er am Spiel mit verschiedenen Sprachfiguren Gefallen zu finden. Die Türme und die Bauern vereinigten sich zum Kampf gegen das Böse.

„*Well*, wenn die Polizei an einer Person interessiert ist, entweder weil sie mit der laufenden Untersuchung kooperiert oder auch weil sie Informationen hat oder haben könnte, die den Ermittlungen förderlich sein könnten, dann kann auch das Mittel des Hausarrests Anwendung finden, um sicherzustellen, dass diese Person zur Verfügung steht und sich nicht aus dem Staub macht. Ja, so könnte man es formulieren."

Richter Kravitz lehnte sich erneut zurück. Sein König konnte erfolgreich vor der gegnerischen Schacharmee geschützt werden. Man hätte sagen können, dass die Armee auf der anderen Seite nicht sehr aggressiv agierte und man sich sicher auf einen Waffenstillstand oder gar einen dauerhaften Frieden einigen konnte. Das war zwar nicht im Sinne eines Spiels, bei dem einer der Kontrahenten den Sieg davontragen sollte, doch das war in den Räumen des Superior Courts für den Columbia District eh nicht das Thema.

„Wann ist die richterliche Verfügung soweit?" Mike Farnsworth begann etwas Druck zu machen. Demonstrativ unterstützte er seine Worte noch, indem er die Uhrzeit auf seinem Smartphone nachschaute.

„Ich weise meine Assistentin an, das Dokument schnellstmöglich aufzusetzen. Ich brauche nur noch die persönlichen Angaben zu ihrer Person von besonderem Interesse. Ich weiß ja, wie es das FBI gern haben möchte, gestern am besten!"

Die drei Männer vereinten ihre Interessen in einem herzhaften Lachen. Die Partie endete in einem freundlichen Remis. Farnsworth und Edel standen auf, schüttelten *your Honor* die Hand und gingen. Im Vorzimmer wurde gerade telefoniert. Aber ganz so eilig hatten sie es nun doch nicht.

21.

Das Büro des OCME, das *Office of the Chief Medical Examiner*, hatte die Leiche des Bundestagsabgeordneten Dr. Bernhard Sauer freigegeben, was bedeutete, dass diese zurück nach Deutschland transportiert werden konnte. Frank Edel hatte damit so gut wie nichts zu tun. Das OCME-Office würde die notwendigen Schritte arrangieren. Edel hatte dem Büro lediglich Sauers Adresse bestätigt und sein Team in Kirchheim angewiesen, der Witwe und auch Sauers Mitarbeitern im Wahlkreisbüro in Kaiserslautern und im Abgeordnetenbüro in Berlin Bescheid zu geben. Edel ließ es sich nicht nehmen, persönlich im Polizeipräsidium in Mainz anzurufen und Dr. Hubert Emmerich davon zu unterrichten. Der rheinland-pfälzische Polizeipräsident gab sich umgänglich, ja, fast sogar gesellig dem Hauptkommissar gegenüber. Er hatte wie auch immer etwas von Edels Abenteuern mit dem schwarzen Mustang mitbekommen und wusste auch von der aus dem Fahrzeug flatternden Flagge der Wagner Gruppe mit dem Totenkopf in der Mitte. Er bat Edel eindringlich, so vorsichtig wie möglich zu sein, denn er wolle als Oberhaupt der rheinland-pfälzischen Polizei nicht dafür verantwortlich gemacht werden, einen geschätzten Mitarbeiter ins Verderben geschickt zu haben. Doch Emmerich enthielt sich der Empfehlung, in D.C. alles stehen und liegen zu lassen und den Heimweg anzutreten, weil der Boden für den pfälzischen Polizisten im Haifischbecken der amerikanischen Hauptstadt zu heiß geworden war. Vielmehr drückte er seine Dankbarkeit darüber aus, dass er einen Mitarbeiter vor Ort hatte, auf den er sich verlassen konnte und der nicht gleich beim ersten Schuss seine eigene Flinte ins Korn warf.

Als Edel das Telefonat mit seinem obersten Chef hinter sich gebracht hatte und sich im J. Edgar Hoover Building im Schreibtischstuhl zurücklehnte, hatte er ein paar Minuten Zeit, um über seine Erfahrungen der letzten Tage zu reflektieren.

In Kirchheim lebte er trotz des Umgangs mit Kriminalität und Verbrechen ein eher beschauliches Leben. Die Tätigkeit auf der Dienststelle in der Vorstadt der kleinen Residenz war geordnet und bot wenig unangenehme Überraschungen. Seine private Existenz war noch weit unspektakulärer. Er lebte allein, und seine gelegentlichen Annäherungen dem anderen Geschlecht gegenüber waren bisher immer daran gescheitert, dass die Vorstellungen der Frauen auf Dauer nicht mit seinen eigenen in Einklang gebracht werden konnten. Entweder war er es, der den Absprung aus der enger werdenden Beziehung suchte oder die Dame des Herzens entschied, dass die Beziehung nicht das war, was sie vorantreiben wollte, aus welchen Gründen auch immer. In Edels Altersklasse brachten natürlich alle Beteiligten ein gehöriges Päckchen an Lebenserfahrung mit, und die handelnden Personen wussten oft nicht so richtig, was sie von einer neuen Partnerschaft erwarteten, aber meist nur zu genau, was sie nicht zu tolerieren bereit waren. Und das machte es nicht leicht, einen gemeinsamen Nenner zu finden und etwas Neues, Zwischenmenschliches entstehen zu lassen. Lediglich während Edels Abenden mit seiner in unregelmäßigen Abständen aufspielenden Band, den Tamed Rebells, trat die Routine des Alltags etwas in den Hintergrund, und die Songs aus der Classic-Rock-Zeit gaben ihm jedes Mal ein Stück der Vitalität zurück, die er in jüngeren Jahren so genossen hatte, wenn er hinter dem Drum-Set saß und mit den Bewegungen seines Körpers Musik entstehen ließ.

Aber hier in Washington D.C. und in den Staaten überhaupt, hatte er in der kurzen Zeit, die er nun hier war, eine ganz andere Art von Existenz kennengelernt, und er fragte sich, ob er sich daheim in der Pfalz zu sehr in Routine und Alltag hatte einlullen lassen. Der Duft der großen weiten Welt wirkte ambivalent auf ihn. Einerseits war es beängstigend, wie schnell und manchmal auch wie brutal sich hier die Augenblicke und damit die Erfahrungen aneinander reihten. Hier herrschte eine andere Grundstimmung als zwischen den Riesling-Dubbegläsern und den Schlachtplatten in der Pfalz. Das Leben eines einzelnen Menschen schien hier nicht so geschützt und wertgeschätzt zu sein. Wenn einer fehlte, nahmen ein paar andere seinen Platz ein. *No Problem at all.*

Andererseits hatte die Grundatmosphäre hier in Washington auch etwas Befreiendes. Er kannte niemanden und niemanden kannte ihn. Somit fand keine Beurteilung seiner eigenen Person statt, und was er über andere Personen dachte, die er hier traf, kratzte ebenfalls keinen Menschen. Mike Farnsworth war seine zentrale Bezugsperson, und der FBI-Mann schien einer Devise zu folgen, die hier gang und gäbe war, und die man *go with the flow* nannte. Sich einfach mit der Strömung treiben lassen. Besonders nach der überstandenen Pandemie schienen viele Leute hier einer korrigierten Lebenseinstellung zu folgen. Sie planten nicht mehr auf lange Sicht und schauten lieber nur noch von einem auf den nächsten Tag, und nicht mehr weiter. Edel fragte sich, wie es wohl wäre, wenn er hier länger arbeiten könnte. Vielleicht gab es da sogar eine Möglichkeit, nicht dass er sich je darum gekümmert hätte, ob so etwas wie Interpol oder etwas in der Art möglich wäre. Seinen Horizont würde er mit einer solchen Aktion ganz sicher erweitern. Jung genug war er für so etwas auch noch. Und wieder fiel ihm dazu ein Slogan ein, der im Englischen so treffend einen emotionalen Zustand beschrieb: *To get out of your comfort zone!* Sich aus seiner Komfortzone herauswagen, ja da war etwas dran, das hatte er die letzten Tage über gemerkt. Neue Eindrücke schufen neue Verhaltensweisen. Und neue Verhaltensweisen waren etwas, was man seiner Meinung nach in seinem Alter willkommen heißen sollte. Das hatte etwas mit Herausforderung zu tun, eben damit, den eigenen Horizont zu erweitern.

So etwas in der Art hatte Edel auch schon bemerkt, wenn er sich nur ein paar Tage Urlaub gönnte und an seinen Lieblingsort Venedig gereist war. Doch die freien Tage an der Laguna in der Wasserstadt waren kein Vergleich dazu, was er hier in Washington spürte. Vielleicht einfach, weil er hier Teil des täglichen Lebens war und nicht nur in einer venezianischen Osteria genüsslich einen Aperol Spritz schlürfte. In diesem Moment kam Mike Farnsworth ins Büro zurück, und Edels existentielle Philosophie-Session wurde abrupt beendet.

„Ich habe Shevchenko im Willard angerufen und ihm ein wenig Angst eingejagt", meinte er, während er die Papiere, die er von Richter Kravitzes *Office* bekommen hatte, in einen Ordner einsortierte.

„Noch mehr Angst eingejagt?", dachte Edel, sagte aber nichts. Farnsworth war über Edels vorherige kritische Bemerkungen hinweg gegangen, ohne sich etwas anmerken zu lassen. Da galt es jetzt, mit der Strömung zu treiben und keine weiteren Wellen zu machen.

„Ich habe ihm gesagt, er müsse unter allen Umständen im Hotel bleiben bis er von uns wieder Besuch bekäme. Vom Hausarrest habe ich noch nichts verlauten lassen!"

Farnsworth schob den Locher, den er sich für seine Sortierungsarbeiten geholt hatte, wieder in eine Schreibtischschublade zurück.

„Und ich habe uns nochmals einen Termin bei Erin Gore gemacht, bei World Central Kitchen. Was glaubst du, wer derzeit im Büro in der Massachusetts Avenue weilt?"

„Keine Ahnung, Wolodymyr Selenskyi?" Edel grinste.

„Nicht ganz, aber dicht dran. José Andrés!" Farnsworth ließ den Namen zunächst einmal wirken.

„Der Mann, der WCK gegründet hat 2010, nach dem Erdbeben auf Hawai? Der, der das Jaleo Restaurant um die Ecke leitet und viele mehr?"

„Ja, der", meinte Farnsworth jetzt mit Enthusiasmus, „also ich bin ziemlich aufgeregt, den Mann zu treffen, mal ganz unabhängig von unseren Ermittlungen. Angeblich hat er eingewilligt, mit uns zu sprechen. Schließlich ist er ein gebürtiger Europäer, so wie Du auch! Er hatte einen Fernsehauftritt in einer dieser Morgenshows und reist heute Abend nach Barcelona, wo er mit seinen Töchtern eine *Food Show* dreht. Und dann will er wieder in die Ukraine. Das hat mir jedenfalls alles Erin Gore erzählt. Ich weiß nicht, wie lange der Mann nachts schläft, aber allzu lang kann es nicht sein."

Jetzt wurde auch Edel interessiert. Auch wenn der Mann in Deutschland wenig bekannt war, so war er doch eine große Nummer, nicht nur in der Welt der Kochtöpfe, sondern auch im Bereich der internationalen Hilfsorganisationen.

„Eine Frage habe ich noch, Mike." Frank Edel stand auf und zog sein Jackett an. „Haben wir Zeit, um auf dem Weg noch eine Kleinigkeit zu uns zu nehmen. Der Gedanke an das Gespräch mit dem großen Mann der Kochtöpfe hat mich hungrig gemacht."

Diesmal nahmen sie wieder den Cadillac Escalade. Allerdings noch immer ohne Doug Martinelli und William Turner im Schlepptau. Sie saßen kaum im Wagen und wollten gerade Richtung Pennsylvania Avenue fahren, da klingelte Farnsworths Handy. Der FBI-Mann nahm den Anruf an, hörte geduldig zu, bedankte sich dann artig und drückte auf den roten Aus-Knopf.

„Du hast Glück, Fränk, weil Du ja Hunger hast.", jetzt war es Farnsworth, der grinste, „Andrés will sich lieber in seinem Restaurant Zaytinya treffen. Er habe dort eh zu tun und will sich mit seinem dortigen Küchenchef abstimmen. Er lädt uns zum Lunch ein und wir können uns beim Essen mit ihm unterhalten. Was meinst Du dazu?"

„Was ich dazu meine? Ich denke, der Mann muss eben auch essen und essen macht allein keinen Spaß. Bin gespannt, was sie uns auftischen!"

Das Zaytinya lag direkt neben der großen Capital One Arena, wo die Washington Capitals Eishockey spielten, am Rande der Chinatown und direkt vor der altehrwürdigen National Portrait Gallery, vor der ein mexikanisch-amerikanischer Cowboy aus Fiberglas mit seinem Colt in die Luft gereckt einen wilden Ritt auf einem Bronco hinlegte. Die Statue imponierte Frank Edel. Sie erinnerte ihn an die vielen Western, die er in seiner Jugend angeschaut hatte, mit viel Sehnsucht nach dem fernen Land, in dem das Abenteuer und die Chance auf Reichtum auf jeden zu warten schien, der nur gewillt war, das Unmögliche zu versuchen. Edel ließ den Reiter rechts liegen und folgte Farnsworth, der linker Hand die wenigen Stufen hinauflief, dem Eingang des Restaurants entgegen, das mediterrane Küche aus der Türkei, aus Griechenland und dem Libanon im Tapas-Stil anbot. Edel mochte das Lokal sofort. Es war den Häusern nachempfunden, die auf der griechischen Insel Santorin auf die Hügel geklebt worden waren. Es war hell und weiß mit offenen Räumen und einem lebhaften Klientel.

José Andrés saß ganz hinten vor der breiten Treppe, die hinauf zu einer Art Galerie führte. Edel hatte ihn sofort erkannt, weil er den Mann gegoogelt hatte. Andrés hatte einen schneeweißen Bart, der kurz geschnitten war. Er wirkte auf ihn wie die Inkarnation eines milden Gottes, der auf die Erde gekommen war, um die Menschheit mit kulinarischen Köstlichkeiten zu versorgen und vor Hunger zu bewahren. Neben dem charismatischen Mann saß Erin Gore, die CEO der World Central Kitchen, die José Andrés vor dreizehn Jahren ins Leben gerufen hatte.

Schon einige Male hatte Edel bei Begegnungen mit Menschen innerhalb von Sekunden realisiert, dass er gerade einer besonderen Person gegenübersaß. Meist waren dies Musiker oder Künstler gewesen, die ihn mit ihrer Persönlichkeit und der Aura, die sie umgab, fasziniert hatten. Und auch hier im Zaytinya, auf die beiden Menschen am hinteren Tisch zulaufend, erkannte er gleich, dass dies einer dieser Momente sein würde. Andrés stand auf und begrüßte die beiden Polizisten im Stehen. Erin Gore hingegen blieb auf ihrem Stuhl sitzen und brachte wiederum nur ein gezwungenes Lächeln zustande.

„*Sit down, sit down*“, meinte José Andrés dann mit starkem spanischem Akzent. Der Mann zeigte auf die beiden freien Stühle am Tisch. Er verströmte eine Energie, die geradezu ansteckend war. Ohne auch nur zu fragen, schenkte er den neu angekommenen je ein Glas Wein ein. Es war Rosé.

„Das ist ein Vinkara aus der Türkei, aus Anatolien“, erklärte der Spanier im Stil eines Sommeliers, „er erinnert mich immer an einen Malbec mit seinen starken Noten aus Kirsch und Pflaumen und nur einem Hauch von schwarzem Pfeffer, sanft und seidig wie die Hand einer Frau!“ Andrés prostete dem Tisch zu, sagte, „*Salud*“, und nahm einen großen Schluck.

Edel und Farnsworth hatten gar keine Chance, sich gegen den Umtrunk zu wehren, obwohl sie im Dienst keinen Alkohol zu trinken hatten. Die Worte des charismatischen Mannes wirkten wie ein Befehl auf sie, dem sie sich nicht widersetzen konnten. Schon winkte dieser einem der Kellner zu, ohne ein Wort zu verlieren. Der Mann machte auf dem Absatz kehrt und verschwand hinter dem Tresen.

„Danke, dass Sie sich die Zeit nehmen, mit uns zu sprechen“, eröffnete Mike Farnsworth den Reigen der Unterhaltung.

Die hatte diesmal so gar nichts von einem Schachspiel an sich und fühlte sich in Edels Empfinden eher wie eine Audienz bei einem allseits geliebten Monarchen an, derer man nicht wirklich würdig war.

„*No hay problema*!", meinte Andrés, „aber Sie müssen zuerst einmal unser Baba Ghanoush probieren. Ich sage Ihnen, so etwas haben Sie zum Lunch noch nicht ge gessen. Die Auberginen wurden auf offenem Feuer geröstet und das Tahini ist aus feinstem Sesam!"

Wie bei einer guten Theaterinszenierung stand in diesem Moment auch schon der Kellner hinter ihnen und stellte die Vorspeise auf den Tisch, zusammen mit einem Korb voller Fladenbrot. Andrés wartete nicht, brach ein Stück Brot ab und tunkte es in den Dip. Die anderen Drei folgten seinem Beispiel. Frank Edel fühlte sich eher bei einer Degustation in einem Sternerestaurant als bei einer polizeilichen Befragung. Doch er kramte den *go with the flow*-Gedanken hervor und ließ sich einfach fallen. Trotzdem versuchte er, während er kaute, etwas krampfhaft das Gespräch auf den eigentlichen Grund der Zusammenkunft zu lenken.

„Wir müssen Sie noch einmal auf ihren ehemaligen Mitarbeiter Dimitri Shevchenko ansprechen, den Ukrainer, den sie im Willard Hotel untergebracht haben und der etwas mit unserer Mordfall-Untersuchung zu tun haben könnte."

Edel schaute in die Runde und Andrés tat das Gleiche, wobei sein durchdringender Blick auf dem Gesicht Erin Gores hängenblieb.

„Er war beim Raketenangriff in Charkiw mit dabei, dann haben wir ihn in der Küche in Przemysl beschäftigt, bevor er mit PTSD arbeitsunfähig wurde. Wie der *Detective* gerade erwähnte, wohnt er derzeit drüben im Willard und erholt sich von allen Strapazen. Er ist ukrainischer Staatsbürger."

Gore zog ein Stück Fladenbrot durch die Auberginenpaste und sah Andrés an, als könne sie kaum auf dessen Erwiderung warten. Der sprach dem Rosé ein weiteres Mal mit einem großen Schluck zu und nickte bedächtig.

„Wir haben mittlerweile eine Menge Angestellte", meinte er dann, „sowohl im Restaurantbereich, den wir Think Food nennen, als auch bei WCK World Central Kitchen. Ich habe längst den Punkt erreicht, an dem ich nicht mehr alle persönlich kenne. Das ist nun einmal so, wenn man eine größere Organisation am Bein hat!"

Ohne weitere Aufforderung kam der Kellner erneut mit einigen Schälchen voller Mezze-Variationen an den Tisch. Andrés schenkte Wein nach. Edel war versucht abzulehnen, weil er verantwortlich agieren wollte. Doch dann überkam ihn die Lust am Degustieren, und er ließ es einfach geschehen. Der Vinkara war vorzüglich.

„Hier haben wir einen Halloumi-Käse mit Datteln und Pistazien, einen Fattoush-Salat mit Granatapfel-Dressing und ein Rindfleisch-Soutzoukakia – würzige Fleischbällchen mit Kreuzkümmel in einer Tomatensauce mit Fetakäse. Greifen Sie zu, bevor alles kalt wird, *por favor!*"

Frank Edel hatte es längst kapiert. José Andrés wahre und einzige Leidenschaft galt den Produkten, die seine Restaurants auf den Tisch brachten. Dafür ließ er sicher alles andere an sich abprallen. Dieser Mann war einfach nur faszinierend mit seiner ungebremsten Passion für alles, was ihn interessierte. Er bedauerte, dass er den Spanier nicht unter ganz anderen Umständen kennengelernt hatte. Doch er wollte versuchen, die Zusammenkunft mit ihm so gut wie möglich zu genießen, trotz Ermittlungen in einem Mordfall.

„Wir wissen wenig über WCK", schaltete sich Farnsworth ein, „wir wissen, dass es ein sehr nobles Unterfangen ist, und dass Sie Gutes tut in allen möglichen Ecken der Welt, auch für die Flüchtlinge der Ukraine. Wir wissen noch viel weniger über die PMC Wagner Group, Senõr Andrés. Über die wissen wir nur, dass es eine Söldnertruppe ist, die auf der russischen Seite kämpft und mit noblen Werten wenig zu tun hat, und schon gar nichts mit Gutes tun! Aber wir vermuten, dass es da irgendeinen Zusammenhang gibt. Darüber wollten wir noch etwas von Ihnen erfahren!"

Das Restaurant füllte sich langsam mit Gästen, die sich zum Mittagessen auch etwas leisten wollten und konnten. Sie waren fast alle gut gekleidet und arbeiteten ganz sicher in den Büros rundum. Ihre regen Gespräche ließen den Geräuschpegel ansteigen. José Andrés schaute erneut Erin Gore fragend an und ließ keinen Zweifel daran, dass er nicht ganz verstand. Die Managerin war bemüht, ihren Chef aus der Schusslinie zu halten.

„Was hat diese schreckliche russische Söldnertruppe mit uns zu tun?", fragte sie mit Empörung in der Stimme.

Heute trug sie die Haare offen, was ihr ein weniger strenges Aussehen verlieh. Sie hatte den Ausdruck *mercenaries* verwendet, der professionelle Soldaten bezeichnete, die in einer fremden Armee implementiert kämpften. Sie nahm einen Schluck Rosé, als könne der Wein sie wieder milder stimmen. Edel hielt sich zurück und versuchte es wieder einmal mit der Macht des Schweigens. Die Mezze war vorzüglich. Die Fleischbällchen hatten den Geschmack des Kreuzkümmels und des Fetakäses aufgesogen, der Halloumi-Käse mit den Datteln gefiel mit der sehr eigenen Kombination und schürte die Sehnsucht nach den Köstlichkeiten des Orients. Und der Fattoush-Salat mit dem fruchtigen Granatapfel-Dressing hatte die Leichtigkeit eines sonnigen Frühlingmorgens.

„Also ich habe natürlich von PMC Wagner gehört", meinte Andrés, „und ich weiß von Gesprächen mit ukrainischen Partnerrestaurants, dass diese Schergen verzweifelt nach Möglichkeiten der Finanzierung ihrer Truppen suchen und deren Munition und den Waffen, die sie für ihre schändlichen Aktivitäten benötigen. Und so skrupellos wie sie auf den Schlachtfeldern vorgehen, auf denen sie sich tummeln, so perfide werden sie auch bei der Geldbeschaffung vorgehen. Aber ich habe noch nicht gehört, dass sie in irgendeiner Form WCK dahingehend penetriert hätten. Und wenn ich derartiges mitbekäme, dann würde ich dem schändlichen Treiben so schnell als möglich einen Riegel vorschieben. Da können Sie mich wörtlich nehmen!"

José Andrés zeigte eine ganz andere Seite seines sanguinischen Temperaments. Er wirkte plötzlich genervt, ärgerlich und fast schon aggressiv. Es zeigte auf alle Fälle, dass mit ihm nicht gut Kirschen essen war, wenn man seine Aktivitäten sabotierte. „Shevchenko?", sagte er dann und blickte seine CEO einmal mehr an.

Erin Gore ließ sich nicht aus der Ruhe bringen. Jemand, der schon so lange wie sie im Geschäft war und bis in die Ränge des oberen Managements aufgestiegen war, hatte sicher die Contenance eines Nilpferds, dickhäutig und fast kaum noch zu erschüttern.

„Wir wissen nicht allzu viel über ihn, nicht über seine Vergangenheit, meine ich und nicht über seine Überzeugungen und seine Grundstimmung. Er war wohl ein Gewinn für die Küchen, in denen er arbeitete, aufgrund seiner fachlichen Befähigung. Aber sonst ist er mehr oder weniger *a blank sheet* für uns."

Ein unbeschriebenes Blatt, übersetzte sich Edel den Ausdruck selbst. Er nahm noch etwas von dem Fattoush-Salat. Andrés wollte ihm von dem türkischen Vinkara Rosé nachschenken, doch er lehnte dankend ab. Er schaute zu Farnsworth hin, der dem Wein und dem Essen nur zögerlich zusprach. Vielleicht war die Mahlzeit für seine amerikanischen Geschmackspapillen etwas zu exotisch und er hob sich seinen Hunger für die gegrillten Hamburger oder Hotdogs am Abend auf.

„Wie dem auch sei, wir sollten auch von unserer Seite nochmals unseren ehemaligen Mitarbeiter überprüfen und schauen, ob wir noch etwas mehr Hintergrundinformationen über ihn erhalten können. Wir können ja nachsehen, mit wem er gearbeitet hat und was es da noch zu wissen gibt, nicht wahr, Erin?" Andrés wirkte wieder milder, was ihm viel besser zu Gesicht stand.

„*Consider it done!*", antwortete Gore ihrem Boss, und der wusste, dass er sich darauf verlassen konnte, dass das Geforderte nach bestem Wissen und Gewissen bearbeitet werden würde.

Als sie draußen waren, schnauften sowohl Edel als auch Farnsworth tief durch. Es war anstrengend, einer solchen Persönlichkeit, wie José Andrés eine war, gegenüber zu sitzen und seine eigenen Absichten nicht völlig außer Acht zu lassen. Der Cowboy auf dem Bronco vor dem Eingang der National Portrait Gallery war noch immer in seinem wilden Ritt gefangen. Es war kaum zu glauben, dass er nur aus Fiberglas war.

Am Abend im Apartment tat Edel das, was ihm in den wenigen Tagen schon zur Gewohnheit geworden war. Er schaltete den Fernseher an und wählte den Nachrichtensender CNN aus. Dann legte er sich in voller Montur aufs Bett, mit einem Glas Cola Light in der Hand und schaute, was der Tag dem Land und der Welt gebracht hatte.

In Louisville Kentucky hatte ein 23-jähriger Mann in einer Bank, in der er einst gearbeitet hatte, mit einem AR-15-Gewehr vier Leute erschossen und vier weitere mit schweren Schussverletzungen ins Krankenhaus gebracht. Natürlich drückten der Gouverneur des Staates, der Bürgermeister der Stadt und der Chief der Polizei ihr tiefes Mitgefühl aus. Aber Edel wusste sofort, dass nichts Weiteres gegen diesen Wahnsinn, der mit Hilfe von Schusswaffen verübt wurde, getan werden würde, und die nächste Massenerschießung schon ungeduldig auf die Bürger dieses Landes wartete. In England machten sie sich bereit, bald die Krönung des neuen Monarchen Charles des Dritten zu feiern. Dafür hatte das Haus Windsor ein Emoji in Form einer Krone vorgestellt. Das Vereinigte Königreich würde wohl einmal mehr für Tage in royaler Feierlaune erstarren. Das Pentagon gab bekannt, dass geheime Dokumente über die US-amerikanischen Ressourcen im Angriffskrieg gegen die Ukraine der russischen Seite zugespielt worden waren. Es gab also ein sogenanntes Leak im US-Verteidigungsministerium, und das Sicherheitsrisiko sei dadurch enorm gestiegen. In den Dokumenten sollte es um Waffenlieferungen an die Ukraine gehen, um Angaben zum Munitionsverbrauch und ähnlichen militärischen Details. Edel war schon versucht, sich die Fernbedienung zu angeln und den Flatscreen dunkel zu machen.

Aber dann kam noch eine weitere Information, die seine volle Aufmerksamkeit erregte. Die russische Privatarmee Wagner warb in einem offenen Brief Freiwillige für den Einsatz im ukrainischen Kriegsgebiet für einen Sold von 240.000 Rubel an, also rund 2.700 Euro monatlich. Versprochen wurden außerdem Erfolgsprämien. Der Chef der Armee, Jewgeni Prigoschin, bestätigte, dass ein Schreiben seines „Rekrutierungsdienstes", auf dem auch Telefonnummern stehen, echt sei. Gesucht wurden Männer im Alter zwischen 21 und 60 Jahren für den Einsatz im Kriegsgebiet. Ein abgeschlossener Wehrdienst sei keine Voraussetzung, hieß es noch.

Frank Edel schaltete endlich den Fernseher aus. Er stand auf, goss sich noch eine Cola ein und ging zum Fenster. Das Apartment lag quasi im Schatten des Weißen Hauses, in dem einer der mächtigsten Männer der Welt sich vielleicht gerade auch ein Getränk einschenkte, bevor er zu Bett ging, wenn es auch keine Cola sein mochte. Die hatte der vorhergehende Commander in Chief in der Light Form literweise vertilgt.

Was war das doch für eine merkwürdige Existenz, die die Menschen auf diesem Erdball führten. Jeder Tag war ein Kampf für alle. Die meisten versuchten, so gut wie möglich ihre Zeit zu nutzen, und doch gab es viele, die nur danach trachteten, Angehörige der gleichen Spezies in den Tod zu schicken. Da gab es Menschen wie José Andrés, die mit allen Mitteln versuchten, Humanität walten zu lassen und zu helfen wo sie konnten. Und dann gab es solche, die das genaue Gegenteil im Sinn hatten, die nur zerstören und morden wollten und sich einbildeten, dass solch ein Verhalten ein Zeichen von Stärke, Männlichkeit und Überlegenheit war. Aber bedeutete nicht schon das Wort Humanität einen Widerspruch in sich selbst? Das Wort wollte ja suggerieren, man solle menschenwürdig sein, die Würde des Menschen zu beachten und sie unantastbar zu machen. Das Wohl der Menschheit wurde allerorten bei seinem Gebrauch gefordert. Aber die Menschen verstanden es oft nicht, ohne Härte miteinander umzugehen. Edel fiel ein Bonmot des Schriftstellers Erich Fried ein, dessen Bücher er vor langer Zeit gelesen hatte: Jemand sagte zu den Steinen, „seid menschlich“, und die Steine antworteten, „wir sind noch nicht hart genug!“

Mit diesem Gedanken ließ es Edel für einen Tag genug sein. Wieder schaltete er das Licht aus und versuchte, einige Stunden ohne Gedanken, ohne Zweifel und ganz sicher ohne Angst zu verbringen, in einem bequemen Bett und mit einem Kopfkissen, das die Flauschigkeit eines sanften Traumes hatte.

22.

„Die brauchen Geld, Mike, viel Geld. Für die neuen Kämpfer, die sie rekrutieren wollen. Und für die Waffen und die Munition, die ihnen langsam ausgeht. Soviel habe ich jetzt kapiert.“

Frank Edel hatte sich im FBI-Büro inzwischen richtig gut eingewöhnt. Und wurde er auch ab und an von den Ereignissen überwältigt, so fühlte er sich doch mehr und mehr als Teil des Geschehens. Farnsworth schüttelte den Kopf.

„Aber was hat dieser Shevchenko damit zu tun, wenn er überhaupt irgendwie involviert ist? Vielleicht rennen wir da unseren eigenen Hirngespinsten hinterher.“ Er lief hinüber zu seinem Ausguck am Fenster, der ihm die Pennsylvania Avenue präsentierte, als sei sie eine Varieté-Show. „Jedenfalls müssen wir ihn intensiver befragen. Das werden wir jetzt in Angriff nehmen.“

Das Willard war schnell erreicht. Diesmal waren Martinelli und Turner wieder mit von der Partie. Da das Wetter gut und es leidlich warm war, saßen zahlreiche Gäste draußen auf der Terrasse des hoteleigenen Café du Parc, als die vier Polizisten erneut das grandiose Gebäude betraten. Die Mitarbeiter an der Rezeption waren diesmal vom FBI-Besuch im Vorhinein instruiert worden, und der Concierge winkte sie einfach zum Lift durch.

Vor dem Zimmer 4041 angekommen, klopfte Farnsworth an die Tür, als wäre er vom *Room Service*. Nichts rührte sich, auch das Guckloch blieb unbesetzt. Edel wollte schon nach unten laufen, um eine dieser magnetischen Karten zu holen, die als Schlüssel fungierten. Aber Doug Martinelli hatte mitgedacht und diesmal einen *Key Card Reader* mitgebracht, einen programmierbaren Mikrocontroller, der den digitalen Schlüssel der Tür lesen konnte. Nach wenigen Sekunden war der Zugang zum Zimmer frei. Dieses war leer. Es lagen auch keine persönlichen Sachen herum, auch nicht im Badezimmer.

„Der Vogel ist ausgeflogen!“, meinte Farnsworth. „Den sehen wir nicht wieder. *Good bye* Comrade Shevchenko.“ Etwas ratlos standen sie eine Weile herum.

„Wir haben einfach zu lange gewartet, und das Zögern hat sich gerächt.“ Edel erwachte als Erster wieder. „Die einstweilige Verfügung zum Hausarrest können wir uns sonst wo hinstecken!“

„Lass uns runter in die Red Robin Bar gehen, Mike. Vielleicht hat unser Freund Jo Byrnes Shevchenko noch gesehen, bevor der das Weite suchte.“

Tatsächlich stand Jo diesmal wieder hinter dem Tresen. Wie meist war die Bar am frühen Nachmittag leer, die ersten Gäste würden wohl erst hereinschneien, wenn es nicht nur irgendwo auf der Welt fünf Uhr war, sondern genau hier.

„Ja, der war noch ein paarmal hier unten und hat sein Bier getrunken“, sagte Byrnes. „Hat wie immer kaum etwas gesprochen und einfach vor sich hin gebrütet.“

Byrnes sortierte einige Gläser in einen der Schränke hinter sich ein und kam dann wieder nach vorne. Im Angesicht der geballten Polizeimacht war ihm sichtlich erneut unwohl. Martinelli und Turner hatten ihre Sonnenbrillen auf und sahen damit aus wie Arnold Schwarzenegger in den Terminator-Filmen. Es fehlte nur noch, dass sie *I'll be back* hauchten und eine dicke Zigarre in ihren Mundwinkeln zerkauten.

„Ist irgendetwas passiert, während Shevchenko hier war? Hat er mit jemandem gesprochen? Hat er sich mit jemandem getroffen? Wir haben das Gefühl, er ist der Schlüssel zur Lösung unseres Falles. Die Leiche von Dr. Sauer wird gerade nach Deutschland transportiert. Der Medical Examiner hat sie freigegeben.“

Frank Edel wusste selbst nicht, warum er dem Barkeeper das alles erzählte. Er kannte den Mann ja nur aus wenigen Begegnungen. Aber seine Intuition, die ihn während seiner Jahre im Beruf nur selten im Stich gelassen hatte, ließ ihn dem jungen Afroamerikaner vertrauen und sich ihm gegenüber mehr öffnen, als dies vielleicht notwendig gewesen wäre.

„Er ist immer nur dagesessen, allein. Ich kann mich nicht erinnern, dass er hier in der Bar mit jemandem gesprochen hat. Auch zu mir hat er immer nur das gesagt, was unbedingt notwendig war: Noch ein Bier bitte! Dankeschön! Kann ich zahlen!“ Byrnes holte einige Limetten aus einem eingebauten Kühlschrank und fing an, diese in dünne Scheiben zu schneiden.

„Er kam ja auch fast immer entweder am frühen Nachmittag oder ganz spät, da ist hier entweder noch kaum etwas los, wie man sehen kann, oder auch schon wieder nicht mehr. Folglich gab es auch wenig Gelegenheit für ihn, mit einem anderen Gast ins Gespräch zu kommen.“

„An dem Abend vor Sauers Ermordung war es spät, als Shevchenko hereinkam und der Mann vom deutschen Bundestag hier saß, nicht wahr?“ Mike Farnsworth war hellwach und zeigte, warum er die Position innehatte, die er eben innerhalb des FBI sein eigen nennen konnte.

„Das stimmt allerdings“, antwortete Byrnes, schob die Limettenscheibchen in eine Plastikschüssel, verschloss diese mit dem passenden Deckel und ließ das Ganze im Kühlschrank verschwinden. Dann erstarrte er plötzlich.

„*Hold on*, da war doch noch etwas; fällt mir gerade ein. Er hat einen Anruf erhalten, gestern, hier auf dem Apparat der Bar. Das fand ich zwar merkwürdig, aber ich habe es wohl doch schnell wieder verdrängt. Jetzt ist es mir wieder eingefallen.“ Der Mixologist lehnte sich mit ausgestreckten Armen an den Tresen und schien weiter nachzudenken.

„Haben Sie gehört, was gesprochen wurde, oder worüber er sich mit dem Anrufer unterhalten hat?“ Edel brach mit seiner Theorie von der Macht des Schweigens und preschte vor.

„Gehört habe ich es schon, aber verstanden eben nicht. Es wurde russisch gesprochen – oder ukrainisch oder auch sonst etwas osteuropäisches. Ich kann den Unterschied nicht heraushören. Kann das einer von Euch?“

Konnten sie nicht. Vielleicht mussten sie im Laufe der Ermittlungen noch einen Dolmetscher heranziehen. Aber bis dato hätte ihnen das auch nichts gebracht.

„Er hat sich etwas auf dem Block da drüben notiert, hat dann das Blatt abgerissen und eingesteckt. Das war's!“ Byrnes katapultierte sich vom Tresen nach hinten und blieb dort reglos stehen.

„Gib mir mal den Block“, forderte Farnsworth. Sie kommunizierten inzwischen alle sehr vertraut, als seien sie Mitglieder eines Football-Teams, die sich über die Strategie vor dem nächsten Match unterhielten.

Jo reichte dem FBI-Mann den Papierstapel hinüber, der am hinteren Rand mit einer Gummierung zusammengehalten wurde. Farnsworth schaute sich den Block genau an. Die anderen waren alle näher gerückt und schauten gebannt zu, als müsse sich ein großes Geheimnis dabei lüften lassen.

„Hat jemand den Block genutzt, nachdem Shevchenko sich etwas darauf notiert und dann das oberste Blatt abgetrennt hat?“

„Nein, ich denke nicht. Er hat da hinten gelegen, unbeachtet und ungenutzt!“ Jo Byrnes verstummte.

Die wertvollste Eigenschaft eines Barkeepers war die Verschwiegenheit. Was in der Bar gesprochen wurde, sollte auch in der Bar bleiben. Dieses ungeschriebene Gesetz hatte er gerade gebrochen. Aber er stand dem FBI gegenüber, welches in einem Mordfall ermittelte. Das geschah eben auch nicht alle Tage. Jetzt war es William Turner, der zweite Hüne, der seinen Grips einbrachte. Er reichte Farnsworth einen

Gegenstand. Bald fuhr er mit dem Stab über die Oberfläche des Papierblocks. Ein blaues Licht leuchtete dabei auf.

„Ultraviolettes Licht“, erklärte der Agent, „wenn Shevchenko sich darauf etwas notiert hat und niemand den Block nach ihm benutzte, dann sollten wir gleich am Abdruck erkennen können, was darauf geschrieben wurde.“

Farnsworth fuhr weiter mit dem ultravioletten Lichtstab über den Block und schaute mehr als genau hin. Dann schien er die Notiz entziffern zu können.

„*National Harbor, Capital Wheel, tomorrow, 5 pm*! Und dann steht da noch ein Satz, der wohl auf kyrillisch geschrieben ist. Ich werde mir das mal von Google-Translator übersetzen lassen." Schon kopierte er die Worte und fügte sie in die genannte App ein.

„Ach guck mal an“, meinte er dann und der Ausdruck des Erstaunens war nicht gespielt. „*Glory to the Heroes of Russia*! Wisst ihr, wessen Motto das ist?“ Er machte eine dramaturgische Sprechpause. „*With compliments of the PMC Wagner Group!*“ deklamierte er dann mit dem gleichen Effekt und schaute in die Runde.

Edel konnte mit dem ersten Teil der Information im ersten Moment nichts anfangen. Mit dem PMC-Teil schon.

„*What does that mean, National Harbor and Capital Wheel*?“, fragte er dann auch, „was bedeutet das?“

Farnsworth schaute auf die Uhr. Es war Freitag kurz nach drei Uhr nachmittags.

„Das beutet wohl, dass dieser Dimitri Shevchenko sich heute mit jemandem in oder vor dem Riesenrad treffen will, das in unserem Nationalhafen steht. Und dieser jemand könnte Russe sein und mit dieser privaten Söldnertruppe etwas zu tun haben. Was da dann passiert, weiß der Himmel.“ Farnsworth hatte in der Tat *heaven knows* gesagt.

Edel fragte sich sofort wieder, was Dr. Bernhard Sauer wohl damit zu tun hatte, und vor allem, ob und wenn ja wie sein gewaltsamer Tod damit in Zusammenhang stehen konnte. Ja, die Polizeiarbeit war in der Tat ein Puzzlespiel, die einzelnen Teile zeigten sich oft störrisch und man musste schon gewaltig nachhelfen, wenn man zum Schluss ein Gesamtbild haben wollte. Er hoffte inständig, dass der Bundestagsabgeordnete nicht in Dinge verstrickt war, die das Verhältnis zur USA und zur Allianz der westlichen Staaten trüben könnte, die Schulter an Schulter gegen die russische Aggression kämpften. Viel Zeit, um darüber zu grübeln, hatte er nicht.

„Ich habe einen Cousin bei der National Coast Guard, unten an deren Standort auf der Joint Base Anacostia-Bolling. Die könnten uns sicher mit dem Boot zum Harbor hinaus bringen und uns darüber hinaus unterstützen.“

Diesmal war es Doug Martinelli, der mitgedacht hatte. Farnsworth gab Turner den UV-Stift zurück.

„Okay, call your Cousin!", gab Mike Farnsworth sein Einverständnis, und Martinelli war schon am Handy. „Inzwischen rufe ich im Headquarters an, die sollen mal rausfinden, mit wem Shevchenko aus der Bar heraus telefoniert hat. Jo, gib mir mal die Nummer von diesem Anschluss hier. So langsam müssten sich die Handlungsstränge zusammenführen lassen!"

Sie fuhren zu viert wie immer im Cadillac Escalade hinunter in ein Viertel, das The Wharf genannt wurde. Dort wollte sie das Boot der Küstenwache an Bord nehmen. Die *Wharf,* oder der Kai, war ein Anlegeplatz für Yachten und kleinere Boote, der noch nicht vor allzu langer Zeit wiederbelebt und neu gestaltet worden war. Zahlreiche exklusive Restaurants, eine Konzerthalle und viel Platz zum Flanieren luden Besucher ein, dort Zeit zu verbringen und die Annehmlichkeiten einer vitalen Großstadt zu genießen. Frank Edel hätte sich dort gern etwas hingesetzt und die Szenerie auf sich wirken lassen, oder auch einfach der Freizeitbeschäftigung gefrönt, die die Amerikaner als *people watching* bezeichneten. Doch dazu war jetzt keine Zeit. Das Boot der Coast Guard kam den Potomac heraufgebraust, und sie kletterten über die Reling. Farnsworth stellte sein Team der Mannschaft des Cousins vor, das ebenfalls aus vier Personen bestand.

Das Boot legte ab und der Coast Guard-Offizier, dessen Name Sam war, sagte ihnen, dass sie knapp zehn Meilen zurückzulegen hatten, bis sie am National Harbor ankommen würden. Doug Martinelli und William Turner betätigten sich als Touristenführer und zeigten Edel die interessanteren Plätze, an denen sie vorbeifuhren. Die beiden Special-Agents wirkten immer so martialisch und unnahbar. Jetzt jedoch entpuppten sie sich als umgängliche Männer, deren berufliche Tätigkeit sie dazu zwang, ihren wahren Charakter im Verborgenen zu halten.

Farnsworth hatte an seine Männer Walkie-Talkies ausgegeben. Es war ein Project-25-System, das eigens für die Truppen geschaffen worden war, die für die öffentliche Sicherheit verantwortlich waren und das digitale Sprech- und Datenkommunikation erlaubte. Die Männer der Coast Guard stellten ihr System auf die gleiche Frequenz ein.

Sie fuhren am Memorial der Titanic vorbei, das die Männer ehrte, die Frauen und Kindern ihre Plätze überlassen hatten, als das Schiff im Jahre 1912 im Nordatlantik sank. Die Statue zeigte einen Mann, der mit ausgestreckten Armen dastand. Edel hoffte, dass das Boot der Küstenwache nicht auch mit einem Eisberg kollidieren würde. Aber dazu gab es wohl keinen Grund zur Annahme, denn der Potomac war zumindest im April vollkommen eisfrei. Dann enterten sie den weit breiteren Georgetown-Kanal, an dessen äußerem rechten Rand sich der Ronald Reagan Washington National Airport ausbreitete. Links tauchte jetzt die Anacostia-Bolling Base auf, auf der das Küstenwachenboot seinen Heimathafen hatte.

Dann kam Alexandria rechts in den Blick, die historische Stadt südlich von Washington, die schon auf virginianischem Boden lag. Sie fuhren unter der Woodrow Wilson Memorial Bridge hindurch, auf der sich der Highway 495 Richtung Maryland schlängelte. Dann kam das *Capital Wheel* in aller Größe in Sicht, das Riesenrad, das jedem Volksfest Ehre gemacht hätte.

Kurz bevor sie anlegten bekam Farnsworth einen Anruf aus dem FBI-Headquarter. Die Kollegen hatten herausgefunden, von welcher Nummer aus Shevchenko in der Red Robin Bar kontaktiert worden war. Sie gehörte einem gewissen Aleksandr Sidorov. Aber die Nummer war vor zehn Stunden deaktiviert worden, und so war jede weitere Suche nach dem Nutzer auf diesem Weg unmöglich. Die Kollegen waren weiter dabei, mehr über Sidorov herauszufinden, wo er wohnhaft war, ob er ein Fahrzeug beim DMV Department of Motor Vehicles registriert hatte et cetera.

Der National Harbor war eine sehr moderne Ansiedlung. Sie setzte sich zusammen aus Kongress Centern, Shopping Malls, Restaurants en Masse und einem Casino und Live-Music-Zentrum, das zum großen MGM-Konsortium gehörte. Sie legten direkt am Terminal an, wo auch die Wassertaxen von Old Town Alexandria, von Georgetown und der Wharf ihre Passagiere absetzten. Das Riesenrad stand auf einer vorgelagerten Plattform, die in den Fluss hineingebaut worden war. Als das Boot sicher vertäut war, bewegten sich die acht Männer in diese Richtung. Sie versuchten so wenig Aufsehen wie möglich zu machen. Martinelli und Turner hielten die halbautomatischen Remingtons dicht an ihrer Seite. Die Offiziere der Küstenwache waren bewaffnet, falls es die Situation erforderte. Sie hatten auf Sams Order hin alle ihre P229 DAK mitgenommen, eine halbautomatische Pistole, ebenfalls aus dem Hause Sig, die sie in einem Halfter tragen konnten. Farnsworth war ganz sicher ebenfalls bewaffnet, und auch Edel hatte seine Sig Sauer im Schulterhalfter dabei.

Das Capital Wheel offerierte seinen Fahrgästen Gondeln für bis zu acht Personen. Da es unter der Woche war, hatte die Attraktion gerade erst ihre Pforten geöffnet. Es schien nicht sehr viel Betrieb zu sein. Dennoch liefen Leute kreuz und quer und einige standen vor dem Rad, um sich Tickets zu holen. Edel sah, dass eine Fahrt 17 Dollar kostete – das war nicht wenig. Aber er hatte inzwischen schon mitbekommen, dass die Hauptstadt der Vereinigten Staaten kein Pflaster für schmale Geldbeutel war.

Sie positionierten sich strategisch um die gesamte Plattform herum, legten aber Wert darauf, die Schusswaffen weiter bedeckt zu halten. Das ganze Land war durch die vielen Schießereien in Schulen, Kirchen, Supermärkten und Banken so weit sensibilisiert, dass es nicht viel brauchte, um eine Panik unter der Bevölkerung zu entfachen, wenn in öffentlichen Räumen Waffen im Spiel waren.

Es war noch nicht ganz 5 pm. Sie hatten die Walkie-Talkies aktiviert und drückten sich alle in eine Ecke, überall dort, wo es das Terrain erlaubte. Zehn Minuten nach fünf Uhr war noch immer nichts Signifikantes geschehen. Vielleicht waren sie einer falschen Fährte aufgesessen oder die Akteure, auf die sie warteten, hatten Wind davon bekommen, dass sie beschattet wurden. Farnsworth ließ schon verlauten, die Aktion abzubrechen, sollte sich in den nächsten 15 Minuten nichts bewegen.

Und dann tat sich doch noch etwas. Sie sahen, wie sich Dimitri Shevchenko langsam dem Capital Wheel näherte. Er wirkte, als sei er nur halb bei Bewusstsein. Vielleicht hatte ihn sein posttraumatische Stresssyndrom voll im Griff. Er hatte ein Handy in der Hand und schien darauf etwas zu suchen. Edel hatte gesehen, dass man die Tickets für das Riesenrad auch online im Voraus buchen konnte. Die junge Frau, die das Fahrgeschäft managte, kam auch schon mit einem portablen QR-Scanner und validierte offensichtlich mit dem Barcode Shevchenkos Zahlung. Der lief nun langsam zum *Gate*, hinter dem die Fahrgäste warten mussten, bis das Rad hielt und eine freie Gondel vor ihnen auf das Zusteigen wartete.

Frank Edel schaute sich um, aber es näherte sich keine weitere Person, die nach dem Kontakt aussah, den der Ukrainer hier treffen wollte. Nur eine junge Mutter kam mit einem Buggy, in dem ein kleines Mädchen saß, das mit einer Puppe spielte.

Das Walkie-Talkie ächzte und Farnsworths Stimme ertönte: „Vielleicht ist sein Kontakt schon in einer der Gondeln. Aber woher weiß er dann, in welche er einsteigen muss?"

Es meldete sich eine zweite Stimme. Edel vermutete, dass es Sam von der Coast Guard war.

„Noch nicht zugreifen. Lieber noch abwarten und schauen, ob nicht doch noch jemand um die Ecke kommt!"

„*Roger that*", kam es von Farnsworth zurück und Edel fühlte sich so, als sei er endgültig in einem amerikanischen *Law and Order*-Krimi angekommen.

Endlich hielt das Rad an. Aus drei verschiedenen Gondeln am Boden traten Fahrgäste heraus. Edel sah, wie Shevchenko und die junge Frau mit dem Mädchen in einer der Gondeln verschwanden. Während die Fahrgäste davonliefen, die ihren Ritt auf dem Capital Wheel hinter sich hatten, konnte Edel plötzlich mitansehen, wie sich ein Mann, der aus einer der Gondeln herausgekommen war, umdrehte und in der gleichen Gondel, die die neuen Fahrgäste betreten hatten, wieder verschwand. Doch die Türen gingen schon zu, und das Rad begann sich erneut zu drehen.

„Habt ihr das gesehen?", fragte Edel in die Walkie-Talkie-Runde. Zustimmung kam von mehreren Seiten.

„*We wait until they come out again*!", bestimmte Farnsworths Stimme.

Edel sah ihn jetzt hinüber zu der jungen Frau laufen, die das Riesenrad bediente. Der Buggy der jungen Mutter, die samt ihrem Kind mit in der Gondel war, stand verloren an der Seite des Eingangs. Farnsworth gab sich der jungen Frau vom Riesenrad als Polizei zu erkennen und gab ihr wohl einige Instruktionen.

Sam, der Coast Guard-Offizier, meldete sich erneut: „Die Situation ist unübersichtlich. Sollen wir die Aktion abbrechen?“

Einige Zeit war alles still. Das Capital Wheel drehte sich langsam, und die vielen Gondeln, von denen die meisten leer waren, bewegten sich wie in Zeitlupe. Da auch die Fußböden transparent waren, konnte man sie alle von unten einsehen und schauen, ob sie Fahrgäste beherbergten oder nicht.

Edel sah mit an, wie die Gondel mit Shevchenko, dem anderen Mann und der jungen Frau mit dem kleinen Mädchen wieder unten ankam, ohne Halt zu machen, und zu einer zweiten Runde anhob. Er hatte das Gefühl, als habe ihn der fremde Mann gesehen und rührte sich nicht in seiner Ecke.

Mike Farnsworth gab der Betreiberin ein Zeichen, das wie Halsabschneiden aussah, ihr aber sicher bedeuten sollte, dass nach dieser Runde Schluss sein musste. Es schienen keine anderen Fahrgäste mehr auf dem Riesenrad zu sein. Die Männer der Coast Guard sperrten nun das hintere Areal zu den mehrstöckigen Häusern hin ab. Die Gondel, die sie interessierte, war fast schon zum zweiten Mal unten angekommen. Sie sahen die Füße und die Beine der Insassen.

„Zugriff sobald die Tür aufgeht!“, befahl Farnsworth seinem eigenen Team.

Die junge Frau vom Riesenrad erschrak, als sie jetzt Martinelli und Turner mit ihren Remingtons im Anschlag sah. Edel spürte, wie ihm ein Schweißtropfen von der Stirn auf die Wange tropfte. Auch er hatte die Sig Sauer in der Hand, bereit für alle Eventualitäten, so redete er es sich jedenfalls ein.

Dann war die Gondel endgültig unten. Die Tür schob sich auf. Was sie dann sahen, ließ ihnen das Blut in den Adern gefrieren. Heraus kam zuerst der zweite Mann. Vor sich her schob er die junge Mutter und das kleine Mädchen, das auf ihrem Arm saß. Der Kerl hielt einen Revolver an die Stirn des Kindes. Der Gesichtsausdruck der Mutter drückte etwas zwischen purem Entsetzen und totaler Hilflosigkeit aus. Dahinter schob sich der lethargische Shevchenko ins Blickfeld. Sein Gesicht verriet überhaupt nichts, so als ginge ihn das Ganze rein gar nichts an.

„*Don't come any closer*!“, schrie der Mann nun mit einem starken Akzent. „Keiner kommt näher!“

Edel konnte hören, dass es ohne Zweifel ein osteuropäischer Zungenschlag war. Irgendwie hatte er Zeit sein Handy zu zücken und ein Bild zu machen, auf dem der Mann gut zu sehen war.

Er schaute zu Farnsworth hinüber, der seine Waffe auf den Mann gerichtet hatte, aber keinen Mucks machte. Alle anderen Männer schienen auf dessen Instruktionen zu warten. Das Walkie-Talkie blieb stumm.

„Wir gehen jetzt hinüber zum Parkhaus. Dann verschwinden wir, und wenn ihr euch raushaltet, lassen wir die Frau und das Kind laufen. Und wenn nicht …“

Der Mann drückte seine Waffe noch etwas dichter an die Schläfe des Mädchens. Das Kind wimmerte ein wenig und wollte seine Mutter anschauen, doch der Mann verhinderte, dass sie den Kopf drehen konnte.

„Bitte tun Sie uns nichts“, sagte die Mutter jetzt mit zitternder Stimme. „Wir wollten doch nur mit dem Capital Wheel fahren, sonst gar nichts!“

Der Mann erwiderte nichts. Dimitri Shevchenko starrte vor sich hin, als habe man ihm jeglichen Willen zum Leben vor langer Zeit genommen.

„Wir ziehen uns zurück!“, gab Farnsworth endlich den Befehl. „Das sind die beiden nicht wert! Aber wir bleiben in der Nähe!“

Die Männer mit ihren beiden Geiseln bewegten sich auf das Gebäude zu, auf dem „National Plaza Parking“ zu lesen war. Dort verschwanden sie bald in der Hintertür des modernen Anwesens. Die Polizisten und die Coast Guard-Offiziere folgten in gehörigem Abstand. Das Gelände war wie leergefegt. Nur in Höhe des Riesenrads stand die junge Frau, die die Attraktion bediente. Neben ihr war der Buggy, der seine Besitzer verloren hatte. Dann betraten alle Gesetzeshüter das Parkhaus, sich nach allen Seiten umsehend. Alle abgestellten Autos schienen verlassen zu sein. Auch vom Vordereingang her war keine Bewegung von zurückkehrenden Wagenbesitzern zu erkennen.

Plötzlich wurde es laut. Aus der hinteren Ecke kam ein Wagen angebraust. Die Reifen quietschten, das Auto schlingerte etwas und hielt dann auf die Schranke zu, die die Ausfahrt ohne Ticket verhinderte. Doch das Fahrzeug machte keine Anstalten anzuhalten. Es krachte gegen die gelb-schwarz lackierte Schranke, die im nächsten Moment durch die Luft flog. Das Auto startete durch und flog durch die enge Ausfahrt auf die Straße hinaus, die ebenfalls den Namen National Plaza trug. Die Polizisten und Coast Guard-Mitarbeiter konnten nur tatenlos zusehen. Aus einer hinteren Ecke des Parkhauses kam die junge Mutter mit dem Mädchen auf dem Arm näher. Sie schienen unter Schock zu stehen, doch ansonsten unverletzt zu sein. Die Männer der Küstenwache nahmen sich ihrer an.

„Hast Du das Auto gesehen, Fränk“, meinte Mike Farnsworth und steckte seine Waffe in den Schulterhalfter.

„Habe ich“, erwiderte Edel. „Es war ein schwarzer Mustang Fastback mit getönten Scheiben.“ Edel hielt inne, und auch er ließ die Sig Sauer verschwinden. „Das ist ein wirklich tolles Auto, aber es wäre mit lieber gewesen, ich hätte es in diesem Leben nicht mehr gesehen!“

23.

Als Frank Edel am späten Nachmittag endlich im Apartment ankam, war er völlig fertig. Es war sicher nicht nur die körperliche Anstrengung, sondern die psychische Belastung, die ihn mittlerweile in Mitleidenschaft zog. Er legte sich eine Stunde aufs Bett und musste wohl eingedöst sein, denn als er erwachte, war es am Dunkelwerden. Er holte sich aus dem Kühlschrank ein Wasser und schaltete den Fernseher an. Hunger hatte er keinen, der war ihm für heute gründlich vergangen.

Im National Harbor hatten sie sich noch um die Frau und das Kind gekümmert. Farnsworth hatte darauf bestanden, dass die Mutter und das Mädchen mit einem Notarztwagen in das nächste Krankenhaus gebracht wurden. Es sollte im Nachhinein keiner sagen können, dass das FBI sich nicht um unschuldig Beteiligte während eines Einsatzes kümmere, hatte er gemeint.

Edel schaute sich kurz eine *Sitcom* an. Aber nach ein paar Minuten wurde ihm die Show zu kindisch und er schaltete auf CNN um. Dort gab es wenig zu lachen. In den sozialen Medien war ein Video aus dem Krieg in der Ukraine aufgetaucht, auf dem ein kriegsgefangener ukrainischer Soldat vor laufender Kamera enthauptet wurde. Und natürlich fiel das Stichwort PMC Wagner dabei, obwohl noch nicht bestätigt war, dass die Söldnertruppe tatsächlich etwas damit zu tun hatte. Jedoch hatte ein ehemaliger Wagner-Kämpfer frühere Kameraden als Täter identifiziert.

Ebenfalls ging das Gerücht um, dass inzwischen westliche Elitetruppen auf ukrainischem Boden im Einsatz waren. Dies war von britischen Medien berichtet worden. Die Meldung stand in Zusammenhang mit dem *Leak*, das vom Pentagon zugegeben worden war. Edel ließ den Fernseher an, stand jedoch auf und ging zum Fenster. Von hier aus konnte er fast zum Pentagon hinschauen. Der riesige Bau mit den konzentrischen Ringen war das größte Bürogebäude der Welt, in dem knapp 30.000 Militärleute und Zivilpersonen ihren Dienst taten. Als am 11. September die Al-Qaida-Entführer ein Flugzeug in die Westseite des Gebäudes flogen, war es schwer beschädigt worden und fast 200 Personen hatten dabei den Tod gefunden. Edel fragte sich, wie lange die USA dem grausamen Treiben in der Ukraine noch zuschauen und nur Waffen liefern würden. Aber wie die letzte Meldung zu wissen vorgab, waren sie vielleicht längst auch schon am Boden mit dabei, mit kleinen Spezialeinheiten und Teams, die schnell agieren und sich fortbewegen konnten. Gewundert hätte es ihn nicht mehr.

Er fragte sich nach einer Weile, ob er nicht doch noch einmal vor die Tür gehen und sich etwas zu essen besorgen sollte. Vielleicht würde es ihm und seiner Psyche gut tun, in einem *Diner* an der Theke zwischen anderen Gästen zu sitzen und sich so ein wenig von den bedrückenden Themen ablenken zu lassen, die ihn mehr belasteten als er es sich selbst eingestehen wollte. Er entschied sich jedoch dagegen, weil er einfach keine Lust hatte, sich wieder anzukleiden und erneut dem lauten Getue der Welt auszusetzen. Das hatte wirklich noch Zeit bis zum nächsten Tag.

Dann klingelte sein Handy und er wusste intuitiv, dass die Welt mit ihrem Getue doch nicht gewillt war, bis morgen zu warten. Mike Farnsworth wirkte genauso abgespannt wie Edel selbst. Er fragte den Pfälzer zunächst, ob er okay sei, was Edel bestätigte. Der wusste, dass die Amerikaner das oft sehr oberflächlich meinten und als leere Phrase nutzten. Edel hatte in diesem Land jedoch auch schnell gemerkt, dass die Menschen es meist wirklich so meinten, wie sie es fragten, nämlich ehrlich interessiert und wissen wollend, wie dem Gegenüber gerade zumute war.

„Nur ganz kurz, Fränk, dann lass ich Dich in Ruhe für heute. Unsere Spezialisten für Telefonie sind weitergekommen mit den Daten zu Alexsandr Sidorov, der Shevchenko in der Red Robin Bar angerufen hat. Und heute am Capital Wheel, das war er ja wohl auch."

„Lass mich raten: Der Mann ist Russe und hat direkte Kontakte zu Wladimir Putin!"

„Nicht ganz, jedenfalls haben wir so etwas noch nicht recherchieren können. Aber er hat wohl drüben in Alexandria gewohnt, über dem Fluss. Vielleicht ist er auch noch dort, wir haben das gerade erst eruiert. Und beim DMV von Virginia haben wir auch nachgefragt. Das Department of Motor Vehicles hat unter seinem Namen keine Fahrzeugregistrierung gefunden, aber unter der gleichen Adresse unter dem Namen Janka Sidorov. Vielleicht ist das seine Frau oder auch eine Tochter. Und rate mal, was für ein Wagen auf Janka zugelassen ist? Richtig geraten: Ein schwarzer Mustang Fastback!"

Edel hatte gar nicht mit dem Raten anfangen können, so schnell ließ Farnsworth die Katze aus dem Sack. „Haben wir die Adresse in Alexandria?"

„Die haben wir, ja!"

„Gut, dann können wir morgen ja dorthin fahren und schauen, was wir rausfinden!"

„Können wir, ja. Aber es wird nicht mehr so ablaufen wie bisher, Fränk, nur Du und ich und die beiden Special-Agents!"

Farnsworth hielt inne, und Edel wartete einfach ab.

„Seit heute haben sich die Ereignisse auf eine andere Stufe gehievt. Jetzt sind Waffen im Spiel und Geiseln, und die öffentliche Sicherheit wurde dadurch gefährdet. Ich muss natürlich auch Berichte schreiben. Man hat mir die Ermittlungen teilweise aus der Hand genommen. Die Vorgehensweise ist auf eine andere Ebene gerutscht, auf eine höhere Gefahrenstufe. Wir sind jetzt eingebettet in eine umfangreichere FBI-Strategie. Das Ganze läuft jetzt unter dem Begriff *Counterintelligence*! Was das im Detail für unsere Ermittlungen heißt, besprechen wir dann morgen im Office. Jetzt ruh dich mal aus und dann sehen wir weiter!"

Als Farnsworth aufgelegt hatte, schaltete Edel den Fernseher aus,und googelte den Begriff *Counterintelligence*, der ins Deutsche als Spionageabwehr übersetzt wurde. Dafür gab es beim FBI als führende Agentur ein spezielles Programm. Und dabei wurde der Begriff Spion sehr viel weiter gefasst als das, was man zu Zeiten der beiden Weltkriege und des Kalten Krieges darunter verstand. Es ging dabei grundsätzlich darum, die wichtigsten Geheimsachen der USA zu schützen und sensible Daten geheim zu halten. Dabei arbeitete man mit dem *National Counterintelligence and Security Center* zusammen. Edel las nicht weiter, denn es ging dann sehr ins Detail. Aber es war ihm schlagartig klar, was Farnsworth schon angedeutet hatte. Der Fall Bernhard Sauer war nun in eine weit umfangreichere Strategie eingebettet und die Tage, in denen er und der FBI-Mann mehr oder weniger auf eigene Faust im Todesfall des Bundestagsabgeordneten ermittelt hatten, waren endgültig vorbei.

Er merkte, wie seine Augen schwerer wurden. Es wurde Zeit, die Empfehlung seines FBI-Kollegen zu beherzigen und sich auszuruhen. Trotzdem wollte er baldmöglichst in Kirchheim anrufen und sich mit Naumann und Demmerle abstimmen und sie über die neuesten Ereignisse unterrichten. Für einen umfangreichen schriftlichen Bericht, der auch dem Polizeipräsidenten in Mainz zur Verfügung gestellt werden konnte, fehlte ihm momentan die Kraft. So ließ er sich rücklings in voller Montur aufs Bett fallen und mit geschlossenen Augen auf den Schlaf warten.

Gegen vier Uhr wachte er abrupt auf, als ob er ein schlechtes Gewissen haben müsse, weil er sich für ein paar Stunden vom Thema verabschiedet hatte. Er wählte Robert Naumanns Handynummer. Sein Assistent nahm auch schnell ab und holte wieder Petra Demmerle aus dem Nachbarzimmer mit dazu.

Edel brachte seine Kollegen *up to date* was seine Aktivitäten in Washington anging. Naumann und Demmerle staunten nicht schlecht, welche Wendung die Ereignisse am Potomac nahmen. Wieder legten sie dem Hauptkommissar vom Donnersberg nahe, ob es nicht doch Zeit wäre, die Heimreise anzutreten und die weiteren Ermittlungen in den USA den Leuten zu überlassen, die das Umfeld gewohnt waren. Aber Edel lehnte jetzt mit Vehemenz ab.

„Da käme ich mir jetzt wie ein Deserteur vor. Wie jemand, der aus Feigheit vor dem Feind das Weite sucht. Das kommt jetzt nicht mehr in Frage. Ich bleibe!“

Schnell ließen seine Kollegen das Thema fallen, da sie merkten, dass ihr direkter Vorgesetzter keine Widerrede mehr duldete.

„Wir sollten Sauers Witwe nochmals einen Besuch abstatten“, meinte der vielmehr. „Bernhard Sauers Leiche wurde vom Medical Examiner hier freigegeben und befindet sich auf dem Weg nach Deutschland. Sauers erwachsene Kinder sollten jetzt ja bei ihrer Mutter in Zell sein. Vielleicht hat einer von ihnen noch mehr Informationen zu den Nebenaktivitäten ihres Vaters, was World Central Kitchen und vielleicht sogar PMC Wagner angeht. Ich hoffe nur, dass wir dabei keine unangenehmen Überraschungen erleben, die das Verhältnis zu unseren amerikanischen Verbündeten trüben könnten."

Edel kam erneut der Begriff *Counterintelligence* in den Sinn. Den behielt er aber noch für sich. Die schlafenden Hunde aus der Welt der internationalen Spionage sollten noch ein wenig ausruhen dürfen, solange sie an der Kette lagen.

Sie sprachen noch einige Angelegenheiten durch, die derzeit aktuell auf der Kirchheimer Dienststelle anstanden. Es war aber nichts dabei, was Edels gesteigerte Aufmerksamkeit oder sogar Mitarbeit beansprucht hätte. Naumann erwähnte noch, dass in diesem Jahr auch wieder die allseits beliebte Bierwoche in Kirchheim stattfinden würde. Das feuchtfröhliche Fest, das dem Gerstensaft gewidmet war, hatte wie so vieles wegen der Corona-Pandemie eine Pause einlegen müssen. Nun sollte aber alles aufgeholt werden. Robert Naumann war als Biertrinker richtig aufgeregt und freute sich auf das Ereignis. Frank Edel schaute da eher auf das Residenzfest im August, das den Tenor auf den Wein legte. Besonders der Montag, bei dem fast alle Berufstätigen am Nachmittag die Festhöfe bevölkerten, hatte es ihm stets angetan. Er hoffte ja schwer, dass er zu beiden Ereignissen längst wieder zu Hause in der Pfalz sein würde, wie auch immer die Ermittlungen in Washington endeten. Als er aufgelegt hatte, legte er sich nochmals nach fast schon routinemäßiger Manier aufs Ohr, um noch etwas zu schlafen.

24.

Sie hatten sich im Haus in der Fritz-Golsen-Straße in Zell angemeldet. Da sie jedem Kaffeetrinken aus dem Weg gehen wollten, egal welchen leckeren Kuchen es dazu auch gegeben hätte, hatten sie den Zeitpunkt des Besuchs so gewählt, dass er noch vor der Zeit zum Mittagessen lag. Rücksichtnahme war zwar eine Zierde, hatte in ihrem Beruf aber auch klare Grenzen. Diesmal regnete es auf der Fahrt ins Zellertal. Die herbe Landschaft präsentierte sich getränkt und nasskalt. Sicher aber war es gut, wenn der Frühling einiges an Niederschlag brachte, denn die Sommer der letzten Jahre waren heiß und trocken dahergekommen und hatten der Ernte und dem E rtrag des Weinbaus übel mitgespielt.

Bei Marnheim hatte sich ein kleiner Stau gebildet, weil ein Traktor, der aus den Feldern auf die B47 aufgefahren war, mitten auf der Fahrbahn defekt liegengeblieben war. Doch danach tat sich das Zellertal in all seiner Schönheit auf. Die Weinberge schickten sich an, langsam grün zu werden, und die Häuser, die an den Hängen klebten, schienen sich zwischen all der neuen Pracht pudelwohl zu fühlen.

Andrea Sauer empfing sie diesmal in einem schwarzen Hosenanzug, der ganz sicher der nahenden Beerdigung ihres Mannes gezollt war. Sie führte die Besucher erneut ins Wohnzimmer, wo die beiden erwachsenen Kinder bereits warteten. Simone hatte das gute Aussehen ihrer Mutter geerbt. Auch sie hatte tiefschwarze Haare, die ihr jedoch im Gegensatz zum Kurzhaarschnitt der Mama auf die Schultern fielen. Sie war ebenfalls ganz in schwarz gekleidet, und der schlanke Körper wirkte fast etwas ausgezehrt und kränklich. Günter Sauer dagegen trug Jeans und ein weißes Hemd, auf dem auf Brusthöhe ein Polospieler auf seinem Pferd saß. Der junge Mann war etwa Mitte zwanzig. Im Gegensatz zu Mutter und Tochter war er blond, hatte eine sportliche Figur und wirkte wie das blühende Leben. Er schien schon den Platz des Familienoberhauptes eingenommen zu haben, denn er riss sofort die Unterhaltung an sich, als müsse er zeigen, wer nun der Herr in seinem Elternhaus war.

Robert Naumann und Petra Demmerle drückten nochmals der Familie ihr Beileid aus. Dann regierte wieder die Macht des Schweigens.

„In Düsseldorf ist der Frühling noch etwas im Hintertreffen im Vergleich zur Pfalz", begann der Sohn diplomatisch. „Vater hat den Frühling immer sehr gemocht. Es hat ihm gefallen, wenn das neue Leben überall spross. Aber das spielt nun alles keine Rolle mehr!" Trotz des larmoyanten Tonfalls war die Stimme des jungen Mannes fest und sicher.

„Doch, das tut es immer noch", meinte Simone, von der die Kripoleute noch nicht wussten, ob sie noch eine Sauer war, oder bereits den Namen eines Ehegatten trug. „Es wird immer eine Rolle spielen, was Vater gesagt, gedacht und gefühlt hat. Immer. Mama, für dich doch auch, oder etwa nicht?" Andrea Sauer rutschte auf ihrem Stuhl hin und her, da sie sich mittlerweile an den Wohnzimmertisch gesetzt hatten.

„Bernhard hat jeden Tag viel gesagt, gedacht und gefühlt", meinte die Witwe dann. „Er war Politiker, das ist das, was Politiker am besten und am liebsten tun. Es wäre mir lieber gewesen, wenn er neben seiner Arbeit auch etwas mehr auf unser Privatleben bezogen gesagt, gedacht und gefühlt hätte!" Damit strich sie sich mit der flachen Hand über den Stoff der Hose, als müsse sie alle Unebenheiten aus ihrem nun vergangenen Eheleben hinausschieben.

„Du meinst, Papa hätte mehr an dich denken, mehr zu dir sagen und mehr dir gegenüber fühlen sollen. Das willst Du doch sagen, oder?"

Simone hatte mit leicht scharfer Zunge gesprochen, und den Kripoleuten blieb es nicht verborgen, dass es zwischen Mutter und Tochter eine gewisse Spannung zu geben schien, jedenfalls dann, wenn es um den Ehemann oder den Vater ging.

„Das ist ungerecht, Mutter. Vater hat immer an uns gedacht, an uns drei, meine ich."

„Wie auch immer", antwortete die Witwe unbeirrt. „Euer Vater ist nicht mehr am Leben. Die Frage ist, warum ist er eines gewaltsamen Todes gestorben? Hat er sich in Gefahr begeben, ohne einmal nicht an uns drei zu denken? Und die Herrschaften von der Kriminalpolizei sind ja wohl zum zweiten Mal hier, weil sie an der Aufklärung von Bernhards gewaltsamen Tod arbeiten." Sie schaute Robert Naumann direkt an, Petra Demmerle ließ sie zumindest mit ihrem Blick außen vor.

„Nun ja, wir sind am Rande involviert. Eigentlich arbeitet unser Chef, Hauptkommissar Frank Edel daran. Er ist immer noch vor Ort in Washington und arbeitet Hand in Hand mit dem FBI." Naumann gab sich betont geschäftlich, weil er hier nicht den Eindruck erwecken wollte, emotional zu dicht an der Familie zu sein.

„Frank Edel hat uns gesagt, dass die Leich… dass die sterblichen Überreste Ihres Mannes auf dem Weg nach Deutschland sind. Ich nehme an, man hat Sie darüber informiert, über die Zeit der Ankunft und alles, meine ich!" Robert Naumann war sich wohl etwas unsicher, welche Terminologie im Todesfall eines Bundestagsabgeordneten zu wählen war. Ob der Ausdruck „sterbliche Überreste" so viel besser war als „Leiche" wusste er auch nicht.

„Vater soll morgen hier ankommen. Die Botschaft hat uns informiert, Frau Emily Faber persönlich, die Botschafterin." Günter Sauer stand noch immer mitten im Raum, während die beiden Frauen mit den Kripobeamten am Tisch saßen.

„Wir planen die Beerdigung für heute in einer Woche. Es muss ja alles noch vorbereitet werden, und wir wollen Verwandten, Freunden und Vaters Berufskollegen die Zeit geben, um sich darauf einzustellen."

„Es tut uns sehr leid, aber wir müssen Ihnen noch einige Fragen stellen. Sie müssen verstehen, dass die Aufklärung des Verbrechens für uns an oberster Stelle steht. Das hat Priorität für uns!"

Petra Demmerle sprach behutsam, aber mehr und mehr fühlte sie sich während des Außendienstes und in den Gesprächen mit Betroffenen wohl. Eine Tätigkeit, die ihr in ihrem bisherigen beruflichen Tun hinter dem Computer fast gänzlich verborgen geblieben war.

„Fragen Sie ruhig. Wir trauern um Vater, das heißt aber nicht, dass wir nicht in der Lage wären, Fragen zu beantworten. Wir wollen ja auch, dass die Schuldigen gefunden werden."

Simone hatte sich von ihrer Mutter abgewandt und sich mehr zu ihrem Bruder hin gedreht. Der lief hin und her wie ein Tiger im Käfig. Dann ließ er endlich los, und Robert Naumanns Schweigen hatte wieder einmal seinen Dienst getan.

„Vater hat mit mir kurz vor seiner Reise in die USA nochmals lange telefoniert. Seit ich mit meiner Frau in Düsseldorf wohne, machen wir das nicht mehr so oft, aber wenn wir miteinander sprechen, dann über alles, was gerade so ansteht."

„Und über was genau haben Sie gesprochen, Herr Sauer?", preschte Petra Demmerle erneut vor, die noch nichts von der Schweigemethode wusste.

„Hauptsächlich über die bevorstehende Reise", meinte Günter Sauer, „dass er vorrangig zwei Kongressabgeordnete als Ansprechpartner haben würde. Dass er im Namen des Verteidigungsausschusses des Bundestags abklären wollte, in wieweit sie sich mit dem Armed Services Committee abstimmen und möglichst auf eine Linie bringen konnten, was den Krieg in der Ukraine anging. Das war die offizielle Agenda!"

Der junge Mann machte eine dramaturgische Pause und schaute zu den beiden Frauen hin. Die verhielten sich ruhig, denn sie wussten wohl intuitiv, dass noch nicht alles gesagt worden war.

„Und die inoffizielle?" Naumann wollte der wohl weit bedeutsameren zweiten Hälfte der MdB-Agenda endlich ans Licht verhelfen.

„Die konzentrierte sich auf WCK – World Central Kitchen!" Er hatte das Akronym englisch ausgesprochen: Dabbelyuu See Kääi!

„Vater hatte über einen Artikel in der Washington Post Im Februar 2022 von der humanitären Organisation und ihrem charismatischen Gründer José Andrés erfahren. In Deutschland ist ja sowohl die Organisation wie auch der begnadete Koch wenig oder so gut wie gar nicht bekannt. Das war vier Tage, nachdem Putin seine Armee über die Grenze geschickt hatte. Ein Tag vorher, also gerade einmal drei Tage nach Kriegsbeginn, hatten Andrés und seine Leute in Polen begonnen, Essen für ukrainische Flüchtlinge zu kochen. Das hat Vater so imponiert, dass er unbedingt die Initiative dieses Mannes kennenlernen und nach Möglichkeit unterstützen wollte. Er hat immer an außerparlamentarische Bewegungen geglaubt, wissen Sie!"

Robert Naumann wusste nicht, doch er konnte Dr. Sauers Engagement hinsichtlich dieser zentralen Weltküche vollauf verstehen. Hier schienen Leute schnelle und unbürokratische Hilfe für Menschen in Krisensituationen zu leisten, ohne auf staatliche Einsätze zu warten.

„Unser Hauptkommissar Edel hat in Washington herausgefunden, dass Ihr Vater es nicht bis zu WCK geschafft hat. Er hatte dort wohl einen Termin bei der CEO, einer Frau …"

Naumann suchte nach der Information auf seinem Smartphone. „… Erin Gore. Die hatte den Termin in ihrem Kalender. Aber dazu kam es nicht mehr!"

Es war nicht notwendig auszusprechen, warum es dazu nicht mehr kam, alle kannten den Grund. Andrea Sauer stand auf, ging zu ihrem Sohn und legte ihm eine Hand auf die Schulter. Die Beziehung zwischen Mutter und Sohn schien inniger zu sein als die zwischen Tochter und Mutter.

Robert Naumann wollte etwas provokant sein: „Und wie müssen wir das Thema PMC Wagner Group einordnen, Herr Sauer?"

Günter Sauer nahm jetzt die Hand seiner Mutter von seiner Schulter, küsste ihren Handrücken und setzte sich nun ebenfalls an den Tisch. Er stützte beide Ellenbogen auf die Oberfläche des Möbelstücks und schaute diese mit hängendem Kopf an, als gäbe es dort etwas mikroskopisch Kleines zu erforschen.

„Das ist ein heikles Thema", meinte er dann leise und tauchte aus der gebückten Haltung auf.

Robert Naumann wiederum beugte sich zu dem jungen Mann hin und legte jetzt sogar seine Hand auf dessen Handrücken.

„Sagen Sie uns, was Sie wissen, Herr Sauer. Ich denke, das sind Sie Ihrem Vater schuldig, wenn es sich herausstellt, dass diese russische Söldnertruppe etwas mit seinem Tod zu tun hat!"

Naumann zog seine Hand sofort wieder zurück. Günter Sauer schaute in die Runde, als müsse er sich Energie von den anderen Personen im Raum holen.

„Vater hat sich das letzte Jahr über sehr mit dem Thema Ukraine befasst, wissen Sie. Er hat sich Informationen von überall her geholt. Beispielsweise auch von RT–Russia Today! Die haben viel über Wagner berichtet."

„Was ist das denn schon wieder? Etwa eine weitere Kämpfertruppe? Auf was hat sich Bernhard da nur eingelassen!"

Andrea Sauer schien das alles nicht zu verstehen oder verstehen zu wollen. Naumann sah, dass ihre Hände zitterten, aber er verbat sich, mit dem Handauflegen eine weitere Runde zu drehen.

„Russia Today ist ein staatlich kontrolliertes russisches TV-Netzwerk, das auf internationaler Ebene agiert. Es wird ebenfalls von der russischen Regierung finanziert, also letztlich von Putin eben." Günter Sauer hielt inne.

„Ich hab den Kanal schon mal angeschaut", meinte Petra Demmerle, „in Frankreich vor Jahren, glaube ich. Da war der Sender Teil des Fernsehangebots auf dem Hotelzimmer. Aber sind die mittlerweile nicht verboten worden?"

„In einigen Ländern ja. RT galt als ein Haupt-Outlet der russischen Regierung und deren Auslandspolitik. Viele westliche Journalisten haben RT als Verbreiter von Fehlinformationen und Konspirationstheorien ausgemacht. In der Ukraine haben sie den Sender schon 2014 nach der russischen Annexion der Krim verbannt. Und nach der Invasion Russlands im Februar 2022 hat auch Deutschland den Stecker gezogen, zusammen mit Polen, Kanada und dann der gesamten Europäischen Union. Sie verbreiten aber immer noch ihre Lügen via Internet in mehreren Sprachen. Vater hat da auch einiges darüber gelesen, wie sich PMC Wagner finanziert, um auf den Schlachtfeldern dieser Welt ihr blutiges Geschäft zu betreiben."

Günter Sauer pausierte wieder. Seine Schwester nahm den Faden auf: „Und, wie machen sie es? Wer gibt diesen Schurken die Kohle, damit sie unschuldige Menschen brutal ermorden können, wie etwa in Butscha, wo alte Leute neben ihren Fahrrädern erschossen auf der Straße lagen!"

„Vater hat mir während unseres letzten Telefonats vor seiner Abreise in die USA auch darüber einiges erzählt. Da wird vieles aus Afrika beschafft. Waren, die einfach zu transportieren sind: Juwelen, Diamanten, Gold. Das sind ideale Dinge, um sie gewinnbringend weiter zu verkaufen, und man kann ihre Herkunft vertuschen. Der Handel mit diesen Waren läuft wohl hauptsächlich über eine obskure Firma, die in Sankt Petersburg registriert ist, namens RN Trading. Die sind bis heute nicht unter Sanktion genommen worden, hat mir Vater gesagt."

„Das wird ja richtig interessant", sagte Robert Naumann mehr zu Günter Sauer als zu allen anderen. „Ich habe das Gefühl, wir sind mitten in ein Wespennest geraten. Langsam wird mir etwas mulmig dabei!"

„Das ist noch nicht alles. Vater hat mir auch erzählt, dass die Geldströme, die sich PMC Wagner aufgebaut hat, im Laufe des Krieges nicht mehr ausreichten. Die haben sich dann nach anderen Geldquellen umgesehen. Und die haben sie dann wohl auch gefunden – im Umfeld der humanitären Organisationen: Rotes Kreuz, UNICEF als Kinderhilfswerk der Vereinten Nationen, Ärzte ohne Grenzen, das UNHCR, des Flüchtlingskommissars der UN …!"

„… und dann eben auch WCK World Central Kitchen, nicht wahr?" Petra Demmerle hatte Günter Sauer genau zugehört. Sie war mitten im Informationspool und versuchte, darin nicht unterzugehen.

„Ja, laut Vater die auch. Es stehen ja auch dort steinreiche Unterstützer hintendran. Da kann man schon mal versuchen, sich mit unlauteren Mitteln und auf illegalen Wegen ein paar Scheiben vom Spendenkuchen abzuschneiden."

„Und Ihr Vater hat darüber Informationen gehabt?" Naumann konnte seine Schweigeübungen nicht mehr anwenden. Dazu sprudelten die Informationen jetzt zu üppig.

„Nein, nicht wirklich. Er war wohl auf dem Weg dorthin. Was er genau wusste, hat er mir nicht verraten. Aber er wollte die USA-Reise dazu nutzen, mehr darüber in Erfahrung zu bringen und diese Wege hin zum Geld der Hilfsorganisationen möglichst abschneiden, am liebsten mit Hilfe seiner amerikanischen Kongresskontakte. Vielleicht hat sich Vater dabei zu weit aus der Deckung gewagt. Er konnte sehr idealistisch sein, wissen Sie!"

Günter Sauer hatte sich leer geredet. Auch Robert Naumann hatte das Gefühl, dass der Sohn des zu Tode gekommenen alles ausgeplaudert hatte, was er über die Beziehung seines Vaters zu WCK, zu PMC Wagner und zum amerikanischen Kongress wusste. Solche brisanten Themen hatten sie von der Kirchheimer Dienststelle aus noch nie im Visier gehabt. Ihm schwindelte ein wenig.

„Mein Gott, Bernhard, was hast du dir nur dabei gedacht? Mal kurz die Welt retten, wenn sie schon in Flammen steht und sich alle Schergen schon auf dem Schlachtfeld befinden? Ich kann nicht glauben, dass er sich in diesen Sumpf so reingekniet hat!" Andrea Sauer strich sich einmal mehr über den Stoff des Hosenanzugs. Ihre Hände zitterten dabei noch ein wenig mehr.

„Natürlich kannst Du das nicht glauben, Mutter. Du hast Dich ja nie dafür interessiert, mit welchen Themen er sich im Detail befasst hat."

Mutter und Tochter sahen sich betreten an, ließen es dabei jedoch bewenden. Robert Naumann und Petra Demmerle fühlten sich inmitten der aufkeimenden Familienfehde zunehmend unwohl. Sie standen auf und bedankten sich schließlich bei der Familie.

„Was machen Sie beide eigentlich beruflich?", fragte Naumann noch, mehr aus privater Neugierde.

„Ich bin Zahnärztin in einer großen Praxis in Frankfurt", antwortete Tochter Simone.

„Und ich bin Teilhaber der deutschen Niederlassung einer holländischen IT-Firma, die User Help Desk Applikationen entwickelt", meinte Günter Sauer bereitwillig. „Das hat viel mit Software zu tun, mit Codes schreiben und richtig auf die Programmierebene gehen und so, wissen Sie!"

Robert Naumann wusste auch das nicht, jedenfalls nicht wirklich. Aber er ließ es dabei bewenden. Dann verabschiedeten sie sich.

Auf dem Nachhauseweg gönnten sie sich eine Pause im Zellertaler Ortsteil Harxheim, wo sie sich eine Mittagspause im Gasthaus Lind genehmigten, in dem man mit der angeschlossenen Metzgerei eine gute Mahlzeit einnehmen konnte, und die den Geldbeutel nicht allzu sehr strapazierte. Beiden schwirrte der Kopf von all den Informationen über ein internationales Netz aus Politik, caritativen Organisationen und kriegstreiberischen Söldnertruppen.

„Na, zumindest weiß ich jetzt, wie ich den Nachmittag verbringen werde", meinte Naumann, „mit Bericht schreiben über alles. Frank muss so schnell als möglich hören, was wir gerade erfahren haben."

Sie verzehrten dabei ihren Saumagen mit Sauerkraut, ohne dabei zunächst auch nur einen Gedanken an Helmut Kohl, den ehemaligen Kanzler zu verlieren, dessen Leibspeise dies bei Lebzeiten gewesen war.

Doch dann seufzte Robert Naumann und brachte doch noch den Namen des Oggersheimers ins Spiel, wenn auch nur in einer Nebenrolle: „Wäre doch nur noch Michail Gorbatschow russischer Präsident. Dann hätten wir diesen ganzen Schlamassel sicher gar nicht."

Petra Demmerle spülte ein Stück Saumagen mit einem Schluck Traubensaftschorle hinunter.

„Wer ist denn jetzt Gorbatschow?“, meinte sie, als sie das Dubbeglas wieder abstellte. Naumann schaute sie entgeistert an.

„Du Küken!“, sagte er dann, schüttelte den Kopf und bestellte sich aus Protest gegen die Unwissenheit seiner jungen Kollegin im historischen Kontext ein Glas Riesling aus dem Weingut Bremer im Zellertaler Ortsteil Niefernheim. Die feine Säure ließ ihn das Elend der Welt schnell vergessen.

25.

Am nächsten Morgen im Büro empfing Edel eine Konferenz im großen Besprechungszimmer. Etwa zwanzig Personen waren anwesend. Die Tage des vierköpfigen Teams mit ihm, Farnsworth und den beiden Hünen waren in der Tat vorbei.

Das Organisationschart des Federal Bureau of Investigation, in Kurzform als FBI bekannt, hatte viele Verzweigungen. Ganz oben war der Direktor angesiedelt, gleich darunter der sogenannte *Deputy*, sein Stellvertreter. Links darunter saß der *Chief of Staff*, der Stabschef. Dann folgte die breite Riege der *Executive Assistants* für die einzelnen Geschäftsbereiche, von der Nationalen Sicherheit über Kriminalität und Cyber bis zur Informationstechnologie und dem Personalwesen. Und dann erst kam das Heer der *Special Agents* und *Agents*, die sich in die einzelnen *Departments* eingliederten. Insgesamt hatte das FBI in etwa 35.000 Angestellte, professionelle Leute, die auf Kernthemen wie Spionageanalyse und Sprachexpertise spezialisiert waren, Wissenschaftler und IT-Fachleute unterschiedlichster Couleur. Die Organisation war eine Macht im Land, geachtet und gefürchtet zugleich.

Die zwanzig Leute, die sich im großen Besprechungszimmer in Mike Farnsworths Abteilung zusammengefunden hatten, setzten sich aus Mitarbeitern der Division für *Counterintelligence*, Spionageabwehr, und der *Criminal Investigative Division* zusammen, der Abteilung für kriminalpolizeiliche Ermittlungen.

Frank Edel war als Gastermittler aus *Good Old Germany* besonders begrüßt und erwähnt worden. So wohl sich Edel mittlerweile beim Gebrauch der englischen Sprache auch fühlte, so schwer fiel es ihm in dieser geballt auftretenden Runde, sein Selbstbewusstsein zu behalten, oder zumindest rasch wiederzufinden. Während der Momente, in denen alle Augen auf ihn gerichtet waren, kam er doch einige Male ins Stottern, als er den Fall und ihre bisherigen Ermittlungsergebnisse vorstellte. Zum Glück sprang Mike Farnsworth ihm zur Seite und half mit Eloquenz, das Briefing der Kollegen doch noch gekonnt zu Ende zu bringen. Dann wurden Teams gebildet, die je nach Spezialisierung der Mitarbeiter bestimmte Aufgaben zu übernehmen hatten.

Edel war zwar etwas traurig, dass ihre bisherige kleine Gruppe nun in diesem größeren Pulk aufgehen sollte. Andererseits verspürte er aber auch die weit größere Ermittlungskraft, die jetzt am Werk sein würde. Und wenn alle an einem Strang zögen, dann könnte mit dieser neuen Anstrengung tatsächlich auch ein schnellerer Erfolg bei der Lösung des Falles Bernhard Sauer herauskommen.

Und so hatte sich jedenfalls der *Executive Assistant Director* für die Nationale Sicherheit optimistisch gezeigt, der ab jetzt den Vorsitz und damit die Supervision innehaben würde.

Als sich das Meeting nach dem Abschlussstatement auflöste, kehrten Edel, Farnsworth, Martinelli und Turner in ihr Büro zurück. Zumindest hatte man ihnen zugestanden, ihre vierköpfige Gruppe am Leben zu lassen. Von nun an waren sie jedoch eingebettet in die größere Sondereinsatzgruppe, die sich täglich zu Briefings zusammenfinden würde. Der Executive Assistant Director hatte ihnen erlaubt, sich weiter um den Verbleib von Shevchenko und dem ominösen Sidorov zu kümmern. Eine zweite Gruppe sollte verstärkt nach potentiellen aktiven Mitgliedern oder ehemaligen Kämpfern der Wagner Gruppe in den USA fahnden. Die Aufgabe einer dritten Gruppe sollte es sein, die Situation der aus Nordamerika heraus operierenden Organisationen im humanitären Umfeld unter die Lupe zu nehmen. Die Ausrichtung der ganzen Gruppe war also nicht nur mehr auf den Fall des deutschen Bundestagsabgeordneten gemünzt, sondern hatte eine weit breitere Aufstellung erfahren. Bei kommenden Einsätzen im Feld waren alle gehalten, sich gegenseitig zu unterstützen und zusammen zu arbeiten. Die Kommunikation würde ab sofort nur noch über die Walkie-Talkies des Project-25-Systems laufen. So waren alle jederzeit in der Lage, miteinander Kontakt aufzunehmen und Hilfe anzufordern, sollte diese notwendig werden.

Frank Edel konnte mittlerweile kaum noch nachvollziehen, in welchem Berufsumfeld er von einem auf den anderen Tag gelandet war. Manchmal lief es ihm einfach nur noch kalt den Rücken hinunter und er fürchtete, dass Angstzustände ihn lähmen könnten ob der Magnitude, die die Ermittlungen gerade annahmen. Andererseits fand er es aber auch stimulierend und geradezu aufregend, seine Arbeitszeit in solch einem Umfeld zu verbringen. Wenn es nichts anderes war, so hatte dies zumindest einen ganz anderen Touch als das, was er daheim am Donnersberg und in seiner Kirchheimer Amtsstube zu achtzig Prozent seiner Zeit so trieb. Natürlich, auch dort gab es schon einmal das ein oder andere Kapitalverbrechen, Raub, Totschlag oder gar Mord. Da lag schon einmal ein Projektleiter einer Windenergieanlage tot vor einer seiner Turbinen. Da kam schon einmal eine Mitarbeiterin einer Steuerkanzlei auf dem Weinfest zu Tode, oder eine junge Balletttänzerin brach während einer Vorführung auf der Bühne zusammen und verstarb noch vor Ort. Aber einfach vom Gefühl her war dies, was Washington D.C. mit ihm als Polizist vom Lande anstellte, eine ganz andere Hausnummer. Wenn er hier heil herauskäme, hatte er zumindest einiges in seiner pfälzischen Heimat zu erzählen oder einmal seinen Enkeln zu berichten, wenn er denn jemals noch eine Partnerin fände, die ihm zunächst einmal Kinder schenkte.

Edel nahm sich jedenfalls vor, trotz aller Gefahren und des physischen wie auch des psychischen Stresses, seine Zeit hier so gut es ging zu genießen. Vielleicht war er gerade mitten im größten Abenteuer seines Lebens, und wer wusste schon, ob er jemals noch einmal die Gelegenheit haben würde, auf einem anderen Kontinent und in einer großen Stadt seinen Dienst zu tun.

Die Gruppe um Mike Farnsworth saß am Tisch und plante die nächsten Schritte. Da es um die Mittagszeit war, hatten sie sich aus einem nahegelegenen Thai Restaurant etwas zu essen kommen lassen. So verloren sie keine Zeit und konnten sich auf ihre Arbeit konzentrieren. Edel hatte sich ein rotes Thai-Curry bestellt. Er hatte den Fehler gemacht, sich aus der angebotenen Schärfestufe Level drei zu bestellen – *American Hot*! Schon nach den ersten Bissen brannten seine Lippen wie Feuer und im Verdauungstrakt machte sich ein aufkeimender Protest bemerkbar, der sich durch einen leichten Bauchschmerz äußerte. Nur die Kokosnussmilch, die der Soße beigemischt war, schaffte ein wenig Linderung. Er konnte sich nicht vorstellen, wie man Stufe vier – *Thai Hot* und Level fünf – *911 Hot* überhaupt noch zu sich nehmen konnte. 911 war die Notfallnummer, die in den USA jeder kannte.

Sie sprachen noch einmal das Geschehen im National Harbor durch, das sich um das Capital Wheel herum abgespielt hatte. Was war schief gelaufen? Warum waren sie nicht mit den Coast Guard-Offizieren zusammen in der Lage gewesen, die beiden Männer dingfest zu machen oder zumindest zu stellen und einer Befragung zu unterziehen? Shevchenko hatte sich trotz telefonischer polizeilicher Direktive aus dem Willard Hotel entfernt. Nach US-amerikanischem Recht war das schon eine Straftat, hatte ihm Farnsworth erklärt. Es handelte sich um eine *Law Enforcement Warning*, die zu befolgen war. Und Aleksandr Sidorov? Wenn er zwar nicht der Halter, sondern nur der Fahrer des schwarzen Mustang Fastbacks gewesen war, als er versucht hatte, Edel auf dem Weg zurück vom Barboursville Weingut von der Straße zu drängen und vor dem Zoo in D.C. die Show mit dem auf die Polizisten zufahrenden Wagen abzog, um ihnen dann die Flagge der PMC Wagner vor die Füße zu werfen. Dann würde das allein schon genügen, um ihn hinter Gitter zu bringen. Das was dann noch im National Harbor ablief, war eine ganz andere Geschichte.

Die Gruppe war sich einig darüber, dass die Frau mit dem kleinen Mädchen nie hätte in der gleichen Gondel sein dürfen. Aber alles war so schnell gegangen, sodass es keine Zeit und nicht den richtigen Moment gegeben hatte, dies zu verhindern. Sie konnten sich nur noch schwören, dass sie es beim nächsten Mal besser machen würden. Dann tauschten sie sich noch über die letzten Meldungen zur Wagner Group aus, und wie sie jetzt in Sachen Shevchenko und Sidorov weiter vorgehen wollten. Da klingelte Farnsworths Handy. Es war Erin Gore, die WCK-Geschäftsführerin. Farnsworth stellte die Verbindung auf laut und sagte der Anruferin, dass er dies tun würde.

„*I have some news for you!*“, meinte die Managerin. „Aber ich will das nicht übers Telefon weitergeben. Wie wär's, wenn wir uns auf einen Kaffee treffen. Kennen Sie das Le Pain Quotidien in der F Street, hinter Ford's Theatre und vor dem Chinatown Areal? Das dürfte für beide von uns etwa die Hälfte des Weges sein.“

Farnsworth kannte die Filiale der belgischen Bäckerei- und Kaffeehaus-Kette. Und selbst Edel wusste, wo sie zu finden war. Das Penn Quarter in D.C. kannte er mittlerweile fast so gut wie die Gegend zwischen dem roten und dem grauen Turm in Kirchheim, waren Mike und er doch erst kürzlich zum Lunch in José Andrés‘ Zaytinya Restaurant zu Gast gewesen, bei dem auch Erin Gore anwesend war.

Sie hatten noch eine Stunde Zeit bis zum Treffen. Während sie sich mit Martinelli und Turner darüber abstimmten, was zu tun war, um ein weiteres Desaster wie im National Harbor zu vermeiden, empfing Edel eine E-Mail aus Kirchheim.

Robert Naumann hatte einen detaillierten Bericht über ihren zweiten Besuch bei Familie Sauer im Zellertal geschickt. Was der Sohn, Günter Sauer, vom Stapel gelassen hatte, war erstaunlich bis sehr bedenklich. Bernhard Sauer war wohl den Geldströmen der PMC-Wagner-Kämpfer etwas zu nahe gekommen. Und wenn afrikanische *Blood Diamonds* und illegale Goldbeschaffungen für die Söldnertruppe nicht mehr genug waren, um ihre Waffen, ihre Munition und ihre Gehälter zu finanzieren, und sie daher versuchten, sich die Zahlungsmittel bei humanitären Organisationen abzuzwacken, ja, dann konnte auch ein Politiker, der im Grunde Gutes tun wollte, wortwörtlich in die Schusslinie geraten. Und genau das war ihm wohl widerfahren!

Edel brachte die Informationen in ihre kleine Gruppe ein und verfasste ein Memo, das er über eine sichere Verbindung der großen Ermittlungsgruppe zukommen ließ. Niemand sollte sagen können, dass er nicht alle verfügbaren Infos erhalten hatte. Das FBI unterhielt dazu ein eigenes System, das NLETS genannt wurde - *National Law Enforcement Telecommunications System*. Edel hatte sich in einer ruhigen Minute damit vertraut gemacht.

Dann machten sie sich wieder einmal auf den Weg, diesmal erneut zu Fuß. Martinelli und Turner ließen die sperrigen Halbautomatischen zu Hause und nahmen nur zwei Glock-Pistolen im Halfter mit. Edel ließ seine Sig Sauer im Büro. Sollten sie auf dem Weg zu Le Pain Quotidien in einen Schusswechsel geraten, dann würde er mit Baguettes werfen!

Das belgische Kaffeehaus auf amerikanischem Boden konnte sich über Zuspruch nicht beschweren. Alle Tische waren besetzt, als die vier Polizisten eintraten. Aber Erin Gore saß bereits an einem Tisch in der Ecke, der für fünf Personen geeignet war.

Heute hatte die Frau wieder ihren strengen Look parat, mit den hinten zusammengebunden Haaren und einem Outfit, das auch einer Nonne gut gestanden hätte. Aber Edel sah darüber hinweg, denn Äußerlichkeiten waren ganz bestimmt nicht das Thema. Er hatte sich allerdings schon immer gefragt, ob Erin mit Al Gore verwandt sein könnte, dem ehemaligen Vizepräsidenten der USA unter Bill Clinton. Aber auch das war nicht das primäre Thema.

Gore hatte schon eine Tasse Kaffee vor sich stehen. Natürlich folgte Farnsworth ihrem Beispiel, und die beiden Hünen bestellten jeweils einen Macchiato. Edel war ja kein großer Kaffeetrinker mehr, und so orderte er einfach nur ein Wasser. Ein Croissant mit Mandeln, das er beim Eintreten in der Vitrine hatte liegen sehen, hätte ihm Spaß gemacht. Aber zugunsten seiner leicht expandierenden Taille verzichtete er darauf.

„Wir haben mehr über unseren ehemaligen Angestellten Dimitri Shevchenko in Erfahrung gebracht. Für uns ist er nur noch ein Ehemaliger, müssen Sie wissen. Nach all dem, was schon geschehen ist, können wir ihn nicht mehr in eines unserer Teams integrieren. Und jetzt schon gar nicht mehr!"

„Wie meinen Sie das, jetzt schon gar nicht mehr!"

Farnsworth flüsterte fast, und Edel war sich plötzlich nicht so sicher, ob das geschäftige Kaffee der beste Ort war, um diese Unterredung und dessen Themen zu beherbergen.

„*Well,* um die Katze gleich aus dem Sack zu lassen. Shevchenko ist nicht ganz der, den er uns immer vorgespielt hat. Sicher, er ist ein guter Koch, er ist Ukrainer und er hat uns für eine Weile gute Dienste geleistet. Aber vielleicht war es ein Bärendienst." *Maybe he did us a disservice*, hatte sie es ausgedrückt. Sie nahm einen Schluck aus dem Kaffee Mug und hob erneut an.

„Dimitri Shevchenko ist ursprünglich aus dem Osten der Ukraine, aus Mariupol in der Region Donetsk. Dort wird überwiegend russisch gesprochen und der Einfluss Russlands war dort immer groß. Als unsere Leute in der Ukraine ihn kennenlernten, lebte er in Kiew. Wir haben ihn, wie bekannt, zuerst in Charkiw eingesetzt, wo bekanntlich das mit dem Raketenangriff passiert ist, bei dem er verletzt wurde. Danach haben wir ihn nach Przemysl in Polen gebracht, wo er in der Großküche arbeitete, um die ukrainischen Flüchtlinge zu versorgen. Aber als er anfing unter Posttraumatischem Stresssyndrom zu leiden war das nicht mehr möglich, und weil wir dankbar waren für seine Dienste, haben wir ihn hierher in die USA geholt und im Willard untergebracht, wo er sich erholen konnte. Das wissen Sie ja schon."

Erin Gore machte eine erneute Pause und nahm einen weiteren Schluck Kaffee. Die anderen warteten geduldig.

„Wissen Sie, wir unterziehen unsere Mitarbeiter zwar einem kurzen Test, hauptsächlich was ihre Fähigkeiten in der Küche angeht. Aber wir schauen uns nicht ihren gesamten Lebenslauf an. Dazu ist keine Zeit und wir haben auch keine Notwendigkeit dafür gesehen. Vielleicht müssen wir das künftig ändern. Doch nicht jeder ist bereit, unter oft improvisierten Arbeitsbedingungen in Krisengebieten zu arbeiten, wo es auch einmal gefährlich werden kann. Kriege, Flutkatastrophen, Erdbeben, Feuersbrünste, das will nicht jeder. Ich möchte nicht sagen, dass wir jeden nehmen, der sich bei uns vorstellt, aber wir recherchieren nicht unendlich in der Vita unserer Mitarbeiter vor Ort herum. *That's the reality*!“

Um sie herum tobte der ganz normale Alltag eines Kaffeehauses in einer Großstadt. Die Kunden kamen und gingen, setzten sich, zückten ihre Smartphones, um die letzten Likes auf ihren Seiten der Sozialen Medien einzusehen und gingen wieder. Das FBI-Team in der Mitte des Tumults lauschte den Erklärungen der CEO einer humanitären Organisation, und kein Mensch nahm wirklich Notiz davon. Vielleicht war es doch kein schlechter Platz, um die Unterhaltung zu führen, dachte Edel für sich. Dann war er es, der als Erster wieder sprach.

„Das kann man alles gut nachvollziehen. Haben Sie zusätzlich noch etwas herausgefunden, Erin?“ Er hatte sich inzwischen daran gewöhnt, die Leute mit dem Vornamen anzusprechen, ganz egal welchen Status sie hatten oder welche Position sie im Arbeitsleben einnahmen.

„Haben wir“, meinte die Managerin, „oder auch nicht. Ich habe persönlich mit Mitarbeitern gesprochen, die damals in Przemysl in der Küche im Management vor Ort waren. Die Küche dort ist inzwischen geschlossen worden. World Central Kitchen will immer schnellstmöglich vor Ort sein, wenn es irgendwo auf der Welt eine Katastrophe gibt, um die Menschen mit Essen zu versorgen. Aber wir sehen unsere Aufgabe nicht darin, ewig dort zu bleiben. Irgendwann müssen das Rote Kreuz, UNICEF oder eine der anderen ganz großen Hilfsorganisationen übernehmen, um die langfristige Versorgung der Bedürftigen zu übernehmen. Wir gehen zum nächsten Einsatz, zur nächsten Katastrophe, zum nächsten Kriegsschauplatz!“

Erin Gore winkte jemanden vom Service zu sich heran. Eigentlich war hier Selbstbedienung, aber irgendwie schaffte sie es, bedient zu werden.

„Es wurden Unregelmäßigkeiten entdeckt. In der Küche in Przemysl war das Büro des Managements vor Ort mitten in der Halle, in der die Produktion untergebracht war. Das war eine Art Container, abgetrennt nur durch eine Tür, die nie verschlossen war. Von dort wurde alles gesteuert, was die Küche brauchte. Die Bestellung der Zutaten für die Essenszubereitung, das Bezahlen der Rechnungen, die Gehälter der fest angestellten Mitarbeiter, die Rekrutierung der Freiwilligen. Natürlich stand im Hintergrund unser Headquarters hier in D.C. Aber im Grunde hatte jeder Zugang zu diesem Büro, wo die Laptops standen, die Faxgeräte, die Drucker und die Telefone, das ganze IT-Umfeld eben, wie in einem ganz normalen Büro.“

Eine blutjunge Mitarbeiterin des Le Pain Quotidien brachte Miss Gore einen neuen Kaffee. Vielleicht machte das T-Shirt den Unterschied, das die Managerin heute trug. Es schrie in großen Lettern den Namen der Organisation in die Welt, die sie vertrat: „World Central Kitchen"! Darunter war das Emblem einer Bratpfanne zu sehen, in der es stilisiert bruzzelte. Hier im Penn Quarter Washingtons wussten sicher viele Leute mit dem Logo etwas anzufangen.

„Wir vermuten mittlerweile, dass sich Shevchenko in einer ruhigen Minute an einem der Laptops zu schaffen machte. Einer unserer IT-Mitarbeiter hat auf meine Order hin nochmals etwas näher hingeschaut. Die IT-Ausrüstung, die im Büro in der Küche in Polen stand, steht mittlerweile bei uns in der Massachusetts Avenue, wo sie für kommende Einsätze wieder aufbereitet werden soll. Der Mitarbeiter hat in diesem Zug entdeckt, dass Passwörter für unser Finanzmodul angelegt wurden, die dort nichts zu suchen hatten. Dabei tauchte auch der Name Dimitri Shevchenko auf. Der war zwar in der Küche beschäftigt, aber er hatte ganz sicher keine Berechtigung, auf den PCs Konten einzusehen oder gar zu versuchen Geld hin und her zu schieben. Und das wurde bis dato nicht entdeckt, weil niemand danach suchte. So einfach ist das!"

„Wow!", schaltete sich Mike Farnsworth ein, „das erklärt natürlich einiges. Wurde denn Geld bewegt? Wurden Konten geplündert? Vielleicht wurde Shevchenko von irgend jemandem gezwungen, Manipulationen vorzunehmen, um an Geld zu kommen. Geld, das für neue Waffen, für mehr Munition, für die Gehälter frischer Söldner verwendet werden konnte?"

„PMC Wagner!", sagte Doug Martinelli plötzlich, der sich sonst immer heraushielt, „Private Military Company unter der Ägide Jewgeni Prigoschins, einem engen Freund von Wladimir Putin! Welch tolles Szenario!"

Martinelli hatte in einem Satz die Krux zusammengefasst, zu der sie das Geschehen geleitet hatte. Alle Wege führten zu Putin. Und auf dem Weg zu ihm blieb so mancher Erdenbewohner auf der Strecke, gewollt oder ungewollt.

„Die Frage wäre dann immer noch, was unser deutscher Bundestagsabgeordneter Dr. Bernhard Sauer aus dem zauberhaften pfälzischen Zellertal mit dem Ganzen zu tun hatte!"

Frank Edel war jetzt auch ohne die Hilfe von Kaffee hellwach. Ihm ging es ja nicht darum, die Probleme der Welt zu lösen, die diese wegen der Handlungsanweisungen des russischen Präsidenten an seine Unterstützer in seinem eigenen Land und auf der internationalen Bühne hatte. Das war die Aufgabe von ganz anderen Leuten. Er weilte hier am Potomac im Schatten des Weißen Hauses, weil er mitzuhelfen hatte, einen Mord an einem deutschen Bürger und Repräsentanten des demokratisch ausgerichteten Staates aufzuklären. Nicht mehr und nicht weniger.

„Tja, da sind wir überfragt, und da fragen Sie wahrscheinlich auch die Falsche."

Erin Gore schaute auf ihr Handy, um dort die Zeit abzulesen. Zeit war wohl auch im humanitären Umfeld trotzdem immer noch *Money*.

„Wir hatten nur wenig Kontakt mit Dr. Sauer. Vielleicht war er nur zur falschen Zeit am falschen Ort. Vielleicht war er auch auf irgendeine Weise involviert, die uns bis jetzt noch verschlossen ist. Wer weiß!“ Das *who knows* bildete den Schlusspunkt der Unterredung, jedenfalls was Erin Gores Anteil daran betraf. Sie hatte ihren Teil getan und ihre Nachforschungen betrieben. Mehr war nicht von ihr zu wollen, das sah Edel wie auch Mike Farnsworth ein.

Auf dem Weg zurück zum J. Edgar Hoover Building ließ sie das Thema ihres Einsatzes nicht los.

„Dann müssen wir wohl dieser Janka Sidorov in Alexandria mit dem auf sie zugelassenen schwarzen Mustang Fastback einen Besuch abstatten!“ Farnsworth hatte das Heft immer noch fest in der Hand.

„Und vielleicht treffen wir dabei auch Alexandr Sidorov an, der uns dann freiwillig oder mit etwas Nachdruck erzählen kann, was er mit Shevchenko zu tun hat und was er über den Zusammenhang zwischen WCK und PMC Wagner und vielleicht sogar Bernhard Sauer weiß!“ Frank Edel wunderte sich über sich selbst und seinen erwachten Drang nach Nachdruck, was auch immer dies heißen mochte. War er auf dem Weg, sich den amerikanischen Polizeisitten anzupassen und das Register der legitimen Mittel bis zum Anschlag auszuschöpfen?

Auf der Pennsylvania Avenue bahnte sich gerade ein Konvoi bulliger SUVs samt Polizei-Eskorte den Weg hinunter Richtung White House. War es der Präsident, der hier von der Andrews Air Force Base kommend, die er für seine Flüge nutzte, zurück zu seinem Wohnsitz eilte? Oder war es ein ausländischer Staatsgast, der auf dem Weg zum Gespräch mit eben jenem Präsidenten war, der im Oval Office auf ihn wartete? In dieser hochpolitischen Stadt war immer etwas los. Immer war jemand Hochrangiges zu Besuch, immer flogen die Helikopter der Staatsgewalt über die Residenz des mächtigsten Mannes der Welt hinweg, und immer begleiteten die Autos der Metropolitan Police oder gar des Secret Service die *Mover* und *Shaker*, die in der Stadt zu Gast waren, um ihren Einfluss geltend zu machen. Frank Edel war mittlerweile elektrisiert von dieser nimmermüden Atmosphäre, dieser Melange aus politischer Macht und globaler Bedeutung, was auch immer hier passierte, so sehr er sich manchmal auch nach seiner pfälzischen Heimat sehnte, nach einer Rieslingschorle und einem Leberwurstbrot. Aber die hatten noch immer brav zu warten, so viel Zeit musste sein, wenn die Welt zu retten war.

26.

Sie hatten sich zu einer Nacht- und Nebelaktion entschlossen. Es war allgemein bekannt, dass das FBI sehr gern in den ganz frühen Morgenstunden verdächtige Personen besuchte, bevorzugt, wenn diese noch im Bett lagen und Widerstand im Pyjama kaum eine Option war. Diesmal jedoch sollten die Probanden möglichst noch in Straßenkleidung sein.

Hörte man in Deutschland den Stadtnamen Alexandria, so dachte jeder wahrscheinlich an Ägypten. Die Amerikaner wiederum wussten wohl meist sehr wenig über die Stadt am östlichen Mittelmeer, die lange vor Christus von Alexander dem Großen gegründet worden war. Sie dachten in der Mehrheit an die Ansiedlung, die sich am westlichen Ufer des Potomac ausbreitete, Washington D.C. genau gegenüber, bereits auf dem Boden Virginias. Hatte sich einst der Stamm der Patawomeck die fischreichen Jagdgründe gesichert und der berühmte Pocahontas-Lover John Smith die Gegend erforscht, so gab später ein gewisser Captain John Alexander der Stadt ihren Namen, indem er Land seiner Familie zur Verfügung stellte, um die Stadt sich entwickeln zu lassen. Und jetzt wohnten in der Stadt hauptsächlich besser betuchte Menschen, die hier lebten und in Washington in gut bezahlten Jobs arbeiteten.

Als Farnsworth und sein Team im Cadillac Escalade losfuhren, waren sie nicht allein. Hinter ihnen bewegten sich zwei baugleiche Fahrzeuge über die Fahrbahn mit weiteren Mitgliedern der aufgestockten Task-Force. Die drei bulligen SUV fanden sich sofort mitten in der abendlichen Rush Hour wieder. Sie ersparten den heimfahrenden Berufstätigen die Polizeisirenen. Aber die Blaulichter schafften ihnen trotzdem Platz, als sie an der Nadel des Washington Monument vorbei und auf die George Mason Memorial Bridge auffuhren. Der Potomac unter ihnen floss ruhig dahin, und ein einsames Motorboot schipperte langsam seinem Liegeplatz entgegen. Schnell waren sie in Alexandria angelangt. Trotz der angespannten Situation aufgrund der auf sie wartenden Unabwägbarkeiten nahm sich Mike Farnsworth die Zeit, Edel auf einige Sehenswürdigkeiten aufmerksam zu machen. Links von ihnen breitete sich der Ronald Reagan National Airport aus, dann glitten sie am Potomac Yard Park vorbei und streiften schließlich Old Town, wo sich vom Hafen hinauf entlang der historischen King Street die Restaurants aneinander reihten, und in Gadsby's Tavern schon George Washington und John Adams, der zweite Präsident der USA, gespeist hatten.

Die kurze Kolonne rollte an all dem vorbei, als sei es keines zweiten Blickes würdig. Nur Frank Edel war dem Zeigefinger von Mike Farnsworth gefolgt. Sie waren am Zielort in der Hoffman Street angelangt, und die Blaulichter auf den Dächern der SUV gaben ihren Geist auf. Nummer 208 war ein unscheinbares, doch sicher historisches Haus in gut erhaltenem Zustand. Als Edel aus dem Wagen sprang, sah er auf der gegenüberliegenden Seite direkt auf das Hoffman Town Center, das mit einem Großkino und mehreren Restaurants lockte. Eines davon hieß Rus Uz und versprach Spezialitäten aus Russland und Usbekistan. Edel machte Farnsworth darauf aufmerksam.

„*Interesting*!“, meinte der nur und begann, die Leute zu instruieren.

Sie sperrten die gesamte Hoffman Street ab, und dazu zogen sie auch die Officers des Alexandria City Police Departments heran. Sogar ein Helikopter des Fairfax Counties, zu dem die Stadt gehörte, zog seine Kreise über dem Viertel, um von der Luft aus assistieren zu können, falls dies notwendig werden würde. Frank Edel konnte nicht glauben, dass er Teil einer solch konzertierten polizeilichen Aktion war. So etwas hatte er im Laufe seiner Karriere noch nicht mitgemacht. Während er seine Sig Sauer in die Hand nahm, lief ihm ein Schauer den Rücken hinunter.

Und dann begannen Farnsworth und die Hünen den Einsatz zu organisieren. Edel wusste, dass es mindestens zwei unterschiedliche Szenarien für größere polizeiliche Engagements gab. Bei Variante eins war es den Einsatzkräften ziemlich klar, was auf sie wartete. Ging es etwa um ein Bundesligaspiel mit zwei rivalisierenden Vereinen, so wusste man, dass es galt, die beiden Fanlager soweit als möglich voneinander fern zu halten, um Konflikte und ein gefährliches potentielles Aufeinandertreffen zu vermeiden. Bei Variante zwei wusste man nicht so genau oder überhaupt nicht, was die Ordnungskräfte hinter der nächsten Biegung oder in einem Gebäude erwartete. Das war die weit brisantere Version, und der gegenwärtige Einsatz in Alexandrias Old Town gehörte eindeutig zu Variante Nummer zwei!

Sie trugen inzwischen alle schusssichere Westen. Die Straße war wie leergefegt. Die mitgekommenen Kräfte sorgten ebenfalls dafür, dass niemand aus dem Eingang des Hoffmann Town Center kommen und in der gleichnamigen Straße landen konnte.

Vor dem Haus mit der Nummer 208 regte sich nichts. Es hatte den Anschein, als sei dort gar niemand zu Hause. Die Polizisten pirschten sich langsam näher heran. Edel kam plötzlich wieder der Gedanke an die Verhältnismäßigkeit der Mittel. Schossen sie nicht gerade wieder übers Ziel hinaus? Doch die Ereignisse im National Harbor um das Riesenrad herum hatten eine andere Sprache gesprochen. Es war Gefahr im Verzug, so ähnlich musste es auch in Situationen wie dieser hier in den USA heißen. Er verdrängte die Zweifel und drückte sich wie die Anderen an der Häuserwand entlang. Farnsworth klingelte, als wäre er ein Staubsaugervertreter, der sein Gerät demonstrieren wollte. Es regte sich aber nichts. Er winkte nach hinten. Edel schaute sich um. Einer der neuen FBI-Leute im Team hielt eine Einmann-Ramme in der Hand. Mit beiden Händen hielt er sie an den dafür vorgesehenen Griffen fest. Mit einer mächtig ausholenden Bewegung ließ er das Teil gegen die Haustür krachen. Holz splitterte. Das Geräusch, das dabei verursacht wurde, musste die Personen, die in der Wohnung weilten, in Alarm versetzen, sofern sich drinnen überhaupt jemand aufhielt.

Im Erdgeschoß war niemand zu sehen. In einer langen Reihe schoben sich die Ordnungshüter die Treppenstufen hinauf in den zweiten Stock. Dort fanden sich die ersten *Agents* der Mündung einer halbautomatischen AR-15 gegenüber. Eine Frau mittleren Alters hielt die Waffe in der Hand, die sie auf die Polizisten gerichtet hielt.

„*Drop the weapon*!", schrie Farnsworth die Frau an. Zwei weitere FBI-Männer wiederholten das Kommando. Die Frau machte keine Anstalten, den Befehlen zu folgen. Plötzlich richtete sie das Gewehr senkrecht an die Decke. Im nächsten Moment hallte das Stakkato von Schüssen durch den Flur. Die Salve hatte nicht verhindert, dass die FBI-Leute nach vorne stürmten. Von der Decke herunter kam ein Regengemisch aus Stuck und Staub. Die Einschusslöcher hatten den Putz wie einen Käse perforiert. Farnsworth und zwei weitere Männer des FBI hatten die Frau in zwei Sekunden überwältigt, sie bäuchlings auf den Boden geworfen und die Waffe sichergestellt. Edel konnte gar nicht so schnell denken, wie dies geschehen war. Der Pulk der Männer hatte sich bereits an der Frau und ihren zwei Angreifern vorbeigedrückt und durchsuchten nun mit gezückten Waffen die Wohnung. Es schien niemand sonst anwesend zu sein.

„*Who are you, quick*!" schrie Mike Farnsworth die am Boden liegende Frau erneut an, während ihr Doug Martinelli Handschellen anlegte.

„Janka!", schrie die Frau zurück, so gut sie es in liegender Position konnte. „Was habe ich getan, dass Sie mich so behandeln?"

Edel hörte deutlich den osteuropäischen Akzent heraus, den er auch im Englischen klar identifizieren konnte.

„Janka was? Janka Smith?"

Martinelli und Turner zogen die Frau auf die Füße. Sie hatte tiefschwarzes Haar, eine Hakennase und trug eine Art Kostüm, ein langes, einfaches Hemd und einen langen Rock, der aus drei Teilen zu bestehen schien, die zusammengenäht waren.

„Sidorov, Janka Sidorov!"

Mike Farnsworth war auf Hundertachtzig. Er schnaubte wie ein Walross. Edel wusste nicht, wie oft der Amerikaner im Dienst schon in der Schusslinie gestanden hatte. Aber er hatte von William Turner gehört, dass dieser in seiner Jugend Dienst in der US Air Force geleistet hatte, und im Irak stationiert gewesen war. Farnsworth hatte mit ihm nie über diese Zeit in seinem Leben gesprochen. Und Edel hatte auch nicht vor, es zu tun. Wie auch immer der FBI-Mann dazu stehen mochte, es war Schnee von gestern und den brauchte man jetzt nicht mehr mit dem Schieber aufzuwühlen. Doch die jetzige Reaktion des Agenten zeigte, dass er es auf keinen Fall witzig fand, mit einer Schusswaffe bedroht zu werden.

„Sind Sie die Frau von Alexandr Sidorov?" Farnsworth kam langsam runter und sprach jetzt mit einem normalen Sprachpegel.

„Nein, bin ich nicht!"

„Lügen Sie mich nicht an!"

„Ich lüge nicht. Ich bin seine Schwester."

Janka Sidorov stand einfach da, die Hände auf dem Rücken in den Handschellen gefangen. Sie blickte Farnsworth provokativ in die Augen. Im hinteren Teil der Wohnung öffnete sich eine Tür. Heraus trat einer der bewaffneten Agents und schob einen kleinen Jungen und eine ältere Frau in den Flur.

„Wer ist das?", setzte Farnsworth seine Fragerunde fort.

„Das ist mein Sohn, Boris und meine Mutter, Svetlana. Sie haben kein Recht, sie zu belästigen. Sie haben nichts getan, und sie haben mit der Sache rein gar nichts zu tun!" Janka Sidorov blieb störrisch und zerrte an den Handschellen, die ihr hinter ihrem Rücken ins Fleisch schnitten.

„Von welcher Sache sprechen Sie? Wir haben Ihnen gegenüber noch gar nicht gesagt, warum und wegen wem wir hier sind!"

Mike Farnsworth hatte das Heft des Einsatzes fest in der Hand. Jetzt zeigten sich die Qualitäten eines erfahrenen Agenten des FBI. Boris hielt die Hand seiner Großmutter fest und schaute sich um, als befände er sich in einer virtuellen Welt, gepaart aus GI Joe und Rambo-Elementen.

„Alexandr. Wegen ihm sind Sie doch wohl hier, oder nicht?" Janka Sidorov ließ das R am Ende des Vornamens rollen, als sei es ein dicker Sattelschlepper.

„Möglich", erwiderte Farnsworth, „vielleicht ist es aber auch unser Interesse an sammelwürdigen Autos. Wo ist ihre Garage?" Farnsworth hatte den Ausdruck *collectors items* benutzt, und Edel versuchte, sich mitten im Trubel der Ereignisse diese Benennung anzueignen.

Während die FBI-Agenten unter der Leitung von Turner und Martinelli weiter die Wohnung durchkämmten, liefen Farnsworth und Edel mit Janka Sidorov, Oma Svetlana und Sohnemann Boris eine Treppe im hinteren Wohnungstrakt hinunter, wo sie sich bald vor einer Tür befanden, die wohl zum Abstellplatz eines Fahrzeugs führte. Farnsworth brauchte die Hausherrin nicht zu bitten. Freiwillig drückte Janka Sidorov die Klinke hinunter. Und dann standen sie vor dem schwarzen Mustang Fastback. Edel prüfte das Nummernschild. Es war der Wagen, den sie über das Department of Motor Vehicles ausfindig gemacht hatten. Edel hatte das Nummernschild ja nicht wirklich gesehen, als er dem Auto auf dem Weg zurück von der Barboursville Winery und dann vor dem Zoo in D.C. auf unangenehme Weise begegnet war. Nur das VEW am Anfang und den Slogan „Virginia is for Lovers" hatte er erinnert. Letzteres war dort klar zu lesen, so gut wie auf jedem Nummernschild, das in diesem Staat zugelassen worden war. Das VEW wurde durch einige Nummern ergänzt.

„Wo ist er?“, führte Edel Farnsworths stoische Rede fort. „Alexandr! Wo ist er?“

Die Frau zuckte mit den Schultern. Die Großmutter sagte etwas zu ihr, was wohl russisch war. Aber Janka winkte ab. Der Junge stand nur ruhig da und ergab sich in sein Schicksal, das seine Familie für ihn bereithielt.

„Sie sagt, ich soll euch nichts verraten. Immerhin ist es ihr Sohn, und ich bin nur die Tochter. Das ist so, wo wir herkommen. Aber ich weiß eh nichts. Alexandr meldet sich nicht ab. Er kommt und geht wie er will.“

„Verstehe!“, meinte Edel. Farnsworth hielt sich zurück und ließ den deutschen Kollegen machen. Vielleicht brachte der europäische Ansatz hier etwas mehr.

„Sind Sie eigentlich alle amerikanische Staatsbürger oder haben Sie noch einen russischen Pass und eine Green Card?“, fragte Edel da auch schon.

Janka wusste, dass sie keine andere Chance hatte, als wahrheitsgemäß zu antworten. Sie blickte zu Boris hin, der den Blick erwiderte.

„Mutter ist Russin. Sie wird das auch nicht mehr ändern, sagt sie. Sie ist an der Moskwa geboren, und selbst wenn sie am Potomac stirbt, so wird sie doch nie Amerikanerin sein. Das hat sie schon oft so gesagt. Alexandr und ich sind Amerikaner, zumindest von unserem Pass her. Aber man wird im Herzen wohl immer das bleiben, als was man geboren wurde. Boris ist hier geboren. Er ist Amerikaner, mit Leib und Seele und auch mit dem Herzen!“

Frank Edel konnte das nachvollziehen. Patriotismus war ein seltsames Ding. Die emotionale Verbundenheit mit der eigenen Heimat bedeutete den meisten Menschen sehr viel. Edel selbst mochte den Begriff der Vaterlandsliebe mehr. Sein Vater war waschechter Mannheimer, ein echtes Bloomaul also, wie man die Einwohner der Stadt zwischen Rhein und Neckar auch nannte. Er selbst war zum Pfälzer geworden, aber „Mannem“ würde immer einen Platz in seinem Herzen haben, da biss keine Maus einen Faden ab! Und so war es wohl auch mit Russland. Die Leute nahmen es überall mit hin, wo immer sie auch im Laufe ihres Lebens hinziehen würden. Für alle anderen bedeutete dies, vorsichtig zu sein, nicht wegen der Maus und dem Faden, sondern wegen des russischen Bären.

Edel fiel in dem Zusammenhang das Sprichwort ein, dass er vor kurzem in irgendeiner Zeitung im Zusammenhang damit gelesen hatte, wie der Krieg zwischen der Ukraine und Russland wohl enden würde: Wenn du einen Bären zum Tanzen aufforderst, bist es nicht du, der entscheidet, wann der Tanz beendet ist, sondern der Bär. Die Ukraine hatte den Bären nicht aufgefordert. Der Bär war es, der einfach auf die Dame am Schwarzen Meer zugetrottet war, um sie zum Tanz zu zwingen. Das war nicht die feinste Art gewesen, mit der man auf dem Parkett der Welt als Kavalier auftreten sollte. Aber es war nun einmal Realität. Die Frage war nur, wann die Musik zu spielen aufhörte und der Tanz als beendet galt.

„Der Wagen gehört mir", sagte Janka Sidorov in Edels Gedanken hinein, „ Alexandr leiht ihn sich nur. Ich brauche den Wagen kaum, weil ich drüben im Rus Uz arbeite. Da brauche ich nur über die Straße zu gehen."

Edel wurde bei der Erwähnung des Restaurants im gegenüberliegenden Hoffman Town Center daran erinnert, dass er wieder einmal Hunger hatte. Er ließ seinen Blick nochmals durch die ganze Garage schweifen. Da sah er, dass auf der Innenseite des Garagentors eine schwarze Fahne hing, die in der Mitte einen Totenkopf zur Schau stellte. Edel machte Farnsworth darauf aufmerksam.

„Ah, da ist sie ja wieder", meinte der fast mit Freude in der Stimme, aber wohl nur, weil das Symbol der PMC Wagner Group sie wieder auf die Spur brachte. „Alexandr! Ist er Mitglied da?"

Farnsworth deutete auf die Flagge, nahm Janka Sidorov am Arm und zog sie zwei Schritte nach vorn. Die Frau zierte sich und war offensichtlich nicht gerade erfreut darüber, über das Thema im Zusammenhang mit ihrem Bruder zu sprechen. Doch schließlich sah sie ein, dass sie keine Wahl hatte.

„Alexandr hat für PMC gekämpft. Aber nicht in der Ukraine. In Syrien, in der zentralafrikanischen Republik und im Bürgerkrieg in Mali."

„Und? Ist er immer noch dabei?" Farnsworth wurde langsam wieder lauter.

Er zog die Frau jetzt rückwärts aus der Garage und schloss die Tür. Der Junge und die Großmutter schauten zu und ließen alles geschehen. Die ältere Frau hatte ein Runzeln auf der Stirn. Es fiel ihr sichtlich schwer, Ruhe zu bewahren, doch sie sagte nichts mehr, auch nicht zu ihrer Tochter.

„Er ist nicht mehr aktiv. Nicht mehr als Kämpfer. Davon hatte er genug!"

„Als was dann?", fragte Edel und erahnte die Antwort bereits. „Als Geldbeschaffer, nicht wahr!" Edel war der richtige englische Begriff eingefallen: *Fundraiser!* Das hatte er bei World Central Kitchen aufgeschnappt. Erin Gore hatte ihn bei ihrem ersten Besuch in der Massachusetts Avenue verwendet. Janka Sidorov nickte nur.

„Ja,", sagte sie dann doch noch, „die Private Military Company braucht frische Kämpfer und neue Waffen. Das kostet viel Geld. Geld, das von irgendwoher beschafft werden muss."

Mike Farnsworth konnte sich nicht länger zurückhalten. Langsam wurden ihm die Zusammenhänge klar. „Und Alexandr weiß, wo man es kriegen kann, stimmt's! Das Geld meine ich. Woher also?"

Janka zögerte nicht mehr. Jetzt wirkte es eher, als wolle sie alles loswerden.

„Von reichen Sympathisanten, die es gern sähen, wenn Russland den Krieg gewönne, allein schon um dem arroganten Westen eins auszuwischen. Von Oligarchen, die gern im Westen leben, aber Mütterchen Russland nicht untergehen sehen wollen."

Da waren sie wieder, das russische Mütterchen und der russische Bär. Sie wollten miteinander tanzen, wenn es sein musste, auf den Gräbern der ukrainischen Soldaten, den eigenen, und auf den Bankkonten der westlichen Machthaber.

„Und von wem noch? Heraus damit. Wenn Sie uns nicht alles sagen, dann ist Ihre Mutter morgen zurück in Moskau, Sie selbst in Guantanamo und Ihr Sohn Boris hier im Heim oder bei Pflegeeltern." Farnsworth holte die dicken Kanonen heraus, und das größere Kaliber schien sofort zu wirken. Frank Edel verdaute noch die Worte *foster parents*, die Farnsworth so ohne Pardon ins Feld der Befragung geführt hatte.

„Und seit einiger Zeit auch von irgendwelchen Hilfsorganisationen, die endlose Spenden zu erhalten scheinen, meist von steinreichen Geschäftsleuten und Investoren, die gar nicht mehr wissen, wohin sie ihr Geld stecken sollen!" Noch immer hatte Janka Sidorov ihre Hände nach hinten gebogen in den Handschellen stecken.

Sie waren alle wieder oben in der Wohnung angekommen, wo sich die übrigen Agents noch immer mit dem Durchsuchen der Wohnung beschäftigten.

„Etwa auch von WCK World Central Kitchen?" Edel ließ noch nicht locker.

„Keine Ahnung. Was soll das sein, ein Food Truck? Über die Details weiß ich nichts, und ich will auch nichts drüber wissen!"

Die Befragung war so gut wie zu Ende, das spürten alle Beteiligten. Eine Frage war jedoch noch offen.

„Wo ist Aleksandr jetzt?"

„Das weiß ich nicht. Wie schon gesagt, er kommt und geht wie er das will. Und selbst wenn ich es wüsste, würde ich es Euch nicht sagen."

„*Oh, well*", meinte Farnsworth, „wir werden es noch aus Ihnen herausholen oder auch ohne Ihr Zutun herausfinden, und Dimitri Shevchenko?" Das sollte eine Fangfrage sein, die der FBI-Mann zum Schluss noch stellte, ohne wirklich eine Antwort darauf zu erwarten. Aber da täuschte er sich.

„Der wohnt jetzt da drüben im Rus Uz. Vielleicht arbeitet er da auch mittlerweile schon, ich weiß es nicht!"

Edel und Farnsworth sahen sich an. Dimitri Shevchenko hatte die Order erhalten, auf seinem Zimmer im Willard zu bleiben und hatte sich unerlaubt entfernt. Dass sie ihn hier in der Nähe wiederfinden sollten war reiner Zufall – oder auch nicht!

„Sie wissen, dass wir Sie mitnehmen müssen", sagte Farnsworth dann zu Janka Sidorov gewandt. Ihre Mutter schaute auf, schüttelte den Kopf und sagte etwas auf Russisch. Edel und Farnsworth verstanden es nicht, aber es klang nicht sehr freundlich.

„Ich habe doch gar nichts getan", antwortete die Tochter, „was Alexandr macht ist seine Sache, ich bin nicht so!"

Farnsworth winkte zwei Special Agents heran und übergaben ihnen die Frau in die Obhut.

„Sie haben uns mit einer AR-15 bedroht und sogar damit geschossen!"

„Ja, aber nur an die Decke!"

Farnsworth lachte laut heraus. „Sie haben wirklich Humor, Lady. *Take her away*!", sagte er dann zu den Agents, die den Befehl sofort ausführten. Frank Edel sah noch einmal zu dem Jungen, der keinen Mucks gemacht hatte, als seine Mutter abgeführt wurde.

„Wo ist der Vater?", fragte er die alte Frau noch, während Farnsworth seinen Mitarbeitern befahl abzurücken.

„Tot!", sagte die Großmutter, und es klang mehr wie Tott. Da tanzte der russische Bär nicht mehr, und die Großmutter auch nicht. Gut, dass der Junge schon Amerikaner ist, dachte Edel für sich, als sie die Vordertreppe hinunterliefen. Vielleicht hat er damit die Chance, in einem etwas freundlicheren Klima aufzuwachsen. Dann waren sie draußen auf der Hoffman Street, die noch immer menschenleer war.

Im Rus Uz war nicht viel los. Wie hätte dies auch sein können. Die Gäste hätten mit dem Helikopter eingeflogen werden müssen. Die Mehrheit der FBI-Männer waren draußen auf der Hoffman Street geblieben, um das Viertel weiterhin zu verschanzen. Mike Farnsworth hatte diese Order ausgegeben. So etwas wie im National Harbor sollte nicht noch einmal geschehen. Doch die Alexandria City Police hatte sich auf Geheiß Farnsworths zurückgezogen.

Als Dimitri Shevchenko die Polizisten kommen sah, hatte er den Drang, sich noch im letzten Moment seinen Verfolgern zu entziehen. Er wusste jedoch intuitiv, dass es keinen Sinn machte. Er war schon einmal draußen auf der Straße gewesen, hatte die Einsatzkräfte gesehen und war wieder umgekehrt. Das was er getan hatte, nämlich sich unerlaubt aus dem Willard zu entfernen, war ja kein Gewaltverbrechen gewesen. Es konnte also so schlimm nicht kommen. Und auf dem Capital Wheel hatte er unter der Fuchtel Sidorovs gestanden und war mehr eine Geisel als ein Beteiligter gewesen. Er harrte also der Dinge, die da kommen sollten.

Als Farnsworth und Edel an Shevchenko herantraten und die beiden Hünen an der Eingangstür Position bezogen, kam ein älterer Mann mit weißem Bart und forschem Schritt auf die Gruppe zu, als wolle er eingreifen und eine Festnahme verhindern. Farnsworth zog seine Glock aus dem Halfter und zielte auf den Mann. Die wenigen Gäste, die in einer Ecke des Lokals saßen, duckten sich, konnten sich aber weiterhin nicht von der Szene abwenden. Martinelli und Turner hatten die Leute im Blick.

„Machen Sie jetzt keine Dummheiten, Mister. Ich gehe davon aus, dass Sie der Wirt sind!"

„Das bin ich, und ich mache von meinem Hausrecht Gebrauch!" Der Mann hatte mit einem starken Akzent, *you are trespassing,* gesagt. Er war aber noch nicht fertig.

„Do you have a warrent?"

„Das FBI braucht keinen Durchsuchungsbefehl, wenn es Grund zur Annahme gibt, dass die Person, um die es geht, ein Verbrechen begangen hat oder im Begriff ist, eines zu verüben, beziehungsweise ein Gesetz der Vereinigten Staaten zu brechen. Und das ist hier der Fall." Farnsworth lehnte sich aus dem Fenster, duldete aber keinen Widerspruch.

Der Mann mit dem weißen Bart blieb stocksteif stehen, als müsse er erst einmal das Gesagte verdauen und könne erst dann reagieren.

„Dann verzehren Sie wenigstens etwas, wenn Sie mir durch Ihre Straßensperre schon das Abendgeschäft versaut haben. Sorgen Sie für Umsatz, Mister FBI, dann können Sie sich hier mit Dimitri unterhalten. Mit Janka haben Sie ja wohl bereits gesprochen, und mir die Hilfskraft weggenommen. Und ich dachte immer, hier in Amerika können sie mit dir nicht einfach machen, was sie wollen, so wie in Moskau, wo ich herkomme!"

Edel konnte sehen, wie Farnsworth langsam der Kamm schwoll. Da er erneut die Verhältnismäßigkeit gewahrt sehen wollte, ließ er seinen leeren, schon lange protestierenden Magen das Zünglein an der Waage spielen.

„Mike, dann lass uns etwas essen, solange wir uns hier mit unserem Freund unterhalten. Ich glaube nicht, dass irgendwer hier noch über die Stränge schlägt. Unsere Präsenz drinnen und draußen ist mächtig genug."

Farnsworth beruhigte sich und schien die Worte seines deutschen Kollegen abzuwägen.

„Okay!", meinte er schließlich, daheim kriege ich eh nichts mehr, und auf ein *TV-Dinner* habe ich auch keine Lust!"

Edel wusste, dass Mike von den faden Fertiggerichten sprach, die es hier in allen Supermärkten zu kaufen gab, um sie in der Mikrowelle aufzuwärmen und schließlich zu verspeisen, während man sich im Fernsehen irgendeine Spielshow ansah. Er hatte vor einigen Tagen eines probiert und sich geschworen, dies nie mehr zu tun.

Der Wirt hatte zugehört und knallte den Polizisten schon zwei Speisekarten auf den Tisch. Dann drehte er sich um und verschwand hinter seinem Tresen.

Frank Edel wusste nicht, ob es angebracht war, mitten in einem FBI-Einsatz eine Mahlzeit zu sich zu nehmen, in einem Restaurant, das russisch-usbekistanische Spezialitäten anbot. Aber so manches war die letzten Tage über neu und ungewohnt für ihn gewesen, und er holte einfach wieder das *go with the flow*-Sprichwort aus der Schublade, um ihr Verhalten rechtfertigen zu können. Er nahm eine der Speisekarten und reichte sie Martinelli, dem Turner bald über die Schulter schaute. Edel entschied sich für die Blini und hätte dann am liebsten das Beef Stroganoff genommen. Aber der Weißbärtige sagte, dass sie die Soße dazu derzeit nicht anfertigen konnten, da sie keine frische Smetana hatten und normale Saure Sahne nicht in Frage käme. Daher entschied er sich für Plov, das als Nationalgericht Usbekistans angepriesen wurde, ein Reisgericht, bestehend aus Lamm und einer Gemüsemischung. Farnsworth war vorsichtiger und wählte das Chicken Kiew, paniertes Huhn. Der Wirt nahm die Bestellung entgegen, auch die der beiden Hünen, und brachte allen ein kleines Glas Ayran, um mit dem Jogurt-Drink ihre Mägen auf die kommenden Speisen vorzubereiten.

Dimitri Shevchenko hatte dem Treiben geduldig zugeschaut und zugehört und sich vollkommen herausgehalten. Vielleicht handelte er nach dem Grundsatz, dass alle Aussagen gegen einen selbst verwendet werden konnten, oder er plädierte für den Grundsatz *to take the Fifth*, was bedeutete, dass man nach amerikanischem Recht und nach dem Fünften Zusatz zur Verfassung, sich nicht selbst belasten brauchte, wenn man Gegenstand einer kriminellen Untersuchung geworden war.

„Sind oder waren Sie Mitglied der PMC Wagner Group?“ Farnsworth hatte in einem Satz vom Unverbindlichen zum Hundertprozentverbindlichen umgeschaltet, und sein Ton ließ vermuten, dass er kein Lavieren dulden würde.

„War ich nie!“, antwortete der Ukrainer wie aus der Pistole geschossen, „und das können Sie mir gern glauben!“ Er hielt sich an seinem Glas fest, das sicherlich keinen Ayran enthielt.

„Was trinken Sie da?“ fragte Edel dann auch, mehr um die Situation etwas zu entschärfen. Shevchenko hob das Glas an und betrachtete es, als müsse er zuerst selbst nachschauen.

„Das ist Horilka. Sie würden Wodka dazu sagen. Das darf ich doch wohl, oder nicht?“

„Ich denke schon. Noch sind Sie ja nicht verhaftet!“

„Und warum sollte ich verhaftet werden. Ich habe nichts getan. Außer, dass ich nicht mehr im Willard geblieben bin. Aber da ist mir langsam aber sicher die Decke auf den Kopf gefallen.“

Die Blini kamen. Sie erinnerten Edel an die Crêpes, die er in Paris gegessen hatte, nur dass diese hier noch mit Rindfleisch gefüllt waren und daneben Saure Sahne gereicht wurde. Sie schmeckten vorzüglich, und sein leerer Magen dankte es ihm.

„Verhaften? Ich höre immer nur verhaften. Einsperren, sich nicht unerlaubt entfernen. Dann macht eben. Nur zu. Es bringt ja doch alles nichts mehr!“

Shevchenko nahm einen weiteren Schluck vom ukrainischen Horilka. Der Wirt kam und räumte den leeren Teller ab, auf dem die Blini serviert worden waren.

„Hören Sie“, sagte Frank Edel schließlich zu dem Mann, bei dem der Frust in der Stimme mitzuschwingen schien, „es geht uns ja gar nicht darum, Ihnen wegen irgendetwas an den Karren zu fahren. Trinken Sie so viel von Ihrem Wodka wie Sie wollen. Leben Sie dort, wo es Ihnen gefällt. Sitzen Sie hier im Rus Uz und essen Sie Borschtsch, bis es Ihnen aus den Ohren kommt. Das interessiert uns im Grunde alles nicht!“ Edel schaute zu Farnsworth hin, der auf seinem letzten Blini-Bissen herumkaute, doch gleichzeitig gut hinzuhören schien. „Aber was uns interessiert ist das Schicksal von Dr. Bernhard Sauer, Bundestagsabgeordneter der Republik Deutschland. Erschossen aufgefunden im Willard Hotel hier in D.C., genau dort, wo Sie auch gewohnt haben, und zwar auch in der Nacht, in der der Politiker zu Tode kam, auf gewaltsame Weise, wie wir alle wissen!“

„Das ist reiner Zufall gewesen. Ich kenne den Mann gar nicht, jedenfalls nicht persönlich!“

Shevchenko schaute zu, wie der weißbärtige Wirt die Hauptspeisen servierte. Martinelli und Turner setzten sich an einen Tisch, der Richtung Ausgang stand, und ließen sich ihre Gerichte schmecken. Edel schaute auf sein Plov und erfreute sich am Anblick des frischen Gemüses, das nicht aus dem Gefrierschrank zu stammen schien. Das Lammfleisch sah ebenfalls vorzüglich aus. Farnsworth begann sofort sein Hühnchen zu verspeisen. Trotzdem hatte er weiter genau zugehört.

„Sie geben demnach aber zu, dass er Ihnen ein Begriff ist, dass sein Name Ihnen etwas sagt!“ Farnsworth schaute Shevchenko durchdringend an, als wolle er ihn durch Hypnose dazu bringen, endlich die volle Wahrheit auszuspucken.

„Sein Name ist mir – sagen wir: begegnet!“

„Aha, und wo fand diese Begegnung statt?“

„Im Netz! Als Eintrag in gewissen Dateien. Man nennt dies auch *digital footprints*!“

Sowohl Edel als auch Farnsworth schienen nicht zu verstehen. Frank Edel war nicht gerade der IT-Spezialist. Er arbeitete mit dem PC, dem Laptop oder dem Smartphone weil jeder, der im Berufsleben stand oder sich auch privat mit anderen Menschen verständigte, mehr oder weniger dazu gezwungen wurde, wollte man von den modernen Kommunikationsmethoden nicht völlig abgehängt werden. Aber er war ein reiner User und nicht fähig, auf die Ebene der Bits und Bytes vorzudringen und mit irgendwelchen Codes und digitalen Befehlen umzugehen. Farnsworth schien es dabei genauso zu gehen.

„Keine Ahnung, was Sie damit sagen wollen? Das müssen Sie uns schon ein wenig erklären!“

Edel fand sein Gericht wirklich gut. Das Lammfleisch war zart, und die Karotten, die Kichererbsen und die Rosinen, die mit den verschiedensten Gewürzen und dem Reis vereint wurden, sättigten und befriedigten gleichzeitig jegliche Sinne eines Feinschmeckers, der darauf aus war, die unterschiedlichsten Küchen dieser Welt zu genießen.

„Gut, dann gebe ich euch in einem Abwasch den ganzen Sermon, damit endlich Ruhe ist. Dann können Sie mit mir machen, was Sie wollen!" Shevchenko hatte sein Glas mit dem Horilka weit von sich geschoben, als könne er das, was er jetzt zu sagen hatte, nur ohne jeglichen Alkohol im Blut von sich geben.

„Ich bin im Osten der Ukraine groß geworden, in Mariupol. Dort wohnen bekanntlich auch viele Russen. Als Kinder war da kein Unterschied für uns. Wir waren Brüder, und daher ist dieser Krieg für mich auch ein Bruderkampf, angeführt von einem Autokraten, der nur seinen eigenen Vorteil kennt und nur seine Sicht der Dinge akzeptiert. Alexandr Sidorov ist ein Jugendfreund von mir. Als meine Eltern mit mir zusammen nach Kiew zogen, weil sie dort bessere Lebens- und Arbeitsbedingungen vorfanden, haben wir uns aus den Augen verloren. Als wir uns dann wieder trafen, während der Zeit, als ich in Przemysl in Polen für World Central Kitchen arbeitete, war er drauf und dran, sich wieder bei PMC Wagner als Söldner zu verdingen, und da hatte er die Idee, zur Geldbeschaffung in den Computern bei WCK nachzuschauen, wer dort alles so spendete, im großen Stil, um dann die virtuellen Adressen zu nutzen, und um im Namen der Hilfsorganisation um weitere Geldzuwendungen zu bitten, weil es die Umstände auf dem Schlachtfeld notwendig machten. Dabei sollte ich versuchen, an die PCs von WCK zu kommen, in Nacht- und Nebelaktionen versteht sich, weil ich ja vor Ort war. Diese Spenden sollten dann auf andere Konten umgeleitet werden, auf die PMC Zugriff hatte. Am besten auf die Bankverbindungen, die von Jewgeni Prigoschins Firmen genutzt wurden. Dann käme es wohl in die richtigen Bahnen!"

Shevchenko kam ins Stocken. Farnsworth war mit seinem Chicken Kiew fast durch.

„Und darauf haben Sie sich einfach so eingelassen, als Ukrainer?"

„Einfach so ganz bestimmt nicht. Da habe ich einige Nächte mit gerungen. Aber ich war hin- und hergerissen zwischen meiner ukrainischen Identität und meiner Jugendzeit mitten unter meinen russischen Brüdern. Das ist das ganze Dilemma, das in diesem Konflikt für uns einzelne Personen steckt. Mit der großen Politik hat das wenig zu tun, da geht es um individuelle Gefühle und Lebenserfahrungen. Das verstehen Sie alle wahrscheinlich gar nicht."

Da hatte Shevchenko Unrecht. Sowohl der Deutsche wie auch der Amerikaner kannten solche Szenarien aus ihren eigenen Ländern und deren Historie nur zu gut. Edel war ein Nachkriegskind des Zweiten Weltkriegs und wuchs während des Kalten Krieges auf. Deutschland war geteilt, und eine Mauer trennte den sozialistischen Osten vom kapitalistischen Westen. Auch das war eine Situation mit getrennten Brüdern und Schwestern gewesen. Bei Mike Farnsworth lag der Bruderkrieg länger zurück. Der war als Amerikanischer Bürgerkrieg bekannt, in dem sich der konföderierte Süden vom Rest der Union abgesplittet hatte. Und dann begegneten sich die Blauen und die Grauen auf den Schlachtfeldern des Landes wieder, auf denen mehr als sechshunderttausend Soldaten ihr Leben ließen. Aber das juckte Shevchenko sicher wenig. Er war gefangen zwischen den Fronten seines eigenen Bruderkampfes und rang damit, ob er sich schuldig oder verdient gemacht hatte.

„Und was passierte dann? Sind Sie erwischt worden, auf frischer Tat ertappt?“ Edel war jetzt ehrlich interessiert. Sein Plov hatte er zu Ende gegessen.

„Ich hatte mich von Alexandr breitschlagen lassen. Die World Central Kitchen Lokation in Przemysl ging mit Sicherheitsvorkehrungen mehr als lax um. Das Passwort für das Computersystem war lachhaft. Es gelang mir, am frühen Morgen unbemerkt einen Laptop zu nehmen und ihn auf der Toilette zu aktivieren, bevor die amerikanischen Manager des Standorts überhaupt zur Stelle waren. Die bemerkten über Tage hinweg überhaupt nichts. Es gelang mir, die Spenderlisten auf einen USB-Stick zu kopieren, Konten einzusehen und Kontonummern mit PIN-Nummern abzugleichen und ebenfalls zu kopieren. Das habe ich dann alles an eins von Prigoschins Unternehmen weitergegeben, über eine sichere Verbindung. Dann wollten wir erst so richtig loslegen. Aber es kam uns doch jemand auf die Schliche.“ Shevchenko stockte, als wolle er die Spannung hochhalten.

„Und wer war das? Polnische Autoritäten?“ Edel fischte im Trüben.

„Ein Mann namens Bernhard Sauer aus Deutschland. Der hatte den sogenannten Traffic auf dem WCK-Server in Augenschein genommen und beobachtet. Wahrscheinlich wollte er nur schauen, wer so alles World Central Kitchen unterstützte, und ob das eine legitime Organisation in den USA war. Und dabei hat er dann entdeckt, dass da russische User unterwegs waren, die versuchten, Konten zu manipulieren und Spender ausfindig zu machen, um sie dann selbst zu penetrieren oder gar zu manipulieren.“

Puh, das war gerade starker Tobak, dachte Frank Edel. War das alles zu glauben, was er da gerade gehört hatte?

„Ja, und da wurde es dann endgültig gefährlich, für alle von uns. Und dass der Mann dann auch noch im gleichen Hotel abstieg, in dem ich untergebracht worden war, das war wirklich reiner Zufall!“

„Sie haben doch gesagt, dass Sie Sauer nicht kannten. Das klingt aber nicht so.“ Mike Farnsworth schaute zu Martinelli und Turner hinüber und bedeutete ihnen, auf der Hut zu sein. Die beiden Hünen schoben ihre Teller von sich und gingen in Hab-Acht-Stellung.

„Persönlich habe ich ihn nicht gekannt und nie getroffen, wie schon gesagt, nur seine digitalen Footprints, die jeder hinterlässt, der sich in der Cyberwelt bewegt. Das müssen Sie mir einfach glauben!“

„Okay, *as you wish*“, meinte Farnsworth wenig überzeugt, „aber mitnehmen müssen wir Sie trotzdem. Denn trotzdem stehen Sie unter Verdacht. Das müssen Sie mir einfach glauben!“

Als sie ihre Zeche bezahlt hatten und der Mann mit dem weißen Bart ihnen einen letzten grimmigen Blick und ein paar ebensolche grimmigen Worte auf Russisch entgegengeschleudert hatte, verließen sie das Rus Uz mit einer weiteren Person in Handschellen. Sie brachten Shevchenko in einem anderen Fahrzeug unter und überließen ihn der Obhut der Kollegen.

„Ich kann mir kaum vorstellen, wo Sauer das IT-Wissen her haben sollte, um sich auf den Servern der WCK zu tummeln und dort den digitalen Traffic zu studieren." Edel ließ sich im Sitz des Autos nach unten gleiten und versuchte so gut als möglich zu relaxen. Auch Farnsworth wirkte jetzt abgespannt.

„I am beat", sage er, „vielleicht werde ich zu alt für diesen Shit. Und denken kann ich auch nicht mehr. *Tomorrow*, okay – morgen!" Dann verstummten sie und fuhren den Lichtern der Großstadt entgegen. Das Weiße Haus war noch voll angestrahlt. Hoffentlich konnte der Präsident dabei auch ein wenig relaxen.

Es war spät. Doch wie es seine Art geworden war, wenn er abends zurückkam, schaltete Edel den Fernseher ein, ließ sich angezogen aufs Bett plumpsen und wählte den CNN-Nachrichtensender aus, der ihm als die beste Möglichkeit erschien, die wichtigsten Meldungen des Tages in einem Rutsch zu konsumieren. Neben den US-internen Themen und dem aufkeimenden Bürgerkrieg im Sudan ging es natürlich wieder um den Krieg in der Ukraine. Präsident Wolodymyr Selenskyi dankte seinen Soldaten für ihren unermüdlichen Einsatz und ihren Kampfeswillen. In seiner allabendlichen Videoansprache zählte er eine Reihe von Einheiten auf, die sich in den Kämpfen der vergangenen Tage und Wochen besonders hervorgetan hatten. Sein Außenminister beschuldigte indessen Russland, die Stabilität der Welt zerstört zu haben. Die Hoffnungen auf ein 21. Jahrhundert im Zeichen des Friedens hätten sich durch das Vorgehen Russlands weitgehend zerschlagen. Das Thema blieb beim Ukraine-Krieg, wechselte jedoch berichttechnisch die Seiten. Das Konterfei Jewgeni Prigoschins kam ins Bild, des Chefs der PMC Wagner Group. Er drohte damit, während der Gefechte künftig keine Gefangenen mehr zu machen und alle ukrainischen Soldaten zu töten. „Wir werden einfach alle auf dem Schlachtfeld vernichten", sagte Prigoschin großspurig und ohne eine menschliche Regung. Er begründete dies mit einem angeblich abgefangenen Funkspruch der Ukrainer, in dem diese die Erschießung verletzter Wagner-Söldner besprechen.

Schließlich schaltete Edel das TV aus, entledigte sich seiner Kleidung und legte sich nun zugedeckt ins Bett. Wie so oft schaute er auf die Uhr, um zu prüfen, wie spät es jetzt wohl in Deutschland sein mochte. Da war es jetzt etwa sechs Uhr morgens und in D.C. Mitternacht. Wenn er es schaffte, würde er in drei Stunden in Kirchheim durchklingeln. Endlich machte er das Licht aus und schloss die Augen.

Als er um vier Uhr morgens wieder aufwachte, hörte er, wie sich draußen Polizeisirenen näherten. Sofort war er wieder im Dienst, obwohl er im Bett lag. Er stand auf, lief hinüber und sah aus dem Fenster. Die Sirenen kamen näher und entfernten sich dann auch schnell wieder. Das war hier in Washington auch in der Nacht keine Seltenheit. Es war einfach zu jeder Tages- und Nachtzeit Einsatz für die Kollegen in Uniform. Er ging hinüber zum Kühlschrank, trank einen Schluck Gerolsteiner, das er sich besorgen konnte und dachte dabei an die Botschafterin oben in Georgetown in ihrer Villa. Vielleicht müsste er sie noch einmal über die Geschehnisse informieren. Er nahm sich vor, sie am Morgen anzurufen und sie ins Bild zu setzen. Aber dann war es Zeit, einen anderen Anruf zu tätigen.

In Kirchheim war es kurz nach zehn Uhr am Vormittag. Edel war etwas im Zusammenhang mit Shevchenkos Offenbarungen hinsichtlich Bernhard Sauers Computereskapaden eingefallen. Darüber musste er mit Robert Naumann unbedingt sprechen.

Es dauerte eine Weile, bis sein Assistent abnahm. Der junge Mann war sichtlich erfreut, die Stimme seines Vorgesetzten zu hören.

„Frank, ich mach mir weiterhin ernsthaft Sorgen um dich. Was da drüben bei euch abgeht, ist schon ein paar Nummern schärfer als bei uns hier in der idyllischen Pfalz!" Naumanns Stimme zitterte ein wenig, und Edel war fast gerührt. Doch dann schaltete er schnell auf Dienst um, bevor sie sich virtuell noch in die Arme fielen.

„Ich hab das Gefühl, ich komm bald nach Hause, Robert. Die Ermittlungen spitzen sich zu, und ich denke, wir stehen kurz vor der Lösung."

„Wirklich?", sagte Naumann, „dann weißt Du sicher ein wenig mehr als wir hier in Kirchheim. *Fill me in*!" sagte er noch, mehr zu sich selbst als zu seinem Chef, um sich etwa vor diesem mit seinen Englischkenntnissen zu brüsten.

Petra Demmerle kam ins Zimmer und setzte sich zu Naumann. Dann informierte Edel die beiden über die Geschehnisse in Alexandria von letzter Nacht und über das, was Dimitri Shevchenko über Sauer und die WCK-Computer hatte verlauten lassen. Da die Fahndung nach Alexandr Sidorov lief und Edel dabei weitgehend außen vor war, wollte er sich auf der deutschen Seite nach der Lösung des Falles umschauen.

„Ich habe mir Deinen letzten Bericht nochmals sehr aufmerksam durchgelesen, Robert. Kannst Du dich noch daran erinnern, dass Du Sauers Tochter und seinen Sohn gefragt hast, was sie beruflich machen?"

„Zahnärztin und IT-Spezialist, irgendetwas mit User-Help-Desk-Software-Entwicklung."

„Genau! Und jetzt lassen wir mal die Zahnklempnerin außen vor. Davor habe ich eh immer einen Horror. Günter Sauer, der Sohn, der hat doch ganz sicher umfangreiche IT-Kenntnisse, was meinst du?"

„Davon kann man ausgehen, Frank. Diese Computer-Nerds haben doch ständig ihre Nase kurz vor dem Bildschirm und die Finger am Programmier-Keyboard."

Naumann lachte, als habe noch nie jemand einen Witz über die Techies gemacht. Edel ging ungeachtet darüber hinweg.

„Und denkst Du, dass so jemand auch in der Lage ist, ein Computernetzwerk zu knacken oder sich zumindest auf einem Server umzuschauen und Daten herunterzuladen oder zu kopieren, oder auch nur den sogenannten Traffic anzuschauen und dabei Dinge zu entdecken, die gefährliche Konsequenzen für den Hacker haben könnten?"

„Unbedingt, würde ich mal sagen. Es sei denn, derjenige ist nur auf ganz bestimmte Aufgaben innerhalb der IT spezialisiert, die ihn dazu nicht befähigen!"

Robert Naumann war sicher näher an diesen technischen Dingen dran als Edel. Der hatte schon Probleme, wenn es galt, ein Drum Modul zu programmieren, und hatte daher noch immer ein akustisches Set vor einem elektronischen bevorzugt.

„Dann hätte ich gern, dass ihr dem jungen Sauer noch einmal richtig auf den Zahn fühlt, Robert, und Du auch Petra. Lass Deinen Charme spielen. Ich habe den Verdacht, dass uns der gute Günter Sauer ein paar Dinge verschwiegen hat. Fragt ihn klipp und klar, ob er seinem Vater bei seinen Recherchen zur World Central Kitchen IT-technisch unter die Arme gegriffen hat und sie dabei auf Dinge gestoßen sind, die sie besser hätten ruhen lassen."

„Wird gemacht, Chef. Wir fahren nochmal nach Zell, die Beerdigung ist ja noch ein paar Tage entfernt. Tochter und Sohn sind sicherlich noch dort!"

„Nein, ladet ihn ruhig auf die Dienststelle vor. Das wird ihm sicher ein wenig Druck machen. Vielleicht ist er dann eher bereit, uns reinen Wein einzuschenken, wenn er merkt, dass es richtig ernst wird!"

Robert Naumann konnte dies nur als eine gute Idee finden, und Petra Demmerle wollte beim Gespräch unbedingt dabei sein, da sie ja, was Recherchen am PC anging, auch nicht gerade unbeleckt war und vielleicht die ein oder andere IT-lastige Frage stellen konnte.

Sie verabschiedeten sich, und Edel überlegte, ob er sich nochmals hinlegen sollte. Er hatte ja nur etwa vier Stunden geschlafen, aber das Adrenalin in seinem Körper hatte sich noch nicht verflüchtigt. Er fühlte sich putzmunter. Daher entschied er sich, schnell zu duschen und dann eine ganz frühe Tour durch das noch dunkle Washington zu drehen, mit Hoodie-Kapuze auf dem Kopf in alter Rocky-Balboa-Manier. Das war so mit Mike Farnsworth zwar nicht abgesprochen, aber Alexandr Sidorov würde schon nicht um die Ecke auf ihn warten, um ihn zu meucheln. Der hatte inzwischen sicher ganz andere Sorgen.

27.

Als er gegen neun Uhr ins Büro ins J. Edgar Hoover Building kam, herrschte in Mike Farnsworths Büro bereits wieder helle Aufregung. Jemand hatte den Kongressabgeordneten Neil Rogers in der Rotunda des Capitols mit einer angespitzten Nagelfeile angegriffen. Und da der Republikaner eben auch Chairman des Armed Services Committee des Hauses war, und einer von Bernhard Sauers direkten Ansprechpartner im politischen D.C., hatte das Geschehen auch sofort Edels Aufmerksamkeit. Farnsworth setzte sich sofort mit der U.S. Capitol Police in Verbindung, die für die Aufrechterhaltung des Gesetzes auf dem gesamten Capitol-Gelände zuständig war. Er machte deutlich, dass sie ein berechtigtes Interesse am Überfall auf Rogers hatten und an einem Fall arbeiteten, der damit in Zusammenhang stehen könnte. Man würde sie im Visitor Center erwarten und zum Büro des Chairman begleiten, hieß es.

Frank Edel holte sich ausnahmsweise einen Kaffee und trat ans Fenster des Büros, von dem aus er hinunter auf die Pennsylvania Avenue sehen konnte. Das war auch für ihn schon zu einer lieben Gewohnheit geworden, und er musste sich eingestehen, dass er diese Aussicht vermissen würde, wenn er sich bald wieder in der Pfalz mit dem Blick auf die Kirchheimer Vorstadt begnügen musste. Er war schon seit Stunden auf und merkte, wie er langsam wieder müde wurde.

Noch in der Dunkelheit war er von seinem Apartment aus über den Lafayette Square zum Weißen Haus hinunter gelaufen. Dann war er die 17te Straße hinunter gegangen und hatte die Nadel des Washington Monument links liegen gelassen. Er hatte sich vorgenommen, die National Mall entlang zu laufen, vielleicht sogar bis hinunter am Wasserbassin entlang bis zum Lincoln Memorial. Doch dann ließ er den Bürgerkriegspräsidenten auf seinem hohen Sitz inmitten des mächtigen Gebäudes einfach sitzen und lief geradeaus am Denkmal des Zweiten Weltkriegs vorbei. Plötzlich hatte er gewusst, wohin er laufen wollte. Das war in der Dunkelheit vielleicht sogar illegal, weil man hier in den USA Parks und öffentliche Anlagen nur bei Tageslicht betreten durfte. Aber es hatte ihn in diesem Moment einfach wenig geschert. Bevor er Washington den Rücken kehren würde, wollte er dem Monument eines Mannes einen Besuch abstatten, den er als einen der Ikonen von Freiheit, Recht und Zivilcourage verehrte. Und dann hatte er vor dem in Stein gehauenen Martin Luther King Junior gestanden, dort, wo schon die Wasser des Tidal Bassins schwappten, das durch eine Art Schleuse mit dem Potomac River verbunden war. Der schwarze Bürgerrechtler hatte ja davon geträumt, dass alle Menschen einmal gleich sein sollten. Das war noch immer nicht erreicht, nicht wirklich zumindest, und schon gar nicht in den Vereinigten Staaten. Die Menschheit schien immer wieder auf eine frühere Stufe ihrer Entwicklung zurückzufallen. Krieg, Vernichtung und Mord feierten an vielen Stellen Triumphe. Würden wir jemals etwas dazulernen?

Im Büro war keine Zeit mehr zum Philosophieren. Die nackte Realität forderte die ganze Aufmerksamkeit. Farnsworth sah nicht die Notwendigkeit, das ganze zwanzigköpfige Team zu alarmieren, und verständigte nur den Executive Assistant Director von ihrem Vorhaben. Dann fuhr das altbewährte Viererteam mit dem Escalade Richtung House of the American People, wie das Capitol noch genannt wurde. Sie fanden den Kongressabgeordneten in seinem Büro wieder, das sie bereits vom ersten Besuch her kannten. Martinelli und Turner postierten sich wie immer vor der Tür. Rogers trug einen Verband auf der rechten Seite des Halses, aber er schien gefasst und nicht bereit, sich von der Nagelfeilattacke aus dem Konzept bringen zu lassen. Natürlich hatten mittlerweile die einzelnen Nachrichtenservices über den Vorfall berichtet, und auch die Nachrichten-TV-Sender hatten ihren Zuschauern kurze Einspieler präsentiert. Ein terroristischer Hintergrund wurde dabei ausgeschlossen. Edel fragte sich, wo genau die Grenze zwischen einer kriminellen Straftat und einem terroristischen Anschlag lag. Terror wurde ja nicht nur von außen verübt, es gab auch genügend Gruppierungen oder Personen, die im Inneren des Landes dazu in der Lage waren.

„Es ist nicht so schlimm. Er hat mich nur leicht am Hals erwischt. Aber er konnte entweichen, bevor irgendjemand von der Security oder der Capitol Police in der Lage gewesen war, ihn zu stellen und festzunehmen. Aber was haben Sie damit zu tun. Ich habe den Beamten hier im Haus bereits alles zu Protokoll gegeben, und die Suche nach dem Täter läuft."

„Wir sind in unserem Fall Dr. Bernhard Sauer auch auf der Suche nach einer Person, und es könnte sich um den gleichen Mann handeln." Farnsworth versuchte freundlich zu bleiben, obwohl ihm die leichte Arroganz des verletzten Mannes sichtlich gegen den Strich ging.

„Sie haben den Täter ja gesehen. Wie sah er denn aus?" Frank Edel versuchte es mit Milde. Die Welt der Politik hier in D.C. mit ihren handelnden Personen schien in einer Art Vakuum zu existieren, die ihre eigenen Spielregeln hatte und letztlich nur diesen gehorchte.

Rogers gab sich den Anschein, als müsse er überlegen und sich die Szene ins Gedächtnis rufen, als sei das schlimme Ereignis schon Wochen her.

„Er hatte ein Tuch vor dem Gesicht. Das muss er sich umgebunden haben, kurz bevor er mich überfallen hat. Sonst hätte das jemand bemerkt, und er wäre überwältigt worden. Was ich mir gemerkt habe ist, dass er einen Akzent hatte, ich tippe auf etwas osteuropäisches, russisch, oder polnisch, oder ungarisch!"

Edel war selbst noch nie im Osten Europas gewesen, daher konnte er die slawischen Sprachen ebenfalls kaum voneinander unterscheiden. Aber er wusste doch, dass zwischen den von Rogers genannten Ausdrucksformen gewaltige Unterschiede lagen. Für einen Amerikaner jedoch mochten sie alle den gleichen Duktus haben.

„Er hat also etwas zu Ihnen gesagt, Congressman. Was war das?“ Farnsworth spielte weiterhin den druckvolleren Cop.

„Das habe ich alles der Capitol Police schon erzählt. Er sagte: *Don't mess with Russia!* Und dann noch etwas in seiner Sprache, das klang so wie *smirr nashe dirwa* oder so ähnlich.“ Rogers griff sich an den Verband an seinem Hals und strich mit zwei Fingern über die versorgte Wunde. „Ich habe ein Schmerzmittel genommen. Es tut so gut wie nicht mehr weh, ich spüre nur ab und an so ein Ziehen, wissen Sie!“

Mike Farnsworth hatte sein Handy gezückt. Edel konnte sehen, dass er die Google-Translate-App aufgerufen hatte. Er wählte den Voice-Translator aus. Dann sprach er die drei Worte in das Mikrophon des Handys: *Smirr nashe dirwa*! Farnsworth schaute in die kleine Runde. Dann drückte er auf das Icon mit dem Lautsprecher. Die Antwort sorgte dafür, dass allen ein Schauder über den Rücken lief: *Death is our business!* Der Tod ist unser Geschäft. Farnsworth gab nun den englischen Satz in die Suchzeile der normalen Google-Suchmaschine ein. Dort wurde der Satz in der ersten Notiz noch um einen zweiten Teil erweitert, *...and business is good*! Und das Geschäft brummt. Der FBI-Mann zeigte den Artikel Rogers und Edel. Edel war der Erste, der reagierte.

„Das ist das Motto der PMC Wagner Group! Wow, die tragen die Brutalität auf der Brust, oder nicht?“ Er hatte den Ausdruck *they wear their brutality on their sleeves* benutzt, den er im Zusammenhang mit der Söldnertruppe irgendwo gelesen hatte.

Neil Rogers sagte gar nichts, aber er war kreidebleich geworden. Mike Farnsworths Geduld mit dem Abgeordneten war nun endgültig zu Ende. Er hatte genug vom Versteckspiel oder von der diplomatischen Zurückhaltung des Politikers.

„Ich glaube, es ist an der Zeit, dass Sie uns alles sagen, was Sie im Zusammenhang mit Dr. Sauer, mit seinem Besuch hier und auch PMC Wagner wissen, Congressman. Und die Betonung liegt auf A L L E S! An Ihrer Reaktion konnten wir sehen, dass Ihnen der Name der russischen Kampftruppe nicht ganz unbekannt ist. Ich glaube nicht, dass wir diesen Ihnen gegenüber schon einmal erwähnten. Das ist er für Sie doch nicht, unbekannt, meine ich, oder?“ Farnsworth hatte *mercenary force* gesagt. Der Ausdruck hatte bei Rogers eine Art Schüttelfrost ausgelöst, der aber nicht lange anhielt.

„Anfang des Jahres hat unser Treasury Department, also das Finanzministerium, PMC als transnationale kriminelle Organisation bezeichnet. Das wurde dann sofort zu einem Teil der Sanktionen, mit denen wir verhindern wollen, dass Putins Russland seine Interessen international zu erweitern versucht, und zwar mit allen Mitteln, eben auch mit Gewalt.“

Rogers wirkte so, als hielte er eine Rede vor dem Kongress und müsste besonders seine republikanischen Mitparlamentarier davon überzeugen, dass dies ein richtiger und notwendiger Schritt war. Farnsworth gefiel das gar nicht.

„Jetzt lassen wir mal die große Politik außer Acht und kommen auf das Persönliche zu sprechen, auf das, was uns im Zusammenhang mit dem Tod eines deutschen Bundestagsabgeordneten wirklich interessiert, Congressman!"

Frank Edel hatte das Bedürfnis, sich ein wenig weg zu ducken. Gemeinhin ging er nicht gleich jeder Konfrontation aus dem Weg, schon gar nicht, wenn es um berufliche Ermittlungen ging. Aber er befand sich im Gebäude des amerikanischen Kongresses, der Legislative und damit der gesetzgebenden Gewalt des Landes, die neben dem Präsidenten, seinem Vizepräsidenten, dem Kabinett und dem Supreme Court, dem höchsten Gericht im Lande, das US-Regierungssystem bildete. Das war für einen Polizisten aus der pfälzischen Provinz ein respekteinflößendes Umfeld. Er würde versuchen, weitgehend seine Schweigeübung zu exerzieren. Es gab sicher noch andere Szenarien, bei denen er seine Kompetenz besser einbringen konnte.

Neil Rogers hatte zunächst bezüglich der etwas rüden Behandlung protestieren wollen. Doch dann besann er sich eines Besseren. Auch mit dem FBI war nicht zu spaßen, und er hatte keine Lust auf ein *Hearing* oder sonst eine Untersuchung, die seinetwegen im Kongress angestrengt werden würde.

„Das mit der kriminellen Organisation war uns nicht genug. Die Rede ist jetzt von mir, meinem demokratischen Kollegen im Armed Services Committee, John Courtney und Ihrem Mann vom deutschen Verteidigungsausschuss, Mister Sauer. Wir wollten einen Schritt weitergehen. Wir wollten, dass die PMC Wagner Group als terroristische Vereinigung gebrandmarkt wird."

„Und was bringt das? Sind das nicht alles nur Wortklaubereien?" Farnsworth blieb weiterhin skeptisch, doch zumindest sprach er mit ruhiger Stimme.

„Moskau behauptet ja immer noch, dass die Wagner-Gruppe offiziell nichts mit Putin und dem russischen Staat zu tun hat. Das hat den großen Vorteil für die, dass sie außerhalb jeglicher Legalität operieren können." Es war klar, dass Rogers versuchte, nicht zu schulmeisterlich und abstrakt zu sprechen.

„Aber das sind doch reine Verbrecher, diese Söldner. Also für mich sind das schon Terroristen, Erklärungen hin oder her. Muss man das immer noch monatelang verhandeln?" Farnsworth schnaubte, kriegte sich aber wieder in den Griff.

„Wenn es offiziell gemacht würde, auf internationaler Ebene, dann hätte dies den Vorteil, dass man Wagner-Mitglieder schon allein für die Mitgliedschaft festnehmen und bestrafen könnte, sobald sie einen Fuß in ein Land setzen. Man müsste nicht erst warten, bis man dem einzelnen Kämpfer ein Verbrechen nachweisen kann." Rogers dozierte zwar etwas, wirkte jetzt jedoch glaubwürdig und menschlich.

„Und Sauer, was hatte der genau damit zu tun? Haben Sie konzertiert daran gearbeitet?" Edel schien jetzt die Ruhe selbst.

„Wir haben es auf beiden Seiten des Atlantik diskutiert, haben uns über die Vorgehensweise abgestimmt und versucht, es in unsere Parlamente einzubringen. Wie gesagt, auf beiden Seiten des großen Teichs!“

„Und das ist nicht gelungen, was?“ Farnsworth konnte einfach nicht gelassen bleiben.

„Noch nicht, Gentlemen. Aber wir werden es sicher schaffen, das verspreche ich Ihnen. Wagner hat terroristische Handlungen nicht nur gegen individuelle Personen und Gebäude in der Ukraine verübt, sondern gegen die ganze Bevölkerung. Jewgeni Prigoschin und seine Company befinden sich in einer unrechtmäßigen Vereinigung mit der russischen Föderation. Wir werden sie kriegen, so wahr ich Chairman der Armed Services der Vereinigten Staaten von Amerika bin!“ Neil Rogers stand auf. Er biss sich auf die Zähne, was seinen Besuchern verriet, dass er Schmerzen hatte.

„Ich denke, ich werde nach Hause gehen“, meinte er dann auch. „Meine Frau sagte eh schon, ich sei verrückt, nach solch einer Attacke im Büro zu bleiben und vielleicht sogar noch an einer Sitzung teilzunehmen. Ich denke, sie hat Recht. Ich gehöre ins Bett oder zumindest auf die Couch!“

Er holte aus der Schublade seines Schreibtischs ein Fläschchen hervor, auf dem Ibuprofen zu lesen war. Dann entnahm er drei der kleinen Schmerztabletten und spülte sie mit einem Schluck Wasser hinunter. Die Polizisten sahen ein, dass hier nichts mehr zu holen war.

„Eines noch, Congressman, was wissen Sie über den Zusammenhang zwischen der World Central Kitchen und PMC Wagner?“ Farnsworth ging langsam zur Tür, wo Martinelli und Turner warteten, bis der nächste Zug des Polizeispiels gemacht werden würde.

„Absolut rein gar nichts“, meinte Rogers, „und was für einen sollte es da geben? Das sind doch zwei Welten, die rein gar nichts miteinander zu tun haben – oder, zu tun haben sollten!“

„Eben“, stimmte ihm Farnsworth zu, wobei er einfach nur *right* gesagt hatte. Die Tür war offen. Doug Martinelli und William Turner gingen auf Hab-Acht-Stellung.

„Gut, wir werden Sie über unsere Ermittlungen auf dem Laufenden halten, besonders, wenn es um unseren Mann in Sachen Bernhard Sauer geht, um zu sehen, ob es der Gleiche wie der Ihre mit der Nagelfeile ist!“ Farnsworth winkte den Hünen zu, die sich endgültig von ihren Posten lösten.

„Wie heißt Ihrer?“

„Alexandr Sidorov!“

„Ah, nicht Dimitri Shevchenko, was?“ Rogers ließ nochmals zwei Finger über den Verband am Hals gleiten. Es schien doch noch weh zu tun. Er schaute Frank Edel dabei an.

„Vielleicht nicht mehr", sagte der, „oder vielleicht doch noch!"

Wie würden sie wieder an Sidorov herankommen, das war die große Frage. Der Mann tauchte auf und verschwand wieder, als hätte ihn der Erdboden verschluckt. Es war ihm sogar gelungen, aus dem Capitol zu flüchten, ohne dass ihn die Capitol Police zu fassen bekam, nachdem er einen Kongressabgeordneten angegriffen und verletzt hatte. Wenn er es denn gewesen war, wovon Edel jedoch überzeugt war. Mike Farnsworth hatte veranlasst, dass die Wohnung der Familie Sidorov in Alexandria bewacht wurde. Seine Schwester Janka saß in Untersuchungshaft, aber Alexandrs Mutter und Boris, sein Neffe, waren ja dort verblieben. Dimitri Shevchenko war ebenfalls kalt gestellt. Wer wusste jedoch, wen Sidorov sonst noch so in der Region Washington D.C. kannte? Mit Russen war es genau wie mit Deutschen und Amerikanern, sie waren überall.

Wieder im Büro rief Edel die Botschaft in Georgetown an. Er hatte ja sowohl die Visitenkarte von Botschafterin Emily Faber, wie auch die von Stefan Linke, dem Koordinator der Transatlantischen Kooperation. Zunächst wollte er Linkes Durchwahl wählen, doch dann dachte er, warum sollte er mit dem Adjutanten sprechen, wenn er auch gleich mit der Kaiserin reden konnte! Natürlich war die Durchwahl zur Botschafterin nicht auf der Karte, aber die Assistenz stellte Edel sofort durch, als er sagte, um was es geht.

Emily Faber begrüßte den Kommissar mit einer Jovialität, als seien sie alte Schulkameraden. Vielleicht war es die gemeinsame Liebe zum Gerolsteiner Mineralwasser, oder auch nur die Chemie, die zwischen ihnen stimmte. Frank Edel informierte die Diplomatin über die letzten Ereignisse im Fall Sauer.

„Ich habe sogar mit der Witwe Andrea Sauer gesprochen", meinte sie dann, als sei dies das Selbstverständlichste von der Welt, wann immer ein Staatsbürger aus Deutschland im Ausland zu Schaden kam. „Sie hat sich sehr positiv über ihre Mitarbeiter in der Heimat geäußert. Aber mir schien sie etwas abwesend zu sein, ja, fast desinteressiert am Schicksal ihres Mannes, seltsam."

Sie verstummte, als hätte sie ihre Eindrücke lieber für sich behalten sollen. Edel knabberte am gleichen gedanklichen Salzgebäck. Aber dann ließ er doch seinen eigenen Impressionen freien Lauf.

„Vielleicht hat sich der gute Dr. Sauer auch nicht mehr so sehr für das Schicksal seiner Frau interessiert. Ich weiß nicht genau, wie lange die beiden verheiratet waren, aber wir wissen ja alle, dass es während einer Ehe emotionale Abnutzungserscheinungen geben kann."

Edel hätte in Wirklichkeit zugeben müssen, dass er persönlich so gut wie nichts darüber wusste, denn er hatte nie in einer längeren Beziehung gelebt. Aber da die Botschafterin nicht weiter auf seine Bemerkung einging, ließ er es ebenfalls dabei bewenden.

„Wir müssen aber nochmals mit dem Sohn Günter sprechen, er hat uns nicht alles erzählt, vor allem, was die Aktivitäten seines Vaters mit PMC Wagner auf sich hatten."

„Was die Söldnertruppe angeht, so kann und will ich Ihnen dabei nicht helfen, Herr Edel. Damit würde ich mich auf sehr glatten Boden der internationalen Bekämpfung krimineller oder gar terroristischer Organisationen begeben. Sie wissen, dass die Vereinigten Staaten gegen diese Organisationen vorgeht und ihre Vermögenswerte einzufrieren versucht, sobald sie die nationale Sicherheit gefährden, oder auch die Auslandspolitik, oder gar die Wirtschaft des Landes. Und da will und darf ich mich als Botschafterin der Bundesrepublik Deutschland gegenüber der USA nicht hineinhängen."

„Das verstehe ich", meinte Edel, „schließlich ist es eine der Hauptaufgaben einer Botschaft, den Dialog mit der Regierung des Empfangsstaates zu führen und nicht, sich in deren Sicherheitspolitik einzumischen."

„Aber vielleicht können wir Ihnen bei der Suche nach diesem Alexandr Sidorov unter die Arme greifen. Wir haben sehr gute Kontakte zur ukrainischen Botschaft und zur dortigen Botschafterin. Sie können sich vorstellen, dass die mehr als interessiert daran sind, potentielle Kriegsverbrecher zur Strecke zu bringen, ganz besonders dann, wenn diese Russen sind. Botschaften wissen oft recht gut, wo die Fäden bestimmter Gruppierungen im Gastland zusammenlaufen. Ich werde dort einmal deswegen vorsprechen und Ihnen Bescheid geben, wenn wir etwas herausgefunden haben. Stefan Linke kann sich dabei mit seiner transatlantischen Kooperation sicher auch etwas engagieren."

„Ich habe ein Bild von Sidorov machen können, als er im National Harbor aus dem Capital Wheel ausstieg. Wenn Sie wollen, dann schicke ich es Ihnen schnell auf Ihr Smartphone!"

Edel war schon dabei, das Foto zu suchen. Danach bedankte er sich bei Emily Faber und verabschiedete sich.

Am Abend entschied sich der Kommissar, Anderson Cooper von CNN eine Sendepause zu gönnen und dem Nachrichtensender MSNBC den Vorzug zu geben. Dort gab es eine Moderatorin namens Rachel Madow, deren Stil er mindestens genauso interessant fand, wie den des weißhaarigen Cooper. Madow berichtete, dass der chinesische Präsident mit dem Präsidenten der Ukraine zum ersten Mal persönlich sprach, seit die russische Invasion begonnen hatte. Es soll nach ihrem Bericht ein langes und bedeutendes Gespräch gewesen sein. In der Hauptsache war es darum gegangen, wie ein möglichst baldiger und anhaltender Frieden für die Ukraine erreicht werden könnte. Das Gespräch hatte nur am Telefon stattgefunden, aber zumindest sprachen die beiden Vertreter ihrer Länder, und vielleicht hatte es zur Folge, dass China die Unterstützung Russlands ein wenig anders sah. Das war vielleicht ein Hoffnungsschimmer, dachte Edel und schaltete bald den Fernseher wieder aus, da es fast 22 Uhr war und er vor Müdigkeit kaum noch die Augen aufhalten konnte.

Kurz vor dem Einschlafen musste er noch einmal an ihre aktuellen Ermittlungen denken. Ein baldiger Friede in der Ukraine würde ja auch bedeuten, dass Gruppen wie PMC Wagner sich wieder andere Schauplätze für ihre brutalen, menschenverachtenden Aktivitäten suchen müssten. War das etwas Gutes oder etwas Bedenkliches? Wahrscheinlich fifty-fifty, dachte Edel noch, löschte das Licht und schloss die Augen. So wie die Welt gestrickt war, würden sie jedenfalls weiterhin sagen können: Der Tod ist unser Geschäft, und das Geschäft brummt!

28.

Es wäre schön gewesen, erneut ins Zellertal zu fahren. Die Pfalz hatte ja viel an natürlicher Schönheit zu bieten, und zusammen mit dem Wein und den deftigen Speisen spielte es eigentlich keine Rolle, ob man wochentags oder am Wochenende mit dem Auto, dem Motorrad, dem Rad oder zu Fuß unterwegs war. Der Landstrich war immer einen Ausflug oder eine Reise wert. Robert Naumann und Petra Demmerle hatten jedoch von ihrem direkten Vorgesetzten die Order erhalten, Günter Sauer auf die Kirchheimer Dienststelle vorzuladen.

Der junge Sauer war davon sichtlich nicht begeistert, als er in der Vorstadt an Naumanns Dienstzimmertür klopfte. Petra Demmerle kam dazu und bot dem Sohn des MdB einen Kaffee an, was dieser jedoch dankend ablehnte.

„Setzen Sie sich, Herr Sauer“, sagte Naumann und versuchte etwas krampfhaft, gute Stimmung zu verbreiten. „Na, wie ist das Leben in Düsseldorf, wenn man aus der idyllischen Pfalz stammt?“

Günter Sauer zögerte, doch als er zu der jungen Frau hinüber sah, die freundlicher nicht hätte schauen können, milderte sich sein Ausdruck und er war bereit, sich auf die beiden Angehörigen der Donnersberger Polizei einzulassen.

„Wir haben die längste Theke der Welt, das wissen Sie ja bestimmt. Und wenn man sich daran gewöhnt hat, dann schmeckt das Altbier genauso gut wie ein Glas Schwarzer Herrgott Riesling aus Zell oder Einselthum.“

Naumann lachte und war froh, dass die Stimmung lockerer wurde. Dann wurde er aber ernst.

„Herr Sauer, glauben Sie bitte nicht, dass wir Sie hier schikanieren wollen. Aber wir haben noch Fragen an Sie. Und indem wir Sie hier auf die Dienststelle eingeladen haben, wollten wir Pietät walten lassen. Soweit wir wissen, ist der Leichnam Ihres Vaters angekommen und die Bestattung steht kurz bevor. Da wollten wir nicht wieder im Haus ihrer Mutter aufkreuzen und die Trauer stören." Naumann wusste, dass dies nicht ganz der Wahrheit entsprach, doch manchmal war es auch als Polizist angebracht, die Wahrheit etwas zu dehnen. Das nannte man ja heutzutage wohl *alternative Facts*!

Aber der junge Sauer hatte sich auf den lockeren Umgangston bereits eingelassen und entspannte sich zusehends.

„Und vergessen Sie bitte nicht, dass wir hier in Kirchheim wie auch in Washington in den Staaten an der Aufklärung des Mordes an Ihrem Vater arbeiten. Das ist unsere Aufgabe, und die nehmen wir immer sehr ernst. Da verstehen wir auch keinen Spaß!" Das hatte trotz Lockerheit gesessen. Günter Sauer hatte zwar ein wenig gezuckt, doch er blieb offen.

„Dann fragen Sie mich, was immer Sie wollen. Sie haben ja Recht. Und ich will mithelfen. Ich fürchte nur, dass es dabei etwas mulmig werden kann, wissen Sie!"

Die beiden Mitarbeiter Edels schauten sich an. Waren sie jetzt endlich dabei, den Rest der Story zu erfahren?

„Was meinen Sie damit?", fragte Petra Demmerle, „was heißt, es kann mulmig werden? Und möchten Sie nicht doch lieber einen Kaffee?"

„Ein Wasser wäre mir lieber!" Günter Sauer fuhr sich mit der Zunge über die Lippen, als hätte das Wort mulmig ihn jetzt sehr durstig gemacht.

Naumann ging, um das Wasser zu holen. Er schenkte ein und stellte das Glas vor Sauer auf den Tisch. Der trank einen Schluck und harrte der Dinge, die da kommen sollten. Robert Naumann wollte freundlich bleiben, aber er war auch nicht oder nicht mehr bereit, sich mit Halbwahrheiten abspeisen zu lassen.

„Ich will nicht behaupten, dass Sie uns bei unserem Besuch in Ihrem Elternhaus nicht die Wahrheit gesagt haben, Herr Sauer. Aber ich glaube, Sie haben uns nicht alles gesagt, was wir wissen sollten, um die Ermittlungen konstruktiv vorantreiben zu können. Können Sie sich denken, von was oder von wem ich spreche?"

Sauer schaute etwas schuldbewusst von unten heraus seine beiden Gegenüber an und nahm einen weiteren Schluck Wasser.

„Ich denke, ja."

„Was machen Sie nochmals beruflich, Herr Sauer, ich meine, was genau!" Naumann pokerte etwas.

„Ich bin Teilhaber einer Firma, die eine User-Help-Desk-Lösung entwickelt und vertreibt. Man sagt auch Service Management dazu.“ Sauer holte nicht weiter aus.

„Und sind Sie da eher auf der kaufmännischen Seite oder auf der technischen?“ Auch Naumann hielt sich knapp.

„Ich habe als Programmierer angefangen, habe Informatik studiert und erst mal als Entwickler gearbeitet. Programmiersprachen, wissen Sie, C++, Java, Cloud-Programmierung, dann auch so etwas, das man Facility Management nennt, also wie man das gesamte IT-Netzwerk eines Unternehmens administriert und so weiter.“

„Hm, und befähigt eine solche Tätigkeit und ein solches Wissen auch dazu, in andere, fremde Netzwerke einzudringen, um dort bestimmte Informationen einzusehen oder abzurufen, Informationen, die eigentlich nicht für Außenstehende bestimmt sind?“

Günter Sauer wurde wieder etwas unruhiger und rutschte auf seinem Stuhl hin und her. Er nahm einen weiteren Wasserschluck.

„Ja schon, wenn man sein Wissen dafür verwenden will!“

Petra Demmerle hatte die ganze Zeit gewartet, bis sie sich einbringen konnte.

„Uh, so etwas interessiert mich ungemein. Wissen Sie, ich bin selbst ziemlich an IT interessiert. Ich nutze meine Fähigkeiten hier bei meiner Arbeit auf der Dienststelle immer wieder für unsere Internet-Recherchen. Natürlich habe ich nicht das Wissen wie jemand wie Sie, der all diese Dinge an der Uni studiert hat. Ich habe nur Kurse belegt!“

Sauer lächelte sie an und es war nicht klar, ob aus reiner Sympathie für die gutaussehende junge Frau oder aus Mitleid, weil sie nur ein einfacher User war und kein Profi-Nerd, der mit einem Computer-Keyboard so ziemlich alles anstellen konnte. Naumann hatte genug vom Katz- und Mausspiel. Er fiel mit der Tür ins Haus.

„Wann sind Sie auf die PMC Wagner Group gestoßen, Herr Sauer? Und bitte überlegen Sie nicht zu lange, wir haben noch andere Dinge vor heute!“

Das saß. Günter Sauer sah den Kriminalpolizisten entsetzt an, als habe er nicht erwartet, so abrupt ans eigentliche Thema herangeführt zu werden, sondern etwas länger Zeit zu haben, um den heißen Brei zu umrunden.

„Als ich ihm dabei half, World Central Kitchen etwas näher unter die Lupe zu nehmen!“ Der junge Mann holte ein Taschentuch aus der Hose und schnäuzte sich.

Naumann hatte schon lange niemanden mehr gesehen, der noch Stofftaschentücher nutzte, schon gar nicht einen jungen Menschen, der noch dazu in einer Branche arbeitete, die ihre Gepflogenheiten schneller wechselte als andere Leute die berühmte Unterwäsche.

„Vater wollte wissen, ob das eine legitime humanitäre Organisation war, die es wert war, von ihm und vielleicht sogar ganz offiziell vom Deutschen Bundestag unterstützt zu werden, in welcher Form auch immer!“

„Und ist Ihr Vater dazu zu Ihnen nach Düsseldorf gekommen, oder Sie ins Zellertal?“ Petra Demmerle war ehrlich interessiert am Thema.

„Weder noch. So etwas kann man heutzutage ja ganz bequem vom eigenen Schreibtisch aus machen. Man arbeitet remote, wie das so schön heißt, von der Distanz heraus. Ich habe Vater schon lange bei seinen größeren und kleineren IT-Problemen unterstützt, manchmal sogar für sein Wahlkreisbüro in Kaiserslautern etwas getan, wenn die dort Computerprobleme hatten, oder ab und an sogar auch für das Berliner Abgeordnetenbüro. Ich arbeite dabei meist mit der Team-Viewer-Software. Dabei loggt man sich auf dem Computer seines Klienten ein und arbeitet dann auf dessen PC, als habe man das Gerät direkt vor sich stehen. Voraussetzung dabei ist, dass der Computer auf der anderen Seite ebenfalls die Team-Viewer-Software installiert hat. Aber dafür kann man ja sorgen.“

„Und das hat auch bei WCK funktioniert?“ Petra Demmerle war jetzt voll bei der Sache. Sie machte sich sogar parallel Notizen.

„Ja, mit Umwegen. Wir wollten ja unbemerkt bleiben. Wir wollten möglichst keinen oder nur einen geringen digitalen Fußabdruck hinterlassen, das ist klar! Und wir wollten nichts kaputt machen. Wir hatten keine unlauteren Absichten, nur schauen, was wir so finden und was das für eine Organisation ist, hinter den Kulissen eben!“

Naumann stießen die Begriffe dgitaler Fußabdruck und hinter den Kulissen auf. Der MdB hatte sich dabei mit Hilfe seines Sohnes ganz sicher am Rande der Legalität bewegt, oder diese Hürde dabei längst überschritten. Aber er behielt seine Eindrücke für sich, ließ den heißen Brei stehen, um einmal mehr mit der Tür ins Haus zu fallen.

„Und PMC-Wagner? Kommen Sie, machen Sie es nicht zu spannend!“

„Wir konnten mit dem Akronym zunächst gar nichts anfangen. Aber dann begegneten uns die Abkürzungen in unzähligen Einträgen auf der Code-Ebene, wissen Sie. Wenn Sie sich bei einer Software einloggen, werden dabei automatisch Befehle kreiert, und wenn sich jemand auskennt, dann stößt man auf diese digitalen Abdrücke und erkennt, wer sich da alles so tummelt.“

„Und, wer tummelte sich?“

„Alle möglichen Spender, viele Firmen, namhafte Leute aus der Politik und dem Showgeschäft, reiche Investoren und Leute mit viel, viel Geld! Wir haben schnell gesehen, dass wir – oder Vater und der Bundestag – sich in guter Gesellschaft befinden würden, wenn sie World Central Kitchen bei ihrer Arbeit, Menschen in Krisensituationen oder in Kriegsgebieten mit Essen zu versorgen, unterstützen würden.

Und an diesen Informationen waren wohl auch noch andere…Hacker…interessiert, beispielsweise auch PMC-Wagner. Die haben sich noch nicht einmal die Mühe gemacht, ihre digitalen Spuren wieder zu verwischen. Sie arbeiten eh auf der ganzen Ebene illegal!“

„Verstehe“, meinte Naumann, „und Sie haben es getan?“

„Unsere Spuren verwischt? Ja schon. Wenn man weiß, was man tun muss, dann geht das auch weitgehend. Aber auch nur weitgehend. Jedenfalls hat PMC Wagner mitgekriegt, dass wir ihnen bei unseren Nachforschungen auf dem WCK-Server auf die Schliche gekommen waren. Es war klar zu erkennen, dass sie versucht haben, nicht nur auf die Kunden- oder besser gesagt, Spenderdatenbank zuzugreifen und die Daten runterzuladen, sondern auch bemüht waren, auf Konten zuzugreifen, um direkt an Geld zu kommen. Sie haben also auf dem Server von WCK auf zwei Schienen versucht, an frisches Geld heranzukommen, wahrscheinlich um neue Waffen und Munition für den Kampf in der Ukraine kaufen zu können und ihre Söldner zu entlohnen. Die kämpfen nämlich nur für Geld und nicht fürs Vaterland, so wie es die ukrainischen Soldaten tun. Niemand von denen hat uns bedroht, niemand hat versucht, mit uns Kontakt aufzunehmen. Aber vielleicht haben sie einfach gewartet, bis Vater in Washington war, und dann haben sie zugeschlagen!“

Günter Naumann atmete inzwischen heftig. Das Wasser tat ihm jetzt gute Dienste, er hatte es fast schon leergetrunken.

„Sie können sich vielleicht vorstellen, wie ich mich jetzt fühle.“ Er stockte, bis er den nächsten Satz ausspucken konnte. „Vielleicht habe ich meinen eigenen Vater auf dem Gewissen, weil ich ihm mit meinen IT-Kenntnissen geholfen habe und ihn dabei in die Bredouille brachte.“

Sowohl Robert Naumann wie auch Petra Demmerle ließen das Gesagte zuerst einmal sacken. Der junge Sauer tat Naumann jetzt fast schon wieder leid.

„Das gehört wohl zum Schicksal von uns Menschen“, meinte er dann, „wenn wir immer schon im Voraus wüssten, welche Konsequenzen unser Handeln haben kann, dann würden wir wohl andere Wege einschlagen.“

Er ließ es dabei bewenden. Sauer machte eh schon den Eindruck eines geschlagenen Hundes. Immerhin lag der Leichnam seines Vaters nur wenige Kilometer weit weg, aufgebahrt in einer Leichenhalle. Da brauchte man ihn nicht noch unnötig zu foltern.

„Es tut mir leid, dass ich Sie darüber nicht gleich bei unserem ersten Treffen informiert habe“, meinte Günter Sauer nun mit echtem Bedauern in der Stimme, „aber es ist nicht etwas, worauf ich besonders stolz bin, wissen Sie!“

„Machen Sie sich keine Sorgen, in unserem Job darf man nicht nachtragend sein. Und wenn wir vielleicht auch nicht andauernd belogen werden, so verschweigen uns doch viele so einiges, die mit uns zu tun haben, und lassen uns nur die halbe Wahrheit wissen. Noch so eine menschliche Regung!" Petra Demmerle hatte das Spiel vom Good Cop / Bad Cop schon sehr gut intus. Und ganz bestimmt bevorzugte die junge Frau, wenn sie den guten Polizisten abgeben durfte.

„Ja, hoffen wir einmal, dass unser Kollege Edel in D.C. zusammen mit dem FBI bald Erfolg vermelden kann und diesen Alexandr Sidorov dingfest macht. Dann werden wir sehen, ob er der Täter ist und er Ihren Vater auf dem Gewissen hat, wenn so etwas in seinem Charakter überhaupt zu finden ist. Wann ist die Beerdigung nochmal?"

„Samstag", antwortete Sauer, nahm den letzten Schluck Wasser und stand auf.

„Wissen Sie, mir ist an diesem Typen gar nicht viel gelegen. Mir kommt es eher darauf an, dass wir vielleicht dazu beitragen können, dieser Private Military Group das brutale Handwerk zu legen, oder zumindest mitzuhelfen, ihnen die Wege hin zu mehr Geld für ihre Kämpfe abzuschneiden. Das hätte Vater sicher gefallen. Und dann könnte ich mir auch ein Stück weit selbst verzeihen!"

Als Günter Sauer gegangen war, hatten Naumann und Demmerle das Bedürfnis, für eine Stunde die Dienststelle zu verlassen. Da es um die Mittagszeit war, entschlossen sie sich, ein paar Spesen bei Da Caruso, im neuen Restaurant unten neben der Kreisverwaltung zu machen, gerade auch zu Ehren ihres Chefs, dessen Lieblingsrestaurant Caruso war, und weil dieser sich in den USA sicher von Hamburgern und Hot Dogs ernähren musste.

Guiseppe Caruso empfing sie wie immer mit einem einnehmenden Lächeln und ein paar italienischen Begrüßungsfloskeln. Er empfahl ihnen die hausgemachte Pasta, die Mezzelune al formaggio con asperagi, e salmone auffumicato, Nudeln, gefüllt mit Käse in einer feinen Sauce, mit frischem Spargel und geräuchertem Lachs. Allein der Klang des Gerichts ließ ihnen das Wasser im Mund zusammenlaufen.

„Noch so etwas das Frank verpasst, wenn er nicht bald wieder hier auftaucht – frischen weißen Spargel!"

Petra Demmerle verweilte nur ganz kurz in ihrer Andacht, die ihrem Vorgesetzten galt. Dann griff sie zu Messer und Gabel und rückte den Asparagus-Stangen auf den schlanken Leib.

29.

Die Fahndung nach dem flüchtigen Alexandr Sidorov war bisher ohne Erfolg geblieben. Der Russe war wie vom Erdboden verschwunden. Sowohl die Washingtoner Metropolitan Police wie auch das FBI sowie die Virginia und die Maryland State Police hatten ihn bisher nicht ausfindig machen können. Besonders der Executive Assistant Director, der die Sonderkommission Bernhard Sauer seit kurzem leitete, war darüber sehr unglücklich. Er hatte Mike Farnsworth wissen lassen, dass sie bei der Fahndung in die erfolgreichen Gänge kommen mussten, sollte das transatlantische Bündnis zwischen den Vereinigten Staaten und der Bundesrepublik Deutschland nicht wegen dieses Mordes auf amerikanischem Boden getrübt werden. Farnsworth hatte Frank Edel im Vertrauen gesagt, dass der Executive Director in Wahrheit besorgt war, dass man dem Federal Bureau of Investigation Untätigkeit vorwerfen könnte oder zumindest verbreiten könne, dass die amerikanischen Ordnungshüter nicht groß daran interessiert waren, den Fall schnellstmöglich aufzuklären.

Es war Botschafterin Emily Faber, die ihnen schließlich auf die Sprünge half. Ihr Anruf kam gerade rechtzeitig, um das rudimentäre Team, bestehend aus Farnsworth, Edel, Martinelli und Turner, aus dem Sumpf einer allmählich aufkommenden Lethargie zu ziehen.

„Ich habe Ihnen ja gesagt, dass wir vielleicht etwas tun können, um Ihre Ermittlungen zu unterstützen und den potentiellen Mörder dingfest zu machen, Herr Edel", sagte die hochrangige Frau, und die Genugtuung war in ihrer Stimme zu hören.

„Das muss das gute Gerolsteiner Wasser sein, Frau Botschafterin", ulkte der Kommissar, „das Sie dazu befähigt, Resultate zu erzielen, bei welchen Aufgaben auch immer!"

Emily Faber ließ ein Kichern hören, als sei sie noch das kleine Schulmädchen in der ersten Klasse, das den Scherz ihrer Klassenlehrerin mit einem Lachen honorierte, und nicht die oberste Beauftragte ihres Landes in den Vereinigten Staaten.

„Ich habe mich mit der ukrainischen Botschaft in Verbindung gesetzt und dort mit meiner Kollegin gesprochen, Frau Oksana Markarova, sozusagen unter Frauen. Die Botschaft ist ja auch hier in Georgetown, etwas unterhalb von Martin's Tavern gelegen, wo ich Frau Markarova schon mehrmals zum Lunch getroffen habe. Ich habe mich sogar dorthin fahren lassen."

Wow, Frauenpower!, dachte Edel. Sollte noch einmal jemand sagen, Frauen hätten in unserer Gesellschaft noch immer nichts zu sagen. Aber so etwas durfte man ja wohl als Mann gar nicht mehr denken, geschweige denn aussprechen. Und Martin's Tavern hatte er ja auch kennengelernt, den historischen Pub, in dem John F. Kennedy um die Hand seiner Jackie angehalten hatte. Doch er verdrängte diese Gedanken und konzentrierte sich auf die Fakten.

„Schön, ich habe die Botschafterin der Ukraine schon mehrmals in den Nachrichten gesehen, weil sie in den Kongress eingeladen wurde, seit Russland ihr Land überfallen hat."

„Stimmt, und über einem Salat und einer Austernsuppe habe ich ihr die Situation mit dem flüchtigen Sidorov erklärt und gefragt, ob sie helfen könne."

„Aha, und kann sie?"

„Konnte, Herr Hauptkommissar, konnte!"

Die Diplomatin wusste ganz sicher auch um die Macht des Schweigens als kommunikatives Mittel, da sie eine lange dramaturgische Pause machte. Edel spielte aber nicht mit, denn er schwieg ebenfalls und ließ die Anruferin wieder kommen.

„Sie ist schnell fündig geworden. Frau Markarova ist eine ehemalige Staatsanwältin und daher mit polizeilichen Ermittlungen bestens vertraut. Sie hat ein paar ihrer eigenen Leute auf den Russen angesetzt, weil sie ein Interesse daran hat, diesen Mann dingfest zu machen. Sie meinte, es habe zwar zwischen Andriy Melnyk, dem jetzigen ukrainischen Außenminister und früheren ukrainischen Botschafter für Deutschland zu Beginn des Krieges Unstimmigkeiten mit Vertretern des deutschen Staates gegeben, aber trotzdem sei das Verhältnis zu den Deutschen gut und dies müsse unbedingt auch so bleiben. Und daher engagiere sie sich in unserer Angelegenheit über das normale Maß hinaus."

„Das ist schön zu hören. Und wie genau gedenkt die Botschafterin uns bei unserer Ermittlung zu helfen, Frau Faber?" Edel ersparte sich den Titel und sprach seine Gesprächspartnerin als das an, was sie letztlich war, eine Frau.

„Also", begann sie, und es schien ein längerer Sermon werden zu wollen, „also, Oksana hat zuletzt im Finanzbereich gearbeitet, bevor sie ins Regierungsumfeld wechselte. Sie hat dort immer noch jede Menge Kontakte, auf sehr hohen Ebenen. Besonders im Umfeld der World Bank, für die sie ebenfalls einmal tätig war. Bei dieser Institution geht es ja darum, nachhaltige Lösungen zu finden, um die Armut und den Hunger in der Welt mit entsprechenden Projekten und Darlehen zu bekämpfen. Und da ist natürlich eine Menge Geld im Spiel. Wie Sie vielleicht wissen, ist das Headquarters der World Bank hier in D.C. Die Botschafterin hatte nun die Idee, einen ihrer World-Bank-Kontakte zu nutzen, um Sidorov mit einem Zugang zu dieser finanzstarken Welt im humanitären Umfeld zu locken. Das würde ja zu den Versuchen passen, die diese Leute bei WCK eingeschlagen haben, um an Spendengelder zu gelangen, die wohl unserem Bundestagsabgeordneten letztlich zum Verhängnis geworden sind, weil er unfreiwillig Zeuge dieser Versuche wurde."

„Das klingt spannend, Frau Botschafterin", meinte Edel. Er hatte wohl gehört, dass Emily Faber ihre ukrainische Kollegin mit dem Vornamen erwähnt hatte, da wollte er zeigen, dass er doch wieder den gebührenden Respekt den beiden Frauen ganz oben im diplomatischen Corps zollen wollte.

Dass die Weltbank ihren Hauptsitz hier in Washington hatte, war ihm nicht wirklich bekannt gewesen, doch er fragte sich inzwischen, ob es eine internationale Einrichtung gab, die ihren Hauptsitz nicht in der Stadt am Potomac hatte.

„Die Frage wird bloß sein, wie wir wieder an Alexandr Sidorov herankommen? Den Mann müssen wir erst mal wieder finden."

„Auch bereits geschehen", meinte Emily Faber mit fester Stimme, als würden unmögliche Dinge sofort erledigt und nur das Tagesgeschäft etwas länger dauern. „Unser Mann bei der Weltbank hat schnell seine Fühler ausgestreckt und sich bei der russischen Community hier in Washington weiterreichen lassen. Im Stadtteil Glover Park ist er schließlich fündig geworden. Das ist ganz im Nordwesten der Stadt, wissen Sie. Da liegt auch die russische Botschaft, die in den siebziger Jahren neu gebaut wurde. Das war und ist für die Anwohner dort eigentlich kein Problem. Trotzdem wurden dort vor einiger Zeit sechs Kameras rund um die Botschaft herum installiert. Die sollen dort vom U.S.-Sicherheitsdienst angebracht worden sein – auf Geheiß der Russen! Das sollten Ihre Partner vom FBI eigentlich auch wissen!"

„Ich werde meinen Kollegen Farnsworth, den Sie ja auch kennengelernt haben, darauf ansprechen und ihm eine Rüge erteilen, wenn dem nicht so ist." Edel wollte trotz des ernsten Themas nicht in Besorgnis erstarren und weiter ein wenig Humor in die Unterhaltung bringen. „Aber wieso auf Geheiß der Russen?"

„Na, weil die Angst haben, dass ihnen die Ukraine-Unterstützer etwas antun wollen. Jedenfalls werden die Kameras von den US-Behörden betrieben und die Bilder, die sie liefern, auch dort ausgewertet, und nicht etwa von der russischen Botschaft. Die Kameras sind mit *face recognition* ausgestattet. Können Sie sich denken, was das für unseren aktuellen Fall heißt, Herr Edel? Gesichtserkennung!"

„Dass man über den Weg jemanden erkennen kann, der sich vor der Botschaft aufhält oder dort ein- und ausgeht, richtig?"

„Richtig. Und ich habe ja das Foto von Alexandr Sidorov, das Sie mir gegeben haben und das Sie drüben im National Harbor schießen konnten. Wir haben das Bild an die entsprechende Stelle geleitet, und dann sind die fündig geworden:"

Frank Edel wusste, dass es jetzt spannend wurde.

„Sie haben ihn einige Male auf dem Schirm gehabt. Es sieht fast so aus, als sei Sidorov derzeit in der Botschaft untergekommen. Vielleicht haben ihm seine Landsleute so etwas wie Asyl gegeben, damit er vor den Häschern der ach so bösen USA-Behörden halbwegs sicher ist."

Edel musste lachen. „Häscher, das sind ja dann wohl auch wir!"

„Wir alle, ja“, meinte Emily Faber, „alle, die nicht auf der Seite Putins sind.“

„Und wie geht es nun weiter, Frau Botschafterin, wie werden wir Sidorov habhaft? Ich möchte gern bald nach Hause. In der Pfalz ist Spargelzeit, wissen Sie, da wird durchgezählt, und wenn ich nicht da bin…!“

„Verstehe“, meinte Faber und kicherte einmal mehr. Das Schulmädchen ließ sich das Lachen nicht so schnell verbieten. „Das ist natürlich ein Grund, die Dinge so schnell als möglich beendet zu wissen und den potentiellen Mörder dingfest zu machen. Ich hoffe für Sie, es wird dann auch Hollandaise dazu geben, wenn Sie wieder in der Pfalz sind.“

Jetzt war es wieder Edel, der lachte: „Unbedingt, ohne ist der Verzehr der Gemüsestangen so gut wie undenkbar.“

„Also, ich habe mit einem alten Bekannten aus Oksana Makarowas Welt-Bank-Zeiten gesprochen. Der ist inzwischen im Ruhestand und hat Muße. Er wird sich vor der russischen Botschaft in seinem Wagen platzieren. Wenn Sidorov entweder rauskommt oder reingehen will, wird er ihn ansprechen und für ein Treffen einladen, bei dem es um Gelder für PMC Wagner gehen soll. Das ist natürlich alles frei erfunden, aber ich hoffe, wir können Ihnen den mutmaßlichen Täter auf diesem Weg bald an die Hand liefern.“

Die Botschafterin hielt inne und schien im Hintergrund jemandem zuzuhören.

„Wow, das ist ja klasse, dass Sie sich da so persönlich engagieren, Frau Faber! Weiß man denn schon, wo dieses ominöse Treffen stattfinden soll?“

„Mount Vernon!“, sagte sie knapp, dann schien sie wieder ihre Aufmerksamkeit jemand anderem zu schenken. „Ich muss leider Schluss machen, Herr Edel. Eine andere, äußerst wichtige Angelegenheit verlangt meine volle Zuwendung. Ihr Kollege vom FBI kann Ihnen das sagen, der weiß ganz bestimmt, wo Georg Washingtons ehemaliger Landsitz liegt. Wir sprechen uns dann wieder. Machen Sie's gut.“

Frank Edel wollte noch einen Gruß erwidern, aber auf der anderen Seite der Leitung hatte es schon geklickt und es herrschte Funkstille. Botschafterinnen hatten vielleicht viel zu verlieren, aber ganz bestimmt keine Zeit.

30.

Ein weiteres Wochenende ging ins Land der unbegrenzten Möglichkeiten. Aber Kommissar Edel hatte für Müßiggang keine Zeit. Der Kontaktmann der World Bank hatte sich bei der deutschen Botschaft gemeldet und Vollzug angekündigt. Ein Zoom-Call mit den beteiligten Organisationen brachte alle à jour. Das Treffen zwischen dem ehemaligen World-Bank-Mitarbeiter, der sich als Sympathisant Russlands ausgegeben hatte, und dem PMC-Wagner-Mann Sidorov sollte am Sonntagnachmittag stattfinden. Der Kontaktmann hatte dazu den einstigen Landsitz Georg Washingtons ausgewählt, der vor den Toren Washington D.C. auf einer Anhöhe lag, in Sichtweite des Potomac River auf virginianischer Seite. Der Ort des Treffens war bewusst gewählt worden, obwohl dies mit etwas Risiko für die öffentliche Sicherheit verbunden war. Doch Mike Farnsworth als direkter Verantwortlicher für den Einsatz, sowie auch der Assistant Deputy Director hatte sich dazu *committed*, die Aktion mit höchstmöglicher Sicherheitsstufe und Präzision in Doppelspitze zu leiten und zu einem unblutigen Ende zu bringen.

Mount Vernon in Virginia lag etwa 14 Meilen außerhalb des Stadtgebiets von D.C. und war in einer halben Stunde über den Interstate 295 und die US-1 gut zu erreichen. Die ehemalige Plantage war der Landsitz des Kommandeurs der revolutionären Truppen der amerikanischen Rebellen gewesen, die sich gegen das englische Königreich erhoben hatten, weil sie nicht länger von den Briten als Kolonie bevormundet und ausgebeutet werden wollten. Es war George Washington gewesen, der spätere erste Präsident der Vereinigten Staaten von Amerika. Auf der Plantage ließ er Tabak, Baumwolle und andere Agrarprodukte anbauen. Mehr als 300 Sklaven halfen ihm dabei. Und am 1. Januar 1801 unterschrieb seine Frau Martha ein Dekret, nachdem alle unfreien schwarzen Menschen ihre Freiheit erlangten.

Das Anwesen hatte ganz bestimmt eine gewisse Grandezza, fand Edel, als sie nach der kurzen Fahrt auf dem Gelände des Landsitzes standen. Sie hatten das ganze Team der Sonderkommission dabei, und der Assistant Deputy Director hatte es sich nicht nehmen lassen, mit von der Partie zu sein. Um kein Aufsehen zu erregen, waren sie in neutralen Fahrzeugen gekommen, und alle 20 Mann hatten sich außerdem in Zivil gekleidet, im amerikanischen Freizeitlook, was Jeans, T-Shirts und Sneakers bedeutete.

Der Ort war schon in der Frühe angefüllt mit sonntäglich aufgeregten Familienmitgliedern. Das hatte spezielle Gründe. Es war nämlich Revolutionary War Weekend, und das bedeutete Reenactment Zeit. Der Assistant Deputy Director hatte es als eine gute Idee angesehen, genau dort und zu dieser Zeit den gesuchten Russen zu stellen und möglichst ohne Gewaltanwendung festzunehmen. Im Trubel des Tages würde der Gesuchte keinen Verdacht schöpfen und die Dinge, die auf ihn zukamen, nicht erahnen. Edel war dabei eher wieder etwas mulmig zumute. Was würde geschehen, wenn Sidorov Lunte roch und mit einer versteckten Waffe das Feuer eröffnete? Würden die FBI-Beamten dann munter zurückschießen und Kinder, alte Leute, zusammen mit ihren Familien ungewollt ebenfalls aufs Korn nehmen? Aber er war es nicht, der das Vorgehen zu entscheiden hatte. Folglich hatte er sich dafür auch nicht wirklich zu verantworten. Doch die moralische Verantwortung drückte ihn trotzdem auf den Schultern, wie ein Gewicht, das jemand auf den Rücken eines Esels bindet.

Alle FBI-Agenten waren zwar in zivil gekleidet, doch das Walkie-Talkie-System, das mit seinen einzelnen Komponenten gut vor neugierigen Augen zu verbergen war, hielt alle miteinander verbunden. Der Kontaktmann von der World Bank wollte sich zunächst im Restaurant in der Nähe des Mount Vernon-Eingangs mit dem Russen treffen. Aber der Assistant Deputy Director hatte dagegen votiert und entschieden, dass sie sich in der sogenannten Mansion, dem Haupthaus des Anwesens, treffen sollten. Hauptaspekt dabei war, dass man dort die Besucher, von denen eh nur eine geringe Anzahl gleichzeitig hineingelassen wurden, recht schnell nach draußen eskortieren und das Haus dann unter Verschluss halten konnte. Kollateralschäden wollte man auf jeden Fall vermeiden.

Frank Edel hätte Lust gehabt, das Landgut auf eigene Faust und als unbeschwerter Tourist zu erkunden. Aber das war nun einmal nicht möglich. Was das ganze Szenario noch attraktiver machte, waren die vielen Laienschauspieler, die in Trachten und Uniformen aus der Zeit des Unabhängigkeitskrieges auftraten und so das Reenactment, also die Nachstellung authentisch machten.

Mike Farnsworth hatte im Vorfeld eine Art Schlachtplan ausgearbeitet, auf dem er jedem seiner Kollegen eine bestimmte Position auf dem Areal zugeteilt hatte. Das Gelände war weitläufig und erstreckte sich vom Besucherzentrum am Eingang, wo auch das Mount Vernon Inn zu finden war, die Anhöhe hinauf bis zur Mansion, hinter der es dann wieder den Hügel hinunter ging, dem breiten Potomac zu. Dabei war das Land noch Virginia, und mit dem Wasser begann der Bundesstaat Maryland.

Farnsworth hatte seine Truppe strategisch positioniert, vom Eingang bis zur Villa hinauf, in der einst George W. mit seiner Frau Mary logiert hatte. Edel war dabei im Garden House gelandet, welches etwa auf halbem Weg zwischen dem Eingangskomplex und der Mansion lag. Von dort aus konnte er sowohl den rückwärtigen Ausgang des Besucherzentrums und des Restaurants einsehen, aus dem jeder Mount Vernon-Besucher, der auf das Gelände kam, zwangsläufig herauskommen musste. Aber auch die Anhöhe hinauf konnte er fast bis zur Villa schauen. Farnsworth gab über das Walkie-Talkie-System ein paar letzte Anweisungen, und der Assistant Deputy Director gab nochmals zu bedenken, dass Gewaltlosigkeit oberste Priorität hatte und nur im äußersten Fall geschossen werden durfte.

Bis zu der vereinbarten Zeit für das Meeting des World-Bank-Pensionärs mit dem hoffentlich ahnungslosen Alexandr Sidorov war noch eine volle Stunde Zeit. Edel konnte sehen, wie sich jetzt die revolutionären Truppen versammelten, um gegen die englischen Rotröcke zu Felde zu ziehen. George Washington, wie er leibte und lebte, lief seinem wilden Haufen voraus. Die amerikanischen Rebellen schauten auch als Laiendarsteller furchterregend aus. Auf der anderen Seite nahten die disziplinierten englischen Truppen in ihren adretten Uniformen. Im Pulk stießen sie vor, als gälte es, die Kämpfer der aufrührerischen Kolonie einfach in den Potomac zu drängen. Von einer dritten Seite nahte ein weiterer Trupp Soldaten, deren Livree als Hauptfarbe ein dunkles Grün aufwies. Edel hatte keine Ahnung, wo diese Streitkräfte einzuordnen waren. Aber schon kam über den Funk eine Antwort darauf. Wahrscheinlich hatte er laut gedacht, und einer der Kollegen hatte geahnt, dass der Kollege aus Deutschland ein paar Informationen zum Reenactment haben sollte.

„*Those are the Hessians*", erklärte die Stimme, von der Edel nicht wusste, zu wem sie gehörte. Und dann ging dem Kommissar aus der Pfalz das Licht auf. Er hatte tatsächlich vor Jahren davon gehört, dass der Landgraf Friedrich II. von Hessen-Kassel etwa 16.000 Soldaten in die Neue Welt entsandte, damit sie auf der Seite der Engländer gegen die amerikanischen Rebellen kämpften. Georg III. von Großbritannien, der damalige König, war der Sohn des Schwagers des Landgrafen, und entsprechende Verträge waren unterzeichnet worden. Edel drückte über Funk seinen Dank für die Info aus, nur um von einer Stimme zurechtgewiesen zu werden, die er inzwischen identifizieren konnte. Es war die des Assistant Deputy Directors. Sie brachte ihn sofort wieder zum Schweigen.

Nach einiger Zeit gab die gleiche Stimme bekannt, dass der Kontaktmann der World Bank in der Mansion an Ort und Stelle war. Edel hatte ihn nicht wahrgenommen, was natürlich daran lag, dass er den Mann vorher nie zu Gesicht bekommen hatte. Das Gelände wurde noch geschäftiger. Das schöne Wetter hatte eine große Anzahl Besucher angelockt, die sich das Spektakel der Nachstellung einer Schlacht aus den Tagen des Unabhängigkeitskrieges nicht entgehen lassen wollten.

Edel dachte mehr und mehr, dass es ein Fehler gewesen war, den flüchtigen ehemaligen Wagner Group-Kämpfer hierher zu locken. Was würde geschehen, wenn der Mann gewalttätig werden würde? Die Wahrscheinlichkeit, dass er eine Waffe mitbrachte, war gering, denn die Sicherheitsvorkehrungen, um auf das Areal der ehemaligen Plantage zu kommen, waren hoch. Alle Besucher mussten natürlich auch hier durch einen Metalldetektor hindurch und das Security Personal hatte ein Auge auf alle, die durch das Besucherzentrum liefen, um auf das weitläufige Gelände zu kommen.

Irgendwann knackte es in der Walkie-Talkie-Leitung erneut, und eine Stimme, die Frank Edel nicht kannte, ließ sie alle wissen, dass der gesuchte Mann gerade eingetroffen war und jetzt eine Eintrittskarte löste, um demnächst auf dem Weg in Richtung Villa zu sein. Edel musste an die Begegnungen mit dem schwarzen Mustang Fastback denken, und dass er dabei leicht hätte verletzt oder gar zu Tode kommen können. Das überzeugte ihn davon, dass jedes legitime Mittel recht war, diesen brutalen Menschen dingfest zu machen. Wer wusste schon, was der zu Zeiten seiner aktiven PMC Wagner-Einsätze so alles verbrochen hatte. *Death is our Business*!

Einer der Security Männer hatte die Anweisung erhalten, Sidorov nach Eintreffen zu durchsuchen, nur um sicherzustellen, dass er nicht bewaffnet war. Der Mann, den man ins gleiche Audio-System integriert hatte, gab jetzt grünes Licht – *no weapons found!*

Jetzt wurde Edel unruhig. Sie hatten in der Lagebesprechung kurz vor dem Einsatz vereinbart, dem Russen unauffällig zu folgen und so ein Netz um seine Person herum zu legen, bis er im Haupthaus der Anlage angekommen war. Er sollte keinesfalls noch einmal die Möglichkeit erhalten, zu entkommen. Doch jetzt begann auch das Reenactment Fahrt aufzunehmen. Edel wurde Zeuge, wie die englischen Rotröcke in geschlossener Formation von einem Rasenstück aus heranrückten, das als Bowling Green bezeichnet wurde. Das lag dem Garden House, in dem sich der Kommissar noch immer aufhielt, links gegenüber.

Edel hielt es jetzt in dem kleinen Häuschen nicht mehr aus, obwohl noch keine Marschorder erfolgt war. Er konnte gerade noch mit ansehen, wie sich Sidorov an den heranrückenden Engländern vorbeidrückte, um auf dem Pfad, der sich weiter den Hügel hinauf schlängelte, in Richtung Mansion zu laufen. Edel duckte sich etwas in eine Ecke entlang des Gartenhauses. Dann sah er die amerikanischen Rebellen von der Anhöhe aus vorrücken. Sie kamen aus der Richtung des *Smokehouses*, der Räucherkammer, ein wilder, ungeordneter Haufen, der keinem Kommando zu folgen schien, bereit, den Soldaten des englischen Königs eine Lektion zu erteilen. Jetzt kam auch die Order über das Walkie-Talkie, die angestammten Plätze zu verlassen und dem Russen in gehörigem Abstand zu folgen. Die Agenten des FBI mischten sich in ihren zivilen Outfits unter die Mount-Vernon-Besucher, ohne einen Verdacht aufkommen zu lassen.

Frank Edel bewegte sich langsam in Richtung Mansion Circle, einer Art Kreisverkehr, der unmittelbar vor der Villa endete und dem Haupthaus ein grandioses und beinahe majestätisches Ambiente verlieh. Alexandr Sidorov hatte diesen Kreis inzwischen schon erreicht. Und jetzt nahten von rechts, von dort, wo das Salt House lag und dahinter das Gebäude des *Blacksmith*, des Hufschmieds, die Hessen in ihren dunkelgrünen Uniformen. Offensichtlich sollten die Amerikaner, die sich selbst auch als Continentals bezeichneten, in die Zange genommen werden. Und als die Pfeifen und die Trommeln der Engländer erklangen, da fühlte sich Edel fast wie im Jahr 1776, als die Unabhängigkeit der Amerikaner mit Waffengewalt erstritten worden war.

Viel schien sich seitdem nicht geändert zu haben. Die Menschen bekämpften sich immer noch auf Schlachtfeldern und töteten sich gegenseitig im Häuserkampf, auf dem Weg zur Kirche oder in Schulen, Theatern und Supermärkten, und zwar auf allen Kontinenten. Doch Edel fühlte sich jetzt einfach wie in den Zeiten des amerikanischen Revolutionskrieges, in dem auf beiden Seiten auch Deutsche gekämpft hatten.

Wenn da nicht dieser Russe gewesen wäre, der auf dem Weg zu einer fiktiven Unterredung war, um möglichst mehr Geld für die Kampftruppe zu beschaffen, für die er einst selbst aktiv gekämpft hatte, und die in der Ukraine verheerende Taten verrichtete. Und diesem ganzen Geflecht aus Waffengewalt, der Gier nach Land, Geld und Macht, war wohl auch Dr. Bernhard Sauer zum Opfer gefallen, weil er sich mit dem Kopf zu weit aus der Deckung gewagt hatte und in der Schusslinie brutaler Söldner gelandet war, die kein Pardon auf dem Weg zu ihren Zielen kannten, für niemanden!

Sidorov war im Haus verschwunden. Jetzt kam über Funk die Order, die jeweilige Deckung zu verlassen und das Netz um die Villa herum zu spinnen. Alle Agenten wussten, was sie zu tun hatten. Edel sah, wie Farnsworth, Martinelli und Turner sich ebenfalls aus der Deckung gewagt hatten. Bei allen anderen tat er sich schwer, sie in Zivil von den übrigen Besuchern zu unterscheiden. Es war aber auch nicht nötig, denn die FBI-Maschine lief wie geschmiert.

Edel wollte dabei sein, wenn Sidorov festgenommen werden würde. Das hatte er mit Farnsworth und dem Assistant Deputy Director so abgesprochen. Daher lief er auf die Haupttür in der Mitte des weitläufigen Gebäudes zu. Von der linken Seite mäanderte eine Besucherschlange ebenfalls dem Eingang zu. Sobald Sidorov im Inneren des Hauses verschwunden war, sorgten einige der FBI-Agenten zusammen mit der parkeigenen Security dafür, dass niemand sonst mehr ins Haus vorgelassen wurde. Die Beamten wiesen sich dabei mit ihren *Badges*, ihren Dienstabzeichen, aus. Als er endlich drinnen war und in der Lobby stand, konnte Edel sehen, wie sich der Russe mit einem Mann unterhielt, den er noch nie gesehen hatte. Das musste der World-Bank-Kontaktmann sein. Der Mann trug Jeans, aber auch ein schwarzes Anzugsjackett und sah mit seinem graumelierten Haaren und einem Schnauzer sehr distinguiert aus. Sie schienen intensiv zu parlieren. Edel konnte sehen, wie auch Farnsworth eintrat. Hinter ihm folgte der Assistant Deputy Director, der in seiner Freizeitkleidung aussah, als würde er Disneyland mit seinen Kindern besuchen.

Plötzlich drehten sich Sidorov und der World-Bank-Mann um. Edel befürchtete bereits, dass der Russe etwas bemerkt hatte. Der Kommissar drehte sich zur Seite und tat, als interessiere er sich sehr für ein Gemälde, das rechts von ihm an der Wand hing. Aber die beiden Männer gingen vorbei, ohne ihm einen Deut an Aufmerksamkeit zu gewähren. Edel sah, wie sie langsam die Treppe hochliefen, die in den zweiten Stock führte. Mit gehörigem Abstand folgte Edel ihnen, und zur gleichen Zeit bahnten sich reguläre Besucher wieder einen Weg hinunter ins Erdgeschoss. Edel wusste, dass die

FBI-Kollegen jetzt allmählich den Strom der Besucher, die ins Haus wollten, abschnitten. Langsam kamen sie an den Punkt, wo der Zugriff erfolgen sollte.

Er lief langsam weiter und kam in das Zimmer, das als Lafayette Room bezeichnet wurde. Gäste und ihre Familien hatten einst im zweiten Stock der Villa logiert. Und im Jahre 1784 besuchte der Marquis de Lafayette George Washingtons Landsitz, der französische Adlige, der die Revolution der amerikanischen Kolonie so tatkräftig unterstützt hatte. Seiner Frau schrieb der Franzose damals nach Hause, dass er hier gerade im Glück schwelge. Es würde sich gleich herausstellen, ob am heutigen Tag für alle Beteiligten noch Zeit zum Schwelgen sein würde.

Das Schlafzimmer, das die beiden Männer gerade betreten hatten, präsentierte sich als Schatzkästlein. Das historisch korrekte Bett war in rosa-weiß gehalten, die Vorhänge an den vier Seitenpfosten zeigten sich mit Schleifen zusammen gebunden. An der Wand gegenüber hing ein fast lebensgroßes Portrait des französischen Adligen, dessen Name das Zimmer nun trug. Ein weißer Kaminsims gab dem Raum zusätzliche Zierde, und ein Waschtisch mit Spiegel wurde von Stühlen auf beiden Seiten flankiert. Sidorov und der ehemalige Mitarbeiter der World Bank standen mit dem Rücken zur Tür und taten zumindest so, als würden sie Lafayettes Portrait, der darauf als Generalmajor der kontinentalen Armee abgebildet war, intensiv studieren, während sie miteinander sprachen.

Von draußen drangen jetzt Schüsse zur Villa herauf. Edel hatte die Möglichkeit, aus einem Fenster zu schauen. Er sah, wie die hessischen Soldaten noch Gewehr bei Fuß standen, während die englischen Rotröcke eine Salve auf die amerikanischen kolonialen Streitkräfte abgefeuert hatten. Ein paar Amerikaner ließen sich theatralisch zu Boden fallen und blieben dort auch reglos liegen. Die Roten rückten indessen weiter vor, einem scheinbar mühelosen Sieg für König Georg dem Dritten von England entgegen.

Alexandr Sidorov hatte einen Moment gezuckt, als er die Schüsse hörte. Doch dann fiel ihm wohl ein, dass eine Nachstellung der revolutionären Kämpfe im Gange war. Er wandte sich gleich wieder seinem Gesprächspartner zu und redete jetzt mit Vehemenz auf diesen ein. Es sah so aus, als liefe das Gespräch nicht unbedingt in seinem Sinn und er würde es bald abbrechen. Edel merkte dies auch. Er sah sich um. Eindeutig war er nicht der Einzige gewesen, der das spürte. Eine Handvoll FBI-Kollegen war so gut wie unbemerkt in Generalmajor Lafayettes Schlafzimmer getreten. Sie hatten sich ihrer Freizeitkleidung halbwegs entledigt, und die dunkelblauen T-Shirts, auf denen auf der rechten Brust das grellgelbe Logo des Federal Bureau of Investigation prangte, machten deutlich, zu welcher Polizeieinheit sie gehörten. Sidorov und der Andere hatten sie noch immer nicht wahrgenommen, und der Russe schien jetzt beinahe erzürnt auf den Mann neben sich einzureden, als müsse er erzwingen, seine Interessen durchzusetzen.

Der Assistant Deputy Director trat jetzt vor, eine schusssichere Weste um den Oberkörper gebunden. Neben ihm stand Mike Farnsworth, jetzt eine halbautomatische AR-15-Schusswaffe im Anschlag. Edel hatte keine Ahnung, wann und wo die Maschinengewehre ins Spiel gekommen waren, die im Hintergrund auch Doug Martinelli und William Turner auf den Russen richteten.

„*Don't you dare move!*", schrie der Assistant Deputy jetzt, „*you don't have the slightest chance.* Du hast nicht die geringste Chance."

Sidorov war herumgeschnellt. Beim Anblick der vielen Agenten und der Militärschusswaffen schien alles Leben in ihm zu erlöschen. Die FBI-Männer rückten vor. Inzwischen waren es gut zehn Mann im Zimmer.

„*Get down on the floor, quick!*", rief Martinelli. Der World-Bank-Mann war als Erster auf dem Boden. Er spielte seine Rolle gut. Alexandr Sidorov folgte ihm, wenn auch zögerlicher.

„*Hands behind your back!*", folgte das nächste Kommando.

Beide Männer taten wie geheißen. Ein FBI-Mann trat zwischen sie und band beiden die Hände mit Kabelbindern zusammen. Dann wurden Sidorov und der andere Mann auf die Beine gezogen. Als sie an Edel und den anderen Polizisten vorbeigeführt wurden, hatte Sidorov genug Zeit, um dem Kommissar aus der Pfalz in die Augen zu schauen. Es war ein durchdringender Blick, voller Hass und Verachtung. Edel lief ein Schauer über den Rücken. In diesem entscheidenden Moment musste er einmal mehr an das Motto der PMC Wagner Group denken: *Death is our Business, and Business is good*. Er fühlte sich fast so, als sei er selbst mitten im Krieg gelandet, irgendwo im Osten der Ukraine zwischen Mariupol und Bachmut. Doch er war noch immer auf amerikanischem Boden.

„Kommen Sie", stand plötzlich der Assistant Deputy Director neben ihm und nahm ihm am Arm. „Unsere Arbeit ist hier getan. Jetzt sind Sie nochmals dran. Ich gebe Ihnen das Privileg, den Mann zu verhören. Aber jetzt gehen wir erst einmal!"

Draußen war der Kampf noch in vollem Gange. Die englischen Rotröcke waren inzwischen zurückgedrängt worden und die amerikanischen Rebellen hatten die Oberhand gewonnen. Die Hessen hatten anscheinend schon genug vom Reenactment und schauten dem Treiben jetzt fast ohne Beteiligung zu. Vielleicht hatten sie von Georg dem Dritten auch nicht genug Sold bekommen, oder man hatte ihnen viel zu wenig Munition gegeben. Frank Edel hoffte nur, dass die Deutschen damals ein anderes Motto hatten, nicht so ein menschenverachtendes wie PMC. Vielleicht war es ein humorvolles gewesen, trotz alledem und dem Kämpfenmüssen in der Fremde. Vielleicht so etwas wie „wir kämpfen für Spuntekäs und für Frankfurter grüne Soße, mit einem kleinen Schnitzel als Beilage! Und Prost!"

31.

Personen, die vom FBI festgenommen worden waren und eines Verbrechens bezichtigt wurden, konnten standardmäßig in einer BOP, einer Federal Bureau of Prisons Detention Facility untergebracht werden. Diese Einrichtungen von Bundesgefängnissen waren zahlreich über das ganze Land verstreut. Auch das Headquarters der BOP war in Washington D.C. angesiedelt, wo auch sonst. Die zentrale Gefängnislokation für D.C. jedoch hatte eine eigene Adresse. Sie lag in der D Street South East, mit der Hausnummer 1901. Genau dort fand sich Frank Edel am Morgen nach dem Einsatz und der Festnahme Alexandr Sidorovs wieder. Es war ein deprimierender Ort. Der Direktor des Gefängnisses war ebenfalls eine Dame, und Edel wunderte sich gar nicht mehr darüber, dass so viele Frauen in Führungspositionen zu finden waren.

Kathy Landerskin erfüllte das Bild, das ein Außenstehender von einem weiblichen *Warden* haben konnte – kurz geschnittenes Kopfhaar, kein Make-up und ein dunkler Anzug, der auch einem männlichen Beamten gut zu Gesicht gestanden hätte. Frank Edel und in seinem Schlepptau Mike Farnsworth wurden von ihr persönlich zur Zelle geführt, in der Sidorov seine Zeit fristete. Der Russe saß auf seiner Pritsche, auf der er die Nacht verbracht hatte. Er trug den berühmt-berüchtigten orangefarbenen Overall, den Edel schon in so manchem Hollywoodstreifen gesehen hatte, wenn jemand in einem amerikanischen Gefängnis landete. Als die beiden Polizisten vor dem Gitter seiner Zelle auftauchten und Gefängnisdirektorin Landerskin die Tür der Zelle aufschloss, schenkte er den Eintretenden keine Beachtung und starrte einfach weiter vor sich hin. Erst als Edel das Wort an ihn richtete, erbarmte er sich endlich und ließ sich zu einer Erwiderung herab.

„Sind Sie Alexandr Sidorov?“

Edel und Farnsworth machten keine Anstalten, sich zu setzen, wo hätte das auch geschehen sollen? Die karge Zelle hatte rein gar nichts an Bequemlichkeit zu bieten.

„Ja, der bin ich“, antwortete der Angesprochene in gebrochenem Englisch, „und ich bin russischer Staatsbürger und ich verlange, der russischen Botschaft in der Wisconsin Avenue überstellt zu werden!“

„Andere werden entscheiden, was mit Ihnen geschieht!“, antwortete Farnsworth, der zu seiner schroffen Art zurückfand.

Auch sie konnten das Good Cop-Bad Cop- Spiel zelebrieren, wobei Edel gar keine Lust hatte, den gutmütigen Part diesem brutalen Menschen gegenüber zu übernehmen.

„Demnach sind Sie also russischer Staatsbürger“, meinte der Kommissar dann doch mit ruhiger Stimme.

Längst hatte er den Aufnahme-Knopf an einem Diktiergerät gedrückt, das Warden Landerskin zur Verfügung gestellt hatte. Sie hatte sich gerade wieder zurückgezogen und vor der Zelle einen Wachmann postiert.

„Das wissen Sie doch eh schon längst. Und genau deshalb will ich wieder zurück in die Wisconsin Avenue!" Sidorov wirkte wie ein störrisches Kind, dem man das Spielzeug weggenommen hatte.

„Und nicht zurück nach Alexandria in die Hoffman Street, wo ihre Familie wohnt, wie?" Farnsworth wurde noch zynischer. „Bedeuten die Ihnen gar nichts? Ihre Mutter, der kleine Junge dort?"

Sidorov lachte verächtlich: „Meine wahre Familie sind die Kerle da draußen auf den Schlachtfeldern. Das haben Sie doch schon kapiert, dass ich dort dazugehöre, oder nicht?" Der Russe hatte den Ausdruck *Buddies* benutzt, und Edel wunderte sich, wo er den her hatte.

„Sie meinen diese terroristische Organisation, die alte Männer von ihren Fahrrädern schießt, Frauen vergewaltigt und ihre Gefangenen foltert? Heißt die nicht PMC Wagner?" Farnsworth war voll in Fahrt.

Edel hatte ihn bisher noch nie als so sarkastisch und beinahe bösartig wahrgenommen. Aber der Mann, der da auf seiner Gefängnispritsche saß, war ja auch alles andere als ein Chorknabe, den man mit Samthandschuhen anfassen musste.

„Ihr Amerikaner tut immer so, als wärt ihr Engel, die noch nie ihre Interessen mit Gewalt durchgesetzt hätten." Sidorov zischte wie eine Schlange. „Waterboarding, Schlafentzug, nackt irgendwo anketten!"

Er scharrte mit den Füßen, und erst dann nahmen Edel und Farnsworth wahr, dass die Beine Sidorovs durch eine Kette miteinander verbunden waren, die seine Beinfreiheit stark einschränkte.

„Und was war mit Blackwater, wenn ihr schon von terroristischen Organisationen sprecht?"

„Blackwater hat Security Management angeboten, während des Irak-Krieges hauptsächlich, Personenschutz, Bodyguards für VIPs *and so on*. Übrigens heißen die heute Academi." Farnsworth dozierte etwas, ließ es aber dabei bewenden.

Frank Edel hatte genug von seiner Rolle, den guten Cop zu mimen. Er wechselte auf die andere Seite und sorgte so dafür, dass sie zu zweit mit vereinter Kraft daran arbeiteten, das Böse zu entlarven. Jetzt war er es, der mit Gewalt vorwärts preschte. Er setzte Sidorov virtuell die Pistole auf die Brust.

„Jetzt lassen wir mal das Politisieren und kommen zum eigentlichen Punkt, Mister Sidorov, oder soll ich Comrade sagen?" Er stockte nochmals. „Warum haben Sie Dr. Bernhard Sauer erschossen?"

Der Russe ließ keine Regung sehen. Es sah so aus, als wollte er sich von der Pritsche erheben. Aber die Kette an seinen Füßen verhinderte ein schnelles Aufstehen. Also blieb er einfach sitzen.

„Schalten Sie das Ding aus, dann sage ich Ihnen was. Vorher hören Sie keinen Ton von mir!"Sidorov sah die beiden Ordnungshüter provokativ an.

Farnsworth erwiderte seinen Blick nicht und sah stattdessen zu Edel hin. Der zuckte mit den Achseln. Edel schaltete das Diktiergerät aus, was vielleicht ein Fehler war. Sidorov wartete noch einen Augenblick, dann hob er an.

„Die deutschen Politiker sollten sich aus Sachen heraushalten, die sie nichts angehen. Wir mischen uns ja auch nicht ein, wenn in Germaniya eine Wurst platzt."

Sidorov beliebte zu scherzen. Er sprach das Wort für Deutschland russisch aus und er wirkte fast belustigt. Angesichts seiner Situation war dies kaum zu verstehen. Aber vielleicht war die Reaktion auch nur eine Art Selbstschutz, um die Realität nicht zu nah an sich herankommen zu lassen.

„Sauer hat sich zu dicht an uns herangewagt. Oder war es sein Sohn? Jedenfalls konnten wir da nicht einfach zuschauen. Wir mussten etwas tun, denn er wollte uns die Geldhähne zudrehen, und er hat sich außerdem vehement dafür ausgesprochen, PMC zur terroristischen Organisation erklären zu lassen. Wenn das geschieht, dann können alle Mitglieder einzeln verfolgt und bestraft werden. Dabei haben wir keine kriminellen Handlungen begangen. Die Wagner Group eliminiert lediglich Feinde des Friedens!"

„Und das glauben Sie wirklich!", meinte Edel. Aber er hatte kein Interesse mehr an allgemeinen Äußerungen.

„Also, ja oder nein! Haben Sie Bernhard Sauer im Willard Hotel in seinem Zimmer erschossen. Oder war es doch Dimitri Shevchenko? Sie wissen, dass der auch in Gewahrsam ist."

Edel wollte jetzt die Sache schnellstmöglich beenden. Die Zeit zum Versteckspielen war beendet.

„Jetzt sagen Sie es halt!", forderte er.

„Ja, ich habe ihn erschossen. Ich musste es tun. Ich war am nächsten dran und er wurde gefährlich. Dimitri war es nicht, der war daran nicht beteiligt."

„Der war doch sicher Helfershelfer", schaltete sich Farnsworth ein. „Aber um den kümmern wir uns später. Jetzt haben wir Dich dran, *Buddy*! Und von Deinem Versuch, den deutschen Kommissar hier auch noch unschädlich zu machen, sprechen wir jetzt gar nicht." Er gebrauchte wirklich das Wort Buddy, als sei der Mann jemand, den er beim Baseballspiel kennengelernt hatte.

„Ich werde alles abstreiten und darauf drängen, dass ich an Mütterchen Russland ausgeliefert werde. Dort bekomme ich dann ein paar Orden umgehängt. Ihr könnt ja einen eurer Amerikaner dafür haben, diesen Journalisten Gershkovich, oder den Spion Paul Whelan. Und wir werden weiterkämpfen, wir brauchen nur frisches Geld und bessere Waffen und PMC Wagner wird wieder ein gutes Business haben – nicht nur in der Ukraine!"

Sidorov legte sich jetzt längs auf seine Pritsche, als wolle er sich schon darauf einrichten, dass er einige Jahre in der Horizontalen verbringen musste.

„Und wisst ihr, wo unser nächstes Schlachtfeld übermorgen zu finden sein wird? In den sozialen Medien. Dort werden die Kämpfe in der Zukunft stattfinden, Facebook, Twitter, TikTok, WhatsApp. Da werden wir euch dann richtig drankriegen, ganz ohne Patronen und ohne Kalaschnikows. So, jetzt kriegt ihr nichts mehr von mir zu hören, und ab jetzt spreche ich nur noch russisch, macht was ihr wollt! *Slowo-– ne woeobej – ne poimajesch!*"

Später, als sie schon draußen waren und sich von Warden Kathy Landerskin verabschiedet hatten, googelte Edel Sidorovs Abschiedsgruß in russischer Sprache. Ein gesprochenes Wort ist kein Spatz, einmal ausgeflogen, fängst du es nicht mehr ein!

„Zugegeben hat er es, nur haben wir es nicht aufgenommen!", sagte Frank Edel etwas ernüchtert, als sie dem Cadillac Escalade entgegen liefen.

Mike Farnsworth hob einen Zeigefinger. Dann zog er etwas aus seiner rechten Hosentasche. Es war sein Smartphone.

„Ich nutze ja ein Android-Phone", meinte er. „Die haben einen sehr guten Sound-Recorder als App. Das muss man nur wissen. Der Sound-Recorder nimmt sehr gute Audiofiles auf und gibt sie dann auch gut wieder." Sie waren am Fahrzeug und stiegen ein.

„Ich hatte den *Recording Button* bereits gedrückt, als wir noch nicht in Sidorovs Zelle waren, und habe das Handy dann einfach in meiner Hosentasche gelassen."

Edel schüttelte den Kopf und tat etwas, was er sich bisher nicht erlaubt hatte. Er legte Farnsworth die Hand auf die Schulter.

„Du überraschst mich immer wieder, Mike. Ich hoffe, dass sie Dich in der Folge unseres Abenteuers zum FBI *Director* befördern!"

„Das hoffe ich nicht", sagte der Amerikaner. „Ich möchte lieber etwas mehr Ruhe und Zeit haben, um mich um meine Familie zu kümmern."

Das konnte Edel gut nachvollziehen, und er blieb einfach stumm.

Bald waren sie einmal mehr auf der breiten Pennsylvania Avenue und fuhren in Richtung White House, um jedoch kurz vorher Kurs auf das FBI Headquarters zu halten.

Während sie den Wagen abstellten und die Metalldetektoren am Gebäudeeingang passierten, meinte Edel noch zu Farnsworth: „Meinst Du, dass Sidorov recht hat und er an die Russen ausgeliefert wird, Mike, und dann dort seine Orden bekommt und was sonst noch alles an Belohnungen für seine Dienste zugunsten Mütterchen Russland?“

Sie waren schon vor Farnsworths Büro angelangt. Der blieb abrupt stehen.

„Wenn ich es verhindern kann, wird dies nie geschehen, Fränk. Ich würde ihn am liebsten auf Rikers Island sehen, bevorzugt bis ans Ende seiner Tage. Dort sind 9.000 Angestellte bestrebt, sich um 15.000 Insassen zu bemühen. Da würde der Russe gut hineinpassen. Die *Brothers* aus der Bronx würden sich bestimmt gut um ihn kümmern!“

Farnsworth öffnete die Tür und sie traten ein. Edel wusste in diesem Moment, dass seine Arbeit hier am Potomac beendet war. Es war höchste Zeit, wieder in die Pfalz zu reisen.

32.

Frank Edel konnte noch gar nicht recht glauben, dass es jetzt bald wieder nach Hause gehen würde. Eines war klar, er würde viel zu erzählen haben. Und es sollte noch einmal richtig geschäftig werden. Er hatte noch drei Tage bis sein Flug vom Dulles Airport wieder zurück nach Frankfurt ging. Etwas Papierkram gab es auch hier noch zu erledigen. Diese letzten fast freien Tage hatte er sich nach getaner Arbeit und nach erfolgreicher Lösung des Falles aber auch redlich verdient. Das alles brachte natürlich MdB Dr. Bernhard Sauer auch nicht mehr zurück.

Von Robert Naumann und Petra Demmerle hatte er erfahren, dass die beiden sogar an Sauers Bestattung teilgenommen hatten. Andrea Sauer, die Witwe, soll dabei in einem recht extravaganten Kostüm aufgetreten sein, allerdings streng in Schwarz gehalten. Die beiden Kinder hingegen, Simone und Günter, hätten sich im Laufe der Zeremonie sehr im Hintergrund gehalten, wobei die Zahnärztin heftig geweint habe und der IT-Spezialist sich hinter einer Sonnenbrille allen Blicken entzog, sich seiner Schuld bewusst und dem Drang folgend, sich vor der Welt zu verbergen, so gut dies eben möglich war.

Mit Erin Gore, der Managerin von World Central Kitchen, telefonierte Edel noch einmal kurz. Sie wirkte etwas distanziert, doch ebenfalls ein wenig schuldbewusst. Schließlich hatte Dr. Sauer vorgehabt, WCK in größerem Stil zu unterstützen, wenn auch die Aktion mit dem Ausspionieren von Daten auf dem Server der Organisation nicht die allerfeinste Art und streng genommen eine kriminelle Handlung gewesen war. Aber Gore sah darüber großzügig hinweg, einräumend, dass ihre eigenen IT-Leute zwar ab und zu einige Unregelmäßigkeiten in ihren Datenbanken entdeckt hatten, dem aber nicht nachgegangen waren und somit eine gewisse Mitschuld am Geschehen hatten. Letztendlich war kein Geld entwendet worden, obwohl niemand wusste, wer nun die Daten, Adressen und Informationen von Spendern ebenfalls hatte, um sie vielleicht irgendwann auf unlautere Art einzusetzen. Gore erwähnte noch, dass sie den Standort in der polnischen Stadt Przemysl inzwischen geschlossen hatten, weil WCK sich eben als eine Art Erste-Hilfe-Organisation verstand und sich dann wieder aus dem Geschehen zog, um sich neuen Krisenherden zuwenden zu können, in denen es wieder neue hungrige Mäuler zu stopfen gab.

An seinem vorletzten Abend lud Edel Mike Farnsworth samt Familie zum Dinner ein. Der FBI-Mann hatte seinen Aufenthalt am Potomac und im Schatten des Weißen Hauses bedeutend einfacher gemacht. Sie hatten auf Farnsworths Wunsch einen Tisch im Restaurant Founding Fathers um die Ecke reserviert, weil Mikes Frau Sharon dort so gerne Shrimp and Grits aß. Edel wusste natürlich, was Shrimp waren, aber Grits kannte er nicht. Und während die beiden Kinder sich für Cheeseburger mit Pommes entschieden hatten, Mike das Filet Mignon gewählt hatte, schloss Edel sich Sharon Farnsworth an und gab dem ihm unbekannten Gericht eine Chance. Dies stammte wohl aus dem Low Country der beiden Carolina Staaten, wobei Grits eine Art Griesbrei aus Mais war, der in seiner herzhaften Form nicht süß, sondern deftig und salzig gegessen wurde, angereichert mit den Shrimp und dünnen Scheiben von Andouille Wurst. Edel hätte fast noch eine Portion essen können, so gut schmeckte ihm das Gericht, und er dankte Sharon, dass sie ihm noch dazu verholfen hatte, eine Spezialität aus den Südstaaten der USA zu kosten.

Am zweitletzten Tag seines Aufenthalts schaute er noch einmal in der Round Robin Bar des Willard Hotels vorbei. Jo Byrnes stand glücklicherweise hinter seinem Tresen. Der junge Mann begrüßte ihn mit einem strahlenden Lächeln. Er hatte vom Fahndungserfolg gehört und beglückwünschte den Kommissar aus Deutschland.

„Mint Julep?“, fragte er Edel dann.

Der holte sein Smartphone heraus, als wolle er ein letztes Bild der Bar festhalten. Doch er schaute nur auf die Zeit.

„Also gut, irgendwo auf der Welt ist es wahrscheinlich ja schon fünf Uhr. *Twist my arm*“, hing er noch in bester amerikanischer Manier an, was so viel bedeutete wie, dazu musst du mich nicht zwingen.

Auch der Julep schmeckte einzigartig. Der Bourbon Whiskey verband sich mit der Minze und dem Rohrzucker und bescherte ihm einen weiteren ausgewogenen Geschmack aus der amerikanischen Südstaatenküche. Als er sich endlich von Byrnes verabschiedete, war es ihm fast so, als verlöre er einen guten Freund. Doch freute er sich auch darauf, alte Freunde in der Pfalz wiederzusehen, wobei er das Saltimbocca aus der Da Caruso-Küche fast schon schmecken konnte.

Noch war es aber nicht soweit. Botschafterin Emily Faber hatte ebenfalls noch einen netten kulinarischen Anschlag auf ihn vor. Die Diplomatin lud ihn zum Dinner in das einzige Lokal an der Ostküste außerhalb New York Cities ein, das drei Michelin-Sterne vorzuweisen hatte. Dazu mussten sie eine gute Stunde über Land und in die Blue Ridge Mountains fahren. Das Inn at Little Washington schaute eher nach einem noblen Landsitz aus.

„Ich kann nicht glauben, dass Sie sich die Zeit nehmen, mit mir hier in die Berge zu fahren, um in einem Drei-Sterne-Etablissement zu speisen", meinte Frank Edel, als ihnen die beiden livrierten jungen Männer am Eingang die Tür aufhielten.

„Ich bin einfach so froh, dass wir die Operation erfolgreich beenden konnten, wenn auch der Patient tot ist. Aber das konnten wir nicht mehr ändern, auch wenn wir uns noch so ins Zeug gelegt hätten. Ich kann mir vorstellen, wie schwer es für Sie gewesen sein muss, hier in D.C. von heute auf morgen Dienst zu tun und dabei noch heldenhaft zu sein. Das muss belohnt werden."

Als sie an ihrem Tisch Platz genommen hatten, sagte Edel: „Sie haben ja selbst großen Anteil an unserem Erfolg, Frau Botschafterin. Ohne Sie hätten wir Alexandr Sidorov wohl nicht mehr so schnell zu Gesicht bekommen."

Dann prostete er seiner Gastgeberin mit dem Champagner zu, den diese als Aperitif ausgesucht hatte. Das sich anschließende Menü, das Küchenchef Patrick O'Connell auftischte, ließ an Präsentation und Geschmack keine Wünsche offen. Edel wusste, dass er für die Mahlzeit in diesem exklusiven Haus, in dem schon Berühmtheiten aus aller Welt diniert hatten, wahrscheinlich einen Kredit hätte aufnehmen müssen. Aber er genoss es in allen Zügen. Und es war ihm vollkommen egal, ob die Diplomatin die Zeche aus eigener Tasche zahlen würde, oder der deutsche Steuerzahler dafür aufkommen musste.

Am letzten Abend erfüllte sich Frank Edel noch einen ganz persönlichen Wunsch. Er wollte hier in den USA noch eine weitere Musikveranstaltung besuchen, bevor er wieder Richtung Deutschland entfleuchte. Am liebsten wollte er dem Konzert einer Band beiwohnen, die für typische amerikanische Mucke stand. Und er hatte Glück. Beim Studieren der einschlägigen Konzertankündigungen fiel ihm eine Veranstaltung im Wolf Trap Auditorium ins Auge, die genau zur Beschreibung passte. Es handelte sich um eine Vorstellung von John Fogerty. Fast hätte Edel mit dem Namen nicht gleich etwas anfangen können. Doch er las die Konzertbeschreibung durch, und da fiel es ihm wieder ein. Das war der Frontmann von CCR Creedence Clearwater

Revival gewesen. Und weil dies noch nicht genug war, konnte er lesen, wer am Schlagzeug sitzen würde. Dieser Name sagte ihm als Drummer sofort etwas. Kenny Aronoff war Edels Ansicht nach einer der besten Drummer, der schon mit allen möglichen berühmten Musikern die Felle traktiert hatte. Das Konzert wartete mit allen CCR-Hits auf, die die Band über die Jahre angehäuft hatte. Und beinahe wäre ihm bei „*Have you ever seen the rain*" vor lauter Glück eine Träne die Wange hinuntergelaufen.

Am Morgen des Abflugtages schaute er noch ein letztes Mal im Nachrichtensender CNN vorbei, kurz bevor ihn das Taxi von seinem Apartment abholte. Folgende Meldung lief über den Sender: Bei Kämpfen in der Ukraine sind nach Schätzung von US-Geheimdiensten auf russischer Seite alleine seit Dezember mehr als 20.000 Soldaten getötet worden. Bei etwa der Hälfte von ihnen handle es sich um Soldaten der russischen Söldnertruppe Wagner, sagte der Kommunikationsdirektor des Nationalen Sicherheitsrates der USA, John Kirby, in Washington. Die meisten von ihnen seien russische Strafgefangene gewesen, die ohne ausreichende Kampf- oder Gefechtsausbildung in den Krieg geschickt worden seien. Die Zahl der getöteten und verletzten Soldaten auf russischer Seite im gesamten Zeitraum des Krieges werde von den Geheimdiensten auf insgesamt mehr als 100.000 geschätzt, sagte Kirby weiter. Angaben zu den Opferzahlen der ukrainischen Streitkräfte machte er nicht.

Jewgeni Prigoschin, der Gründer der Private Military Company Wagner, muss darüber sehr erzürnt gewesen sein, auch über die mangelnde Unterstützung der russischen Militärführung. Er drohte mit Abzug seiner Kämpfer, falls er nicht mehr Munition und eine bessere Ausrüstung bekäme.

Richard Wagner, der große Komponist, Theaterdirektor und Dirigent, nach dem die Wagner Group wohl benannt worden war, weil er Adolf Hitlers Lieblingskomponist gewesen war, hätte sich bei all dem wohl im Grab umgedreht!

Was seinen Aufenthalt in Washington D.C betraf, so konnte Hauptkommissar Frank Edel aus Kirchheim am Donnersberg in der Pfalz sich durchaus vorstellen, dort einmal länger zu arbeiten und zu leben. Der Aufenthalt hatte bei ihm den Geschmack nach mehr geweckt, so gefährlich und so roh es ab und an auch zugegangen war. Ob sich dies jemals machen ließ, das musste die Zukunft zeigen. Er war jedenfalls bereit für ein Abenteuer. Und wenn dies am Potomac stattfinden würde, so sollte ihm dies recht sein!

EPILOG

Der vorliegende Text versteht sich inzwischen nicht nur als Krimi, sondern ebenfalls als Zeitdokument. Der Mann, der im Laufe der Handlung als „ehemaliger" Präsident der USA bezeichnet wird, ist inzwischen erneut mächtigster Mann des Landes. Es wird sich zeigen, wie die Vereinigten Staaten und damit die ganze Welt damit umgehen werden.

Jewgeni Prigoschin, Anführer und „Inhaber" der PMC Wagner Group ist tot. Der Vertraute des russischen Präsidenten Wladimir Putin stürzte am 23. August 2023 auf einem Flug zwischen Moskau und St. Petersburg ab. Mit ihm kamen weitere zehn Personen ums Leben. Es wurde vermutet, dass der Privatjet von russischen Verteidigungskräften abgeschossen wurde. Prigoschin wurde auf dem Porokhovskoe Friedhof in St. Petersburg beigesetzt.

Am 22. Dezember 2023 berichtete das Wall Street Journal darüber, dass der Flugzeugabsturz von Putins rechter Hand, Nikolai Patrushev, orchestriert wurde. Es wurde gesagt, dass eine Bombe unterhalb eines Flügels angebracht worden war.

Von der PMC Wagner Group wird berichtet, dass im September 2023 circa 500 Wagner-Kämpfer wieder in die Ukraine zurückkehrten, um im Donezk-Gebiet erneut an der Seite russischer Truppen zu kämpfen.

Es heißt, dass nun Pavel Prigoschin, der Sohn des vormaligen Befehlshabers, der neue Anführer der Wagner-Gruppe sei. Die Truppe ist wahrscheinlich nicht mehr autark, sondern besteht nun aus einem Netzwerk interaktiver Gruppen, wie etwa der Concord Group.

Sollte es Leser geben, die denken, dass die Handlung überholt und daher nicht mehr aktuell sei, so möchte ich diesen Menschen mit dem berühmten Zitat von William Faulkner zurufen:

„*The past is never dead. It's not even past.*"

DANKSAGUNG/PERSÖNLICHES

Es ist immer gut, wenn man nicht allein dasteht und um einen herum Menschen hat, die sich kümmern und denen etwas an dem liegt, was man so treibt und produziert.

Daher möchte ich zunächst dem Verlagshaus Speyer danken und den drei aufeinanderfolgenden Geschäftsführern, die mir zuerst die Chance gaben, meine Pfalzkrimis aus dem Donnersberger Land zu veröffentlichen. Als Initiator war es Dr. Martin Schuck, danach Hartmut Metzger und schließlich Jens Krümpelmann. Auch Herrn Homann gilt mein besonderer Dank für seine gekonnten Illustrationen.

Vom Pilgerverlag danke ich zunächst Anja Eisfeld, die dort für das Buchgeschäft zuständig ist, und die *in house* zunächst Überzeugungsarbeit geleistet hat, und dann dafür sorgte, dass das Buch und dessen Inhalt professionell aufgearbeitet wurde. Und dann natürlich dem Geschäftsführer Marco Fraleoni, mit dem zusammen ich schnell herausfand, dass wir viel mehr gemein haben als ursprünglich gedacht (geografische Herkunft, gemeinsame Bekannte und Freunde, Trommler-Jungs).

Auch meiner Frau Gabriele möchte ich danken, dass sie bei mir geblieben ist, als es mir bedingt durch eine schwere klinische Depression über Jahre hin sehr schlecht ging und ich so gut wie gar nicht funktionieren konnte. Ohne ihre Unterstützung wäre ich nie mehr zum Schreiben gekommen.

Ich widme dieses Buch meinem jüngeren Bruder Siegbert, „De Sig", wie ihn viele kannten. Er musste am 17.1.2022 mit sechzig Jahren viel zu früh diese Welt verlassen. Wir waren nur zwei Brüder, und jetzt bin ich leider nur noch ein Einzelkind.

Meine Schreibarbeit ging eigentlich mit dem Lesen los und mit dem Studieren aller möglichen Schriften. Besonders während der Semesterferien in jungen Jahren wurde das Wohnzimmer meiner Eltern zur Bibliothek und zum Skriptorium. Dabei danke ich meiner Mutter Waltraud sehr dafür, dass sie die vielen herumliegenden Bücher nie als bloßes Durcheinander angesehen hat und die vordergründige Unordnung stets tolerierte.

Ich bin inzwischen nicht nur mit der Pfalz und besonders mit dem Land um den Donnersberg herum emotional verbunden, sondern auch mit Virginia, USA, und dort besonders mit unserem Wohnort Fredericksburg, aber auch mit der alten Südstaaten Hauptstadt Richmond und mit Washington D.C., das viel mehr zu bieten hat als nur Politik.

Ich habe damit *the best of both worlds*, die besten beider Welten, in meinem Dasein vereint.

Ihnen und ihren Menschen gilt meine besondere Aufmerksamkeit und meine transatlantische geografische Liebe.

Lassen Sie es sich gut gehen – *and, take care*!

Ihr Ronald Daub

IMPRESSUM

Bibliographische Informationen der Deutschen Bibliothek:
Die Deutsche Bibliothek verzeichnet diese Publikation in der Deutschen Nationalbibliografie. Detaillierte bibliographische Daten sind im Internet über https://www.dnb.de abrufbar.

1. Auflage 2025

ISBN: 978-3-946777-40-3

Autor: Ronald Daub

Verlag: Peregrinus GmbH, Pilgerverlag
Hasenpfuhlstr. 33, 67346 Speyer, Deutschland
info@pilgerverlag.de, www.pilgerverlag.de

Druck: publish print R & R GmbH, Dudenhofen
www.publish-print.de

Coverabbildungen: Capitol, Brandon Moser/Adobestock
Adlerbogen Donnersberg, Thorsten Assfalg/Adobestock

Foto Seite 205: Gabriele Hartman-Daub

MEHR NERVENKITZEL MIT KOMMISSAR FRANK EDEL AUS DEM DONNERSBERGER LAND

Dieser Fall führt Kommissar Frank Edel mitten in die glamouröse, aber gnadenlos konkurrierende Pfälzer Weinindustrie. Zwischen edlen Tropfen und bitteren Wahrheiten entdeckt er, dass Erfolg hier oft tödlich sein kann.

Rieslingtod, 184 Seiten, Softcover

ISBN 978-3-947534-21-0

11,90 €

Zwischen Konfetti und Kostümen endet die Prunksitzung in Kirchheim tödlich – eine Tänzerin stirbt unter mysteriösen Umständen. Kommissar Frank Edel folgt der Spur in die schillernde, aber trügerische Welt der Pharmabranche.

Prunksitzung, 216 Seiten, Softcover

ISBN 978-3-947534-27-2

14,90 €

Buchtipp

Als Luisa kurz vor ihrer Hochzeit in einem irischen Cottage ein altes Tagebuch entdeckt, öffnet sich ein Tor in eine längst vergangene Zeit. Zwischen der Sehnsucht einer Pfälzer Auswanderin und ihren eigenen Zweifeln findet sie sich plötzlich in einer Geschichte wieder, die ihr Leben verändern wird.

Das Cottage in Carrigaholt von Mirjam Wilhelm, 308 Seiten, Softcover

ISBN 978-3-947534-10-4

14,90 €

Alle Titel erschienen im Verlagshaus Speyer. Lieferbar über den Buchhandel oder über den Pilgerverlag, Speyer: www.pilgerverlag.de, info@pilgerverlag.de

Buchtipps aus dem Pilgerverlag

Der ausgewiesene Pfalzkenner Rolf Schlicher gibt erstaunliche Einblicke und erzählt Spannendes aus der Region Pfalz. Für alle, die gerne Außergewöhnliches entdecken möchten, ob im Urlaub oder zu Hause vor der Haustür. Mit Ausflugs- und Einkehrtipps.

Potzblitz - die Pfalz! Von Gletschern, Echos und einem Himmelreich, 208 Seiten mit Übersichtskarte und zahlreichen Fotos, Softcover

ISBN 978-3-946777-22-9 18,95 €

Für Dom- und Kunstliebhaber:

Der Autor Peter Schappert führt durch die Geschichte der größten erhaltenen romanischen Kirche Europas. Er zeigt ihre Bauentwicklung und ihre historische Bedeutung sowie das Wechselspiel von kirchlicher und weltlicher Macht. Geeignet als Wegbegleiter vor Ort oder für zuhause.

Der Dom zu Speyer, Gebaut für Gott und Kaiser, dt./engl., 128 Seiten, mit zahlreichen hochwertigen Architekturfotos, Klappenbroschur

ISBN 978-3-946777-32-8 28,95 €

Der Fotokünstler Horst Hamann präsentiert den Speyerer Dom aus seinem persönlichen Blickwinkel und in seinem ganz eigenen Stil. Entstanden sind wunderbare Kunstwerke in Schwarz-Weiß, in der markanten vertikalen Art und reduziert auf das Wesentliche!

Horst Hamann - Kaiserdom zu Speyer

Buchausgabe in zwei Formaten: dt./engl., ca. 80 Fotografien, 192 Seiten, Hardcover

Book Edition: 17 x 36 cm, ISBN 978-3-946777-34-2 79,90 €

Aussellungskatalog: 12 x 24,5 cm, ISBN 978-3-946777-35-9 34,90 €

Immerwährender Kalender: 12 Kalenderblätter, 38 x 98 cm

ISBN 978-3-946777-37-3 79,90 €

Postkarten-Set: 8 Kunstkarten im Faltumschlag, 9,3 x 21 cm

ISBN 978-3-946777-36-6 16,00 €

Weitere Bücher: www.pilgerverlag.de, info@pilgerverlag.de